Não é só de amor
que eu sei falar

NACI

Não é só de amor que eu sei falar

YASMIM MAHMUD KADER

Diretor-presidente:
Jorge Yunes
Publisher:
Claudio Varela
Editora:
Bárbara Reis
Editorial:
Maria Beatriz Avanso
Julianne Gouvea
Design editorial:
Vanessa S. Marine
Isabella Teixeira
Suporte editorial:
Nádila Vanessa
William Sousa
Marketing:
Bruna Borges
Carolina Bessa
Daniel Moraes
Maíra Mediano
Vitória Costa
Direitos autorais:
Leila Andrade
Coordenadora comercial:
Vivian Pessoa

1ª edição — São Paulo

Preparação de texto:
Emanoelle Veloso
Revisão:
Luiza Cordiviola e Gleice Couto
Projeto gráfico e diagramação:
Vanessa S. Marine
Ilustração de capa:
@todamarela
Imagens de miolo:
@MonkeyS, @klyaksun, @Viacheslav
@AbdulJabbar e @Anatoliy | Adobe Stock

DADOS INTERNACIONAIS DE CATALOGAÇÃO NA PUBLICAÇÃO (CIP) DE ACORDO COM ISBD

K11n Kader, Yasmim Mahmud

Não é só de amor que eu sei falar / Yasmim Kader Mahmud. – São Paulo : Companhia Editora Nacional, 2025.
368 p. ; 16cm x 23cm.

ISBN 978-65-5881-283-8
ISBN 978-65-5881-284-5 (E-book)

1. Literatura brasileira. 2. Ficção. I. Título.

2025-1618 CDD 869.8992
CDU 821.134.3(81)

Elaborado por Vagner Rodolfo da Silva - CRB-8/9410

Índice para catálogo sistemático:
1. Literatura brasileira : Ficção 869.8992
2. Literatura brasileira : Ficção 821.134.3(81)

100 anos NACIONAL

ABDR EDITORA AFILIADA

Rua Gomes de Carvalho, 1306 – 11º andar – Vila Olímpia
São Paulo – SP – 04547-005 – Brasil – Tel.: (11) 2799-7799
editoranacional.com.br – atendimento@grupoibep.com.br

NOTAS DA AUTORA

Este é um romance lesbocentrado que pode conter gatilhos de:

- Abuso familiar (físico e psicológico)
- Gordofobia
- Lesbofobia
- Acefobia

O livro é dividido em dois pontos de vista: o de Gabriela e o de Maria Celeste. No de Gabriela, você encontrará alguns desvios da norma culta quanto ao uso do pronome "tu", comum no Rio Grande do Sul.

Boa leitura. <3

PRÓLOGO

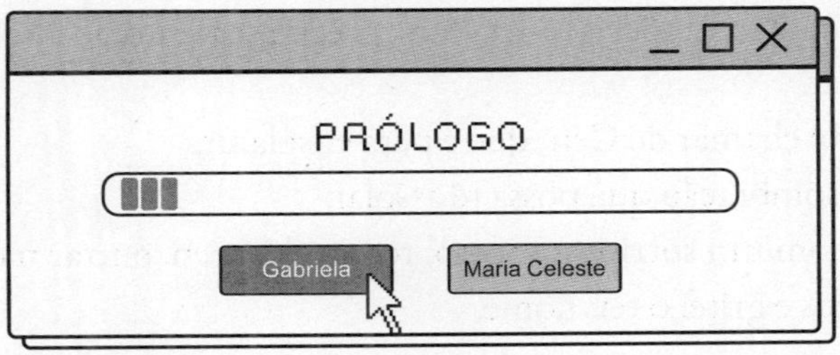

Esta é uma história com final e com alguns corações partidos.

Mas não o meu — não o nosso. Porque, como a música favorita da garota que eu amo, não há fim para um amor normal e nenhum choro sem sentido. A letra de "Desde quando você se foi", da Fresno, fala sobre palavras que se misturam em um mar de falsas canções, sobre perder e crescer.

Mas, principalmente, sobre amor.

Como nossa história — só que com algumas (pequenas) diferenças.

Porque não é só de amor que eu sei falar.

Sei falar de muita coisa além disso: de aceitação, entendimento e descoberta. Como também sei que é preciso mostrar muito mais — não só palavras que se misturam no vento e se perdem na tempestade. E, naquele momento, parada no meio da quadra de basquete, com a multidão eufórica gritando meu nome, eu entendia o que o desejo de Maria Celeste significava. Entendi que, embora falasse apenas de amor em sua *fanfic*, ela queria poder sentir o que era esse sentimento que por muito tempo lhe foi negado, fazendo com que acreditasse não ser digna dele.

Logo ela...

A garota com nome de Céu e que trouxe dias ensolarados para as tempestades em mim com suas *fanfics* de lésbicas apaixonadas por sonhos impossíveis.

Logo ela...

O meu sonho impossível, que, de eu tanto insistir, de tanto eu buscar, se tornou possível.

Se fosse para comparar a nossa história com uma música da Fresno, não usaria a favorita dela. Desculpe, Céu, eu te amo, mas ela não se encaixa com a gente, não com o nosso final; e, sim, "De Verdade". Porque fala de ti, do tanto que tu é especial e, às vezes, precisa ser lembrada de ver. Então, se tu duvidar...

Eu vou te chamar de Céu, que é para ensolarar.

Toda assombração que possa te assolar.

Então, com um sorriso no rosto, tentando te encontrar na multidão, abri os braços e gritei o teu nome.

CAPÍTULO 01

GAROTAS POPULARES QUE LEEM *FANFIC* EM SEGREDO

Gabriela

Dizem que levar uma bola na cara é tão dolorido quanto levar um fora. Já dei muitos foras, nunca levei um.

Mas aquela era a terceira bolada proposital que eu recebia durante o treino. Quando uma bola de basquete te acerta na cabeça, tu leva alguns segundos para entender o que aconteceu. Perde um pouco a noção. Fica zonza apenas para ficar mais esperta. Pelo menos era o que meu pai dizia.

— Acorda, Gabriela! — berrou Henrique depois de me acertar sem um pingo de misericórdia. Misericórdia não combinava com ele. — Tá dormindo de pé, caralho? Acorda! Porra! Quer perder pro Caxias igual ao ano passado?

Delicadeza não era o forte dele.

Em minha defesa, eu não estava dormindo e, sim, de ressaca. Era sábado, *porra* (delicadeza também não era meu forte). Sábado de manhã, para ser mais específica. Não se deve esperar que uma jovem com 25 anos, quase formada e de férias, esteja sóbria depois de uma sexta-feira agitada e muito caótica. Eu nem lembrava do nome da guria com quem tinha ficado na noite anterior. Tinha acordado em uma cama desconhecida (me sentindo muito mal por isso) antes das seis, pedido desculpas e ido embora para não me atrasar. Vitória? Verônica? Vanessa? Eu lembrava só do V que estava estampado em luzes neon, muito bregas, nas paredes do quarto.

Eu me metia em cada uma...

O que a carência não faz com uma lésbica.

Corri para pegar a bola de basquete e resmunguei, a bochecha latejando e vermelha. Se estava arrependida? Talvez. Meus sentimentos eram sempre contraditórios e um tanto nebulosos. Gostava de sair e precisava de alguém (pelo menos era o que acreditava). Preferia levar algumas bolas na cara a passar a noite de sexta-feira em casa. Mas isso não significava que ficava o final de semana inteiro bebendo e beijando gurias aleatórias por aí.

Sexta para sair. Sábado para jogar.

Às vezes eu invertia a ordem, mas o resultado era o mesmo. Detalhes importantes sobre mim: eu gostava de sair e conhecer pessoas na mesma medida que gostava de jogar no computador. Saía pela necessidade de me autoafirmar (precisava disso como um cachorro precisa de atenção humana). Jogava para me tranquilizar (o que às vezes era complicado pelo fato de eu ser muito competitiva).

Ficar em frente a uma tela era um hábito que cultivava desde pequena quando, aos oito anos, escondida, peguei o controle de um videogame pela primeira vez. Depois disso, soube que não sairia mais desse mundo. Porque os jogos me ofereciam as histórias que tinha preguiça de procurar em livros, histórias que me ajudaram a descobrir que meu interesse nas personagens femininas não era só uma fase. O adolescente *ga(y)mer* que nunca se apaixonou pela Jill Valentine em Resident Evil não jogou o mesmo jogo que eu (ou pelo Leon S. Kennedy, da mesma franquia). Mas mais do que personagens memoráveis e narrativas inesquecíveis, os jogos também me deram a chance de conhecer pessoas de todo o mundo.

Só que a pequena Gabriela de 2010 não imaginava que, tentando se divertir, também acabaria se estressando com pessoas desconhecidas na internet. Eu gostava, apesar de tudo. Jogar tirava o peso do mundo real, da pressão de liderar um time, de vencer uma partida...

Do medo de me apaixonar de novo.

— Ah, para, Henrique, dá um tempo — murmurei e passei a mão pelo rosto para limpar o suor. A camiseta de treino estava grudando em mim, marcando o top esportivo sem volume. A genética do meu pai facilitava criar músculos, mas não tinha sido muito generosa com meus peitos. Eram pequenininhos como bolas de tênis. Não que fosse um problema, mas talvez explicasse a minha atração por garotas com peitos grandes. Com todo respeito às que não têm, é claro. Mas são minhas preferências.

— Tempo não vai te fazer ganhar — reclamou ele sem paciência e gesticulou para que eu passasse a bola.

Bufei alto.

— Mano, a gente tá treinando pesado desde dezembro... será que pelo menos nos últimos dias de férias tu poderia me dar uma folguinha? — Soprei uma mecha da franja preta que caiu em meu rosto de poucas sardas. Meu cabelo estava preso, mas alguns fios insistiam em se desprender. Algumas pessoas diziam que era charme. Eu precisava concordar. Juntando isso aos meus olhos de um castanho escuro, quase preto, entendia o porquê de nunca ter levado um fora.

Eu tinha o privilégio de ser o que as pessoas gostam de ver.

E sabia do que elas gostavam.

— Que folga, guria? Que porra de folga? Tu é a capitã desse time e não tem folga, mas suor, dedicação e... — Ele jogou a bola em mim. Se eu não tivesse segurado a tempo, seria a quarta na cara. — Treino!

Para Arthur Henrique Martins, ex-jogador de basquete de um time dos Estados Unidos, conhecido internacionalmente, folga era um xingamento, um sinônimo para perdedores. Todas as frustrações de ser afastado das quadras após uma lesão grave no joelho eram descontadas em mim. Queria que eu fosse a jogadora modelo, a capitã exemplar, a profissional que ele não pôde ser.

Dos bancos, ouvi a risadinha tímida do meu irmão. Ele nos observava, o rosto sonolento. Ícaro, nome que ele próprio escolheu, havia puxado tanto os traços de Henrique quanto os de Helena. Os cachinhos bem enrolados e o olhar afetuoso, daqueles que parecem que te enxergam de verdade, eram da nossa mãe. A altura e algumas características, do nosso pai. Henrique era um homem negro e tinha a pele mais escura que a nossa. Ikki também, mas com um tom mais claro que o do pai. Diferente de mim, que puxei mais os traços de minha mãe, Helena, uma mulher branca.

Ikki e eu éramos a mistura perfeita dos dois: meu irmão tinha os olhos verdes da mãe; eu, os pretos do pai (o que eu gostava muito mais, porque, sinceramente, olhos claros sempre foram superestimados). Mas o que mais amava em meu irmão era a forma como ele sabia nos observar. Ikki sempre me trazia conforto. Éramos próximos, confidentes. Às vezes, em segredo, eu o invejava por não ter conhecido nossa mãe.

Porque ele também não conhecera a dor de perdê-la.

Respirei fundo e segui as instruções que Henrique buzinava. Não queria ouvir outro esporro. Lancei a bola para ele e corri pela quadra, me preparando para receber o passe. Ele berrou quando cheguei à linha de três pontos e arremessou para que eu pegasse. Não pensei muito, não havia tempo nos jogos, e lancei em direção à cesta, acompanhando o movimento com a respiração lenta, sincronizada.

A bola entrou direto.

Um sorriso confiante surgiu em meus lábios. Era a minha especialidade. Como ala e principal lançadora do time, havia conquistado a atenção das notícias estaduais. Diziam que eu era a promessa para os times de grande reconhecimento do país, mas a derrota contra o Caxias no ano passado tinha jogado o meu estrelato na lama. Perdi tudo — os holofotes, a oportunidade de ir para São Paulo treinar, com tudo pago, e a confiança do meu pai.

— Demorou demais no lance, tem que melhorar ainda — ele comentou ao se aproximar. Eu nunca esperava um elogio, era mais fácil ganhar na loteria.

Cruzei os braços, acostumada — as minhas tatuagens do Haru, de *A viagem de Chihiro*, e da Medusa ficaram em evidência.

— Claro, claro, treinador. E aí, algo mais? Aliás — continuei, ajeitando o rabo de cavalo. — Tu tá ligado que minhas aulas vão começar em uma semana e vou ter menos tempo pra treinar? Fora o trabalho, né?

— Sim, tô ciente — murmurou Henrique com o cenho franzido e alongou os braços grandes. Ele era enorme: dois metros e três centímetros de altura. Não era por menos que eu tinha quase um e noventa. Éramos os gigantes da nossa família. — Treinamos quando tu tiver tempo livre das aulas e do trabalho, todos os dias, tu me entendeu? A partir de agora é sem bebedeira e sem vida fácil. E quanto menos tu ficar sentada na frente do computador, com aqueles jogos ruins, melhor. Tua coluna vai agradecer quando chegar aos quarenta.

— Eu já tenho as costas de uma senhora de setenta anos, não vai fazer diferença. — Balancei os ombros e brinquei para aliviar a tensão entre nós, mas ele sequer expressou uma risadinha.

— Dispensada, Gabriela. Amanhã de manhã às seis aqui.

Eu ia surtar.

— Henrique, amanhã é domingo, porra.

— E? — Ele caminhou em direção aos bancos que meu irmão ocupava e pegou a toalhinha para secar o rosto. — Segunda vamos treinar com a equipe e quero te ver pronta.

Bufei alto.

— Eu tenho um encontro hoje à noite — menti, quem sabe fosse o suficiente para ele largar do meu pé.

— Não é problema meu. — E jogou a toalhinha por cima do ombro. — Vamos, Ícaro. Seu treino de basquete começa às nove.

Sem olhar para trás e me dar a chance de responder — um xingamento bem cabeludo que fosse —, ele se afastou. Meu irmão me deu um olhar de esguelha, balançou os ombros como se dissesse *não tem jeito* e se levantou para segui-lo. Então, fiquei lá, sozinha na quadra vazia do clube. Senti vontade de chutar a bola na cabeça de Henrique e dar um chilique. Mas tinha paciência demais e não conseguiria me soltar para fazer um showzinho típico de um *heterotop* que não sabia ouvir um não. Pelo contrário: respirava fundo, contava até três e dizia: tudo bem.

Tudo bem até quando?, eu me perguntava com frequência.

Secando o suor, peguei o celular na mochila e li as notificações recentes. Quase cinquenta alertas no Instagram depois do meu *story* muito apelativo na frente do espelho. Era praticamente um "me deem biscoito, estou carente e sedenta por atenção". Eu segurava a barra da camiseta do uniforme, erguendo o tecido de modo que os músculos definidos da minha barriga ficassem salientes. Cada gominho trincado do qual tanto me orgulhava. O emoji de foguinho e de braço tonificado completavam a imagem. A intenção era exatamente o que haviam me dado: mensagens com emojis envergonhados, babando, corações e convites como "quando a gente vai se encontrar de novo?" ou "contigo e água eu passava o mês" pipocaram no meu *direct*.

Sorri de canto. Entre tantas notificações, estava a mensagem de Mariah, uma das integrantes do time e minha amiga colorida.

(09:32) MariaAAAA: Cabaret hoje? 😈

Uma notificação surgiu na tela do celular antes que eu pudesse responder. Era de um aplicativo que eu escondia a sete chaves. O Fanficstation.

SkyLin<3, que você segue, acabou de atualizar o seu feed de mensagens.

Aquele era o motivo: um nomezinho inofensivo de seis letras que guardava uma história de quase cem capítulos.

> SkyLin, autora de "Nosso segredo brilha à meia-noite", escreveu:
>
> Heyyy! Tudo bemzinho?! Hoje é um dia especial porque acabei de postar o capítulo de "Nosso segredo brilha à meia-noite" para vocês que estão morrendo de saudade da Aya Luz da Lua e da Yun-yu! 💖😻
>
> Boa leitura, amorzinhos! Beijinhozinhos!
>
> Sky.

Tive de me controlar para não dar um gritinho histérico digno de uma *fangirl* emocionada. Daqueles de bater os pezinhos no chão para expressar a ansiedade. Mas era só vontade, porque eu nunca fazia nada disso. O peso dos 25 anos me privava dessa vergonha alheia excessiva — mas que teria o maior prazer de passar.

Porque, na verdade, eu era uma *fangirl* muito, muito emocionada (e ninguém, absolutamente ninguém, sabia). Eu tinha me acostumado a manter o segredo, era mais fácil, sem julgamentos. Mas, às vezes, queria ter alguém que pudesse me ouvir surtar e dizer "meu Deus, tu viu o que a personagem X fez com a Y? Chama o SAMU que tô passando mal!". Alguém que não diria "tu tem 25 anos, Gabriela, vê se cresce" e sentisse a mesma ansiedade que eu. Tudo por causa de uma história inventada, que descobri ser chamada de *fanfic*, de um jogo que eu amava e que acompanhava cada atualização como uma religião.

Mas não era só isso.

Era ela. A *e-girl* com nome de céu. SkyLin em seu perfil. Sky para a maioria: a criadora da *fanfic* e a única *streamer* que eu tinha vontade de assistir. Eu assinava o clubinho de patrocinadores, os Céuzinhos, e não perdia uma transmissão. Gostava de vê-la jogar, escrever ou conversar com o público fiel que havia conquistado. A *fanfic* "Nosso segredo brilha à meia-noite" tinha números absurdos de visualizações. Só no site do Fanficstation, eram três milhões; e eu, humildemente, estava entre os quase 600 mil seguidores dela.

O sucesso da garota, no entanto, não se dava apenas pela ótima escrita e ambientação cheia de clichês que todos adoravam ler. Mas pelo mistério que a envolvia — Sky era uma incógnita ambulante. Seiscentos mil seguidores e ninguém sabia seu nome ou sua verdadeira identidade. Estava sempre de peruca, lentes de contato, muita maquiagem e roupas exageradamente fofas. Nem a voz dela era real — ela a forçava para parecer sussurrada e melodiosa.

Aquela *e-girl* misteriosa basicamente me fez ler os quase cem capítulos de sua narrativa lésbica de garotas problemáticas em uma semana. Logo eu, a preguiçosa dos livros. Em pouco tempo, estava viciada por tudo que a envolvia.

A *fanfic*. O mistério. Ela própria.

Pesquisava na internet qualquer evidência da verdadeira identidade, mas as informações eram tão escassas, que, desde que começou as lives e a publicação de sua história (durante a pandemia), ninguém descobriu. Mas, *ainda assim,* muitos, como eu, eram sedentos por qualquer coisinha sobre a garota. Era exatamente por isso que eu guardava esse segredo em uma caixinha bem escondida dentro de mim. Garotas populares não leem *fanfics* e não sonham com personagens que não existem. Muito menos têm uma quedinha — bem pequena, pequenininha — por *streamers* que só tentam arrancar seu dinheiro em troca de uma foto de pé.

O que não seria nada ruim para mim.

Meu Deus, passei a língua pelo lábio e fiquei encarando a mensagem.

O convite de Mariah e as notificações do meu Instagram, de repente, se tornaram desinteressantes.

Ignorando as novas mensagens no meu celular, peguei a mochila e guardei meus pertences. Iria direto para casa. Almoçaria o que fosse e, então, faria um dos meus programas favoritos.

Ler sobre garotas lésbicas que diziam se odiar, mas queriam muito se beijar em segredo.

Como, igualmente em segredo, eu também queria fazer o mesmo com SkyLin. Beijar uma garota que sequer sabia da minha existência.

CAPÍTULO 02

GAROTAS QUE QUEREM BEIJAR GAROTAS DESCONHECIDAS (E ESTÁ TUDO BEM, OBRIGADA)

Gabriela

Estava ofegante.

Seu coração ia sair pela garganta.

Aya Lunaris sabia que a sensação era perigosa, tão perigosa, que, às vezes, parava e se perguntava se seus sentimentos eram mesmo aqueles. Tão contraditórios. Tão incendiários. Como podia, afinal. Ela, a sacerdotisa, a líder entre as garotas populares do reformatório.

Revirou os olhos.

— Você que sabe, novata. Desde que chegou ao reformatório está no meu pé, me perseguindo feito uma cachorrinha abandonada, esperando de orelhas arriadas uma migalha de atenção — esperava que a rival contra-argumentasse. Era como vinha acontecendo desde que, há cinco meses, ela chegara ao lugar, cheia de mistérios. Yun-yu era um quebra-cabeças, difícil de interpretar. Moldada por dualidades e sentimentos complexos. Às vezes, ela provocava a sacerdotisa com palavras duvidosas, jogos que não conseguia vencer. Em outras situações, ignorava-a, fingindo que Aya não existia.

Nunca havia se sentido tão incerta sobre alguém.

Logo ela, a rainha das sacerdotisas, afetada por uma... qualquer.

Mas nunca se permitiria mostrar.

O capítulo sempre terminava em um momento tenso, que fazia o leitor sofrer até a nova atualização. Uma característica da Sky: colocar o doce na boca de seus leitores para tirá-lo assim que sentissem o primeiro toque do açúcar. Eu mordi a língua e deixei um suspiro pesado escapar. As duas estavam finalmente se encontrando... Quem sabe a tão desejada confissão viesse aí? A ambientação era propícia, estavam onde deveriam estar. Elas duas e mais ninguém. *Meu Deus*, eu coloquei a mão no rosto para me conter. E se fosse o tão esperado primeiro beijo? O beijo que a autora estava protelando há 89 sofridos capítulos. Quase mordi o celular de ansiedade. Fiquei atualizando a página do Fanficstation na ilusão de que a continuação estivesse disponível.

A *fanfic* de Sky, inspirada no jogo conhecido mundialmente como *MoonMoon Land – Crônicas da Luz da Lua*, era ambientada em um universo alternativo. No jogo oficial, o mundo fantástico de Antera era habitado por humanos que tinham ligações com animais e se transformavam em feras. A protagonista, Aya Lunaris (que muitos chamavam de *Moonlight* por não gostarem da tradução brasileira), partia em uma aventura para buscar o restante de sua espécie, os transmorfos-gatos; e, na jornada, encontrava outros personagens que decidiam ajudá-la e acompanhá-la. Yun-yu, a transmorfo-loba, era uma delas. As interações *ingame* delas eram muito sugestivas, o que contribuía para que os jogadores romantizassem o relacionamento. Embora nada tivesse sido oficializado pelos criadores. Era o famoso *queerbait* para arrancar *pinkmoney* da comunidade LGBTQIAPN+.

Diferente dessa realidade, a *fanfic* de Sky colocava as duas personagens — Aya e Yun-yu — como rivais românticas em um internato para garotas indisciplinadas. Um reformatório de jovens emburradas, irritadinhas e sem amor ao próximo era o meu *guilty pleasure* favorito. Elas faziam a Regina George parecer boazinha. A construção do relacionamento entre as personagens principais era um *slowburn* bem *slow*, mas com muito *burn* não concretizado para matar os leitores sem dó ou piedade. E para ser sincera, não era uma forma ruim de morrer. A antecipação criava em mim um sentimento que nunca havia experimentado na vida real.

O friozinho na barriga de estar apaixonada — o que não conseguia sentir nas minhas últimas relações (que mais eram uma ficada de uma noite).

Eu me recostei na cadeira *gamer* e fiquei encarando a tela do computador sentindo um vazio estranho. A leitura da *fanfic* era prazerosamente dolorosa. Sempre que terminava um capítulo, me pegava pensando se alguma garota mimada e marrenta como a Aya da história surgiria em minha vida.

Se eu me apaixonaria e sentiria o mesmo que elas.

Estalei a língua em descrença.

Minhas experiências com o amor não terminaram bem e me fizeram perder algo. A esperança, eu diria. Entre elas, estava um relacionamento abusivo — muito complicado —, uma garota bem hétero que me usou como *test-drive* e uma mulher muito mais velha por quem me apaixonei de verdade e que quase desgraçou a minha cabeça (a terapia foi cara). Queria entender como pessoas que se frustraram tantas vezes e tiveram o coração pisoteado até os caquinhos ainda acreditavam nesse tipo de sentimento. Porque eu não conseguia.

Por isso, me iludia lendo sobre garotas que, diferente de mim, se apaixonavam sem medo. Bufei e me levantei. Já passava das dezoito horas e pensei em me ocupar jogando, mas não tive vontade. Meus pensamentos me irritavam. Inquieta, enviei uma mensagem para o grupinho em que Mariah, Anna, Juju e Vic estavam, todas integrantes do time.

(19:39) Gabis: Cabaret ainda tá de pé?

(19:39) MariaAAAA: a gente tava só esperando tu responder. Tamo na casa da Anna, vem aqui e já leva a gente pra lá

Dei uma risada seca e enviei uma mensagem privada para ela.

(19:40) Gabis: Tô carente

(19:40) MariaAAAA: vou dar o que tu precisa, o chazinho dos deuses, o que tu acha?

(19:41) Gabis: hmmmmm, eu gosto

Eu sabia que os beijos de Mariah não me causariam o mesmo frio na barriga que a história de Yun-yu e Aya. Muito menos me fariam parar com a ilusão que era nutrir uma paixonite platônica por uma garota desconhecida.

Mas... era o que eu tinha.

E precisava aproveitar (mesmo que, no fundo, nunca me sentisse bem).

CAPÍTULO 03

GAROTAS QUE ESCREVEM *FANFICS* DE GAROTAS SE BEIJANDO (MAS QUERIAM VIVER AS CENAS)

Maria Celeste

Aya mordeu os dedos para conter — e esconder o gemido.

Ela ia morrer. Literalmente morrer. Desmanchar. Derreter. Explodir.

Porque a mão de Yun-yu estava onde sempre deveria ter estado: debaixo de sua saia, subindo por sua coxa, encontrando o meio de suas pernas. Dois anos vivendo naquele reformatório não lhe fizeram melhor; e estava piorando, piorando demais desde a chegada da novata atrevida e tão… Ela suspirou, a boca de Yun em seu ouvido.

— Luzinha… imagina o que as sacerdotisas diriam ao ver que a Abelha Rainha delas está cedendo para a novata esquisita? — Os lábios dela roçaram em sua pele, quentes, parecendo quase incendiados. Deuses, como odiava aquela garota.

— Cala boca — sussurrou ofegante, quase sem voz, e desceu a mão contra a de Yun, guiando os dedos da garota até sua calcinha. Ouviu um murmúrio contido da jovem, mas não conseguiu entender o que dissera. — Só cala boca e… — Não terminou a frase, a voz morreu e ela jurou que suas pernas fossem desmoronar quando os dedos de Yun lhe provocaram, deslizando e experimentando suas reações antes de entrar.

Ela pressionou o corpo no seu, as respirações entrelaçadas, as bochechas coradas. De relance, observou o rosto da novata, tão próximo ao seu, e a viu tão excitada quanto estava, tão entregue como nunca imaginou vê-la. Se ela continuasse lhe provocando...

Aya perderia o pouco juízo que tinha contra a parede dos fundos daquele ginásio.

As batidas na porta quase me fizeram cair da cadeira.

O susto fez Morrighan saltar e correr para as cobertas desarrumadas da cama, uma linha de pelos brancos e cinzas ficando pelo caminho. Salvei depressa o arquivo que escrevia, fechei e cliquei no navegador. A página estampava um artigo entediante sobre protozoários que eu deveria estar estudando. Mas escrever sobre as minhas garotas era mais interessante e reconfortante do que ler qualquer texto aleatório da faculdade — que afinal havia sido forçada e imposta pelos meus pais. Fiz o melhor que pude para parecer que estava estudando: puxei um livro enorme em minha direção e espalhei as canetas ao meu redor. Tudo para ser a imagem que *eles* gostariam de ver: uma estudante dedicada e apaixonada, a melhor do curso de Medicina: Maria Celeste Martinelli. Eu. Contém ironia.

As batidas se repetiram, impacientes, e me levantei, caminhando até a entrada para destrancar a porta. Do outro lado, com quilos de botox e um batom vermelho terrível e chamativo, minha mãe esperava. Ela olhou de relance para o quarto — possivelmente analisando o que eu estava fazendo — e tornou a me encarar com a expressão que conhecia bem: decepção.

— Todo dia essa porta fechada, Maria Celeste. — Ela cruzou os braços magros demais. — Sem portas fechadas na *minha* casa.

Ela adorava me lembrar disso: de que estava na sua casa e que deveria respeitar as suas regras. Eu não tinha liberdade nem no meu próprio quarto. A porta deveria estar aberta para que os empregados ficassem de olho em mim. Quando mais nova, sempre fiz o que era imposto. Pensei que seria o passo que precisava dar para que eles deixassem de ser tão rígidos e frios comigo. Estava muito enganada. Nada nunca melhorou. Então, aos dezenove anos, me rebelei.

Hoje, com 21, nada tinha mudado.

Só piorado.

Uma palavra bastava para definir Antônia Francisca Martinelli: megera. Mas eu gostava de usar outras, como "venenosa", "narcisista", "fútil" e "filha da puta", com todo respeito à minha avó materna (mas nem ela merecia tanto respeito assim; era tão filha da puta quanto minha mãe).

— Estava estudando. Eu preciso de concentração, paz, silêncio... essas coisas, sabe? Tu se formou em Medicina, deve ter...

— Tu se *formastes* — ela me corrigiu como uma navalha. Eu só não senti o corte porque estava acostumada às interrupções frequentes. Se deixassem uma marca, meu corpo estaria em frangalhos. — Estou vendo como tu estás estudando. Se estivesse focada, não teria repetido nenhuma disciplina no semestre passado. Estamos pagando caro pelo teu curso, fortunas, então o mínimo que tu deves fazer é ser uma aluna exemplar como eu era.

Eu sufocava toda vez que Antônia começava a falar. O ar ficava pesado e minha visão escurecia. Ela tinha o dom de despertar inúmeros gatilhos e elevar a minha ansiedade a níveis estratosféricos. Mas dizia que meus showzinhos eram tudo armação. Porque eu, uma garota rica com tudo ao meu alcance, com uma educação de ouro, estava proibida de ter ansiedade. Ansiedade era uma invenção do século XXI, segundo a médica exemplar que Antônia se autointitulava. Devia ter comprado o diploma. Era a única explicação para um discursinho tão problemático e medíocre. Ter repetido uma cadeira no semestre passado havia sido a cereja do bolo para que as críticas de Antônia — eu odiava chamá-la de mãe — triplicassem. Tudo era desculpa para que ela me lembrasse de que eu havia falhado. Para a megera, só existiam três explicações para notas tão deprimentes.

O meu computador — porque eu deveria estar estudando e não jogando. Os meus gostos esquisitos — porque, se eu fosse como ela, seria diferente. A minha má vontade — porque, se me esforçasse, seria a aluna exemplar, como ela foi. *Me formei com láurea acadêmica, era a melhor do meu curso,* ela me lembrava todo dia. Eu só pensava: *foda-se, mamãezinha*.

— Tá bom, tá bom. — Revirei os olhos e tentei encerrar o assunto. Queria me livrar dela o quanto antes. Porque se continuasse falando, Antônia despejaria outras quinze críticas e ofenderia pelo menos trinta minorias. — O que tu quer, hein? Se não tá vendo, tenho que estudar pra não repetir de novo.

Ela dilatou as narinas e suspirou pesadamente.

— Cuide o tom comigo, Maria Celeste.

— Que tom? O mesmo que fala comigo?

— Maria Celeste! — Ela grunhiu e ameaçou levantar a mão contra mim. Eu dei um passo para trás.

Acuada. Cansada. Lágrimas de raiva arderam em meus olhos, mas não dei esse gostinho a ela — não como fazia no passado. Eu não era mais a garota incapaz de revidar, de argumentar. Mas ainda era incapaz de me livrar, de me libertar. Seria mentira se dissesse que precisava de muita terapia por causa dos insultos e abusos excessivos ao longo dos anos. Imagine só! Precisar disso! Com uma casa enorme dessas? Eu seria ingrata se me sentisse um lixo.

Palavras dela.

— Agora dê um jeito nessa tua cara ridícula, Maria Celeste. Arrume-se decentemente, sem suas roupas de crente e essas saias apertadas. — Ela olhou com repulsa para mim, para o meu corpo. Mas não baixei a cabeça. Havia aprendido sozinha a me blindar. — Não ficam boas em ti, já disse que tu tens que fechar a boca se quiseres ficar no mínimo apresentável.

Senti a minha garganta queimar.

— Já terminou de me ofender?

— Falo para o seu bem. — Antônia deu de ombros. — Nós temos uma cerimônia de abertura da nova clínica com os sócios do teu pai às dezenove horas.

— Ninguém me perguntou se eu queria ir.

— Esteja pronta para sair às dezoito e trinta. — A megera ignorou o meu protesto. Soltei um xingamento baixinho, irritada, mas ela ouviu e olhou por cima dos ombros, o semblante fechado. — Eu juro que vou te levar pelos cabelos se não estiver pronta.

Bati a porta com tanta força, que jurei ter sentido as paredes da casa sacudirem. Meu ambiente familiar era tão saudável. Contém mais ironia.

Respirei fundo para tentar normalizar a minha ansiedade e me senti frustrada por não conseguir. Apenas mais uma consequência do que era ter pais como os meus. Desanimada, me escorei na porta. Mil palavrões pipocavam em meus lábios, gostava de pensar neles para me acalmar, e cheguei a me perguntar se era normal odiar a própria mãe ou se eu era realmente a filha horrível que ela tentava me fazer acreditar ser.

Por muito tempo me senti errada por não a amar.

Achava que o problema era eu e que deveria me envergonhar por odiá-la, por ser uma decepção. Até aprender — com a única ajuda que eu tinha — que não era minha culpa. Que estava tudo certo comigo. Antônia fazia o que fazia porque queria, simples assim. Aprender a argumentar as críticas foi o meu primeiro passo para me sentir melhor comigo mesma.

Eu não era horrível. Eu não estava errada.

O problema era ela.

Se tia Ofélia — a única pessoa que valia a pena nessa família — e a ousadia de algumas histórias que escondia no caderno não tivessem me ajudado a me libertar, mesmo que parcialmente, minha vida seria um inferno ainda pior.

Engoli o choro, o gosto amargo na garganta, e fui até a cama me certificar se Morrighan estava bem. Ela havia se embolado entre as cobertas e os lençóis, construindo um forte contra possíveis perigos. Antônia também odiava minha gata: havia sido bem difícil adotá-la, e, se não fosse o meu escândalo digno do Oscar, Mor não estaria aqui. Coloquei a mão no forte improvisado e fui recebida por um miado raivoso que dizia: *aproxime-se mais e eu enfio os dentes nos seus dedos.* Nem o *pspspsps* foi o suficiente para fazer Morrighan parecer interessada no carinho. Ela mexeu sua orelha cinza e virou o focinho para o outro lado, resmungando como se pudesse ser entendida. Talvez estivesse dizendo: *você acha que isso é o suficiente para ganhar minha atenção, humana inferior?*

Mesmo com a rejeição costumeira, fui até ela e a agarrei, recebendo o maior e mais odioso rosnado de quem só promete destruição. Segurei com força e a enchi de beijinhos, cuidando para não ser acertada por uma pata cheia de unhas no processo. Quando a soltei, Morrighan pulou no chão e fez um *fuuuuu,* como quando os gatos estão em modo ataque, e saiu miando braba. Consegui soltar uma risada, aliviando o meu coração. Era tudo amor. Morrighan demonstrava o dela com violência; eu, com beijos exagerados.

O ligeiro momento de tranquilidade, no entanto, foi interrompido por pensamentos que me incomodavam. Ainda sentia raiva. Ainda queria chorar. Resisti, controlando minha respiração bagunçada. Crescer em um ambiente problemático te ensinava a ser forte, mas também te fazia fraca, sensível; te deixava exausta, exausta demais.

Como eu estava.

Presa em ambiente que não me dava nada além de frustração.

Eu me perguntei o que as personagens da minha *fanfic* fariam em uma situação como a minha. Yun-yu enfrentaria a mãe de Aya e a tiraria de lá, porque, mesmo sabendo o quão ruim o lugar é, muitas vezes não sabemos como sair.

Eu não conseguia me salvar sozinha.

E não havia nenhuma Yun-yu para me libertar.

CAPÍTULO 04

GAROTAS ESPERANÇOSAS TAMBÉM PERDEM A ESPERANÇA (MAS PODEM VOLTAR A TER PELA GAROTA QUE GOSTAM, COMO UMA BOA LÉSBICA EMOCIONADA)

Gabriela

As mensagens pipocavam no chat da live de SkyLin.

Era difícil escrever mensagens para ela — as chances de que ela conseguisse ver eram remotas. Havia muita gente tentando chamar sua atenção e os exatos 2.200 espectadores só aumentavam. Lembro de ter tentado contato com ela, foi uma mensagem estúpida sobre os equipamentos usados em *MoonMoon Land*, algo sobre a armadura de obsidiana ser mais eficiente do que a que Sky tinha equipada. Fui indiferente, estava jogando também enquanto a assistia e desviei o olhar do segundo monitor para prosseguir na missão que estava. Não esperava sequer uma resposta.

Então a ouvi dizer ao vivo: *Ah, Gabislera, obrigada pela dica da armadura de obsidiana, vou tentar trocar. Você já enfrentou esse chefe?*

Gabislera era o meu nome de usuário.

Era a mim que Sky se referia.

Senti meu coração acelerar e meus dedos gelarem. Eu que não costumava ficar nervosa, que era totalmente confiante quando se tratava de garotas, descobri que também podia sofrer uma quase crise de ansiedade. Tremi para digitar a resposta na ocasião, reli e reescrevi dez vezes antes de enviar e, quando minha mensagem apareceu no chat, esperei ansiosa pela resposta.

Sky não viu e fiquei apenas com a lembrança dos meus segundos de vitória.

Isso já fazia meses. Nunca mais fui notada — mas não deixei de escrever e participar de seu servidor para apoiadores.

Enquanto meu jogo carregava, apoiei o braço na mesa e fiquei observando Sky comentar sobre as repercussões do último capítulo postado de sua *fanfic*. Os espectadores perguntavam sobre o encontro, o que aconteceria entre as protagonistas e se Aya e Yun-yu finalmente se entenderiam. A garota ria — baixinho e por trás dos dedos com unhas rosadas bem longas — e dizia que teriam que descobrir. Por um momento, ela virou o olhar para a câmera e me deu a impressão de que olhava diretamente para mim. Estava usando lentes de contato rosa, mas tentei imaginar qual era a verdadeira cor de seus olhos. Não durou muito, mas fiquei lá, absorta em pensamentos absurdos demais. Do tipo, *como seria me encontrar com ela?*

Como seria ser amiga dela?

Como seria jogar com ela?

Como seria...

Beijá-la?

Eu estava realmente me perguntando como seria beijar uma guria de quem eu sequer sabia o nome? Era tão ridículo, que, se minhas amigas soubessem, diriam que eu havia sido substituída e que uma usurpadora ocupava o meu lugar. Quase conseguia ouvir Mariah zombar, “vai dizer também que vocês transaram online?”. Meu rosto esquentou e bufei alto, indignada comigo mesma. Me afastei da mesa enquanto a tela inicial do jogo aguardava o meu login. Talvez pegasse um energético terrível — e estranhamente viciante — e passasse o resto do domingo compenetrada em missões secundárias para esquecer as irracionalidades que minha cabeça se metia.

Atrair-se por uma *e-girl* famosinha.

Muito adulto da sua parte, Gabriela.

Enquanto a live seguia — com Sky conversando com o chat —, me levantei e fui até a cozinha. Morar sozinha muitas vezes significava comer em horários aleatórios e se empanturrar de comidas instantâneas. Mas não para mim. Eu gostava de cozinhar e tinha um horário para tudo: acordava às seis para preparar o pré-treino, ia à academia às seis e meia, tomava café da manhã às oito horas, lanchava às onze e almoçava meio-dia e trinta em ponto. Era um hábito seguir a dieta hipercalórica para que me mantivesse com disposição para os treinamentos constantes (além de manter meus músculos no lugar). E se não a fizesse, meu pai me arrastaria pelas quadras com uma lista interminável de sermões sobre a importância da saúde do corpo. A verdade era que eu estava mais preocupada em manter a minha barriga cheia de gominhos e as mais de duas mil visualizações em *stories* em que eu implorava por atenção.

Mas sempre havia exceções. Era domingo, afinal, estava tudo bem almoçar às seis horas da tarde. Peguei o energético e esquentei um pote com arroz, frango e alguns legumes antes de voltar para o computador. Eu percorria o corredor entre o banheiro e o quarto, cantarolando "Diga, Parte 2" da Fresno, quando ouvi a voz de Sky através das caixas do computador.

— *Céuzinhos, o que acham de um sorteio para ver quem vai jogar comigo essa missão?*

Uh, murmurei. Um sorteio. Com ela.

Desde que havia começado a acompanhá-la, há pouco mais de cinco meses, nenhum sorteio para jogar com ela aconteceu. Apenas alguns em que ela premiava os assinantes com itens ou moedas dentro do jogo. Nunca ganhei porque não havia nascido sortuda. Mas não me deixei desanimar. Enfiei um frango na boca e corri até o computador. *Tudo bem*, estava sonhando alto, a sorte era uma caixinha de surpresas e a minha só me presenteava com decepções. Só que não custava tentar.

Para participar, era preciso fazer parte do clube de assinantes chamado *Céuzinhos da Sky*, do qual eu obviamente participava. Ter acesso ao servidor exclusivo, com conteúdo extra e a um grupo onde ela enviava fotos aleatórias e fofas? Nunca perderia. Eu tinha um problema chamado "quedinha por *streamers* fofas que nunca teriam conhecimento da minha existência".

Talvez eu precisasse de terapia.

Talvez não.

Definitivamente não.

— *Vou pegar aqui os nomes dos inscritos e sortear de acordo com o número de inscrição, tá bom? Eu vou falar o nome do número sorteado e a pessoa precisa se manifestar no chat em até cinco minutos. Se não, perde a chance e faço outro sorteio* — explicou ela enquanto compartilhava a janela do Sorteador On-line para que todos pudessem acompanhar. Eu mastiguei depressa o frango, engolindo cheia de ansiedade, quase me engasgando enquanto Sky colocava o número de inscritos — 1.630 assinantes — e escolhia a opção de apenas uma pessoa para ser contemplada. Ou seja, minhas chances eram tão mínimas, tão remotas, que seria mais fácil ignorar e jogar para não passar as próximas horas frustrada.

Mas ainda assim... tive esperança.

Se era idiota por isso? Muito idiota. Eu me sentia uma adolescente em seus quinze anos, surtando para ser escolhida pelo seu ídolo favorito. Só que eu tinha 25 e já deveria ter passado dessa fase. Era o que diriam, mas algumas coisas permanecem, desejos reprimidos e escondidos porque tu sempre ouviu dizerem que era melhor fazer isso para se encaixar. Minhas unhas com esmalte preto descascado tamborilavam sobre a mesa. A ansiedade me devorava e não conseguia tirar os olhos da tela. O chat da live estava eufórico, todos desejando que fossem escolhidos, que tivessem a sorte de jogar com a garota.

Quando o sorteador mostrou o número 291, eu soube que tinha perdido a oportunidade. Era uma numeração pequena, provavelmente dos primeiros assinantes.

— *O nome do sortudo é catlover2412* — comentou ela na tela.

Não era eu.

E queria muito que tivesse sido.

Emburrada, como uma criança que acabou de perder o doce favorito para o colega, quase fechei a transmissão. Estava amargurada demais — e ciumenta, sim — para ver alguém aleatório jogar com a minha (sim, nesse nível) *streamer* favorita. Se fosse um homem, infelizmente maioria em suas transmissões, seria pior. Porque, embora Sky tivesse comentado que era lésbica em suas redes sociais, em que postava fotos de looks cor-de-rosa, ainda faziam comentários do tipo: *posso fazer você mudar de opinião se me der uma chance.* Quando não estavam falando de seu corpo e que ela seria ainda mais linda se emagrecesse. Homens, né. Eles pareciam se esforçar para gostar de mulher. Eu tinha prazer em xingar (muito intensamente) os que comentavam coisas assim. Como uma cavaleira fiel em defesa à sua soberana. Sky era linda, linda demais; e, se eu tivesse a chance, mesmo que ela nunca enxergasse meus comentários, sempre diria isso.

Ah, se eu tivesse uma mulher como essa, meu mano do céu.

Apesar dos comentários negativos que às vezes surgiam, Sky não parecia dar importância. Apenas ignorava. Não sabia dizer se a guria tinha receio de banir ou de brigar com os babacas, mas se eu pudesse — se fosse moderadora ou algo do tipo —, enfiaria um banimento na cara de todos esses machinhos ridículos. Só que ela sequer tinha moderadores em suas plataformas de transmissão, tão fechada, que me perguntava se tinha amigos.

É óbvio que ela tem, Gabriela, toda e-girl famosa tem sua panelinha.

— *Catlover2412, desculpa, mas você só tem um minuto para se manifestar ou vou fazer outro sorteio.*

Os meus pensamentos voltaram à realidade.

Um minuto, eu percebi que o assinante sorteado não havia se manifestado. O chat começou a incentivar um novo número, provocando risadinhas animadas na garota. Meu coração ficou acelerado e me peguei pensando: *não apareça, não apareça, não apareça.* Porque, por estupidez ou pura ingenuidade, me vi esperançosa novamente. Eu estava pronta para quebrar a cara e me frustrar como sempre. Que coisa absurda a esperança pode ser... Tu se vê cercada por falhas e desilusões, mas, mesmo assim, encontra uma brecha, uma força estranha e misteriosa, para acreditar que, talvez, possa dar certo um dia.

Um dia.

Um dia, quem sabe.

Respirei fundo quando Sky anunciou que faria um novo sorteio. Lá fora, a noite caía iluminada sobre a cidade, com fragmentos de estrelas perdidas no céu meio rosado, meio alaranjado. Porto Alegre costumava ter um pôr-do-sol memorável, principalmente na famosa orla do Guaíba. Pensei no lugar, nas vezes que estive lá para esfriar os pensamentos. Pensei que não seria ruim estar lá um dia com a guria. Precisava me distrair e não olhar para a tela. Mordi o lábio e observei o céu, as cores desaparecendo e a noite surgindo. Não estava confiante, mas não significava que não morria de ansiedade e tentava esconder isso do modo mais estúpido possível: ignorando a causa da ansiedade.

Alguém buzinou na rua lá fora.

Perdi a noção do tempo por um instante.

Só retornei à realidade quando Sky manifestou o nome do felizardo ou felizarda com sua voz que era quase um ronronar.

— *Gabislera, você tem cinco minutos para se manifestar!*

Gabislera.

Gabis...

Aquele era o meu nome.

CAPÍTULO 05

GAROTAS QUE GOSTAM DE INIMIZADE FEMININA (PORQUE NO FIM SEMPRE ACABA EM BEIJO)

Maria Celeste

Eu preciso confessar — não estava fazendo aquilo para agradar os meus espectadores ou parecer boazinha. Era mais complicado do que isso. Queria ajuda e não estava disposta a dizer que precisava. Era uma afronta ao meu ego de garota *gamer* independente. E por que não aproveitar que isso era algo que meus espectadores vinham pedindo há algum tempo? Comentários sobre quando eu daria a chance para um dos assinantes jogar comigo eram frequentes. A ideia nunca me agradava. Eu fazia de tudo para evitar qualquer contato que pudesse expor minha verdadeira identidade.

Quase aconteceu uma vez. Eu estava apaixonada — ainda que a palavra tivesse um gosto estranho em minha boca — por uma garota na internet. Gostava da companhia, das mensagens constantes e do que tínhamos em segredo. Até descobrir a farsa: que a aproximação tinha apenas o intuito de descobrir quem Sky era de verdade para me expor nas redes sociais. Doeu de verdade. Doeu como se eu houvesse perdido uma parte minha; o que, às vezes, eu acreditava que era o caso. Porque nunca mais consegui me abrir e me apaixonar novamente. O medo me privava disso. Quando você tem seu coração partido pela primeira vez, quando descobre que o amor que cultivou era uma ilusão, aprende que a única forma de se proteger é nunca mais amar.

Nunca mais se aproximar. Sempre se proteger.

Eu vivia em constante alerta, sempre atenta, nunca tranquila.

Viver com medo era um hábito.

Tanto na internet — como SkyLin — quanto na realidade — como Céu, filha dos próprios inimigos.

Coloquei uma mecha da minha peruca rosada para trás e fingi um sorriso animado quando a suposta Gabislera, uma escolha inusitada e muito brega de nome, manifestou-se. Esperava mesmo que fosse uma garota ou qualquer pessoa não-binária que se alinhasse ao feminino do outro lado da tela. A ideia de jogar com um homem cis me incomodava e assustava, e eu não estava com paciência para aturar piadinhas infames em uma conversa particular. Eu não era alguém de generalizar — não com tanta frequência —, mas, se fosse homem, eu automaticamente pensava: *vai falar alguma besteira.*

Mesmo que eu fosse assumidamente lésbica para o público.

Mordendo o lábio inferior, pedi que, se Gabislera estivesse inscrita na live, me enviasse mensagem no meu servidor de assinantes. O pedido veio em menos de um minuto em forma de um *emoji* exclusivo: um gato branco gordinho e com chifrinhos com a expressão de quem adora fazer maldade. Ele havia sido inspirado em Morrighan. Cliquei no perfil dela e enviei uma mensagem. Havia um número absurdo de solicitações desconhecidas, todas bloqueadas pelo sistema de escaneamento do programa. Apenas pessoas que eu tinha adicionado podiam me enviar mensagem sem ir direto para o spam.

Eu tinha uma política bem rígida quanto aos inscritos — de modo que era proibido enviar mensagens diretas para mim, com a possibilidade de banimento no servidor. Os assinantes entendiam e sabiam o que aconteceria se ultrapassassem os limites, mas sempre tinham os que tentavam ir um pouco além do permitido. Minhas solicitações de mensagens nas redes sociais eram a prova. Muitas fotos indesejadas de pênis, mensagens com níveis absurdos de assédio e até xingamentos de pessoas que me odiavam sem motivo.

Ser famosa na internet também tem seus pontos negativos.

Às vezes, muito mais que positivos.

Respondi a algumas mensagens aleatórias no chat e agradeci às novas inscrições e doações que recebi. Tudo para fingir que não estava insegura ao selecionar o nome da vencedora na lista de usuários disponíveis e enviar uma mensagem privada.

(22:13:04) SkyLin<3: Oi! Parabéns pela vitória! Pode me passar o seu nickname no jogo?

A resposta veio mais rápido do que esperei, como se ela estivesse esperando por mim desde o começo.

(22:13:10) Gabislera: oi, sky! (ノω<。)ノ))☆.。 eh o mesmo daqui hehe

Pensei que *emojis* como esses tivessem ficado lá em 2008. Não continuei a conversa e digitei o nome no jogo. Foi o primeiro a aparecer. Estava no nível máximo, 75. Por coincidência, essa pessoa jogava com a Yun-yu, a transmorfo-loba, que eu shipava com Aya na *fanfic*. Fiquei me perguntando se a pessoa desconhecida lia a minha história ou só assistia às transmissões, mas não tive coragem de perguntar. Falar do que eu escrevia com o chat — que enviava dezenas de mensagens e impressões o tempo todo — era diferente de conversar com uma pessoa específica. Tinha algo de íntimo, próximo demais. A escrita era o único lugar que eu não precisava fingir ser alguém diferente. Era a minha verdadeira essência, meu refúgio, e compartilhar isso com alguém era impossível.

Cliquei em adicionar e, comentando com os espectadores que a inscrita participaria comigo de uma missão, esperei que a pessoa aceitasse a solicitação de amizade. Não havia ninguém na minha lista de amigos em *MoonMoon Land*. No começo, havia sido difícil explicar o porquê. Insistiam, às vezes até se ofereciam para me pagar, mas sempre fui resiliente e os pedidos diminuíram. Mas nunca pararam. A curiosidade sempre foi um gatilho para todos. Só me restava ignorar, bloquear, banir e seguir na minha bolha de proteção.

O nome de Gabislera surgiu na lista em pouco tempo, online.

Esbocei um sorriso para a câmera tentando parecer amigável. Sky e eu, Céu, éramos tão distantes como noite e dia, sol e lua, tempo e vento. A minha personalidade inventada era feita de sorrisos, porque era o que esperavam dela; já eu, não sabia como expressar o que sentia. As palavras escritas eram tudo o que eu conseguia expor — e talvez eu tenha me escondido por tanto tempo que não encontrava mais a saída.

— Gabis, se você estiver me assistindo, me encontra na Caverna Sul da cidade de Velais. Vamos para a missão nova da última atualização! — comentei e as pessoas enviaram inúmeros *emojis* com expressões espantadas.

(22:15:01) Fufurya21: Será que vão conseguir?

(22:15:01) GamerEdus000: Eu tentei com meu grupo de amigos e não conseguimos.

(22:15:02) ViniMaster: Skyzinha, eu posso te ajudar a passar, me add!

Fiquei um pouco nervosa com os comentários. Eu sabia que era difícil — era a primeira vez que tentaria. As missões eram feitas para um jogador, mas era possível convidar amigos para que fosse mais fácil de completar. Sempre fiz tudo sozinha, nunca falhei em nenhuma; e, graças a isso, havia recebido uma titulação rara para jogadores que haviam completado todas as missões disponíveis sem morrer.

O título estampava a minha personagem no jogo — lindo, único e raro. Não estava disposta a perdê-lo. Gostava de ter o que ninguém tinha, de mostrar que era a melhor. Sempre fui competitiva e no jogo era o único lugar em que eu podia inflar o meu ego. Não perdia nenhuma oportunidade. Mas, obviamente, ninguém precisava saber disso. Sky era doce e muito, muito tranquila no jogo.

Recebi uma mensagem no privado do meu servidor.

(22:18:13) Gabislera: vou te enviar um convite de equipe, tá? já entrei na missão e aí te puxo pra cá, tô no chefe te esperando hehehe

Pisquei várias vezes para ter certeza da mensagem. Até minha expressão deve ter mudado, porque os usuários no chat começaram a perguntar o que havia acontecido comigo, se estava tudo bem. Disfarcei com um rápido sorriso e mexi em uma mecha rosa do cabelo, brincando.

— Tudo bem, meus céuzinhos, tá tudo bem. A Gabis... — Olhei para a webcam de relance. — É a Gabis ou o Gabis? Só para eu não errar o seu pronome — perguntei e tentei ganhar tempo para entender o que acontecera.

Porque não podia ser verdade.

Era impossível em caixa alta — IMPOSSÍVEL! — que essa pessoa desconhecida estivesse no chefe final da missão mais difícil do jogo tão rápido e sem precisar de mim, de ajuda. A minha personagem era forte, tinha os melhores equipamentos, era impossível que ela fosse mais forte do que eu.

No servidor, a pessoa respondeu:

(22:20:12) Gabislera: sou uma garota, ela/dela o(〃＾▽＾〃)o

Uma garota.

Eu estava jogando com uma garota que...

Jogava tão bem quanto eu?

O convite da equipe chegou nas minhas notificações e eu aceitei. Em questão de instantes, a minha personagem foi transportada para outro mapa em que a personagem da Gabislera estava.

A Yun-yu da garota não era apenas nível 75 com ótimos equipamentos. Eram melhores do que o meu. E não apenas. Ela tinha todas as estrelas das transformações da personagem — um dos aprimoramentos mais difíceis de conseguir. Era questão de sorte e do quanto você estava disposto a gastar.

Eu tentava desde o lançamento do jogo e só tinha duas estrelas.

Duas míseras estrelas.

Olhei de relance para as mensagens dos espectadores. Eles surtaram ao ver a personagem perfeita de Gabislera, perguntando se podiam adicioná-la ou o quanto ela havia gastado no jogo para conseguir o que tinha.

Desta vez, ela respondeu pelo chat público, não apenas para mim.

(22:22:39) Gabislera: Pouco, consegui todos de primeira hehehe

Eu nunca pensei que poderia odiar um "hehehe", mas ela estava começando a me irritar. Porque era o meu público. A minha missão. A minha live. Não era sobre essa desconhecida sortuda e exibida. Na tela do computador, a mensagem de "missão completa" surgiu sem que eu precisasse me mover no jogo. A garota havia feito todo o trabalho. Escondi a vontade de revirar os olhos e expulsá-la. Sky nunca agiria assim. Céu, sim. Meu traço tóxico era querer ser a melhor em todos os jogos. Pelo menos lá, onde ninguém me conhecia de verdade, eu podia ser. Sorri e agradeci à garota ao vivo, tentando me mostrar tão animada quanto o chat.

— Muito sortuda! — brinquei e me ajeitei na cadeira cor-de-rosa, olhando para o tempo de live. Duas horas e meia de duração. Era pouco para o que eu costumava fazer, mas havia perdido todo o interesse em continuar. Sim, eu sou birrenta a este ponto. Queria me lamentar sozinha com minha gatinha resmungona. Parecidíssima comigo. — Você joga há quanto tempo, Gabis?

Ela respondeu no chat da transmissão.

> **(22:30:01) Gabislera:** uns cinco meses hehehe o(*￣▽￣*)o

Por que você não enfia esse hehehe e esses emojis no seu...

— Que pouco tempo! — Sorri e coloquei os dedos sobre os lábios, minhas unhas postiças realçando a cor das lentes de contato rosadas. Pendi a cabeça para o lado. — Outra hora quem sabe podemos jogar outra missão? Adorei a ajuda, meu amor!

As palavras eram como veneno na minha boca.

Eu iria deletá-la e bloqueá-la no jogo para esquecer que existia.

> **(22:34:40) Gabislera:** claro, posso fazer as missões pra ti bem de boa, nem vai precisar se preocupar em morrer ღ(ˊ◡ˋღ)

Meu rosto esquentou com a ousadia.

Ri baixinho, tão forçada, que quase me engasguei, e fechei a tela do jogo.

— Hoje vou ter que sair antes, meus céuzinhos, infelizmente, mas prometo fazer a próxima mais longa. Agradeço a presença de todos! Beijinhos!

Eu sequer esperei para ver as respostas.

Cliquei em encerrar a transmissão e desliguei o meu computador em seguida, emburrada demais para continuar em frente às telas. Estava tão irritada — e ciente da imaturidade dos meus motivos —, que não me importei em tirar a peruca e as lentes de contato como sempre fazia ao terminar. Eu me joguei entre os travesseiros e suspirei alto o bastante para que Morrighan resmungasse em algum lugar entre as cobertas.

Até agarrá-la e importuná-la não pareceu o suficiente.

Peguei o meu notebook e respirei fundo, emburrada.

Ler uma *fanfic* foi a única forma que encontrei para esquecer que uma garota desconhecida era melhor do que eu.

CAPÍTULO 06

GAROTAS QUE SÃO LÉSBICAS E EMOCIONADAS (E QUEREM CASAR E TER CINCO GATOS COM A GAROTA QUE GOSTAM DEPOIS DO PRIMEIRO ENCONTRO)

Gabriela

Eu não sabia dizer se estava tendo um ataque cardíaco ou se meu coração estava experimentando seus limites.

Quase o sentia na boca.

Anestesiada. Desacreditada. Completamente chocada.

Meu vocabulário era precário demais para descrever o que eu sentia quando a transmissão foi encerrada e o nome de Sky ficou offline no jogo. Se soubessem da minha relação com ela, uma garota da internet que não sabia que eu existia — até hoje —, e eu contasse o que havia acontecido, diriam que era mentira.

Até eu diria.

Tudo parecia pertencer a uma realidade distante, muito improvável de acontecer. Aquilo de "só acredito se acontecer"; e aí, quando acontece, tu diz "não acredito". Era como ganhar na loteria, tirando a parte de ficar rica e fugir para não ser morta e roubada. Mas participar da live de Sky havia me dado um prêmio.

A atenção dela. Uma atenção momentânea e passageira. A maioria não se lembraria no dia seguinte. Menos eu. Porque reviveria aqueles segundos como se estivesse presa no tempo, presa no instante em que *ela* sussurrou o meu nome — meu nome de usuário —, perguntando se eu estava disponível. Estava tão embriagada em meus pensamentos, que não notei que meus lábios haviam se curvado de leve, quase sorrindo. Eu me recostei na cadeira e apoiei as mãos na cabeça, rindo sozinha como se fosse uma adolescente idiota e emocionada que recebera uma cartinha de sua admiradora secreta no intervalo da escola.

Só que eu já era adulta, não frequentava mais o Ensino Médio e fantasiava o impossível.

A realidade caiu sobre mim com uma sensação amarga. Talvez não se repetisse de novo. Talvez Sky não se lembrasse de mim ao acordar. Talvez nunca mais a ouvisse falar o meu quase-nome. A sensação de êxtase que antes eu sentia se desfez. Veio a frustração. Queria reclamar com alguém, reclamar da vida, mesmo que não tivesse razão. Quem nunca reclamou de barriga cheia? Só queria a chance de me lamentar por desejar o inalcançável. Todos precisam de drama, faz bem para a saúde. A minha, pelo menos. O problema era que não tinha ninguém para me ouvir reclamar — e sofrer — por alguém que estava fora do meu alcance, por personagens que não existiam e por uma desconhecida de quem eu só sabia o apelido.

Qual era o nome de Sky?

Qual era a idade dela?

O que ela fazia quando não estava online?

Bufei inconformada e birrenta, mas fui surpreendida pelo interfone. Eram quase nove da noite e eu não estava esperando ninguém. Nem queria. Estava mais a fim de me deitar sozinha e passar o resto da noite relendo os capítulos de Yun-yu e Aya como se fosse possível me consolar.

Quando atendi, a voz bêbada de Mariah respondeu:

— Gabiiiiis, deixa eu entrarrrrrrr. Sou eu. Preciso muito fazer xixi!

— Meu Deus. — Coloquei o interfone no gancho e corri até o quarto para esconder qualquer resquício do jogo, de *fanfics* e de páginas de artes sugestivas de Yun-yu e Aya de *MoonMoon Land*.

Tenho um fraco por *fanarts not safe to work*, infelizmente (mas felizmente).

Quando a campainha tocou, abri a porta para Mariah e tentei não parecer emburrada com a presença dela.

— O que tu tá fazendo aqui a essa hora? — perguntei, e ela me ignorou. Mariah correu para o banheiro aos tropeços, sequer pediu licença.

Suspirei, resmunguei e me esparramei no sofá. Pouco tempo depois, minha amiga surgiu no corredor com os pés se arrastando pelo tapete simetricamente esticado entre a sala e a passagem para o quarto. Fiquei incomodada, mas ela não se importou.

— Nunca mais bebo.

— Tu sempre diz isso. — Olhei para o tapete torto antes de encará-la. — A última vez foi nesse sábado quando tu vomitou o banheiro do Cabaret todo.

Ela riu e se sentou colada em mim.

— Eu sempre digo muitas coisas. Tipo namorar contigo, te beijar, te...

— Ah, sai fora. — Fingi uma risada para não escancarar a frustração, não queria um interrogatório no fim do domingo. — Tu tava onde?

— Eu, a Juju e a Anna fomos beber... — A garota não hesitou em se deitar no sofá e apoiar a cabeça no meu colo. Não costumava evitar, era tranquila e poucas coisas me incomodavam. Mas os excessos de Mariah estavam me aborrecendo. Ela não conhecia a palavra "limite". Só que eu não podia reclamar. Esse relacionamento-que-não-era-relacionamento havia sido algo que eu mesma construí. Não importava a guria que eu estivesse beijando ou com quem estivesse transando para tentar encontrar aquela parte perdida minha (nunca dava certo), no dia seguinte, sempre procurava por Mariah para tentar encontrar o que me faltava (e não achava). Mas preferia esconder as sensações desconfortáveis, sensações que me diziam *algo está errado, tu não quer fazer isso, Gabriela*, e continuar beijando e me relacionando por aí. Era o que deveria fazer... não era? Ainda que nunca sentisse *nada* por elas. Como não sentia por Mariah.

— A gente tava aqui perto, aí pensei: a Gabis deve tá toda tristinha sem mim nesse domingo tão lindo.

— Tu não sabe o quanto...

Desviei o olhar para a TV desligada e me vi no passado, nas últimas horas, perdida entre as palavras de Sky em sua transmissão. Tudo havia sido intenso demais para mim... Queria poder entrar em seu perfil e acessar o vídeo de novo, ter um vislumbre do que havia visto. Só que Mariah estava aqui, com a cabeça no meu colo, e não parecia disposta a ir embora tão cedo.

— O que a minha namorada tá pensando, hein? — Tive que segurar a mão que ela tentou colocar no meu rosto.

— Vai dormir, vai. Tu tá bem alterada e amanhã tem treino. Você não quer meu pai buzinando no teu ouvido às sete da manhã.

Ela fez um biquinho.

— Eu tô tão cansada pra treinar... Bebe comigo, vai? Vamos aproveitar os momentinhos que nos restam.

Beber para esquecer minhas frustrações internas não parecia ruim (embora não fosse muito recomendado). Assenti e me levantei, perguntando se ela queria algo para comer. Mariah aceitou e fui até a cozinha, arrumando o tapete torto no caminho. Peguei alguns latões que estavam na geladeira e coloquei bolinhos de brócolis congelados no forno. No silêncio, minha cabeça insistia em levantar perguntas incertas. Parecia errado, como se estivesse fugindo de mim mesma para evitar encarar a situação.

Quando retornei à sala, Mariah continuava deitada no sofá, assistindo a vídeos aleatórios no celular.

— Seria ruim faltar ao treino amanhã? — perguntou ela e me sentei ao seu lado, abrindo a lata. Bebi um longo e amargo gole. — Treinar às sete, aula às dez... o teu pai é maluco. Meu Deus, não tô pronta pro semestre voltar.

— Ninguém tá — murmurei emburrada. Mariah poderia estar um pouco fora da casinha por causa da bebida, mas em algo tinha razão. Treinar cedo e ter aula pelo resto do dia era desanimador.

Meu pai não pegaria leve com o jogo das classificatórias do campeonato gaúcho se aproximando. Não depois da derrota vergonhosa no ano passado. Éramos as favoritas. Tínhamos tudo para ganhar aquele título, e os jornais esportivos da região diziam que eu e Victória, também da equipe, éramos as promessas para o cenário nacional e, quem sabe, mundial.

Até eu jogar igual a uma batata podre e fazer meu time perder com uma desvantagem escandalosa para o Caxias.

— Tu chegou a fazer a inscrição na disciplina optativa que tá faltando pra tu completar teus créditos, hein? — perguntou Mariah de repente. Bebi e olhei para ela, que estava quase deitada no meu colo de novo. — Amanhã é o último dia de reajuste de matrícula.

— Sim, mas não tinha mais vaga no curso de Educação Física e me matriculei na Fisio. É minha primeira aula amanhã. Perfeito para começar a segunda: treino com meu pai e uma disciplina que não vai fazer diferença nenhuma na minha vida, só porque é obrigatória no currículo.

— Relaxa, Gabis. — Mariah deu um tapinha de consolo em meu ombro e se encostou mais em mim. Daqui a pouco iria subir na minha cabeça de tão perto. — Por que a gente não aproveita as últimas horas do domingo?

— Ela decidiu se levantar e pegou uma das latas. — Ai, não tem algo pra comer, não? Algo que não seja fitness, pelo amor de Deus.

Dei uma risada forçada. Se ela não percebesse o meu desânimo agora, nunca mais perceberia.

— Coloquei bolinho de brócolis no forno, é isso ou frango desfiado.

Ela revirou os olhos e correu até a cozinha dizendo que encontraria algo melhor, minha reação foi um *aham* preguiçoso e exasperado. *Mano*, precisava relaxar, esvaziar a cabeça e esquecer minha frustração imatura em relação a uma *e-girl* de cabelo rosa.

Entediada, peguei o meu celular. As notificações da rede social mostravam duas publicações recentes de Sky. Uma delas era uma frase muito lembrada pelos leitores da *fanfic* dela. *Eles odeiam garotas como nós*, dizia, acompanhada de uma arte de Aya e Yun-yu em uniformes escolares. Na outra atualização, um comentário supostamente aleatório.

> **SkyLin<3 está na roxinha todos os dias (ou quase)!**
> @skylinlins
> Do que adianta ter asas se você tem medo de voar? Você não merece esse Céu...

Postado há cinco minutos.

Arqueei a sobrancelha. Os comentários estavam fechados. Apenas pessoas citadas por ela poderiam responder. Rolei a tela do perfil da guria para ver se tinha algo a mais relacionado. Encontrei apenas postagens referentes à *fanfic* e repostagens com artes de jogos.

Ué, murmurei baixinho e atualizei o *feed* dela para voltar ao comentário. Só que ele havia simplesmente desaparecido, como se nunca tivesse sido postado. Pensei ter sido um erro de carregamento do aplicativo, atualizei pela segunda vez e nada mudou. Eu cheguei a reiniciar o celular para ter certeza de que o problema não era comigo.

Sky havia deletado o *tweet*.

— O que tá fazendo aí? — Meu celular quase foi parar no chão com a pergunta repentina de Mariah.

Bloqueei a tela e coloquei o aparelho de lado.

— Só passando o tempo... — Disfarcei com um sorriso.

Ela não notou e, sem pedir licença, deitou-se no sofá e apoiou a cabeça em minhas pernas. Eu me sentia muito idiota, mas não podia continuar com meu humor de cadelinha rejeitada pela dona. Olhei para Mariah e me forcei a fazer carinho no cabelo dela. *Foca a realidade, Gabriela*, pensei quando a garota ergueu os olhos para mim, com um sorriso bobo no rosto pálido. Não poderia dizer que ela não era bonita, tinha estilo e muita confiança, mas era só isso. Não conseguia me sentir *verdadeiramente* atraída por ela ou por qualquer outra — mulheres ou pessoas não-binárias — mas não confessava isso a ninguém. Se tinha algo errado em mim, nunca saberia (porque não estava disposta a descobrir). Esperavam de mim uma postura ativa, talvez fosse a minha altura ou minha personalidade; e era exaustivo demais ser encaixada nesse estereótipo de lésbica predatória.

Porque, às vezes, eu só queria alguém que me despertasse aquele frio na barriga, aquela sensação de conforto.

Aquele nervosismo gostosinho de sentir.

Como Yun-yu sentia ao ver Aya nos corredores da escola. Como os sentimentos das duas, escritos tão bem por Sky.

Continuei observando Mariah — menor do que eu, olhos verdes concentrados em mim, a expressão de pura expectativa. No fim, era culpa minha. Por buscar nela o que não encontrava em alguém. Eu me perguntei se, um dia, aquele *frio na barriga* que eu buscava aconteceria se eu desse uma chance ao nosso relacionamento.

Amor leva tempo, não leva?

Mordi o lábio e me julguei por pensar demais enquanto bebia.

Mariah sorriu para mim.

— Quer me beijar, Gabriela?

— Quero.

Mas ao aceitar isso, eu continuava me enganando.

Eu estava atrasada para a minha primeira aula do semestre.

Nada fora do normal — eu não me lembrava de um dia em que tivesse chegado no horário estabelecido. Quem nunca se atrasou que atire a primeira pedra. Eu desviava dos estudantes e tentava não correr para chegar à sala da disciplina. Os corredores do Departamento de Ciências da Saúde e da Vida, que era um nome muito longo e eu preferia usar apenas o número do prédio, estavam movimentados. As aulas estavam começando e eu não era a única perdida entre tantos números e portas. Nada era intuitivo e era preciso fazer uma caça ao tesouro para encontrar o que tu precisava. Sem um mapa com um *X* vermelho enorme.

Com quase 27 minutos de atraso, recebi a informação do andar e da localização da sala por uma alma caridosa no meio do caminho (posso ter passado o meu @ do Instagram para ela no processo, mas *detalhes*). A porta estava entreaberta; e, de lá, uma voz feminina soou. As explicações básicas do primeiro dia. Muitos alunos eram novos, enquanto outros, como eu, estavam no último ano.

À medida em que eu me aproximava, a voz foi se tornando mais clara.

Mais familiar...

Eu tinha certeza de que a conhecia.

E não era bom.

Definitivamente não era. Quando parei em frente à porta e a vi se apresentar para a turma, congelei. A professora ficou surpresa ao me ver, os olhos azuis brilhando através dos óculos de gatinho. Eu conhecia bem a expressão de surpresa dela. Conhecia muitas outras expressões também, algumas inapropriadas para o momento.

— Gab... Gabriela. Olá, pode entrar... — gaguejou a professora ao falar meu nome.

Entrei devagar, hesitante, e me sentei na primeira cadeira, próxima a Marina, incapaz de olhar para as pessoas que me observavam. Ainda tentava engolir a realidade, as circunstâncias que me fizeram parar ali, exatamente em frente a ela. Baixinha, com cabelos longos e lisos, escuros como o vestido que usava.

Marina Hoffman.

Mais especificamente: a mulher que me destruiu e nunca me disse como me consertar.

Acontecera há quase cinco anos. Eu havia acabado de completar vinte anos, estava estudando para o vestibular e curtindo aquela fase da vida em que nos sentimos adultos, mas, na verdade, não passamos de jovens inconsequentes e emocionados. Vivenciei isso ao me apaixonar perdidamente por uma mulher mais velha. Ela tinha 35 anos na época. Nos conhecemos em uma junção e passamos a noite toda conversando e bebendo. Eu tinha acabado de sair de uma decepção com uma garota hétero que me enganou (e usou) e estava sedenta por um amor de verdade. Marina parecia aquele amor — o jeito agradável, ousado e experiente. Não nos beijamos na ocasião, ela brincou comigo e provocou coisas que eu nunca tinha sentido, o que talvez tenha me motivado a me aproximar mais dela.

Começamos a nos envolver aos poucos, e eu fiquei realmente na dela. Ficamos juntas por quase um ano. Tudo fluía com ela, o beijo, o sexo, a conversa. Eu sentia o que nunca consegui sentir com outras mulheres, aquela conexão estranha, aquele desejo, aquela atração intensa. Sim, eu a amei de verdade, nunca negaria, mas era um amor incerto, um tanto... obsessivo. Ela ditava o que eu precisava fazer e *como* fazer — mas eu estava apaixonada e, sinceramente, não importava. Queria tê-la, sonhava em viver com ela.

Era uma jovem iludida com o primeiro amor de verdade e que mal sabia o quanto terminaria aos pedaços.

Porque descobri que Marina era casada com um homem e tinha dois filhos. Ela estava em Porto Alegre sozinha para terminar o doutorado em Fisioterapia na UFRGS. Depois, voltaria para Santa Maria, onde vivia com a família.

Um ano com ela e nunca vi uma foto deles.

Ela soube esconder bem.

O pior? O marido dela descobriu. O cara foi atrás de mim e quase apanhei na frente de todo mundo de alguém que pulava o dia de perna na academia. Foi uma dor de cabeça horrível e cansativa. E não posso esquecer da pior parte. De ser enganada quando estava apaixonada. Muito apaixonada mesmo. Mas era passado. Deveria ser passado. Só que eu não estava disposta a ficar olhando para o passado todas as segundas-feiras pela manhã.

Comecei a suar frio. A me sentir sufocada, nervosa, desesperada. O olhar discreto de Marina caiu sobre mim, notando que eu estava inquieta. Algumas pessoas tendem a acreditar que, depois de um tempo, tu é capaz de superar quem te fez mal no passado. Dizem que amadurecemos. Mas não era verdade, não para mim. Algumas pessoas nos fazem tão mal, que nada nos ensina a resistir aos gatilhos.

Sem pensar, e com dificuldade para respirar, eu me levantei depressa e corri em direção à porta, ignorando a pergunta que me foi dirigida pela professora. Saí da sala e me encaminhei até as escadarias, o mais longe possível da sensação que me sufocava sem compaixão. Meus músculos estavam tensos e minha cabeça doía. Eu consegui me acalmar, pelo menos um pouco, quando entrei no banheiro do andar inferior e me encarei no espelho trincado.

Meu Deus.

Como pode alguém do passado ainda ser capaz de te fazer tão mal?

Coloquei uma das mãos no rosto e tentei recuperar o controle dos pensamentos. Porque eu estava fodida. Fodida demais. Era o último dia de reajuste de matrícula e eu duvidava que tivesse alguma disciplina disponível para a troca. Se tivesse, seria algo aleatório e inútil. Mas que opção eu tinha? Eu precisava me formar. Preferia uma cadeira aleatória e sem sentido nenhum a encontrar Marina toda semana.

Olhei para o celular e me certifiquei do horário: nove e vinte. O reajuste era até dez e meia. Para poupar tempo, acessei a grade de matérias optativas disponíveis. As opções eram ridículas — coisas como *Ecologia e Evolução de Peixes Recifais*, *Análise de Sementes* e *Fitogeografia*. Todas absurdas demais. Estudar a vida dos peixes? Sim, perfeito para que eu morresse de tédio. Entre tantas, uma chamou a minha atenção. Escrita Criativa. Era no prédio 8, de Letras, e começava justamente hoje. Perfeita para encaixar na minha grade de estudos. Não parecia a melhor opção do mundo, mas definitivamente era melhor do que pesquisar sementinhas ou peixes. Eu não gostava de escrever e tinha muita preguiça de ler — se não fossem as *fanfics* lésbicas da Sky —, mas poderia sobreviver a um semestre disso se estivesse longe do meu passado traumático.

Decidida, solicitei a alteração da disciplina pelo Portal do Aluno. Então, ajeitei o meu cabelo, preso em um rabo de cavalo, e corri para chegar a tempo na aula.

CAPÍTULO 07

GAROTAS QUE GOSTAM DE GAROTAS (EM SEGREDO, MAS NÃO QUERIAM QUE FOSSE)

Maria Celeste

Fui a primeira a chegar na sala de aula.

Oito e dez da manhã. A aula começaria apenas às nove. Nervosismo ou insegurança? Eu diria os dois e mais uma lista interminável de motivos para eu estar lá com cinquenta minutos de antecedência.

Não tinha dormido na noite passada. A ansiedade havia me devorado — fiquei rolando na cama e passando o *feed* das redes sociais enquanto esperava o sono me encontrar; e, quando aconteceu, fui confrontada por pesadelos. De chegar atrasada. De não ser aceita. De ser descoberta. Vivenciei milhares de cenários que perturbaram o meu sono e afetaram o meu humor no amanhecer. Se ansiedade tivesse um nome, seria o meu. Mas nada conseguiu desmanchar o gostinho de liberdade que eu senti ao pôr os pés naquele departamento. Porque — por mais que fosse um segredo — eu estava lá, experimentando o curso que sempre foi o meu sonho.

A disciplina optativa de Escrita Criativa não havia sido uma ideia minha, mas de Ofélia. Eu estava almoçando com ela e sua esposa, Aminah, quando o assunto surgiu. Eu neguei, disse que meus pais nunca aceitariam que eu cursasse uma cadeira que não tivesse relação com Medicina.

Quem disse que eles precisam saber?, foi a sugestão da minha tia. Como eu nunca havia pensado naquilo?

Logo eu, acostumada a esconder tanto.

Depois de uma longa conversa — que envolveu surtinhos do que eu poderia escrever nessa optativa —, decidi acatar a ideia e me matriculei.

Preparei tudo com antecedência: comprei materiais exclusivos para a disciplina, um conjunto de canetas combinando e inúmeros acessórios que não usaria por pena de gastar.

O importante era estar uma disciplina que me fazia sentir vontade de estudar. Sem nome de ossos, sem partes do corpo ou formas de protozoários nojentos. Eram apenas letras, histórias e o meu desejo de escrever.

Perto das nove, as duas primeiras alunas além de mim chegaram. Fiquei aliviada ao vê-las e me certifiquei se estava no espaço correto. Sala 212B, Escola de Humanidades. Prédio 8. As garotas se sentaram próximas e pareciam se conhecer. Conversavam baixinho e riam entre elas. Um casal entrou em seguida, de mãos dadas, e se sentaram perto da saída. Não pareciam muito contentes por estarem lá. A menina acenou para as outras garotas e me senti sobrando. Deveria ser a única estranha entre eles. Não era todo dia que uma aluna do curso de Medicina se matriculava no curso de Letras.

Pouco tempo depois, com vinte minutos de atraso, o professor chegou. Era jovem, devia estar entre os trinta e poucos anos. Ele cumprimentou as duas garotas como se as conhecesse, animado e comentando sobre alguém desconhecido. Depois, sorriu para o casal, dizendo que não esperava vê-los na disciplina. O garoto, desanimado, respondeu que não tiveram escolha. Nenhum outro aluno apareceu. Ou estavam atrasados, ou não gostavam do primeiro dia de aula.

Ou a turma se resumia a cinco estudantes.

Nada melhor do que se sentir deslocada em um ambiente novo.

— Se ninguém mais se inscreveu de última hora, seremos só nós — comentou o professor ao olhar para a folha de chamada. Depois, a atenção caiu em mim. Eu senti meu rosto arder.

Fiquei aliviada quando ele desviou a atenção e pegou o notebook na mochila. Não parecia com pressa. Organizando o material, comentou sobre o começo do semestre, se os alunos estavam ansiosos e, para o meu desespero, pediu que falássemos um pouco de nós. As garotas que o conheciam se apresentaram primeiro. Eram estudantes de Letras, estavam no sétimo semestre do curso e se formariam em breve. Senti inveja delas. Queria eu estar terminando um curso que gostava, em vez de me preocupar em *não* desmaiar enquanto finalizava o curativo de um paciente.

Quando todos terminaram de falar, o olhar do professor, que se apresentou como Leandro, caiu em mim. Fiz o meu melhor para não gaguejar e tentei incorporar a garota que não tinha medo do público: Sky, e não Céu.

— Meu nome é Maria Celeste, mas prefiro que me chamem de Céu, e... — Eu travei por um instante, com o nome do meu curso na ponta da língua. Medicina, diria. Mas aquela parecia uma péssima ideia. Logo surgiriam perguntas como "e por que decidiu fazer essa optativa?" ou comentários como "tudo bem não entender, você não é dessa área". Não queria odiar o que sempre ansiei, muito menos dizer que estava lá porque gostava de escrever e tinha uma *fanfic* de sucesso na internet. Mentir soava muito mais tentador. Mas como saber as áreas que a universidade abrangia? Eu corria o risco de dizer um curso que a universidade sequer tinha. — Sou da... Psicologia.

Fui na opção mais segura. Se eu contasse, encontraria mais de vinte opções de faculdades de Psicologia só em Porto Alegre.

— Gosto de escrever — finalizei quando o silêncio se tornou desconfortável.

O professor sorriu para mim.

— Que bom. Porque tu vais escrever muito nessa disciplina. — Ele olhou para os demais alunos e torceu os lábios, pensativo. — Minha metodologia é bem simples, meus queridos. Eu costumo separar a turma em duplas. Porque escrever é uma troca, faríamos leitura e reescrita dos textos dos nossos colegas, mas estamos com um número ímpar... Acredito que o melhor é trabalharmos individualmente e trocarmos os textos com um aluno por vez.

— Ah, professor, prefiro trabalhar em dupla — comentou uma das meninas, Karina era o nome dela, com uma vozinha forçada de decepção. Revirei os olhos ao ouvi-la. — A menina nova podia fazer a troca contigo, né? Porque eu e a Bianca já nos conhecemos e o Rafael e a Carol não se desgrudam.

Uma onda de calor subiu pelo meu corpo.

A menina nova, ela disse. Então, decidiu que era melhor me deixar de lado das atividades propostas pelo professor como se estivesse no controle. Eu não tinha problema nenhum em trabalhar sozinha, tudo bem, gostava até, mas me incomodava a forma como ela havia se referido a mim, à aula. Quem era ela para ter esse direito? Quis me levantar e argumentar. Quis apontar o dedo na cara dela e dizer, *escuta aqui, sua ridícula e brega,* mas respirei fundo e tentei me manter incorporada em Sky. Doce. Compreensiva.

Um amor. Por dentro, deixei Céu que, birrenta e irritada, criaria uma personagem com o nome da colega e a faria ter o pior destino possível.

— Por mim, tudo bem — comentei com um sorriso forçado.

— Não sei se é o melhor, mas...

A porta se abriu em um baque e interrompeu o professor. Pedindo licença e se desculpando pelo atraso, uma garota de cabelos pretos entrou. O braço cheio de tatuagens — com o rosto de uma medusa e com um dos personagens do filme *A viagem de Chihiro* — foi o primeiro detalhe que notei. A nova aluna era alta, mais alta que o professor, tinha braços fortes e era impossível não reparar na barriga exposta pelo *cropped* justo que vestia com a calça jeans *skinny*. Estava com uma camisa xadrez amarrada à cintura, apenas por estilo, imaginei, porque não estava frio. Desviei o olhar por um segundo, ciente de que passaria a impressão errada se a observasse por muito tempo.

Mas foi inconsciente como... minha cabeça se ergueu novamente.

Para ela.

No mesmo instante em que seus olhos também caíram nos meus.

Durou segundos, quem sabe milésimos, rápido demais. Baixei o rosto com as bochechas ardendo — encarei o meu caderno, as páginas brancas e as canetas intocadas. Por dentro, tentava entender por que o meu coração batia tão nervoso, tão acelerado. *Culpa dessa garota*, pensei ao torcer os lábios e observá-la pelo canto dos olhos. Era estilosa (e bonita), parecia carregar um ar de confiança enquanto caminhava. No rosto arredondado, de pele levemente bronzeada, havia uma constelação de sardas. O piercing de argola no nariz a favorecia muito, o que me fez pensar na possibilidade de escrever uma personagem com um.

Só que o nervosismo da troca de olhares ainda me assombrava.

Eu não tinha problemas com garotas bonitas, mas garotas bonitas *e* confiantes me deixavam nervosa. O professor a cumprimentou e a convidou a se sentar. Não vi onde exatamente, estava desconfortável e preferia olhar para minhas canetas coloridas a erguer o olhar e entregar a minha expressão de quem havia sido pega no flagra.

— Você chegou na hora perfeita, Gabriela. Estávamos falando sobre sermos um número ímpar de estudantes, o que dificultaria a minha metodologia. Você pode se sentar com a Maria Celeste e aí fechamos as duplas.

— Ergui o rosto depressa quando o professor terminou de falar. Dupla. Comigo. Só podia ser brincadeira: eu não queria trabalhar com ninguém.

— Ah, beleza — respondeu Gabriela e se aproximou, sentando-se na cadeira ao lado. Ela largou a mochila no chão, passando as mãos pelos fios soltos do rabo de cavalo. Nos pés, ela usava tênis de cano alto. Então, olhou para mim, as sardinhas ao redor do nariz se acentuaram quando sorriu. A pele com resquícios de suor. — E aí?

Não tive a oportunidade de responder ao cumprimento: o professor a chamou em seguida e pediu que se apresentasse para a turma.

— Eu sou da Educação Física. — Gabriela deu uma risadinha exibida. Segurei a vontade de revirar os olhos. — Não era minha intenção me matricular nessa disciplina. Mas aí perdi o tempo, tive uns problemas e acabei aqui. Não sou boa escrevendo, mas gosto de ler. Desde que não sejam clássicos.

A garota terminou com um meio sorriso, recebendo outro do professor. Ela falava cheia de imposição, sem medo de dizer que não queria estar ali. Para alguns, um ponto positivo, as pessoas gostam de honestidade. Para mim, prepotência. Quem era ela para dizer que não queria estar presente? *Blá, blá, blá não gosto de escrever.* Nunca gostei de honestidade — eu mesma não era honesta — e tudo o que eu não precisava era de alguém que não contribuiria em nada para o meu aprendizado.

Torci para que ela que notasse o quanto a ideia da dupla me incomodava. Fiz o meu melhor para expressar arrogância.

Só que ela não percebeu e continuou sorrindo como uma idiota.

— Muito bem, o que acham de começarmos pela prática e não pela teoria? Porque a melhor forma de desenvolver a nossa escrita é... surpresa... — O professor abriu os braços e expressou animação. Soou muito forçado e vergonhoso — escrevendo. O que eu quero de vocês é que criem um personagem. Pode ser o que quiserem. Uma pessoa? Um animal? Quem sabe um objeto? Até mesmo um ser fantástico, vocês escolhem. A ideia é que esse personagem acompanhe a escrita de vocês ao longo desta disciplina. Sejam criativos.

Olhei de relance para a minha dupla. Ela estava mexendo no celular, sentada na cadeira como se estivesse em casa. Torci os lábios, incomodada, e tentei prestar atenção no professor. Queria não me irritar no meu primeiro dia de aula, mas essa tal de Gabriela-da-Educação-Física não estava facilitando. Leandro explicou um pouco mais sobre a proposta. Criaríamos um personagem que usaríamos em nossos trabalhos seguintes, adaptando-o a situações que nos ajudariam a moldar a história e a personalidade dele. Na conclusão da disciplina, faríamos uma antologia com os contos dos alunos que seria publicada pela editora da faculdade. Gostei do conceito e me peguei pensando em infinitas possibilidades de escrita.

Tinha tantas ideias...

Tantos personagens esperando por mim.

Quando você gosta de escrever, tudo se torna um possível projeto para o futuro. Qualquer centelha de inspiração vira uma narrativa em potencial. Na semana anterior, tinha pensado em um enredo depois que Morrighan destruiu o coelho de pelúcia dela para, logo em seguida, deitar-se ao lado dele como se estivesse arrependida.

Uma história sombria de uma rainha cruel que destrói a sua inimiga de anos, mas, no fim, sente falta dela e percebe que no fundo não a odiava, e sim a amava. Trágico e romântico, o meu estilo favorito.

— Ei, Maria.

A garota nova se inclinou na minha direção para cochichar. Fui completamente arrancada da minha realidade de narrativas questionáveis.

— Céu — respondi sem encará-la.

— Céu? — A pergunta me forçou a virar o rosto. Ela sorriu de canto, meio surpresa, meio debochada. Senti minha garganta doer com palavras sufocadas que eu tinha medo de dizer. — Gostei. *Céu* — repetiu com um sussurro longo, arrastado.

Minhas orelhas esquentaram.

— O que foi? — perguntei depressa, não querendo que ela percebesse minha reação.

— O que é pra fazer? Não estava ouvindo.

— Não acredito! Qual o seu problema? — A pergunta a fez arquear a sobrancelha. Se estava ofendida com minha postura, não demonstrou. Manteve o sorrisinho de quem está se divertindo com a situação. — Olha só, Gabriela, realmente estou levando essa disciplina a sério e gostaria que você fizesse o mesmo.

Ela se recostou na cadeira.

— Tô vendo que leva a sério. — Riu baixinho como se tudo não se passasse de uma piada. — Relaxa, Céu. — Segurou a risada quando demonstrei que estava irritada.

— Eu tô relaxada! — Me endireitei na cadeira e empinei o nariz, como se fosse inabalável. O que era uma grande mentira: minha tolerância era de vidro e Gabriela estava começando a trincar a superfície.

— *Aham* — murmurou ela e pendeu a cabeça para o lado ao me observar. Eu estava tão vermelha, irritada, aborrecida e contrariada, que, se a garota continuasse me encarando com aquele ar de superioridade, explodiria.

— Vai escrever sua personagem logo. — E olhei para o caderno em branco. Pelo canto dos olhos, percebi a garota ainda me observando, mas fiz o máximo para ignorar.

Ela não respondeu mais, e, pouco tempo depois, escutei Gabriela perguntar ao professor sobre nossa atividade. Respirei alto, de um jeito claramente frustrado. Decidi que era melhor me concentrar no que precisava ser feito em vez de me desgastar com uma desconhecida que não dava a mínima para a escrita. Aquela era a minha oportunidade de sentir um gostinho do que era cursar o meu sonho, não o do meus pais.

Gabriela não falou comigo até o fim da aula e saiu sem dizer nada. Eu não estava esperando um *tchau*, mas me senti atacada. A garota brincou comigo, testou o meu limite e desapareceu. Mordendo o lábio inferior, permaneci sentada enquanto todos guardavam seus pertences para sair. Esperei ser a única na sala além do professor e, então, me levantei para conversar.

— Posso falar com o senhor por um momento?

— Claro, Maria. Pode falar. — Ele ajeitou os óculos e esboçou um sorriso amigável.

Permaneci séria.

— Pode me chamar de Céu — repeti. Maria. Celeste. Maria Celeste. Qualquer forma do meu nome me incomodava. Odiava-o. Sempre o associava às partes complicadas da minha vida, todas com meus pais. Era sempre um "Maria Celeste" seguido de uma crítica, de um olhar de desprezo, de uma decepção. Meu nome era como um mau-agouro, digno de distanciamento. Tentei esquecer esse pensamento e me preocupei com o que me incomodava no momento. A garota. Minha dupla. — Eu queria saber se é possível eu fazer meus textos individualmente.

Ele piscou algumas vezes.

— Algum problema?

— Gosto de trabalhar sozinha — respondi com sinceridade. — Sempre fiz meus trabalhos de faculdade assim, então queria saber se tem essa possibilidade.

Leandro me observou por um momento, os dedos inquietos sobre o livro aberto na mesa.

— Eu entendo o seu ponto, Maria. — Me segurei para não revirar os olhos quando ele usou meu nome, ignorando o que eu havia dito. — É mais fácil, mais confortável... mas a escrita não é solitária. Não a que eu pretendo alcançar com essa disciplina. É preciso uma troca, e, se você fizer sozinha, a Gabriela também vai. Isso vai contra a minha proposta.

Em outras palavras: eu teria de aturar a garota.

— Você entende, não entende? — perguntou ele, obviamente percebendo minha expressão de decepção.

— Sim, entendo. Tudo bem. — A verdade era que eu não entendia e não queria entender. Mas, como em muitas situações em minha vida, não havia nada o que ser feito. Apenas aceitar e buscar uma forma de suportar.

Suportar o que não queria e as pessoas que detestava.

Com um sorriso forçado, me despedi do professor e deixei a sala.

CAPÍTULO 08

GAROTAS QUE BEIJAM GAROTAS (EM PENSAMENTOS)

Gabriela

O cansaço me comia viva quando cheguei em casa perto das 21h.

Era segunda-feira ainda e a semana já parecia longa; como aquele meme do cara dizendo *what a week, huh?* com uma expressão de derrota e o companheiro respondendo, *captain, it's only Wednesday*. Mas, no meu caso, ainda era segunda e eu tinha certeza de que não sobreviveria até sábado sem perder a sanidade. Os treinamentos pesados para as qualificatórias do campeonato haviam começado e meu pai estava sedento pela taça este ano. Até Juliana, uma das meninas do time, que nunca abria a boca para reclamar, havia se juntado a mim, Mariah e Victória no grupo: *o meu treinador quer me matar*. E o peso de tudo caía sempre nas minhas costas — era a capitã e deveria ser o exemplo para minhas companheiras. Tudo bem que eu era boa, não negaria meu talento nas quadras, mas, às vezes, só queria chegar em casa depois da aula e não me preocupar com nada. Só jogar, ler *fanfics* em segredo, assistir às lives de Sky ou sair para beber por aí feito uma adolescente inconsequente.

Pensar nisso sempre me dava dor de cabeça. O melhor remédio era me sentar no computador para esquecer o amanhã enquanto me ocupava em aprimorar a minha personagem. Pelo horário, Sky deveria estar ao vivo em seu canal. Não era uma ideia ruim tentar chamar a atenção dela novamente.

Quem sabe ela se lembra de ontem?

Após o banho e uma refeição reforçada que incluiu pelo menos três ovos, bananas e muita aveia, fui para o quarto. Vestindo o pijama, uma camiseta larga escrita *Alpha Female* (que na época que comprei era engraçada), e um short de treino, apertei o *power* do meu gabinete preto e recheado de RGB colorido. A regra para PC *gamers* era a seguinte: quanto mais luz, melhor. O meu tinha de sobra. Fruto de mais de dez anos enfiada nas quadras de basquete até ser notada pelos meus primeiros patrocinadores e das minhas aulas como personal. Mais um ano e terminaria a graduação. Mais um ano e estaria totalmente focada na minha carreira nos esportes.

Só precisava vencer e recuperar a fama que havia perdido no ano passado.

Bring me the Horizon começava a tocar quando cliquei no ícone do inicializador de *MoonMoon Land*. Conferi as redes sociais e postei um *story* de cabelo preso, *headset gamer* e sorrisinho de canto. Uma mensagem de Mariah saltou nas notificações, mas eu ignorei, colocando o celular no "não perturbe". Antes de selecionar a minha personagem no jogo, procurei pelo canal de Sky, mas estava offline. A última transmissão havia acontecido uma hora antes com apenas trinta minutos de duração. Em outras situações, teria me sentido frustrada, mas a curiosidade não me deixou pensar no que havia perdido, no que mais poderia ter acontecido.

Por que a live tinha durado tão pouco tempo?

As transmissões da garota costumavam passar de quatro horas e muitos dos espectadores, eu estava inclusa, pediam que ficasse mais tempo. No servidor, ela também estava offline. Ocupada, pelo visto. Ela tinha uma vida fora da internet, afinal; e, embora Sky estivesse todos os dias presente, rindo, jogando e conversando com os que lhe assistiam, pouco sabíamos sobre ela.

Qual era o seu nome de verdade?

O que fazia quando ninguém estava vendo?

Quem estava ao lado dela?

Bufei e selecionei minha transmorfa de fogo. A tela de carregamento apareceu em seguida, luazinhas seguiam uma versão minúscula e com orelhinhas da protagonista, Aya. Sempre pensei na *fanfic* ao ver a personagem, principalmente nas cenas de quase-romance responsáveis por roubar o meu fôlego e alguns anos de vida.

Sky se divertia brincando com a saúde mental (e física porque meu corpo sempre reagia como se estivesse em combustão) de seus leitores; e, por mais que eu soubesse que estava dando um passo largo em direção à morte, não me arrependia. Não me parecia ruim morrer por causa de garotas se beijando e se provocando. Quando comecei a ler, não tinha conhecimento da existência da garota. Fiquei sabendo da história no TikTok, por alguém que havia lido a história e a estava recomendando para Deus e o mundo. Eu pularia o vídeo se as hashtags não indicassem o nome do jogo e se a música usada no vídeo não fosse "Desde quando você se foi", da Fresno.

Como uma emo velha, as músicas da banda ainda eram frequentes em minhas playlists.

Os trinta segundos do vídeo foram o suficiente para me fazer procurar pela *fanfic*. Encontrei em um site famosinho do gênero no Brasil. Comecei a ler exatamente às vinte e duas e trinta, depois de pegar um lanche e me deitar. A Gabriela *antes* da história — que não sabia que personagens fictícias poderiam fazer seu coração palpitar — não imaginava o que estava por vir. Lembro de ter finalizado perto das cinco da manhã. Se os deveres não apitassem em meu ouvido, eu teria continuado até os capítulos mais recentes. Acordei morta no outro dia, mas feliz; e graças às férias, pude terminar a leitura e sofrer com a ansiedade pela próxima atualização. No perfil da autora, conheci SkyLin, a garota com mais de 600 mil seguidores, e descobri que ela não se limitava à *fanfic*. Havia também um canal de *streaming* de jogos. *Uma garota que escreve sobre lésbicas e joga?* Parecia ficção demais para mim. Principalmente quando a assisti pela primeira vez.

Como não se atrair (e se apaixonar) por garotas de cabelo rosa na internet, Google pesquisar.

Apaixonar era uma palavra forte para descrever o que eu sentia.

Mas que algo nela mexia comigo... *ah*, mexia. A história, talvez, ou o jeito que xingava quando estava jogando?

Gabriela. Não. Definitivamente não.

Me esforcei para voltar à realidade e parar de sonhar com o impossível. O jogo carregou, mostrando minha personagem em um mapa desértico — lugar que havia deixado no dia anterior. As missões diárias apareceram no menu de acesso; e lá, logo abaixo, estava a opção de amigos.

Eu não costumava adicionar estranhos no jogo. Gostava mais de explorar o mundo sozinha; embora, às vezes, fosse necessário entrar em algum grupo para fazer missões específicas. Além disso, gostava de ajudar os mais fracos. Era bom para inflar o meu ego: elogios nunca eram demais.

Apertei para ver quem estava online e quase tive um mini-infarto com o nome que apareceu na tela.

SkyLin (campos do luar dourado)

Pisquei algumas vezes e cheguei a duvidar da realidade. Porque era ela. A garota estava online no jogo, sem transmitir ou divulgar para seus seguidores. Minha mão ficou úmida contra o mouse. Seria invasivo demais enviar uma mensagem? Eu correria o risco de ser ignorada, bloqueada ou, talvez, banida para todo o sempre (o que era assustador de pensar, a garota era meu vício secreto). Ou nada aconteceria. Tudo não passaria de um surto da minha imaginação, uma imaginação muito traiçoeira e filha da puta. O resto era cara de pau. Hipocrisia também, muita hipocrisia mesmo. Num segundo, eu estava pensando que era exagero meu e que devia parar de pensar demais. No outro... estava clicando em enviar a mensagem.

> **(22:03:21) Gabislera:** boa noite, Sky. lembra de mim?

Minha respiração se acelerou, estava nervosa e ansiosa. Conversar e flertar com garotas bonitas costumava ser fácil, fazia parte do meu dia a dia. Mas o contexto atual era diferente.

Não era só uma garota bonita — linda, na verdade —, mas a pessoa que eu acompanhava fielmente e por quem tinha uma quedinha (enorme). A mesma pessoa que me fez ler oitenta capítulos em uma semana... e eu odiava ler.

Mandei uma segunda mensagem quando a resposta não veio.

> **(22:11:21) Gabislera:** desculpa se tô atrapalhando, hehe, queria só saber se quer jogar comigo.
> **(22:12:25) SkyLin<3:** Não, obrigada.

Ela pareceu seca e evasiva. Talvez estivesse tentando jogar em paz, e eu, claramente emocionada, estava invadindo sua privacidade. Por mais que uma vontade súbita de me conectar a ela me instigasse a persistir, eu não queria ser como aqueles homens chatos da internet que ficavam em cima o tempo todo. Sufocar a guria era a última coisa que queria. Então, fiz o meu melhor, embora quisesse, como algumas vezes acontecia, fazer o pior.

> **(22:12:51) Gabislera:** tudo bem, bom jogo pra ti, se tu precisar de ajuda, me fala tá

Queria não ter me sentido frustrada com a ausência de resposta. Não era obrigação dela, afinal; no fundo, contudo, tu cria expectativas, imagina um contexto diferente, muitas vezes irreal. Estava acontecendo com frequência comigo, desde que escutei o meu nome na voz dela. *Caia na realidade, Gabriela*. Nossos mundos eram distantes. Ela com a vida dela, onde quer que estivesse morando no Brasil; eu com a minha, perdida em um bairro de classe média alta da cidade de Porto Alegre. Era melhor me distrair do que pensar demais e acabar arruinando as horas escassas que eu tinha para me divertir.

Ignorando a presença online de Sky, em algum lugar de Antera, o mundo de *MoonMoon Land*, me concentrei em fazer as missões diárias que consistiam em eliminar pragas indesejadas para fazendeiros da terceira idade. Peguei minhas recompensas e terminei um capítulo extra da história principal do jogo — cenas que davam destaque para Aya e Yun-yu, com as duas conversando sobre um futuro evento que atingiria o reino Luz da Lua. As interações das personagens eram muito sugestivas, o que fez nascer a *fanfic* de Sky e tantas outras, não tão boas quanto a dela, por aí.

Dei uma pausa no jogo para encher minha garrafinha de água e checar as notificações no celular. Havia cinco mensagens de Mariah em horários diferentes. Uma perguntando o que eu estava fazendo e outras com *emoji* brabo porque eu não estava respondendo. *Tá carente?*, digitei e entrei em outras conversas. A resposta veio em segundos. Não visualizei e li outras mensagens. Entre elas, duas garotas com quem eu estava conversando. Eram contatos aleatórios do Tinder. Coisas passageiras, apenas. Como uma saída no sábado à noite ou uma madrugada longa. Situação que, enfim, não me despertava qualquer sentimento. Procurar pessoas aleatórias para tentar me fazer esquecer o que eu queria de verdade não tinha mais efeito. Porque eu queria algo *pra valer*, queria me apaixonar.

As *fanfics* estavam me iludindo demais.

Meu celular começou a vibrar com uma ligação de vídeo de Mariah, insistente por causa da minha demora. Não atendi e deixei que o celular perdesse o fôlego enquanto eu retornava ao computador. Era quase onze horas da noite. O mais sensato a se fazer era desligar tudo e me deitar para estar disposta no treino de amanhã. Meu pai não me perdoaria se eu aparecesse atrasada ou cansada. Meu pai e as bolas de basquete, obviamente; e eu não queria que meu nariz — muito bem estruturado — ficasse com sequelas.

Cantarolando "Desde quando você se foi", me sentei no computador. E o que havia lá me esperando alimentou ainda mais minhas fantasias sobre *e-girls* na internet. Porque era uma mensagem. Dela.

(22:25:01) SkyLin<3: Pode me ajudar em algo?

No tempo que fiquei refletindo e respondendo a garotas que não significavam nada para mim — e eu era uma filha da puta por dar esperança a elas —, Sky havia me enviado uma mensagem. Dentro do jogo. Particular. Logo abaixo, entre conversas aleatórias de outros jogadores no mapa que eu estava, havia outra mensagem.

(22:59:04) SkyLin<3: Não precisa.

A ausência de resposta a fez pensar que eu não queria ajudar.

Meu Deus, como eu odiava os celulares e a capacidade que tinham de te distrair. Eu me ajeitei, quase derrubei o meu *headset,* que estava do lado, e enviei uma resposta à garota. Esperava que não fosse tarde demais.

(23:02:29) Gabislera: desculpa, Sky, tava jantando. m (. __.) m

(23:03:01) SkyLin<3: Que pena. 🙂

Seca como o Saara.

Eu me perguntava se era a mesma garota que ria tão espontânea e animada para a *webcam* e dizia obrigada com uma vozinha forçada.

(23:03:31) Gabislera: precisa da minha ajuda ainda? posso ajudar, quero te ajudar na real hehe

(23:04:00) SkyLin<3: Hmm.

(23:04:12) Gabislera: isso eh um sim?

(23:05:04) SkyLin<3: Você considera um?

(23:05:18) Gabislera: n muito, to tentando ser positiva mesmo, tentando te convencer a jogar cmg hehe

(23:05:29) Gabislera: e pensando que tu me chamou... quem sabe tu tbm queira né

(23:06:11) SkyLin<3: Você é muito exibido.

(23:06:21) Gabislera: exibida* sou uma garota como tu (╯︵╰,)

(23:07:00) SkyLin<3: É o que todos dizem. Fingem ser seu amigo, fazem de tudo para te ajudar. Aí depois pedem uma foto íntima tua para você sabe o quê. Quando você não envia, te chamam de ****.

O jogo tinha censura quanto aos palavrões, mas os asteriscos não eram suficientes para impossibilitar a compreensão da palavra. E mesmo que fossem, era fácil adivinhar pelo contexto quando o assunto era homens da internet.

(23:07:11) Gabislera: mds já fizeram isso contigo?

(23:07:59) SkyLin<3: O que você acha?

(23:08:20) Gabislera: Bah.

Senti um pouco de raiva por isso; em seguida, impotência. Porque não tinha o que fazer. Não agora. Mas se um dia eu encontrasse um cara desse por aí, com o complexo de machinho alfa, eu adoraria ter uma conversinha particular na base da violência. Não que eu aprove violência, mas, com todo respeito, algumas pessoas pedem por agressão.

SkyLin não escreveu nada e fiquei pensando em como puxar um assunto para me aproximar dela. Quem sabe fazê-la acreditar em mim — que eu era uma garota e que não pediria uma foto íntima dela, mesmo que a ideia fosse interessante. *Que pensamento mais heterozinho, Gabriela, meu Deus*. Bati os dedos na mesa enquanto pensava e criava cenários que poderiam ser bem aceitos por ela. Era um tiro no escuro: um passo em falso e eu a perderia.

Mas se havia algo que eu sabia fazer...

Era dizer o que as pessoas gostam de ouvir.

(23:12:31) Gabislera: gosto de ler a sua fanfic aliás hehe

(23:12:40) SkyLin<3: Você já leu?

Era a primeira pergunta não passivo-agressiva dela. Eu me peguei pensando na reação da guria no outro lado da tela. Estava surpresa, talvez curiosa, mordendo a ponta do dedo como a vi fazer tantas vezes em suas transmissões. A imagem fez um sorriso bobo surgir em meus lábios.

(23:13:01) Gabislera: toda, tô ansiosa por um capítulo novo, o último quase me matou... queria tanto um beijo
(23:13:12) SkyLin<3: Você gostou?

Era ali que morava o perigo. Eu o sentia na reação do meu corpo às mensagens. Estaria mentindo se dissesse que não tinha uma queda *grande* por ela... Talvez uma paixãozinha platônica? Acreditava que não. Paixões platônicas te faziam tentar de *tudo* para ganhar a atenção da pessoa? Será que era meu caso? Porque lá estava eu, pedindo a atenção dela como uma cadelinha abandonada. O problema era: qual era a dimensão da coisa? Porque não podia deixar que essa atração se tornasse maior, mais forte... acabaria iludida e de coração quebrado; e, mais do que ninguém, eu sabia o que era ter que juntar os próprios cacos.

Eu só precisava encarar aquilo como algo casual.

Se eu conseguiria?

Bom... provavelmente não.

(23:13:46) Gabislera: demais, quando a Yun quase beijou a Aya e tu interrompeu com alguém chegando na sala de aula eu quase morri
(23:14:03) Gabislera: aliás, quase mordi meu celular quando vc resolveu terminar o capítulo bem na parte boa
(23:14:21) SkyLin<3: Hahaha.

Eu não sabia se a garota estava rindo ou sendo irônica. Quem ri com *hahaha* e ponto final? Psicopatas e pessoas que estão irritadas. Esperava que não fosse a primeira opção. Muito menos a segunda.

(23:15:11) SkyLin<3: Agora vai me ajudar ou não?
(23:15:31) Gabislera: claro, óbvio, posso te ajudar quando quiser, Sky
(23:16:00) SkyLin<3: Sempre?

Meu coração acelerou mais do que esperava. Passei a língua no lábio e tentei agir com calma, com cautela. *Eu, nervosa?* Se eu contasse, ninguém acreditaria.

(23:17:05) Gabislera: só me chamar

Esperei a resposta enquanto movia a minha personagem de um lado ao outro. Eu estava no mesmo lugar desde a primeira mensagem da garota. Às vezes, eu precisava atacar alguns inimigos que surgiam aleatoriamente no mapa, os movimentos quase automáticos. Ajudava a controlar a minha ansiedade, pelo menos parte dela. Quando se passaram quase cinco minutos sem que Sky falasse, e não aguentando a minha própria inquietação, decidi mandar mais uma mensagem. Sei lá, tentar parecer menos emocionada e agir como gente... O que pode ser complicado quando se tratava de uma lésbica — o meu caso. Dizem que é um estereótipo dizer que toda lésbica é emocionada. Às vezes, até eu digo. Mas no fundo a gente sabe que é simplesmente a verdade.

Eu sabia ser muito emocionada quando queria.

Não cheguei a concluir a digitação. Sky mandou uma mensagem antes que eu terminasse. Foram seis palavrinhas que, em um contexto diferente, poderiam soar vazias, de pouca confiança. Para mim, no entanto, quase me fizeram latir para ela enquanto eu abanava o rabo para lhe dizer *sim*.

(23:25:06) SkyLin<3: Quero fazer um trato com você.

(23:25:14) Gabislera: qual? pode dizer

Agradecia mentalmente por estar em um chat escrito. Se ela ouvisse minha voz de *fangirl* em êxtase, morreria de rir — o que não parecia tão ruim quanto eu imaginava.

(23:25:59) SkyLin<3: Você quer jogar comigo, não quer?

(23:26:02) Gabislera: claro que sim

(23:27:00) SkyLin<3: Jogaremos juntas (espero realmente que você seja mulher) se você me ajudar nas missões mais difíceis. Podemos fazer duo nos chefes para duplas, se quiser.

Pisquei várias vezes para ter certeza de que não estava sonhando, de que não havia caído da cadeira em algum momento e passado para outro plano. Porque *ela* — SkyLin, *streamer* e autora de “Nosso segredo brilha à meia-noite”, estava convidando a minha humilde pessoa para jogar.

(23:28:31) SkyLin<3: Com uma condição.

(23:28:40) Gabislera: quantas tu quiser

Meus dedos estavam começando a suar e eles *nunca* suavam quando eu falava com uma garota. Só que não era uma garota qualquer.

Mano do céu, não era.

(23:29:40) SkyLin<3: Você nunca jamais falará disso em qualquer uma de suas redes sociais ou no meu canal. Em nenhuma rede minha. O que nós fizermos aqui não poderá sair daqui, entendeu? Você também não vai perguntar nada, absolutamente nada, da minha vida real. Ou eu juro que vou te banir de todos os lugares que ocupo.

(23:30:23) Gabislera: são várias condições, neh...

(23:30:40) SkyLin<3: Achou ruim?

(23:31:01) Gabislera: pode continuar, achei tudo muito bom

Afinal, eu nunca compartilhei com ninguém sobre o jogo, sobre as *fanfics* ou sobre a atração que eu sentia por uma *e-girl* de cabelo rosa. Não seria difícil me encaixar nesses requisitos. Quase solicitei alguns mais desafiadores, mas deixei de lado. Estava com vantagens demais e tudo que vem em excesso, vai em excesso.

Além do mais, não era apenas *uma condição*, eram várias. Algumas muito incisivas e passivo-agressivas.

Posso ter tido inúmeras experiências, um coração bem quebrado, mas lá estava eu, sempre me emocionando de novo. Dessa vez por uma garota que, com a sorte que eu tinha, morava do outro lado do mundo.

(23:32:04) SkyLin<3: Aceita?

Ela não precisava perguntar. Eu não precisava pensar. A resposta era óbvia.

(23:32:13) Gabislera: aceito

Eu só esperava não estar assinando a minha própria sentença ao aceitar jogar com ela em segredo. Porque sabia o fim: eu iria me apaixonar.

CAPÍTULO 09

GAROTAS QUE SONHAM COM OUTRAS GAROTAS (MAS QUERIAM QUE FOSSE REALIDADE)

Maria Celeste

Você adicionou Gabislera à lista de amigos favoritos.

A insegurança fazia meu coração palpitar tanto, que chegava a doer.

Perguntas traiçoeiras se repetiam em minha cabeça e disparavam vários gatilhos. E se alguém descobrisse? E se ela não fosse realmente *ela* e estivesse me enganando? E se espalhasse por aí que estava jogando comigo escondida e uma aglomeração de seguidores quisesse o mesmo? Se uma podia, por que os outros não?

Você se lembra do que aconteceu na última vez que se deixou envolver com alguém na internet, Céu?, pegava-me pensando. *Vai ser diferente*, repetia a mim mesma para tentar me convencer.

Porque aquilo não seria nada além de uma parceria em jogo.

Sem conversas de madrugada. Sem aproximação. Sem qualquer tipo de sentimento.

Era jogar. Só jogar. Desliguei o computador para que os questionamentos desaparecessem e me joguei na cama. Miadinhos emocionados me seguiram e uma bolinha de pelos pulou entre as cobertas. Morrighan pediu minha atenção e, mesmo sabendo que ela não gostaria, a agarrei com força e enfiei o rosto na pelagem esbranquiçada e fofa. O que era antes uma manifestação dengosa se transformou em rosnados impacientes com uma promessa de violência que nunca acontecia. Não importava o quanto resmungava e ameaçava me enfiar as unhas, Mor nunca fazia isso de verdade. Não comigo. Era o jeitinho dela. Mas eu adorava ver como minha gata atacava os calcanhares de Carlos Miguel e Antônia, meus adorados pais.

Ela me entendia e os desprezava tanto quanto eu. E meus pais a odiavam na mesma proporção. Todo dia surgia um motivo para se livrar de Morrighan. Ela já não saía do meu quarto, ficava lá trancafiada entre as quatro paredes e a sacada, quando o apartamento de dois andares poderia ser o playground perfeito para ela. Mas não, impossível, as tapeçarias caríssimas e bregas da minha mãe não podiam se encher de pelo. Que tragédia seria! Imagine só... uma gata fedida e vira-lata solta por aí para transformar a casa em um chiqueiro. Eram as palavras doces de Antônia. Mal sabia a carrasca que a gata era mais cheirosa que o perfume francês dela.

Soltei Morrighan depois de enchê-la de beijinhos. Chumaços de pelo voaram pelos ares. Nada como uma gata peluda para transformar o ar que você respira em uma aglomeração de intensificadores de rinite. Olhei para a tela do celular para conferir o horário e ignorei as 99+ notificações que me esperavam, cheia de pensamentos sussurrando no meu ouvido.

Estava pronta para dormir. Morrighan se aconchegou ao meu lado na cama resmungando, como fazia todos as noites. Fiz menção de apagar o abajur, mas uma última mensagem chegou através do meu canal.

(00:03:13) Gabislera: boa noite, sky 😙

Era ela.

Achei aquilo meio atrevimento.

Não respondi, mas não deixei de pensar se ela diria algo se eu houvesse lhe desejado o mesmo.

A nota medíocre gritava para mim.

Míseros 0,4 de um total de 10.

Nada como começar a semana de aula com um teste surpresa e com a pior pontuação da turma. Eu poderia dar a desculpa e dizer que Anatomia de Sistemas não era o meu forte, mas estaria colocando mais uma mentira em minha lista particular. Se falasse a verdade, diria que Medicina não era para mim e eu definitivamente não era para aquilo. Dobrei o papel e coloquei no meio do livro, tentando não demonstrar a frustração que me acometia. Adiante, os meus colegas conversavam entre si, muitos animados com a nota obtida, outros comentando sobre disciplinas piores que viriam no próximo semestre.

O que eu descobriria se chegasse viva lá e não fosse deserdada — ou assassinada, nunca se sabe — pela minha mãe antes.

Estar no terceiro semestre do curso não me fizera criar qualquer tipo de apego ou afeição pela área. Muito pelo contrário. Desgostava cada vez mais. Fui aprovada nas disciplinas do ano passado com o mínimo exigido, algumas depois de exame de recuperação e, como esperado, reprovei em outras. Desmaiei quando precisei tirar sangue de um estudante e fiz um escândalo de criança que quebrou o vaso caro da mãe quando tentaram usar uma agulha em mim. O resultado foi um "Reprovada" enorme em meu histórico acadêmico. Do jeitinho que o diabo, nesse caso os meus pais, gostavam.

Passei de dezembro a março ouvindo todo dia uma crítica diferente. Às vezes, me perguntava como Antônia era tão criativa. Uma reclamação inédita todo dia não era para qualquer um. Eu acreditava que minha criatividade em escrever vinha dela. Alguma coisa *boa* a genética dos meus pais tinha de ter me dado, afinal.

Passei o resto da aula escrevendo na última página no meu caderno. Estava quase terminando o rascunho do próximo capítulo da minha história e não via a hora de poder atualizá-la. Era o mais próximo de uma terapia que eu tinha — ver os leitores surtarem com as faíscas de interação entre Yun-yu e Aya. Estava cada vez melhor. Aya, a temida Rainha de Gelo do internato, mataria se fosse preciso para esconder que gostava de sua inimiga. Dei uma risadinha sozinha, circulando os nomes das personagens.

— Algum problema, Maria Celeste?

Talvez minha risadinha tenha sido alta demais.

A professora estava de braços cruzados enquanto me encarava. Atrás dela, o PowerPoint exibia tabelas monótonas que eu não tinha a mínima ideia do que significavam. E nem queria. Estava mais preocupada em não revirar os olhos ao ouvir o quão terrível esse nomezinho soava na boca de qualquer pessoa.

Nessa parte minha mãe não era criativa.

Balancei a cabeça e permaneci em silêncio como o resto da turma.

— Tente levar as aulas um pouco mais a sério se não quiser repetir a nota do primeiro teste — comentou a professora e se virou para o projetor para continuar a explicação.

Meu rosto esquentou. Cochichos soaram ao redor e logo foram silenciados pelo olhar inquisitivo que a professora lançou por cima do ombro. Um comentário e tanto o dela. Mentalmente, devolvi o desaforo com pelo menos dez xingamentos diferentes. Então, quando me dei por satisfeita, peguei minhas coisas e saí da sala prometendo nunca mais voltar. Mas só em pensamentos. Porque, na realidade, permaneci sentada, quieta e vermelha.

Quando a aula terminou, perto do meio-dia, fui a primeira a sair.

Não me despedi de ninguém, como sempre. Meu total de amigos na faculdade era igual a zero e eu não tinha interesse em aumentar esse número. Estava bem sem ninguém. *Muito bem*, repetia em pensamento enquanto caminhava pelo campus lotado em direção ao restaurante. As opções de estabelecimentos de alimentação eram limitadas e bem precárias.

Muitos estudantes ocupavam o espaço de paredes de vidro. Uma fonte sufocada por trepadeiras ofuscava a entrada do ambiente; e embora muitos reclamassem, eu achava que a plantação selvagem tinha um ar barroco, com talvez alguma coisa de gótico. A comida era decente também, e havia muitas opções para quem não comia carne ou gorduras industrializadas. Escolhi uma mesa no canto e larguei meus pertences nela antes de me servir. Os fones me ajudavam a me manter longe da realidade, da movimentação, das pessoas. Por fora, eu era uma garota arrumadinha com saia, meia-calça, sapatinhos estilo boneca e camisa social com laço. Por dentro, a letra de "E-Girls Are Ruining My Life" do CORPSE destoavam do exterior como se eu fosse duas pessoas diferentes no mesmo corpo.

O que não deixava de ser verdade.

Choke me like you hate me, but you love me
Low-key wanna date me when you fuck me (UwU).
Touch me with the lights off and my chains on.
Baby, I'm not the right one you should wait on.

A letra da música era, sim, bem questionável. Mas... interessante. *Choke me like you hate me but you love me?* Precisava me lembrar de colocar a referência no próximo capítulo da *fanfic*. Qualquer um que disser que inimigos a amantes não é o melhor tropo de *fanfics* ou de qualquer livro por aí, está equivocado. E não tem bom gosto.

Eu me sentei sozinha e não tirei os fones. O barulho incessante de talheres contra os pratos e pessoas mastigando me deixava nervosa; e para evitá-lo, músicas de caráter duvidoso, quando não estava ouvindo Fresno até meu celular se cansar, e meu caderno de anotações eram meus refúgios. Estava rabiscando alguns detalhes do *plot* quando um grupo de garotas com uniforme se sentou a uma mesa de distância, conversando tão alto que eu conseguia ouvi-las mesmo com os fones. Ergui a cabeça com a expressão impaciente. Mas ela durou pouco. Porque, junto ao grupinho barulhento, estava a minha colega na disciplina de escrita. Com o cabelo preto em um rabo de cavalo e alguns fios grudando a testa, Gabriela ria com as amigas. Uma delas estava ao lado da garota, quase a engolindo com o olhar. Desviei a atenção por um momento, incomodada com o que havia acontecido entre nós na aula há alguns dias.

Estalei a língua e brinquei com minha comida para me distrair. Não consegui; e logo, sem perceber, erguia o olhar para Gabriela novamente.

E ela estava olhando para mim. Piscou algumas vezes, mas não pareceu confiante com o que via. Talvez sequer se lembrasse de mim, da aula, do nosso pequeno desentendimento. Virei o rosto depressa, como se tivesse tomado um susto. Um susto, sim. Porque era a única explicação para o meu coração acelerado e a minha perda de apetite.

Quando olhei pela segunda vez, a garota ao lado dela lhe dava selinhos insistentes, o braço de Gabriela estava em sua cintura, e ela ria e tentava afastar a outra, brincando.

Fechei o cenho, o rosto levemente corado.

Ela também beijava garotas.

Não esperei para ver se ela me encararia de novo. Porque se o fizesse, eu não aguentaria e perguntaria se tinha algum problema comigo (como se eu fosse capaz disso em um lugar lotado. Estava apenas criando um cenário impossível). Então, querendo desaparecer, eu peguei meus pertences, paguei a conta e saí.

CAPÍTULO 10

GAROTAS QUE SALVAM GATINHOS (E MANDAM AS FOTOS PARA OUTRAS GAROTAS)

Gabriela

Só não desmoronei no banco porque não seria confortável. Sentei e agarrei a garrafinha de água, bebendo sem me importar com as gotas que escapavam pelos cantos da minha boca. Cada músculo do meu corpo protestava, e, se eu corresse por mais cinco minutos, perderia as pernas. Meu pai se aproximou de mim e das demais garotas que começavam a ocupar a bancada, todas suadas e acabadas.

— Juliana, quero te ver mais no ataque. Menos corpo mole se tu não quiser que tuas adversárias te massacrem. — Henrique apontou para Juju, que havia se sentado ao meu lado com Mariah. A garota assentiu com um murmúrio. — Tu, ô *Maria*. Te vi pegar na bola duas vezes. Qual o problema? Tá com medo da bola, caralho?

— Não vi entrada, treinador — grunhiu minha amiga e desviou o olhar. A crítica e a mania do meu pai de errar o nome de Mariah eram o bastante para azedar a expressão dela.

Os dois não se davam muito bem.

— Como não, porra? A Victória tentou te passar pelo menos dez vezes. Se tu não pegar e passar pra Gabriela, não tem jogo, entendeu? Ela precisa da bola pra lançar. E tu... — Ele encarou Anna Luiza, que tomou um susto com a atenção. — Trate de defender melhor a tua capitã. Se ficarem em cima dela, vocês vão terminar perdendo igual no ano passado.

Era difícil encontrar motivação quando tu sempre — todo dia, toda semana, todo mês — escutava críticas. Tudo bem que, às vezes, erramos ou não tomamos cuidado em algum passe; mas nem tudo era ruim como meu pai fazia parecer. Seria mais encorajador se ele também falasse o que havíamos feito de bom.

As pessoas precisam de elogios, porra.

Eu precisava. O meu ego se alimentava de curtidas nos meus *stories* e comentários com coraçõezinhos todos os dias.

— Dispensadas. — Henrique deu as costas para nós e seguiu para o vestuário. Despedir-se? Que nada, ele era bom demais para isso. Ouvi algumas meninas reclamarem, outras lamentaram o cansaço e agradeceram às amigas pelos jogos.

Eu estava pegando o meu celular — ansiosa por uma certa notificação de uma certa garota de cabelos rosados — quando vi Mariah se aproximar e se sentar ao meu lado. Coloquei o aparelho depressa na mochila, por precaução. Eu conhecia a minha amiga. Se curiosidade matasse, Mariah estaria morta e enterrada.

— Teu pai é um porre, viu? Credo. Ele, sei lá, não sabe relaxar? — resmungou ela, bufando.

Ri e estalei a língua.

— Pior que não.

— Teu pai não tem uma namorada, né? Acho que é o que ele tá precisando, sabe, de uma bela de uma foda.

— O Henrique? Namorada? Transar? Sonha, vai. — Eu me levantei e coloquei a alça da mochila no ombro.

Não estava brincando. Desde a morte da minha mãe, há quinze anos, meu pai não se envolvia com ninguém. Havia se fechado para qualquer relacionamento ou aproximação; e por muito tempo achei bonito, era jovem demais para entender que a vida precisava continuar, não importa o quão doloroso fosse. Ela precisa continuar. Precisamos continuar. Ele não conseguiu. Talvez fosse o motivo de ser tão amargo. Minha memória não era boa, mas eu tinha lembranças vividas do Henrique do passado. Ele costumava ser um pai melhor, mais amoroso.

— É mais fácil eu *virar* hétero — comentei por fim.

Como se fosse possível "virar" alguma coisa que você não é.

Mariah piscou várias vezes.

— Sério? Qual a chance disso acontecer?

— Nenhuma. — Dei uma piscadela e sorri, arrancando uma risada da garota. Juju e Victória se aproximaram de nós duas enquanto Anna Luiza estava concentrada no celular, digitando como se estivesse em uma discussão acirrada.

— Vão ao Cabaret hoje? — perguntou Vic e ajeitou as tranças grossas do cabelo, decoradas por contas das cores da bandeira *pansexual*.

Suor escorria sobre sua pele negra retinta. Era a nossa ala-armadora, uma das melhores jogadoras do time. Nós duas éramos a promessa para o cenário nacional e, se nos dedicássemos, quem sabe o internacional. A garota me observou de relance e devolvi um sorriso de canto, sendo completamente ignorada. Ela dizia que não, mas tinha certeza de que ainda guardava um certo rancor por mim. Tínhamos ficado por um tempo, só que ela confundiu as coisas e colocou sentimento demais em algo que era pra ser casual. E eu deixei isso claro para ela, mas não escolhemos por quem nos apaixonamos.

Às vezes, acontece e pronto.

— A Anna disse que vai com o namorado — comentou Juju, sorrindo. Ela era a mais alta de nós cinco. Era a pivô do time.

Era um convite interessante. *Deveria ser*. Eu sabia que aconteceria uma apresentação de *covers* com músicas nacionais e internacionais dos anos 2000; e o que não faltava em Porto Alegre era emos velhos. O lugar ficava lotado mesmo com a chuva insistente. Era uma oportunidade tentadora de descarregar o peso dos treinos e da primeira semana de aula.

Mas...

Pensei no meu celular na bolsa.

E se ela me convidasse para jogar?

— Não sei, na real — respondi e passei a língua nos lábios. — Talvez eu fique em casa hoje.

— A Gabriela em casa? — Juju riu e deu um soquinho no meu ombro. Forte, na verdade. Ela não sabia medir a própria força. Eu sorri sem jeito. Se elas imaginassem o porquê... — Sozinha?

— Sozinha nunca. — Mariah grudou em mim. Victória lançou um olhar de esguelha, a expressão fechada. Elas não nutriam muita afeição uma pela outra; e, sim, era minha culpa. — Vou tá lá com ela debaixo das cobertas de conchinha. Bem coladinhas. E peladas.

Aquilo me causou desconforto.

Uma sensação estranha, pesada e sufocante.

Esconder estava cada vez mais difícil e mais doloroso.

— Vai? — Quase mordi a língua.

— Claro que vai — murmurou Vic com um revirar dos olhos castanhos. — O convite tá feito se quiserem ir. Nós três vamos, nós quatro na verdade. Tem o namorado da Anna, mas enfim, as duas que sabem. — Ela me encarou, rápido o bastante para ninguém notar, mas o suficiente para entender que havia algo por trás de sua expressão fechada. Ela nos deu as costas e se afastou, se aproximando de Anna na bancada.

Juju balançou os ombros.

— O que decidirem, se divirtam as duas, tá bom? — Juju também era a mais simpática do time. — Só se assumam logo, todo mundo sabe que vocês tão praticamente namorando.

Aquilo de novo...

— Não é porque eu beijo a pessoa que eu quero namorar com ela... — murmurei desanimada e cansada.

Mariah fez um beicinho para mim.

— Mas tem outras coisas que a gente faz além de beijar, Gabi. — Ela deu uma risadinha e então se inclinou na direção de Juju para sussurrar: — Ela fica com outras, mas no fim do dia é o meu chá que ela quer.

Eu queria pegar uma bola de basquete e jogar na cabeça da Mariah.

Só que... eu seria hipócrita se negasse e tentasse argumentar. Porque era a dura verdade. Eu sempre ia atrás da minha amiga no fim do dia. Conhecer pessoas deixou de ser um passatempo para mim desde que comecei a me sentir incomodada com encontros com pessoas aleatórias e passageiras.

E o mais perto que eu tinha de uma conexão era com ela, Mariah.

— Aí, vamos logo. — Eu dei as costas e ergui o braço para abanar e me despedir de Juju. As duas riram e não podia culpá-las. Eu era uma hipócrita e talvez nunca deixasse de ser.

Era por isso que eu não merecia me apaixonar.

O relógio no celular marcava 19h21.

Meu sábado à noite se resumiu a rolar o *feed* das redes sociais enquanto Mariah assistia a uma série muito hétero (com excesso de cenas dos personagens pelados, transando) em um *streaming*. Ela veio para minha casa após o jogo — a desculpa de que não queria me deixar sozinha não colou bem, mas aceitei. Tomamos banho juntas e passamos o resto da tarde nas cobertas da cama entre suspiros e sussurros baixinhos por insistência dela. Eu tentei me permitir relaxar e aproveitar o momento, mas não consegui. Fiquei travada, e fiz tudo no automático, como vinha fazendo desde a Marina. Mariah não percebeu minha distância, talvez não importasse. Estava ocupada demais puxando meus cabelos e pedindo por mais enquanto minha língua brincava com seu clitóris e meus dedos exploravam seu sexo, muito molhado. Quando tirei minha boca do meio de suas pernas, ela protestou, disse que queria mais, mas murmurei estar cansada. Então, com um murmúrio embargado sobre eu ser incrível, Mariah dormiu.

Fiquei lá enquanto a observava dormir por um tempo.

Não tinha sentido nada durante o que acontecera entre nós nos minutos anteriores. Nenhum arrepio. Nenhuma excitação. Só... desconforto. E eu sequer podia culpá-la. Eu tinha causado tudo isso. Eu construí esse relacionamento baseado em carência e necessidade.

Confundir carência com amor sempre foi a minha especialidade.

Fui para a sala depois disso, conferi as mensagens recentes no servidor e as notificações no site do Fanficstation. Nada de novo. Tudo o que eu — e muitos seguidores — tinha era um *tweet* rápido de Sky feito na terça-feira, um dia após o nosso acordo:

> Semana de provas. Sinto muito, mas terei que me ausentar, Céuzinhos. Logo volto, obrigada a todos pelo carinho. <3
>
> 09:11 - 07.03
>
> 178 repostagens 31 comentários
>
> 6321 curtidas

Era dia onze e a garota não havia dado sinal de vida. Obviamente fiquei preocupada. Imaginei os cenários mais ridículos e os menos improváveis. Entre tantos absurdos, a possibilidade de ter sido bloqueada por Sky *ingame* ou banida de seu canal foi a que mais assombrou os meus pensamentos. Era estupidez, mas estava levemente desesperada com o sumiço da garota. Nos meses em que a acompanhava, era a primeira vez que ela se ausentava por tanto tempo. Tive que colocar o celular de lado e enterrar a minha neura bem fundo quando Mariah acordou e me encontrou na sala.

Ela estava só de calcinha e com uma das minhas camisetas de basquete favoritas, do *Lakers*. Então, indagou o que eu estava fazendo e se eu queria assistir à série com ela.

Neguei e aqui estávamos.

Eu no celular — com todo o cuidado do mundo — e ela vidrada na série de gosto duvidoso. *Como dizer a alguém para ir embora sem ser indelicada?*, eu estava a ponto de pesquisar no Google. Uma mensagem do meu irmão interrompeu os meus planos.

(19:30) Ikkizinho 😺: Mana, pode me dar carona?

Ele não só interrompeu meus pensamentos como salvou a minha vida.

(19:30) Gabis: agora?
(19:31) Ikkizinho 😺: Sim. O papai está dormindo e não quero acordá-lo. É para o cinema do Praia de Belas.

Meu irmão escrevendo certinho soava como um senhor de idade que recém havia ganhado o primeiro celular. Ele sequer parecia um adolescente de quatorze anos que tinha problemas com interações. *Bom*, pela forma como ele mandava mensagens, era compreensível. Que adolescente escreve assim?

(19:31) Ikkizinho 😺: Não quero ir de Uber.

A segunda mensagem era compreensível. Noite chuvosa. Friozinho. Jovem de quatorze anos. Motoristas estranhos. Nada combinava. Preferia cruzar Porto Alegre inteira a deixar o meu irmão ir sozinho.

(19:33) Gabis: tô indo entao
(19:33) Ikkizinho 😺: Obrigado, mana. Estou te esperando.

Larguei o celular e olhei para Mariah. Se eu dissesse que iria buscar o meu irmão e pronto, ela ficaria lá, esperaria por mim. E por mais incomum que parecesse — eu estava precisando de paz, de um joguinho e de um momento para reler meus capítulos favoritos de "Nosso segredo brilha à meia-noite". Eu tinha vontade e uma coleção de mentiras para contar.

— Mariah. — Esperei ela pausar a série. — Surgiu um compromisso de última hora. Vou jantar com meu pai e com meu irmão.

— Ah, sério? — A garota olhou para o celular dela. — Agora?

— Aham, sabe como o Henrique é, né?

Ela fez um muxoxo.

— Será que posso ir? Saudades do Ikkizinho. Como ele tá?

Mano.

Eu estava sentindo dificuldade de respirar — e não era ansiedade, pressão, qualquer sentimento que pudesse me afetar, mas ela. A garota estava começando a me sufocar.

— O Ikki tá bem, mas vai ser algo mais entre nós, meu pai tem dessas de querer reunir a gente. Posso marcar com ele um dia pra te levar. — O que eu não iria fazer porque Henrique e Mariah se detestavam. Ele mais do que ela.

— Vai dormir lá? Posso ficar aqui te esperando.

Respirei devagar. Com calma. Mariah não estava começando a me sufocar. Ela *estava* me sufocando. De verdade. Eu só não sabia como dizer a ela; e provavelmente não diria, aceitaria e encontraria uma forma de despistá-la porque eu não queria causar problemas que seriam pesados demais para resolver. Estava escondendo a sujeira debaixo do tapete, literalmente. Uma hora não daria mais. Aí, sim, eu me arrependeria; e mereceria as consequências.

— Vou passar a noite lá. Amanhã, quem sabe, a gente se vê? — O sorriso quase vacilou em meu rosto.

— Ah, que preguicinha de ir embora... — Ela se levantou sem vontade, alongando os braços. — Posso ir com sua camiseta? Tá tão gostosinha e tem o seu cheirinho. — Ela se aproximou de mim como um gatinho mimado. Ergui uma sobrancelha, pouco afetada com a cena.

Era a minha camiseta favorita, mano.

— Tu já sabe a resposta, agora vai se trocar que te levo embora.

Ela protestou baixinho, mas não insistiu, o que fez o peso das minhas costas desaparecer. Quase conseguia respirar de novo. Lá fora, a chuva continuava insistente, depressiva até. Quando tu tem as expectativas quebradas, tudo é motivo para te desanimar. Sim, eu estava *bem* desanimada. Eu duvidava que algo conseguisse me animar até o fim da noite. O pior de tudo? Ninguém para reclamar e dizer, porra, eu estou tristinha porque uma garota aleatória não me chamou para jogar.

Fui me arrumar. Coloquei meus tênis de cano alto, que a chuva terminaria de sujar, a calça preta e uma jaqueta *cropped* de couro sintético. Mariah estava me esperando quando finalmente fiquei pronta, cantarolando baixinho para tentar esconder a frustração de ir embora. Tentei sorrir, parecer um pouco afetuosa, mas não consegui muito. Estava me forçando e tudo que fazia sem vontade, era perceptível. Ela chegou a perguntar se eu estava bem porque era evidente o meu incômodo.

Quando entramos no carro, selecionei a playlist que era uma seleção escolhida a dedo das minhas músicas favoritas. Coloquei o modo aleatório; e por ironia, ou apenas coincidência, tocou "Desde quando você se foi", da Fresno. Dei uma risadinha amarga, sem pensar, e Mariah olhou para mim.

— Só lembrei de algo que Ikki me contou esses dias... — menti, mas ela acreditou e se concentrou no celular.

A música abafou o som da chuva e tentei me prender na letra para encontrar as referências que Sky havia colocado em sua *fanfic*, no relacionamento entre Yun e Aya.

Mais uma história com final
Mais um coração partido
Um novo fim para um amor normal
Mais um choro sem sentido

Eu tinha esperanças de que ela não terminasse a história das duas personagens com um coração partido. Partiria o meu — e de todos os seus leitores — junto.

E as minhas palavras se misturam
Num mar de falsas canções

Havia um capítulo em que ela mencionava essa parte da música. Era uma cena em que Aya confrontava Yun para questionar sobre boatos que estavam correndo na escola. Sobre ela ter beijado outra garota — o que era verdade. Yun não negou e disse que havia esperado tempo demais por ela e estava cansada.

"Nunca mais dirija o olhar para mim", Aya determinou e saiu batendo os pés pelos corredores. Elas nunca haviam se beijado, mas a líder das sacerdotisas lutava para esconder os sentimentos que nutria. O capítulo terminou com Yun arrependida e dizendo que suas palavras haviam se afogado e desaparecido em um mar de falsas canções, como naquela música. Lembro de ter me identificado. Ela estava beijando outras para chamar a atenção de uma garota específica. Fiz isso — me arrependi depois e terminei com um coração partido e uma amizade acabada.

Você diz que
É só de amor que eu sei falar...
Mal sabes que
Se eu soubesse eu tentaria te ligar

Era de longe a minha parte favorita... e era impossível para mim não associar o fragmento à história que havia tirado tanto de mim, quase me transformado em outra pessoa. Nunca mais ouviria essa música sem pensar em Aya, Yun e Sky. Principalmente em Sky. Senti meu celular vibrar no bolso da jaqueta e observei a notificação pelo visor do *smartwatch*. Foi uma ação despretensiosa, pensei que fosse uma mensagem do meu irmão ou até do grupo do meu prédio.

Mas não.

Não era uma notificação do aplicativo de mensagens. Era o servidor. Era uma mensagem privada.

Era...

(19:41:31) SkyLin<3: Vamos jogar.

Uma buzina me fez sobressaltar e tomei um susto quando Mariah me chamou ao lado.

— Gabriela, o sinal!

Meu coração batia acelerado, desconcertado, confuso. Parecia que um caminhão havia passado por cima de mim. E dado ré, para se certificar de que eu sentiria tudo duas vezes.

Tudo por causa de uma mensagem.

Uma mensagem que soava mais como uma ordem do que um convite.

— Desculpa. Eu me distraí. — Pisei no acelerador e segui pela via, as buzinas ficando para trás. Mariah perguntou se eu realmente estava bem, cuspi um sim com um sorriso, tentando disfarçar a bagunça que meu peito se encontrava.

Lésbica emocionada do caralho.

Contei os minutos para deixar Mariah em casa e enfim responder à mensagem repentina. E que porra: eu não poderia aceitar. Tinha Ikki para levar ao cinema e, talvez, buscar mais tarde. Quem sabe Henrique pudesse levá-lo? Poderia ligar, interrompendo seu sono, e pedir esse importante favor.

Não seria ruim.

Seria?

Seria?

— Óbvio que seria, Gabriela. Pelo amor de Deus, é o teu irmão de quatorze anos — murmurei frustrada, sozinha no carro. Estava parada em frente ao apartamento de Mariah, vendo a chuva cair e o tempo passar.

Não tinha muito o que fazer...

> **(19:42:12) Gabislera:** oiiii sky tudo bem? tava sumida... queria muito jogar ctg mas não tô em casa T_T

Enviei a mensagem e liguei o carro. Meu humor que já estava afetado por causa das insistências de Mariah, agora estava péssimo. O universo não queria cooperar com meu desejo de jogar a madrugada toda com uma garota bonita me fazendo companhia.

Estava chegando à casa do meu pai quando recebi a resposta:

> **(19:43:33) SkyLin<3:** Hm. Está bem. 👍

A imagem dela emburrada e murmurando aquele *está bem* se materializou na minha cabeça como uma obra de arte recém-finalizada. O resultado era difícil de escrever. Sky era quem sabia lidar com as palavras, não eu.

Parei o carro em frente à garagem de Henrique e agarrei o celular para responder depressa.

> **(19:44:02) Gabislera:** se tu puder me esperar... em uns trinta minutos eu posso jogar
>
> **(19:44:23) SkyLin<3:** Ok. :)

Adorava ver como ela era estranhamente diferente de quando estava online. Em transmissão, sorria e brincava o tempo todo; em mensagens, parecia planejar a minha morte com aqueles emojis de sorriso irônico. Mas eu não podia negar, estava gostando daquele lado que só eu conhecia. Garotas emburradas e mandonas eram o meu fraco, sabe? *Como tu é de verdade, Sky?*, cheguei a pensar enquanto avisava ao meu irmão que o esperava. Ícaro não demorou para aparecer, ele correu até o carro e entrou depressa para escapar da chuva. Estava bem arrumadinho, os cachinhos hidratados e o estilo muito parecido com o meu: calças *skinny*, tênis de cano alto nos pés e uma jaqueta jeans com camiseta preta.

— E aí, tá bonito, hein — comentei e recebi um sorriso tímido como recompensa. Ícaro olhou para baixo, brincando com os dedos para se distrair.

— Gostou mesmo?

— Claro. — Dei um tapinha no ombro dele e pisei no acelerador. — Vai com alguém ver o filme?

Ele assentiu devagar.

— Uma menina...

— Hmmm. — Dei uma risadinha provocativa. — Que bom, tu gosta dela?

Ikki confirmou com a cabeça e suas bochechas com sardinhas, como as minhas, coraram.

— Acho que ela gosta de mim também... — sussurrou ele, os dedos ainda se mexendo inquietos. Aparentemente para se distrair, pegou o celular e navegou pelas fotos para me mostrar a garota mencionada. Vi de relance para não tirar os olhos do movimento dos carros, mas o que me chamou a atenção não foi como a menina era; e, sim, como meu irmão observava a foto. Sorrindo. A expressão suavizada. Apaixonada. — O nome dela é Pérola.

— Pérola?

— Diferente, né... — disse Ikki baixinho e bloqueou o celular, colocando-o contra o peito. — Eu gosto.

— É o suficiente. — Sorri e tentei afastar os pensamentos intrusivos que me encontraram.

Inveja.

Inveja porque eu *não* conseguia sentir o mesmo. Com Mariah. Com ninguém. Tentei não transparecer o que sentia. Ícaro perceberia. Ele era um bom observador e, às vezes, entendia melhor do que eu o que se passava em minha cabeça. Quem sabe, se eu fosse tão madura quanto ele, conseguisse me apaixonar.

Estávamos quase chegando no Praia de Belas, na Cidade Baixa, quando o celular de Ikki tocou. No visor, o nome *Pérola <3* surgiu. Ele olhou para mim de relance, como se não estivesse esperando pela ligação, e atendeu depressa:

— Oi... eu tô quase chegando, o que aconteceu?

O sinal havia fechado e fiquei olhando para meu irmão, esperando uma explicação para a repentina mudança de expressão dele. De nervoso para preocupado.

— Ah, nossa. — Estranhei como ele elevou o tom. Estava acostumada a vê-lo falar baixinho e sussurrado a maior parte do tempo. — Tu conseguiu pegar? — Ele piscou várias vezes. — Meu Deus. Não, tudo bem. Eu peço para ela. Só fica aí, toma cuidado, tá bom? Estamos chegando.

Ele desligou, a respiração acelerada.

— O que aconteceu?

— Mana, vamos logo. A Pérola disse que encontrou um gato, ele tá machucado e preso, bem ali na frente do shopping, no Dilúvio! Ela tá muito nervosa, mana, por causa da chuva. — A voz de Ícaro vacilou, ele estava tremendo e seu rosto havia se transformado em pura aflição.

Pedi que ficasse calmo e acelerei o carro quando o sinal abriu, mais duas quadras e estaríamos lá. Com essa chuva sem fim, era provável que o arroio em frente ao shopping — que todos chamavam de Dilúvio —, bem na Ipiranga, estivesse transbordando. Era um lugar movimentado, pouco recomendado para animais andarem soltos. O que um gato estava fazendo lá, não gostaria de saber. Provavelmente vítima de abandono.

Quando nos aproximamos do lugar, eu já esperava que não houvesse vaga para estacionar. Pensei em fazer a volta na quadra e encontrar um espaço na rua de trás, mas me tomaria pelo menos quinze minutos. A única — e impulsiva — solução era ligar o pisca e deixar o carro em um lugar que poderia me presentear com uma multa salgada. *Tudo bem*, pensei. Vendo a situação, não tinha escolha; e, dependendo do que estivesse acontecendo, poderia ser tarde demais.

Parei o carro no acostamento — uma buzina ecoou — e encarei Ícaro:

— Pergunta em que parte sua...

— Lá! — Ele não me esperou terminar. Abriu a porta do carro às pressas e correu através da extensão do arroio.

Desci em seguida, as gotas grossas de água caindo em mim. Adiante, avistei uma garota ensopada em um vestidinho branco. Os cabelos, que antes deveriam estar bem ajeitados, escorriam em seus ombros. Ícaro foi o primeiro a alcançá-la; e ela rapidamente gesticulou em direção à água. O Dilúvio não era um arroio fundo, em tempos normais alcançava a minha cintura, mas, com as chuvas, o nível havia aumentado; e ele quase transbordava na rua. Não foi preciso muito para descobrir onde o animal estava — miava desesperado e estava encolhido em um amontoado de folhas, galhos e lixo acumulado, tudo preso em uma das estruturas de uma passarela sobre a água. Eu me perguntei como o gato havia chegado até lá, mas essa parte da história meio que não importava.

Porque, se não o tirássemos de lá, o nível aumentaria e ele seria carregado pela correnteza. Com certeza não sobreviveria.

— Eu tentei tirar ele! — exclamou a menina, a voz rouca; estava chorando, e vi quando Ikki segurou a mão dela para tentar acalmá-la. Percebi que seu vestido estava manchado, de terra e sujeira. — Mas caí... a correnteza tá bem forte, moça. O gatinho acabou se assustando. Ele quase pulou na água!

— Mana, tira ele de lá. — Ikki parecia se segurar para não chorar. Dois jovens sensíveis. Combinavam um com o outro.

Eu precisava pensar depressa.

Como?

A chuva me deixava ansiosa, nervosa. O barulho era alto, os carros na avenida buzinavam uns para os outros e o som da água em movimento era quase um gatilho. Eu não poderia me arriscar e entrar no canal, não teria força contra a correnteza e não queria morrer ainda, mas também não estava disposta a deixar o gato lá. Pedi que meu irmão e a garota ficassem calmos e caminhei ao longo da extensão do Dilúvio, tentando encontrar a melhor proximidade. Não estava muito longe, um metro e meio no máximo, mas o animal parecia acuado e não estava disposto a sair do lugar. Ele era pequenininho, estava ensopado e todo arrepiado, miando com os olhos semicerrados. Tentei chamá-lo, mas ele sequer deu atenção para o meu *pspspsps* fajuto.

Estava óbvio que eu não levava jeito.

Emiti um palavrão e tentei alcançar o amontoado de destroços, mas meu pé afundou na água e a correnteza não foi gentil, e eu quase caí para frente. Ouvi meu irmão berrar, mas gesticulei para que não se aproximasse. A terra estava escorregadia, e, se eles caíssem, eu cairia junto. Seria um desastre.

De repente, um galho grosso se desprendeu da estrutura e fez com que a superfície chacoalhasse, carregada pela água.

— Ele vai cair! — gritou a garota atrás de mim quando o animal se levantou assustado, tentando se agarrar no que restava. Não ia durar muito tempo. A água terminaria de carregar o resto e levaria o gato junto.

Que merda!, tirei a minha jaqueta depressa e joguei na direção dele. Não alcancei na primeira tentativa — e senti uma dorzinha no coração ao ver o tecido limpinho e novinho mergulhar nas águas imundas do Dilúvio (que estava fazendo jus ao nome naquela noite) —, tentei de novo; dessa vez, a manga atingiu o animal e ele se alertou, olhando para mim em seguida.

As pupilas estavam fininhas, o olhar esverdeado assustado. Sacudi a jaqueta como se tentasse mostrar que era seguro, que queria ajudá-lo.

— Usa essas tuas unhas, caralho! Pega isso logo! — gritei, irritada e nervosa, a um passo de me atirar naquele arroio para pegar aquele filho da puta peludo. Nunca tinha tido gatos, nunca havia me interessado por um, mas tinha dois pré-adolescentes chorando para salvá-lo e eu não poderia simplesmente desistir.

Se foi pelos meus xingamentos ou não — eu gosto de pensar que foi, sim —, aconteceu que o gato se agarrou à jaqueta. Ele miou alto, um aviso de que eu não poderia soltá-lo. *Cuidado, cuidado*, murmurei em meio a chuva. Puxei devagar. Um pouco mais e o animal cairia na água. Era inevitável. Se ele quisesse chegar até mim, teria que se molhar mais e enfrentar a correnteza. Eu só torcia para que ele estivesse segurando firme. Duas opções: poderia puxá-lo de uma só vez, correndo o risco de se assustar e se desprender; ou, iria lentamente, o que faria com que ele ficasse mais tempo contra a força da água.

Tomar decisões sempre foi o meu fraco.

Ainda mais sob pressão. E eu já estava perdendo tempo demais.

Foda-se, grunhi, e escolhi a opção que mais combinava comigo.

Puxei a jaqueta e o gato de uma vez só.

O animal se assustou quando caiu na água, embora ainda estivesse com as unhas na jaqueta. Ele chacoalhou o corpinho e tentou se desprender; e só eu sei como agradeci ao universo, ou qualquer outra força por aí, por ele não ter conseguido nos primeiros segundos. O movimento com a peça de roupa fez com que ele se aproximasse de mim, ainda que fosse perigoso com a correnteza. No instante seguinte, como eu esperava, ele se livrou do tecido e ficou à mercê na água.

Ouvi o meu irmão e a menina gritarem. Era um coro desastroso: miados, lamúrias e chuva. Quase me vi perdendo o gato.

Mas minha mão conseguiu agarrá-lo pelo rabo antes que a correnteza o levasse — destino que minha jaqueta recebeu. Era me preocupar com ela ou com o bicho; e, obviamente, a escolha era previsível. O gato chiou assustado quando o puxei contra mim, me atacou e me enfiou as unhas, mas segurei firme, ou ele cairia de novo na água. Se as coisas estão ruins, sempre podem ficar piores. Eu preferia não arriscar: me afastei do córrego, o animal preso contra meus braços, e fui ao encontro do meu irmão e de sua amiga.

Havia sangue no gato — uma orelha estava machucada e a pata traseira parecia molenga demais. A temperatura estava baixa e ele ofegava sem parar. Precisava de um veterinário urgente. Não perdi tempo: berrei para que os dois me seguissem e retornamos ao carro.

O filme já estava cancelado.

E pelo visto minha noite com jogos com Sky também.

CAPÍTULO 11

GAROTAS QUE NÃO CONFIAM EM NINGUÉM (MAS CONFIAM NA GAROTA QUE GOSTAM)

Maria Celeste

Trinta minutos, ela havia dito.

Era o que eu deveria esperar. Desde 19h12, quando a garota me enviou a mensagem, eu estava perambulando no jogo, para lá e para cá. Estava sozinha em casa: meus pais haviam viajado para São Paulo para um Congresso de Medicina e eu passaria o final de semana em paz. Eu, Morrighan, meu pijama de gatinhos e *MoonMoon Land*. Aproveitaria o que não consegui jogar durante a semana — porque minha mãe surtou com a minha nota e me obrigou a estudar todo tempo em que estivesse respirando. Se eu estudei? É claro que não, fiquei rabiscando cenas aleatórias da minha *fanfic* enquanto ficava em seu consultório. Eles me tiraram de casa porque eu corria o risco de me deixar levar pela influência do computador e não me concentraria para estudar.

Antônia até mesmo arrancou o cabo de energia da CPU.

Como se fosse *muito* difícil comprar um novo para ligar o computador.

Fora todas essas regras — que eu deveria aceitar porque eles eram os meus pais — também recebi um roteiro inteiro de críticas que, se tivesse anotado, daria um livro pronto para ser publicado. *1000 maneiras de criticar os seus filhos e fazê-los precisar de terapia pelo resto da vida.* Seria best-seller.

Ficar sozinha depois de uma semana insuportável — a qual só sobrevivi porque ainda podia escrever Aya e Yun-yu —, podendo sentar e jogar, era relaxante para o meu corpo e a minha cabeça. Mas eu não esperava que os *trinta minutos* se tornassem horas.

Por volta das quinze para as oito da noite, abri a minha lista de amigos dentro do jogo e fiquei esperando que Gabislera ficasse online. Estava na cidade principal do mundo de Antera, deixei minha personagem sentada em uma das calçadas enquanto outros jogadores — de todas as partes do mundo — passavam, enviavam mensagens e faziam trocas. Recebi algumas mensagens no privado, muitas perguntando se eu era a SkyLin mesmo ou apenas um *fake* copiando o nome dela. Não respondi e eles desistiram. Olhei de relance para o meu segundo monitor, encarando o nome da garota no servidor.

Estava ausente.

Como se notasse a minha inquietação, Morrighan pulou sobre a mesa e miou para chamar atenção. Fiz um carinho de leve em sua cabecinha, ela aceitou por pouco tempo e, em seguida, ligou o motorzinho do ódio. Mordiscou os meus dedos e pulou no chão, correndo até a cama. Girei na cadeira *gamer* cor-de-rosa para acompanhá-la com os olhos, tentando me distrair e me tranquilizar. Tudo o que consegui foi ficar mais impaciente e frustrada.

Eu não queria entrar em live, minha bateria social estava escassa; tudo que queria era jogar sem me preocupar se estava interagindo o suficiente com o chat ou respondendo a perguntas aleatórias para animá-los. Queria um pouco de paz depois da turbulência da semana. Precisava descansar, ficar bem. Respirar. E, para isso — para avançar na história do jogo —, precisava de alguém para me ajudar... porque, infelizmente, não conseguia fazer sozinha.

— Ela deveria estar aqui me ajudando — murmurei emburrada, cutucando o meu *mouse pad*. Bebi água, comi um pouco do salgadinho que havia separado e olhei o relógio novamente.

20h21.

30 minutos uma ova.

Cogitei mandar uma mensagem, mas era orgulhosa demais para simplesmente perguntar: *oi, você está chegando?*. Fofo demais. Era o que Sky diria, não eu. Eu, Céu, era diferente. Pela primeira vez estava conseguindo ser quem eu era, não quem queriam que eu fosse; e estava tudo bem. A garota não estranhou, não reclamou. Pelo menos não ainda... ou talvez tenha estranhado.

E, por isso, estava demorando.

Fiquei matutando, pensando, imaginando mil hipóteses, tudo para não aceitar que ainda estava esperando por ela.

A única distração que funcionava era escrever cenas aleatórias. Quando me sentia desmoronar, quando precisava de uma dose de amor ficcional para me confortar, Aya e Yun me davam isso. Eu gostava de como, entre espinhos e inúmeras diferenças, elas se aproximavam. Aya era difícil, orgulhosa; tinha dificuldade de falar sobre seus sentimentos e de aceitá-los. Dizia ser autossuficiente; no fundo, porém, não sabia lidar com a solidão silenciosa. Sempre me identifiquei com ela. Gostava de pensar que éramos uma a extensão da outra, o que explicava ser tão fácil escrevê-la.

Yun-yu era diferente. Confiante, espontânea. Sabia o que dizer e como dizer, provocando a todos com uma dose de ousadia. E estava *sempre* lá — quando precisavam, quando chamavam.

Principalmente quando se tratava de Aya. A sacerdotisa de Antera era o mundo da guerreira. Um mundo complicado, emburrado, cheio de não-me-toques. Mas, para Aya, em segredo, Yun também era o seu mundo.

Quem dera existisse uma por aí para ser o meu.

Suspirei, não queria me sentir deprimida quando estava sozinha. Eu deveria aproveitar, me libertar. Ser quem eu não podia quando meus pais estavam por perto. Mas quando olhei o relógio, marcando 21h59, perdi toda motivação.

Porque o nome dela continuava offline.

Acreditei fácil demais em uma estranha da internet. Pela segunda vez.

Com um suspiro, desliguei o computador e fui para a cama enquanto a chuva continuava a cair lá fora. Morrighan se aconchegou ao meu lado e eu baixei as luzes do ambiente, mergulhando o quarto em um abismo rosado. Deitada, então, abri o documento de escrita em meu *tablet* e me refugiei entre as palavras.

Porque era só lá — no meu mundo escrito de romances idealizados — que as personagens estavam sempre presentes.

E nunca deixavam de aparecer.

CAPÍTULO 12

CAROTAS APAIXONADAS POR GATINHOS (E QUE QUERIAM RECEBER FOTOS DELES DE OUTRAS GAROTAS)

Gabriela

— A gatinha vai ficar bem.

A frase da veterinária fez a tensão se dissipar como mágica. Ikki e Pérola respiraram aliviados, ele segurando a mão dela; um sentado ao lado do outro enquanto a moça terminava de examinar o gato. A *gata*, na verdade. O tempo que se passou desde que a resgatamos e a trouxemos no primeiro consultório disponível foi *bem* caótico. Depois de uns arranhões assustados e uns miados de ameaça, nós a levamos para o carro. Meu irmão e a garota se sentaram no banco de trás com a gatinha. Eu quis *morrer* de fofura — e invejinha, que merda — quando olhei pelo retrovisor e vi os dois lado a lado, praticamente colados, sussurrando para o animal. *Será que ele vai ficar bem?*, Pérola havia perguntado, e Ikki, com um sorriso tímido, murmurou uma resposta que não ouvi, mas que tranquilizou a expressão da menina. Ela se apoiou contra ele e o caminho seguiu silencioso.

Agora estávamos aqui, no consultório, enquanto o mundo desabava lá fora.

— Ela está apenas com um corte na patinha, deve ter se machucado quando vocês a resgataram — explicou a veterinária, uma senhorinha com rosto simpático. — O curativo que fiz precisa ser limpo e trocado todos os dias. Em uma semana ou duas, vai estar bem fechadinho.

— Que bom — respondi e olhei de relance para o meu irmão, que sorriu. — Como comentei antes, achamos ela ali perto da Avenida Ipiranga, bem no Dilúvio. Deve ter se perdido... ou sido abandonada.

— Provavelmente abandonada. É novinha, não tem mais que três meses. — Ela acariciou a gatinha que estava enrolada em um paninho. Olhava para nós com os olhos arregalados. — Vocês vão ficar com ela?

— Ah... não — respondi de imediato.

Não estava nos meus planos adotar um gato tão cedo — se um dia adotasse. Nunca senti a necessidade da companhia de um animal de estimação. Cresci sem, meu pai odiava qualquer bicho que precisasse de atenção. Ikki e eu fomos o bastante para ele.

— A única solução seria levá-la para onde vocês a encontraram. — Ela olhou para a chuva que caía pela janela. — O que não recomendo. Infelizmente, não podemos ficar com ela. Nossa capacidade para abrigar animais abandonados está bastante excedida.

Eu encarei meu irmão e a garota — que me devolveram um olhar de *faça alguma coisa, tu é a adulta aqui*.

— A gente fez o que podia, Ikki.

— Mana! — Ele se levantou da cadeira em tom de protesto. — Por favor...

A veterinária pigarreou.

— Vou deixar vocês se decidirem... — Sorriu e caminhou em direção à porta. — Retorno em cinco minutinhos.

Quando ela saiu, Ikki veio em minha direção e segurou meu braço enquanto Pérola acariciava a gatinha, fungando. Do jeito que agiam, parecia que estávamos em um velório, tristes por não ter salvado o animal. Meu irmão sempre foi dramático.

— A gente não tem o que fazer, carinha. Tu sabe que não pode levar pra casa, o Henrique ia matar nós dois. — Olhei para a garota. — A Pérola não tem como ficar com a gatinha?

Ela olhou para nós e se encolheu, colocando uma mechinha de cabelo para trás da orelha.

— Não... Não posso. Meus pais não gostam... E eu tenho cachorros! Eles iam machucar ela.

Pedir para dois pré-adolescentes chorões era o mesmo que nada. Eu estava em um barco furado. Bufei incomodada e andei de um lado para o outro como se fosse possível que uma solução brotasse no meio da sala.

— Mana, a sua casa! Leva ela pra sua casa! — Ícaro balançou o meu braço. Deveria estar me confundindo com uma boneca de pano.

— Mas nem pensar — respondi, a ideia era um absurdo. Eu não tinha tempo para mim, imagina para um serzinho peludo que precisaria da minha atenção? Sem chance nenhuma. — Não dá, Ikki.

— Mas, mana! A gente não pode deixar ela lá... — Os olhos dele já se enchiam de lágrimas.

Era incompreensível para mim como meu irmão conseguia chorar tão fácil, diferente de mim. Dava para contar nos dedos as vezes em que chorei de verdade. E de uma delas me recordava bem. Tinha acabado de fazer dez anos e estava em um corredor de hospital, sozinha, desamparada, quando os médicos trouxeram a notícia da morte da minha mãe. O choro não durou muito. Meu pai havia se ajoelhado na minha frente e, escondendo as próprias lágrimas, segurando meus ombros, me disse:

— Tu não podes chorar, Gabriela. Nunca, entendeu? Tu tem que ser forte.

Forte pelo meu irmão, que nunca teria a chance de conhecer a mãe e cresceria sem saber quem Henrique era antes de perdê-la. Nunca imaginaríamos que o pequeno Ikki seria tão parecido com ela, tão sensível e tão transparente. Muito mais disposto a demonstrar os sentimentos.

E eu sem chorar.

Sem me apaixonar.

Porque desde que minha mãe morreu, desde que Marina pisou em meu coração, tranquei uma parte minha em algum lugar dentro de mim e perdi a chave.

Nunca consegui encontrá-la.

Suspirei e observei o animalzinho enrolado na coberta. Dormia confortável, o focinho escondido no tecido como se estivesse contra a pelagem da mãe. A veterinária entrou nesse momento, para o desespero de Ikki e Pérola. A garota chegou a pegar a gatinha no colo, que resmungou baixo.

— Então? — perguntou ela e observou a gata com um sorriso preocupado.

Até ela criou expectativas como meu irmão.

Eu não tinha escolha.

— Vou levar pra minha casa.

A noite poderia ter saído fora do meu controle, perdi a minha jaqueta favorita e a chance de jogar com Sky, mas o sorriso do meu irmão compensou todo o estresse.

Novamente, como há quinze anos, eu estava sendo a força dele. E não me sentia arrependida.

Eram quase dez horas da noite quando cheguei em casa. Morta. Acabada. Com uma gatinha debaixo do braço.

Preparei um cantinho no meu quarto — com uma almofada e cobertas quentes — e coloquei a pequena lá. Eu tinha uma gata. Meu Deus. Nada havia me preparado para aquela situação, e eu tentava pensar em como cuidar de um bichinho tão pequeno que dependeria da minha atenção e do meu afeto. Desanimada, suspirei e fui para o banho, as roupas úmidas grudavam em mim e precisava tirá-las antes que ficasse gripada. Meu pai me mataria se eu faltasse aos treinos, a primeira disputa do campeonato se aproximava e precisava estar em *perfeitas-mais-que-perfeitas* condições para jogar.

Saí do banho, fiz um lanche e me joguei na cama. Selecionei uma playlist aleatória para tocar — músicas emo nacionais dos anos 2000 porque estava nostálgica — e deixei as luzes de LED baixas para criar um ambiente confortável.

Notificações se acumulavam nas redes sociais, mas não abri nenhuma delas. Fiquei encarando a música, "Horizontes", da Glória, e mergulhei na letra, bem depressiva por sinal.

Mas eu não sei, se essa voz é você aqui
Mas eu não sei, pra onde ela vai levar
Quero voar pra bem longe só pra você vir me encontrar
Mas eu não sei, se esse dia vai chegar

É incrível como músicas melodramáticas te fazem pensar no amor, te fazem querer falar sobre o amor. Pelo menos era como me sentia quando as ouvia e, consequentemente, elas me levavam a ela.

Aquela garota de nome misterioso.

De tantos segredos. De tantas fugas.

Deixei a música tocando e abri o aplicativo do servidor dela.

Não havia uma mensagem desde o *"Ok. :)"* dela.

Fiquei me perguntando se a resposta tinha sido irônica — não havia por que ela acreditar em uma aleatória na internet. Era a explicação que eu tinha para a ausência de qualquer "Você vai jogar ou não?" ou "Estou aqui te esperando". Eu me ajeitei na cama e observei o nome de Sky na tela do celular. Fiz menção de digitar a primeira palavra, um "desculpe a demora", quem sabe, mas hesitei e apaguei a mensagem. Escondida na caminha improvisada, a gata me espiou como se estivesse me julgando. Logo eu, acostumada a dar o primeiro passo com garotas.

Por que eu estava com tanto medo?

Era só...

Não era como se estivesse me esperando.

Bufei e enfiei minha cara nos travesseiros. *Porra, Gabriela, toma jeito*, murmurei. Eu estava exagerando. Demais. Criar expectativas para depois me arrepender? Essa minha fase havia passado quando Marina aconteceu e me bagunçou toda. Mas eu havia aprendido.

Sem expectativas.

Sem hesitar.

Tu não vai se apaixonar mesmo.

Decidi enviar a mensagem que meus dedos tanto queriam.

> **(22:13:04) Gabislera:** hey, tá aí? hehe, foi mal não ter jogado, tive uns probleminhas de última hora... espero que tenha se divertido jogando sozinha, na próxima podemos ir juntas...

Larguei o celular de lado e observei a galáxia que brilhava no teto do quarto.

A solidão me pegou. Em momentos como esse, costumava ligar para Mariah e a convidava para dormir comigo. Em outros, quando sentia uma necessidade de conhecer alguém, navegava pelos contatos aleatórios que havia adicionado do Tinder, de conversas esquecidas, não respondidas. Às vezes, passava dos limites e marcava com duas pessoas diferentes em horários diferentes. Uma, à tarde; outra, à noite. Era quase como um homenzinho cis-hétero que precisava provar que pegava quem quisesse para se sentir melhor, desejado. Mas não me sentia melhor no fim.

Peguei o celular e abri o navegador para acessar o Fanficstation. Se eu não me distraísse, enlouqueceria. Abri a página do perfil de Sky e selecionei a história que havia se tornado um remedinho para minha cabeça. Eu já havia lido todos os capítulos disponíveis, mas reler nunca era demais.

Entre tantos, selecionei um dos meus favoritos. Capítulo 61, ou, quando Yun e Aya ficaram presas na dispensa da escola. O desespero das duas nos primeiros minutos do acontecimento foram genuínos e muito bem escritos. Não importava quantas vezes eu lesse, sempre me divertia. O que vinha a seguir era ainda melhor — Aya e Yun se davam por vencidas e se sentavam no chão do quartinho. Conversas e provocações iam e vinham; e, no fim, para que afastassem o frio da estação, adormeceram uma ao lado da outra. Yun acordava no meio da noite e observava a inimiga em silêncio, experimentando mil e um sentimentos que nunca havia sentido. E que eu também não sentia.

A notificação que saltou na tela do celular me trouxe a realidade com um susto.

Quase senti o coração na garganta.

(22:12:01) SkyLin<3: Hm, entendi.

Senti e dessenti, na verdade. A mensagem da garota havia sido tão amarga como se estivesse mastigando sal ao escrever.

(22:13:04) Gabislera: tá tudo bem?

Perguntei e olhei para a tela enquanto o "*digitando...*" aparecia. Pela demora, um textão estava a caminho.

(22:16:21) SkyLin<3: Sim.

Era impressão minha ou a guria estava puta?

(22:16:40) Gabislera: tu ficou esperando?

(22:16:59) SkyLin<3: Sim.

Ela estava puta — a resposta havia chegado em segundos como se também estivesse encarando o chat. Só que não entrava na minha cabeça que ela houvesse realmente esperado. A garota com milhares de seguidores? Só podia estar de brincadeira comigo.

(22:17:20) Gabislera: mas vc jogou?

(22:17:24) SkyLin<3: Não.

Ela iria me matar de nervoso com aquelas respostas curtas. Guria birrenta e tão, tão evasiva. Mas eu não conseguia *não* me interessar. Que merda de queda por garotas problemáticas prontas para destruir a minha vida (leia-se saúde mental).

(22:18:00) Gabislera: sério?

Não houve resposta imediata. Esperei um pouco mais, talvez estivesse pensando no que responder. Mas, quando longos e gelados cinco minutos se passaram, sem indícios de que ela responderia, entendi o que estava acontecendo, por mais estranho que parecesse.

Porque ela havia realmente esperado.

Era meio que... quase uma *fanfic* escrita com minha vida. Porque isso nunca aconteceria no meu mundo.

(22:21:30) Gabislera: me desculpa msm (; ^:) achei que tivesse brincando... tive uns imprevistos e por isso não consegui chegar posso explicar pq?

Não houve resposta novamente.

Olhei para a gatinha escondida entre as cobertas da caminha, os olhinhos quase fechados. Eu me inclinei na direção dela e tirei uma foto. As luzes do quarto deram uma iluminação diferente para a imagem, entre tons de roxo e azul-neon. Sky disse que não deveríamos falar da vida pessoal dela, sem perguntas ou qualquer faísca de curiosidade, ou baniria a minha conta da sua live. Eu respeitei, embora sentisse uma necessidade secreta de saber o que havia por trás das telas, e fiz o mesmo. Se eu não soubesse, ela também não saberia... mas tínhamos uma exceção.

Selecionei a foto e a enviei.

(22:23:20) Gabislera: resgatei no caminho, tá uma chuva fodida aqui na minha cidade e ela ia se afogar, salvei a tempo e agora tenho uma gatinha hehe, tá machucadinha, mas levei no veterinário e tá tudo bem com ela hehe, linda né?

Fiz menção de largar o celular, sem expectativa de resposta tão cedo, mas, antes de largá-lo, o nome da garota surgiu nas notificações.

> **(22:24:09) SkyLin<3:** Ela está bem?

Sem uma resposta monossilábica, graças a Deus.

> **(22:24:41) Gabislera:** siiiim *-*!! tá só com a patinha machucada, tenho que trocar o curativo todos os dias, mas tá bem sim, nunca tive um gato, então... vou ter que me virar hehe
>
> **(22:25:11) SkyLin<3:** Que bom... Eu tenho uma gatinha.

Uma informação nova. Três pontos. Alguma coisa me dizia que ela estava cedendo ou se acalmando. Eu me sentei melhor na cama e decidi continuar, quem sabe tentar trazê-la para o meu lado.

> **(22:26:01) Gabislera:** a morrighan, né? hehe, já vi ela nas lives e no seu insta, ela eh lindona
>
> **(22:26:29) SkyLin<3:** Sim. Está aqui comigo. Também está chovendo na minha cidade.

Amoleci com a imagem que me veio à mente.

Sky deitada nas cobertas, os cabelos bagunçados nos travesseiros. Sem a peruca rosada... as luzes baixas do quarto e a gata enrolada nela, quentinhas na cama. Em que ponto perigoso eu estava. Cruzava uma linha sem volta, com situações imprevisíveis e um futuro pouco provável. Mas me decepcionar nunca foi tão tentador.

> **(22:27:11) Gabislera:** me desculpa mesmo, devia ter mandado uma mensagem pra não te deixar esperando...

Reafirmei, agora constrangida com a situação toda.

> **(22:27:49) SkyLin<3:** Devia.
>
> **(22:28:03) Gabislera:** como posso me redimir? 🙏

Esperei pela resposta com expectativa. A demora me deixou nervosa, mas não consegui sair da janela de conversa, como se o simples fato de estar lá, sem rolar automaticamente por outros aplicativos, aumentasse as minhas chances de um desfecho positivo. Esperava qualquer pedido. Na posição em que estava — provocativa e arriscada — faria o que ela quisesse. Uma foto minha? É claro, só bastava um pedido. Ligação por voz? Sem dúvidas, até gostava da possibilidade. Quem sabe imagens do meu abdômen definido? Tenho inúmeras. O que ela quisesse de mim, teria.

Que eu não me arrependesse no futuro. Embora sentisse, e no fundo soubesse, que me arrependeria. A gente tem dessas... gostar do perigo, excitar-se com o que não podemos controlar. Era irônico, e um pouco angustiante, pensar que me atraía por uma garota sem nunca tê-la visto em carne e osso, sem nunca tê-la tocado.

Ela acabaria com a minha vida. Ah, sim. Acabaria, sim. A pior parte era que eu não parecia me importar — depois do que aconteceu com Marina, duvidava que meu coração fosse capaz de se quebrar de novo. O pedido de Sky, no entanto, colocou todos os contextos que eu havia imaginado dentro da privada.

(22:30:18) SkyLin<3: Mais fotos da gatinha.

Sei lá o que aconteceu com o meu peito... tampouco sabia o porquê estava sorrindo com a mensagem. Foi reconfortante, de perder as palavras, de sentir uma sensação incomum dentro de mim.

(22:31:11) Gabislera: hehehe claro, quantas quis44ff
(22:31:32) SkyLin<3: quis44ff?
(22:32:03) Gabislera: fiquei nervosa
(22:32:12) SkyLin<3: Idiota.

Havia inúmeros contextos para a palavra — o idiota de "tu está sendo ridícula, só para"; o idiota de "meu Deus, que vergonha alheia" ou o idiota de "vê se cresce". Meus pensamentos, no entanto, me levaram a um específico, positivo. O idiota de quem, com as bochechas vermelhas, emburrada e encurralada, murmura do jeito mais fofo possível. Acreditei nisso.

Mentir para os meus sentimentos era o que eu sabia fazer de melhor.

CAPÍTULO 13

GAROTAS QUE IMPLICAM COM OUTRAS GAROTAS (PORQUE GOSTAM DE *ENEMIES TO LOVERS*)

Maria Celeste

Recebi uma mensagem às seis horas da manhã de segunda-feira. Pelo horário, sabia quem era o remetente e sorri ao ler o conteúdo escrito.

> Bom dia, Cecéu
>
> Espero que estejas bem, não esqueça do café da manhã e tenha uma boa aula.
>
> Eu e a Ami iremos almoçar no Iguatemi e passar na livraria. Gostaria de nos acompanhar? Estamos com saudades. Beijos.
>
> Tia Ofélia.

Respondi imediatamente e me animei com a ideia. Estava querendo visitar as livrarias do Iguatemi fazia um tempo, mas nunca havia tido oportunidade de ir. Não dirigia e não estava disposta a aprender. Pedir um carro por aplicativo era uma luta, mas era o meu único recurso na maioria das vezes. Não queria me render às caronas dos meus pais. Da última vez, precisei ouvir Antônia reclamar do meu medo de dirigir, dizer que era uma frescura e que eu ficaria dependente para sempre.

Me acostumei a ficar em casa, o que também se tornou um problema para ela com o tempo. *Enfurnada nesse quarto o dia todo! Por isso está ganhando peso!* Porque não ter o manequim 36 igual a ela era um absurdo, um pecado imensurável. Como se magreza fosse um pré-requisito de beleza para a cirurgiã plástica aclamada que minha mãe se intitulava. Os padrões dela haviam me afetado muito na adolescência. Quem não se afetaria com críticas constantes? Os comentários me fizeram cair em um abismo de autorrejeição.

Mas, com o tempo e com a ajuda da minha tia, aprendi a amar quem eu era, como era e o corpo que tinha. Não havia nada de errado comigo, como Antônia insistia em dizer, o problema era ela. Porque eu era, sim, linda e gorda; e estava *muito bem* com isso, obrigada. Gostava de tudo e meu corpo era lindo em cada extensão grande dele — das minhas pernas grossas ao meu quadril mais largo, passando pelo meu rosto arredondado. Estrias? Sim, eu tinha e não me importava com o que diziam. Falassem ou não, eu continuava linda *e* estilosa. Meus pais que continuassem afogados na própria mediocridade.

Diziam que eu era egocêntrica. Estavam certos.

Autoestima não era um problema para mim.

Fui para o banho e Morrighan me seguiu como uma sombra de algodão. Ela sempre se sentava na privada enquanto eu estava no chuveiro e resmungava se eu deixasse a porta do banheiro fechada. Eu tinha o privilégio de podê-la deixar aberta — o meu quarto era uma suíte, o que facilitava *demais* a minha vida. Quando terminei, coloquei o meu roupão e me arrumei no closet, escolhendo uma saia jeans e uma blusa branca de mangas compridas e gola estilo Peter Pan com pérolas. O casaquinho comprido de cores pastéis finalizou o *look*; e me senti satisfeita ao colocar os sapatos estilo boneca com meias rendadas. Gostava de como meu corpo sempre ficava ótimo com saias rodadas e vestidinhos, todos cheios de rendas.

Coloquei uma maquiagem sutil e deixei o meu cabelo curto solto após secá-lo. Em todo o processo, Mor me acompanhou de um lado para o outro, averiguando a vestimenta e miando carinhosamente quando peguei a minha bolsa.

— Vejo você mais tarde, Mor. — Fiz carinho em sua cabeça antes de sair do quarto, fechando e trancando a porta para ter certeza de que ela não sairia. E de que ninguém ousaria entrar em meu santuário.

Poderia não ter nada suspeito lá, mas meu *PC gamer* e o meu notebook eram uma fonte de conteúdo lésbico. Mesmo com senha, não queria correr o risco. Na cozinha, peguei uma cápsula de café e coloquei na máquina de espresso. Estava a um passo de procurar o que comer quando os saltos de Antônia ecoaram no corredor como em um filme de terror. Ela surgiu no batente espaçoso da porta, de braços cruzados e nariz empinado.

— Por que tu não tomas o café da manhã na sala de jantar como qualquer pessoa normal? Pagamos empregados para isso.

Belo "bom-dia".

A máquina de expresso apitou ao finalizar o café.

Peguei a xícara antes de responder.

— Prefiro poupar a minha cabeça — murmurei, precisava conter o meu ânimo ou começaria a semana mal. E não queria me sentir desanimada no único dia que valia a pena estudar.

Antônia estalou a língua com desdém.

— Educação, Maria Celeste — alertou ela, o rosto inquisitivo. Mordi o lábio para conter as palavras que queriam saltar da minha boca. — Vamos, teu pai está te esperando. Precisa falar contigo.

Queria ter coragem de recusar e fugir. De encará-los nos olhos e dizer que não queria tomar café da manhã com eles, não queria ficar perto deles. Responder às injúrias era uma coisa, tomar uma decisão era outra; e por mais que minha língua fosse afiada o bastante para devolver as críticas da minha mãe em muitas situações, não tinha o que era preciso para mudar, para me libertar. Estava presa e não sabia como sair.

Assenti e a acompanhei. A sala de jantar era espaçosa e extravagante, com um lado todo em vidro exibindo a paisagem de Porto Alegre. Pelas cortinas brancas, o sol do amanhecer entrava tímido e preguiçoso. Não tinha pressa de entrar porque sabia que, do lado de dentro, era tão frio e sombrio quanto as piores noites de inverno. A mesa de jantar de madeira, com ornamentos dourados em sua estrutura, havia sido preenchida em uma de suas extremidades com um exagero de alimentos, que mal seriam tocados pelos meus pais. Sempre me perguntei o porquê dessa necessidade de expor tanto. Ego, sem dúvidas.

Carlos Miguel estava sentado na ponta, bebendo um gole de café enquanto passava as páginas do jornal em seu *iPad*. Ele ergueu os olhos, castanho-claros como os meus, ao me ver chegar com a megera, avaliou as minhas roupas e colocou o aparelho de lado para se concentrar em nós duas.

— *Bom dia*, Maria Celeste — deu ênfase no cumprimento, insatisfeito com o meu silêncio ao me sentar à mesa. Antônia se sentou à minha frente, direcionando um olhar sugestivo para o marido. Do tipo, *faça logo o teu papel*. Como se Carlos soubesse o que significava ser pai. Era tão ausente que, às vezes, eu me esquecia da existência dele. Antônia era narcisista;

Carlos, desinteressado e distante. Se perguntassem o que eu gostaria de receber de presente ou qual era o meu passatempo favorito, ele não saberia responder, tampouco se importava em perguntar.

Como lembrava o meu nome era um mistério, tamanho o desinteresse. A apatia de Carlos Miguel semeou muitas revoltas na pequena Céu na infância. Emburrava-me com facilidade, desobedecia com frequência e tentava tudo para ter um fragmento de sua atenção. Nunca consegui e, com o tempo, entendi que nunca conseguiria. Meu pai não era, de fato, um pai. Em uma época cheguei a pensar que a idade talvez contribuísse para a distância — ele estava com 66 anos —, mas a hipótese se desfez depressa. Idade nenhuma justificaria a frieza dele ou as críticas da minha mãe, que atualmente tinha 55 anos.

— Por que levantaste tão cedo? — perguntou Carlos com os olhos fixos em mim. O cabelo grisalho estava bem-arrumado, a barba perfeitamente aparada. Cada detalhe nele esbanjava um certo luxo. Nunca o vi desarrumado ou com o aspecto comum aos pais de filmes ou séries, de calças largas, pantufas e camiseta manchada.

Observei o suco de laranja esquecido no centro da mesa, entre pães, frios e frutas cortadas.

— Tenho aula de manhã — respondi contida, chateada. Se soubessem o quanto me deixavam sufocada, ficariam assustados. Ou não. Talvez até gostassem.

Antônia arqueou a sobrancelha dourada.

— Que aula? Conferi a grade do terceiro semestre antes das aulas começarem. A primeira aula de segunda-feira é no fim do dia. — Os dedos dela batiam contra a mesa, impacientes. Cada toque na madeira era um gatilho.

A saliva desceu pesada em minha garganta. Era uma situação delicada. Carlos e Antônia não poderiam sonhar que eu estava em uma disciplina optativa em outro curso. Meu pai bebeu mais um gole de café enquanto esperava a minha resposta.

— É um projeto — comentei e me servi com suco.

— Não é o que estavam ofertando no semestre passado, querido? — perguntou minha mãe e pegou pedaços minúsculos da maçã que estava cortada. Respirei devagar, quase aliviada. Porque, de fato, existia um projeto extracurricular todo semestre. Sempre nas segundas. Era minha desculpa perfeita.

— Sim — confirmou ele e olhou para o relógio dourado no pulso. — Mas as aulas, pelo que me lembro, começam às nove. Por que tu estás indo tão cedo?

Passei a língua pelos lábios para saborear melhor a bebida. Um movimento lento, proposital; tudo para esconder que eu não sabia do que estavam falando.

— Estudar na biblioteca.

— Com essas suas notas medíocres? — comentou Antônia e riu amarga, divertindo-se. — Convenhamos, Maria Celeste, tu não gostas de estudar. Dê um motivo plausível se quiser mentir.

— Qual o problema? — Revirei os olhos e ignorei a desaprovação que se criou na expressão do meu pai. — Até parece que estou cometendo um crime em ir mais cedo. Descansem.

Olhei para o relógio do celular de relance. 8h10. Se continuassem tagarelando e me inspecionando, eu chegaria atrasada na aula. Precisava encontrar um modo de despistá-los e correr para a universidade.

— Tu és uma garota de vinte e um anos e continua debaixo do meu teto, come e estuda com o meu dinheiro. — Minha mãe apontou o dedo para mim, erguendo a voz. Senti meu rosto esquentar a cada palavra. — O mínimo que precisas fazer é respeitar as regras. Não esperamos menos que tua dedicação integral nos estudos com a fortuna que pagamos a cada mês.

Parecia mentira como ela gostava de me lembrar como eu era dependente. Do dinheiro. Da casa. De tudo. Meu pai bebeu o café e assentiu, complacente. Os dois pareciam a madrasta e o padrasto malvados dos filmes da Disney.

Dei uma risada seca.

— Dedicação? Claro, Antônia, muita dedicação, amo o meu curso — expressei com ironia, tamanha a falsidade que até me surpreendi.

— Tu aprendes a gostar com o tempo — comentou ela e bebeu um pouco de chá, passando os dedos pelo cabelo dourado e cheio de cachos artificiais. — Quando tinha a tua idade, já havia conquistado meu primeiro emprego na clínica do meu pai. Tinha o meu próprio dinheiro e não dependia de ninguém. Enquanto tu estás aí, afundada sem conseguir ser aprovada com o mínimo, vivendo às nossas custas e jogando quando não estamos em casa. Terminaste a escola com dezesseis anos, Maria Celeste, dezesseis! Mas inventou que não estava pronta para começar uma universidade, que estava insegura e com medo. Ficou enrolando por quatro anos, enfurnada no teu quarto e fugindo do mundo real. Se não houvéssemos insistido, continuaria igual.

Você pode ser forte — pode ter se blindado e fortalecido com os anos —, mas nunca é forte o bastante para ser destratada pelos próprios pais. Ouvi tudo, cada sílaba que proferiram, sem baixar o olhar. Minha atenção ficou nela, em seus olhos gelados e em sua arrogância contagiosa. Não deixar uma lágrima escapar foi difícil, mas não me abati, não demonstrei nada além da única arma que estava em meu alcance.

O meu desprezo.

Se ela soubesse...

Que não dependia mais do dinheiro imundo dela. As doações que recebia em cada live, a monetização do canal e as assinaturas dos inscritos, tudo se somou, fazendo com que nos últimos anos eu comprasse o que eu quisesse com o *meu* dinheiro. Ainda assim, com limitações. Carlos e Antônia desconfiariam se, de uma hora para outra, eu aparecesse com aquisições novas que não estavam no extrato bancário de seus cartões.

Um dia seria diferente.

Um dia eu iria embora e não teria medo, não olharia para trás.

— Se já criticou o que queria, vou sair. — Eu me levantei e minha mãe ficou me observando com um sorriso debochado. Olhava para a minha roupa, para o meu cabelo, que, segundo ela, deveria ser comprido. *Mulheres de cabelos curtos não são atraentes e não chamam a atenção dos homens*, disse um dia.

Ela ainda estava presa no século passado.

— Teremos um jantar de negócios em breve — anunciou meu pai antes que eu me virasse.

Quase não segurei o sorriso de animação.

Uma noite sem os dois era como uma terapia para mim.

— Que bom, mas o que eu tenho a ver com...

— Cuide o tom com seu pai, garotinha — me interrompeu Antônia, afiada. — Pelo menos finja que tem educação.

Eu apertei os dentes. Dez níveis de ansiedade disparavam quando Antônia começava a falar.

— Tu vais conosco — completou Carlos e afastou a xícara de café, satisfeito. Ele se ocupou do celular e continuou, sem dirigir o olhar para mim.

— O filho do meu sócio, um rapaz muito bem-sucedido, estará presente. Comentei sobre você e disse que seria bom apresentá-la. Está mais do que na hora de começares a participar dos negócios.

— E sair da frente do computador — completou minha mãe conferindo as próprias unhas, desinteressada, como se suas palavras, o que eles estavam me obrigando a fazer, fosse a coisa mais comum do mundo.

— Não quero — respondi de imediato, o rosto quente e a garganta apertada. Eu ia explodir se ficasse lá por mais tempo. — Não me interesso. Não quero saber dos negócios de vocês, já disse. Vocês não podem me obrigar. Não estamos na Idade Média.

— Maria Celeste — murmurou meu pai com um tom impaciente, quase ameaçador. — Tu não és mais uma criança, sabe que precisa assumir as próprias responsabilidades. Olhe os teus primos. Fernando tem 23 anos e está formado. Já trabalha e mora sozinho.

— E a Ana Luísa, querido? — acrescentou Antônia. — Um anjo de garota. Já está esperando o primeiro filho. Se formou em Direito no ano passado. Precisamos marcar uma reunião de família em breve, não acha?

— Eu não sou nenhum deles. — Eu rangi os dentes, uma dor se instalando na minha cabeça.

— Infelizmente... — Minha mãe suspirou com pesar.

Aquilo foi a gota d'água.

Eu não esperei que continuassem ou que seguissem pisoteando em mim. Já estava atrasada. Já estava exausta. Mordendo o lábio para conter a vontade de chorar, me apressei para a saída. Não parei quando Antônia me chamou.

Lidaria com eles depois, outra hora, quando pudesse.

Porque agora eu só precisava de paz.

Para me lembrar — e, de alguma forma, me fazer sentir — que eu não era tão ruim quando eles me faziam acreditar.

As aulas já tinham começado e eu não estava lá.

Os corredores do departamento de Artes e Letras estavam vazios; as salas, ocupadas. Tentei não correr, mas meus passos eram ligeiros e ecoavam através das paredes abarrotadas de anúncios, avisos e lembretes para alunos desavisados. Olhei para o celular para me certificar da sala e parei em uma interseção confusa de corredores. O engenheiro que havia projetado esse prédio não havia pensado que 99% dos alunos se perderiam com tantos acessos e passagens — e me incomodava fazer parte dessa porcentagem. Mas não poderia me cobrar: a manhã fora péssima e as palavras da minha mãe ainda ecoavam no fundo da minha cabeça. Do caminho de casa até a faculdade, tentei me ocupar com vídeos engraçados em um perfil online. Nenhum deles conseguiu me arrancar um sorriso, quanto mais uma risada.

Eu estava tão amarga, que sentia minha língua coçar.

Foi só quando — em uma tentativa de abrir o Pinterest e procurar imagens de inspiração para o meu *setup* — esbarrei sem querer com o aplicativo do meu servidor que meu temperamento melhorou sutilmente; em 1%, eu diria (porque era incapaz de aceitar que uma mensagem pudesse fazer eu me sentir melhor). Era de Gabis, enviada há trinta minutos. Meu celular estava no modo *Não perturbe*, pois eu não queria ser incomodada pelos meus pais, e não notificou o que a garota enviara.

(08:55:12) Gabislera: oi sky :3, bom dia

Desviei minha atenção da mensagem mais recente quando me lembrei do que havíamos conversado na noite passada. Gatos. Chuva. Pessoas que abandonam animais indefesos. Não durou muito, eu estava com sono e precisava dormir, mas lembro do que senti enquanto conversava. Um certo incômodo.

Um incômodo estranhamente bom.

Era só isso, repeti mais cedo e repetia agora, mordendo o lábio inferior ao pesquisar o mapa da universidade.

— Ei, Maria.

Meu corpo inteiro se arrepiou com o chamado. Olhei para trás depressa, o cenho franzido, e me deparei com minha colega: a garota egocêntrica da Educação Física. A mesma a quem eu havia pedido com todas as letras que não me chamasse de Maria.

— Atrasada, hein? — Ela sorriu de canto e cruzou os braços. Estava com uma jaquetinha *cropped* com capuz e uma blusa preta com o mesmo corte, exibindo sua barriga definida. A calça preta tinha uma corrente caída na lateral, o que deveria ter ficado com os emos dos anos 2000. Mas precisava confessar: ficava bem nela. Tudo parecia ficar. Imaginei que gostasse de ser o centro das atenções.

— Deixa eu adivinhar: atrasada *e* perdida?

— O que você quer? — O susto me deixou em alerta e fez meu coração disparar, responder sem paciência foi inevitável.

— Maria, Maria, são nove da manhã. Tu já tá de mau humor?

Revirei os olhos.

— Você não deveria estar na sala de aula?

A garota inclinou a cabeça para o lado para me observar. Eu senti seus olhos percorrerem o meu corpo e os livros que carregava como se tentasse me interpretar... ou simplesmente me constranger.

Meu rosto esquentou.

Porque — por mais que eu odiasse admitir — ela era bonita.

Muito bonita.

Do tipo que tem tudo o que quer. As pessoas. Os encontros.

— Aham. Pior que sim. Só que chegar na hora nunca foi o meu forte, mas sou especialista em me situar em lugares cheios de portas. — O sorriso dela aumentou. — É só tu pedir.

Formei uma linha reta com os lábios.

— Não preciso da sua ajuda. — Fiz menção de seguir pelo corredor, querendo distância dela.

Ser bonita não era desculpas para o ego inflamado que ela tinha.

— Nove e cinco... Maria, Maria — cantarolou ela com uma risada. — Não vai te machucar pedir uma ajudinha, vai.

Olhei para trás com as bochechas vermelhas.

— Você é ridícula.

Ela riu com gosto.

— E tu é muito brabinha.

Meus lábios tremeram.

Escuta aqui, garota!, quase deixei escapar, mas me segurei — com *muito* esforço. Porque o relógio agora marcava 9h09.

O tempo estava passando e não poderia mais me atrasar.

Com um resmungar baixinho, e um ruído que veio do fundo da minha garganta, exclamei com pura insatisfação.

— Só me leva logo!

A garota me devolveu um sorriso discreto — quase divertido — e respondeu:

— Levo sim, Céu.

Eu estava tão irritada, que não me deixei abalar pelo nome em sua boca. Céu. O meu Céu. No exterior, ao acompanhá-la, apresentei indiferença. Por dentro, porém, uma euforia amarga me atingia.

Gabriela estava com a perna inquieta.

Ela não estava prestando atenção nos slides que o professor passava. Rabiscava as folhas do caderno e, às vezes, respondia a mensagens em seu celular. Não bastava ter me provocado mais cedo, forçando-me a aceitar sua ajuda, ela também havia se sentado ao meu lado. Havia retirado a jaqueta, o que deixou suas tatuagens expostas. Uma delas me chamou a atenção. A medusa. Observei de canto — tentando não ser notada — e cogitei o porquê da escolha. Uma trend no TikTok associava o uso da personagem da mitologia grega como referência à violência sexual para pessoas que haviam sofrido abuso. Mordi a língua entre dentes, afastando os pensamentos. Eu tinha problemas e lutas demais para me preocupar com as dos outros.

E a minha luta atual era não me irritar com ela e sua perna nervosa.

Coloquei a ponta da lapiseira contra os lábios e me concentrei no que o professor explicava.

— Na aula passada, comentamos sobre o personagem que precisávamos criar para essa disciplina, todos fizeram? — Eu assenti em silêncio enquanto alguns se manifestavam, confirmando.

Criar uma personagem específica para trabalhar na disciplina foi relaxante, uma atividade na qual passei horas, pensando em possibilidades, escolhas, enredos; senti que me completava cada vez que uma linha era escrita. Estava ansiosa para poder começar, compartilhar e viver o que eu tanto queria sem precisar me esconder.

— Vocês vão trabalhar com a dupla que escolhi na semana passada. Quero que troquem o que escreveram com o colega e façam uma leitura comentada. Escrevam se gostaram, se têm sugestões, o que quiserem. O importante é compartilhar o nosso conhecimento.

— Putz — murmurou Gabriela do meu lado.

— Podem se juntar e começar — pediu Leandro.

— Céu. — Era insuportável como a voz sussurrada da garota chamando por mim me causava arrepios. — Tu fez?

Ergui uma sobrancelha ao encará-la.

— Óbvio que fiz.

Ela estalou a língua e jogou os braços sobre a mesa.

— Eu esqueci.

— Você só pode estar de brincadeira. — Apertei a lapiseira com força, minhas bochechas esquentando. — Como você quer fazer a atividade sem? O professor pediu na semana passada! — Coloquei os materiais de lado e fiz menção de me levantar. — Vou falar com ele. Não quero fazer dupla com...

— Ei, ei, ei, calma, Céuzinha. — Gabriela segurou minha mão por impulso, os dedos foram cuidadosos, quentes e gentis, sobre os meus. Afastei-os depressa, o coração a mil: era a primeira vez que uma garota me pegava pela mão. E não era só isso. O jeito que ela me chamou... que *ódio* me sentir tão afetada e tão surtada. — Espera aí, a gente pode conversar, tá bom?

— Não podemos fazer a proposta que o professor pediu se você não tiver o seu personagem — resmunguei baixinho para que os demais não notassem. Os poucos alunos conversavam com suas respectivas duplas.

Gabriela arrastou a cadeira dela para perto da minha.

— Sim, vacilei, foi mal. — Ela apoiou o braço na mesa para chegar mais perto. Tentei manter a compostura. Estava perto demais e não sabia como reagir a isso. — Não gosto de escrever pra te falar a verdade. Não sei nem o que tô fazendo nessa disciplina.

— E não trocou por quê?

— Perdi a data. — Ela coçou a cabeça, sem graça. — Então não tenho muito o que fazer... só tentar ser aprovada porque preciso me formar.

Não conseguir evitar revirar os olhos.

— Muito responsável. Agora quem se fode aqui sou eu só por que você não escreveu o trabalho?

Ela piscou inúmeras vezes. Talvez não esperasse que eu fosse soltar um palavrão tão diretamente.

— Calma, Céu, calma... ninguém quer te foder aqui. — Gabriela deu uma risadinha que me deixou ainda mais irritada. A ênfase na palavra parecia sugestiva demais, bem coisinha de hétero. Se não a tivesse visto beijar uma garota, desconfiaria. — A questão é... tu gosta de escrever? — Ela deu uma olhada de relance para minhas folhas. Eram três páginas, mas o professor havia pedido apenas uma. Eu tinha me empolgado escrevendo na semana anterior. — Gosta, né?

— O que que tem se gosto ou não?

— Gosta ou não? — Ela falava perto demais, em um tom íntimo demais. Parecia estar contando um segredo que mudaria a minha vida.

— Óbvio que, se estou aqui, eu gosto.

Ela sorriu de canto de boca.

— Muito?

— Por que você está me enchendo de perguntas?

— Curiosidade.

Bufei tão alto que o professor desviou o olhar para mim. Baixei a cabeça, constrangida. Do meu lado, Gabriela riu baixinho.

— Muito ou não, Céu?

— Muito! *Okay*?! Muito! — Um calor repentino subiu pelo meu pescoço.

Ela se afastou, divertindo-se com as minhas reações. Apoiou os cotovelos na mesa e sorriu, confiante. Se eu tivesse 10% de sua segurança, diminuiria metade dos meus problemas.

— É que eu sou uma boa leitora. — Ela apoiou a cabeça na mão, de forma que fios pretos e rebeldes escorressem pelo seu rosto marrom. *Como alguém conseguia ser tão linda e tão irritante e saber disso?* Meus dentes rangeram. — A gente pode, tipo, tu escreve e eu leio. Fingir que tô escrevendo e tu tá lendo, mas na verdade cada uma vai fazer só uma coisa, entendeu?

Parecia mentira.

Ela estava sugerindo que eu escrevesse por nós duas?

— Ah, não. Não mesmo. Você basicamente está pedindo para eu fazer o trabalho dobrado.

— Tu parece acostumada. — Ela gesticulou na direção das minhas páginas ao continuar. — Quantas folhas o professor pediu?

— Não lembro — menti. — Ele não mencionou...

Gabriela não me esperou terminar: ela levantou o braço e chamou a atenção do professor (e todos os alunos presentes). Quis desaparecer ou eles me confundiriam com um tomate.

Meu Deus, que calor.

Minha pressão devia ter subido.

— Só uma dúvida, tinha um limite de páginas?

— Uma lauda apenas — reforçou Leandro. — Não queremos que o colega leia um livro inteiro enquanto você lê apenas umas linhas.

— Obrigada — agradeceu Gabriela e olhou de esguelha para mim, com um sorrisinho insuportável nos lábios. Queria poder dizer o que ela merecia ouvir e que provavelmente nunca lhe disseram. Que ela era uma filha da puta intrometida. — *Pois é...* — sussurrou ela, quase rindo. — Tu tem bem mais que isso, né?

— Você não precisa ler tudo se não quiser — respondi e desviei o rosto, não queria que descobrisse que eu estava mentindo. Todas as páginas eram importantes, tinham uma conexão.

— Tudo bem! — A garota respondeu cantarolando e estendeu a mão para pegar o trabalho. Segurei-o depressa e o tirei do seu alcance. Não queria admitir que ela tinha vencido, que *tudo bem* fazermos aquela troca. Queria apenas poder escrever e ser lida.

— Céu?

Mordi o lábio com força.

— Podemos... — sussurrei com as folhas contra meu corpo.

Como eu estava com ódio de mim.

Esperava que ela risse e cantasse a vitória. Combinava com ela — uma garota convencida, confiante *e* bonita.

Mas não. Gabriela sorriu diferente, mais suave dessa vez. Sem deboche, sem provocação. Desviei o rosto depressa, não era fácil suportar o seu olhar por muito tempo, aqueles olhos escuros e tão intensos eram difíceis de interpretar.

— Vou ser uma leitora boazinha — comentou ela e pegou as páginas.

Não respondi, mas não deixei de acreditar.

Talvez ela realmente fosse — lá no fundo — uma leitora boazinha.

CAPÍTULO 14

GAROTAS QUE NÃO QUEREM FALAR DE AMOR (PORQUE TÊM MEDO DE FALAR)

Maria Celeste

O abraço apertado da tia Ofélia fez o meu coração incomodado, secretamente magoado, se acalmar. Eu nunca confessaria a ninguém — era orgulhosa demais para demonstrar minha carência secreta —, mas, muitas vezes, eu sentia falta de ser abraçada. Antônia e Carlos nunca foram pais afetuosos. Não tinham tempo, tampouco interesse. Demonstrações de afeto se resumiam a elogios que raramente eram pronunciados. Nesse contexto, acostumei-me com relações frias e metódicas. Se eles não eram carinhosos, eu também não precisava ser, o que poderia explicar minha dificuldade em me relacionar com outras crianças na escola. Não cultivei amizades, não nutri qualquer laço; e cresci com essa ideia de que estava *tudo bem* ser distante.

Até me aproximar da tia Ofélia, das histórias que ela contava e das histórias que aprendi a escrever. Enquanto a família dos meus pais falava sobre viagens de negócios, casamentos de parentes distantes e assuntos desinteressantes, ela vibrava com livros e personagens que não existiam. Afastar-se da família talvez tenha sido uma boa escolha. Estragariam a essência dela.

Toda vez que a via interagir com os filhos, desejava profundamente que também fosse a minha mãe.

— Me conte sobre as aulas! — Ofélia bateu palminhas, os dedos abarrotados com anéis prateados. Gostava do estilo dela, os vestidos pretos com renda e a maquiagem escura, como uma vampira gótica saída do século XVIII.

Esbocei um sorriso animado — e verdadeiro —, sem medo de ser criticada como estava acostumada. Nos sentamos em um dos cafés da praça de alimentação, a atmosfera rústica e refinada. A luz do ambiente era baixa e uma música clássica tocava no fundo. Aminah estava observando o menu enquanto conversávamos, o *hijab* rosa com dourado ressaltava as maçãs de seu rosto. Ela e tia Ofélia eram belos opostos. Uma era o arco-íris; a outra, a escuridão. Quem sabe um dia eu pudesse escrever personagens como as duas. Seria reconfortante.

— O professor fez uma proposta de criar um personagem e trabalhar em dupla. Nós vamos ler o texto um dos outros — comentei e escolhi um *frappé* de chocolate com muito chantilly. — Já escrevi a minha.

— Claro que escreveu. — Ela apoiou a cabeça na mão, sorridente e orgulhosa. Tia Ofélia era como eu, nós tínhamos corpos gordos, e ela sempre foi minha inspiração quando mais jovem. Via suas roupas cheias de personalidade e sonhava em ser como ela, ter a sua confiança, ainda que preferisse tecidos mais coloridos. As críticas da minha mãe me impossibilitaram, não sabia como me sentir bem com tantos comentários sobre meu peso, sentia-me errada, descuidada... mas a atenção e as palavras carinhosas da minha tia me ensinaram a revidar, a me encontrar, a entender que não havia nada de errado comigo e que podia ser quem eu quisesse. Queria conseguir expressar o quanto a amava por tudo. Nunca consegui realmente falar. — O Leandro é muito querido, estudamos juntos no doutorado. Espero que goste do andamento das aulas.

— Eu tô gostando, sim, mas não gostei da minha dupla... — contei e torci os lábios, lembrando-me de como Gabriela me abordara para fazer a proposta. Aceitar pode ter sido bom, eu queria só escrever sem ler os outros, mas a lembrança de seus olhos pretos nos meus, a confiança de cada palavra que deixava sua boca e o "relaxa, Céu" ainda queimavam em mim.

— Trabalhar em dupla não é fácil, Cecéuzinha, acontece. Mas é só o começo... quem sabe vocês duas não se tornam amigas? — sugeriu ela. Tia Ofélia tinha esse costume de tentar fazer com que me aproximasse das pessoas. Dizia que eu precisava de companhia, de alguém da minha idade.

Preferia ficar sozinha.

Aprendi a gostar de ficar sozinha quando, no passado, o que eu mais queria era alguém, quem quer que fosse, para compartilhar os meus segredos. Tentei uma vez e deu errado. Não queria tentar de novo.

— Colegas — corrigi. — Duvido. Não somos parecidas. Ela se matriculou por falta de escolha e chegou no primeiro dia de aula cheia de confiança... — E percebi que estava falando sobre Gabriela, uma garota, com minha tia.

Não que *nunca* tivesse acontecido — às vezes eu comentava algo aleatório que ocorrera —, mas dizer o nome da garota e reclamar de um acontecimento específico? Era a primeira vez. Sempre fui fechada, inacessível. Chegava a ser irônico como meus sentimentos se chocavam: gostava de garotas, mas não conseguia me aproximar delas; consequentemente, elas também não se aproximavam de mim.

Minha expressão não ajudava.

Tente fazer uma cara menos irritada e diminua esse beicinho emburrado, Cecéu, tia Ofélia gostava de dizer.

Mordi o lábio e tentei mudar de assunto.

— Como estão suas aulas na faculdade?

— A sua tia não te contou? — comentou Aminah e observou a esposa de relance.

— O quê? — pisquei confusa.

— O meu projeto de pesquisa sobre Literatura Feminina Sul-rio-grandense foi aprovado! Começamos na semana passada, Cecéu! — Ofélia reagiu com palmas exageradas como uma adolescente emocionada. Combinava com ela. Quem não a conhecesse, não acreditaria que tinha quarenta anos. — Tive seis inscritos! Aliás, uma das meninas gosta de escrever romance entre garotas também. O nome dela é Catharina, está quase terminando o curso. É uma fofa, muito simpática. Acho um amorzinho como a namorada vem buscar ela todos os dias.

Um sorriso sincero brotou em meu rosto sempre carrancudo. Não pela garota mencionada ou pela aprovação, mas pelo que a liberdade da conversa significava. Que eu estava *livre* para ser quem eu era — Céu, apenas a Céu, que gostava de garotas e não precisava sufocar com a verdade porque os pais nunca a aceitariam.

Eu tinha treze anos quando contei para minha tia.

Estava com medo, perdida; para o *eu* da época, a possibilidade de ser lésbica era assustadora. Para onde eu olhasse, faziam comentários horríveis. Era como se eu estivesse cometendo um crime quando, em segredo, observava uma menina da escola. Foi uma paixão passageira — nunca contei a ela por que temia a possibilidade de rejeição como temia que a verdade chegasse aos meus pais. Então, encontrei conforto na internet, em pessoas sem rosto que escreviam *fanfics* e me deram a sensação do que era sentir o que eu também sentia na época: solidão.

Criar Sky foi a minha forma de aprender a lidar com o sentimento — e deixar com que Céu permanecesse segura da rejeição. E embora eu gostasse de interpretar Sky, das curtidas, dos comentários e de sua vida de mentiras, sentia falta de poder ser apenas eu.

Tinha medo de me perder no que eu havia criado como refúgio e nunca mais me encontrar. Se não fossem esses momentos com Tia Ofélia, essa parte minha — que era de verdade, que não tinha máscaras — não existiria mais. Ouvi-la dizer "está tudo bem ser quem tu és, Cecéu, meu amor...", quando tinha treze anos e chorava em seus braços, me salvou.

— Eu não posso participar desse projeto? — perguntei e brinquei com os botões da camisa para me distrair. Já esperava a resposta.

— Ai, Cecéu, queria muito que tu participasse, mas é apenas para os alunos dos semestres finais do curso de Letras — comentou Tia Ofélia com um muxoxo. A garçonete se aproximou e entregou nossas bebidas. O *frappé* tinha camadas de chocolate na taça, mergulhadas no leite, mas ainda tinha minhas dúvidas se valia os trinta reais. O preço era desonesto.

— Como amo o meu curso! — ironizei e peguei o talher para provar o chantilly.

Aminah e Ofélia se entreolharam, um ar de preocupação entre elas.

— Tu sabes que não precisa ficar...

— Não posso — interrompi minha tia e foquei o *frappé*, não queria encará-la. — Deixa isso pra lá.

Porque era mais complicado do que parecia.

Enfrentar os meus pais era uma coisa, jogar tudo para o alto e sair de casa era outra coisa muito mais complicada. Vinte e um anos e com medo de correr para o mundo... medo das consequências de um passo tão grande. Tudo bem que odiasse a vida com eles — mas eu tinha um refúgio, *não tinha?*

Sky, os meus assinantes e leitores...

Só não havia espaço para a Céu ser quem era de verdade.

Mas depois de tantos anos me escondendo em um conforto ilusório, não tinha certeza se o meu refúgio era, de fato, um. Porque eu não enxergava as grades da minha gaiola.

No fim, eu tinha medo.

Apenas medo de fazer algo contra meus pais.

Você sabe que está doente e precisa de ajuda quando, mesmo ciente do ambiente tóxico em que vive, insiste em ficar.

Por não saber como sair ou pedir ajuda.

— Trouxe isso para ti. — Minha tia quebrou o silêncio desconfortável que nos envolvia. Ergui o olhar para ela, que depositava um livro sobre a mesa, a capa com tons de verde. *Tomates verdes fritos* era o título. Não reconheci a autora, mas fiquei intrigada com a escolha.

Era uma tradição dela — me presentear com livros clássicos que tinham algum relacionamento entre mulheres. As capas eram sempre discretas, para meus pais não desconfiarem. Houve uma época, eu tinha quinze anos, em que Antônia mexia em minhas coisas para ter certeza de que eu não estava escondendo "besteiras impróprias", como ela chamava. Foi na época em que tia Ofélia havia cortado as relações com a família ao anunciar o seu casamento com tia Aminah.

— É mais modesto que *Na ponta dos dedos* e menos intenso do que *A cor púrpura*, mas acho que vais gostar, Cecéu.

Peguei o livro e conferi a contracapa, o sorriso voltando ao meu rosto. Eu ganhava presentes com frequência dos meus assinantes do canal, mas todos eram em dinheiro, que, embora fosse bem-vindo, tinha pouco significado.

Nunca recebi presentes de verdade.

Presentes que dizem, *lembrei de você e precisei comprar*.

Desde pequena, meus pais me levavam para uma loja de brinquedos caros e me deixavam escolher o que quisesse. Achava a melhor coisa do mundo — toda criança se sente feliz em ter tudo o que quer. A pequena Céu demorou para entender que a atitude deles era apenas para me fazer ficar quieta e porque não tinham tempo de escolher o que pudesse me fazer feliz.

É muito diferente quando *você* escolhe o seu presente.

O sentimento é menor, vazio e insignificante.

Tia Ofélia sabia disso e tentava suprir anos de ausência com presentes pequenos, desinteressantes para quem olhasse, mas muito significativos para mim.

— Obrigada — sussurrei e coloquei o livro contra o peito.

Eu a vi sorrir com a minha reação.

— Quem sabe um livro que fale de amor não amoleça esse teu coraçãozinho — brincou ela.

Torci os lábios e limpei um pouco de chantilly do canto da boca.

— Não tem nada de errado com meu coração. — Tirando a parte que ele era fechado, trancado, inabitado. Apenas personagens ficcionais tinham permissão de entrar. — E eu sei falar de amor, sim.

Se soubessem da minha *fanfic*, mudariam de opinião. Mas nunca tive coragem de contar. Eu confiava nelas, mas Sky e suas narrativas sobre garotas problemáticas se amando era uma parte íntima demais da minha vida.

Não sabia dizer se era vergonha ou medo.

Mas eu não estava pronta ainda.

Aminah riu baixinho.

— A gente vai parecer a tia chata que pergunta das namoradinhas, amor — comentou.

— Eu tenho uma sobrinha lésbica que nunca beijou uma garota! — exclamou Tia Ofélia como se fosse o fim do mundo. — Tô brincando, Cecéu, sabe que tu és o que tu quiseres, independente das experiências que teve. Apenas queria que encontrasse alguém especial que te fizesse feliz.

— Pra gente poder fazer programas no fim de semana. Com pipoca. Filmes de romance duvidosos e brigadeiro — completou Aminah.

Sim, minhas duas melhores amigas tinham o dobro da minha idade. Mas sonhavam alto demais — e eu preferia manter os meus pés no chão. Vinte e um anos e zero relacionamentos me fizeram entender que eu me saía melhor escrevendo sobre amor do que vivendo e falando sobre ele. Se tentasse vivê-lo, não conseguiria esconder Sky e o meu perfil online. A chance de a pessoa me chantagear se um dia terminássemos era o que mais me assustava. Não estava disposta a correr esse risco.

Preferia ficar sozinha e estava satisfeita assim.

Pelo menos era no que acreditava e não queria começar a duvidar.

— Prefiro ficar no meu quarto jogando. — *E escrevendo cenas aleatórias das minhas garotas.*

— Nem no jogo surgiu uma webnamoradinha?

A pergunta da tia Ofélia chegou aos meus ouvidos no mesmo instante em que a tela do meu celular se acendeu com uma mensagem.

(15:21:11) Gabislera: oi sky :3, hj tenho compromisso a noite, mas vou jogar a tarde, tu vai tá disponível? podemos jogar juntas hehe

Senti as bochechas esquentarem.

Webnamoradinha. Como se fosse possível — eu nunca poderia me envolver com alguém na internet. Implicava muita coisa. E eu nunca podia revelar a minha vida de verdade.

A garota com o apelido de Gabislera era só um passatempo. Passageiro, facilmente descartável. Tudo poderia acontecer e, de uma hora para outra, como acontecia com frequência em contatos online, perderíamos o contato.

Apegar-se estava fora de cogitação.

Porque eu sabia que, muito em breve, estaria jogando sozinha de novo.

Mesmo que gostasse de como, cheia de um irritante atrevimento, ela me enviava mensagem e dizia: oi sky :3

CAPÍTULO 15

GAROTAS QUE NÃO SABEM FALAR DE AMOR (MAS GOSTARIAM DE FALAR)

Gabrïela

— Empina mais o quadril. — Minhas mãos tocaram a cintura da mulher para ajudá-la com a postura. Ela sorriu, um olhar sugestivo que eu normalmente devolveria. Mas não fiz isso dessa vez, uma parte dos meus pensamentos estava distante e focada na mensagem que havia recebido mais cedo.

"Não posso jogar hoje à tarde, tenho um compromisso."

Compromisso.

Compromisso.

Não diria que era ciúmes, mas uma profunda curiosidade. *O que tu faz quando ninguém tá te assistindo, Sky?*, a pergunta se repetia. Fiquei com ela martelando minha cabeça enquanto terminava o treino de uma de minhas alunas. A academia estava com pouco movimento, era um espaço imenso com luzes de neon no teto para dar uma ambientação diferente. O preço da mensalidade era questionável, mas, já que ela era considerada a melhor da cidade, a classe alta que frequentava não se importava em pagar — como Amanda, que terminava sua série de agachamento enquanto eu a observava. Era uma mulher em seus quarenta anos, bem disposta e com músculos tonificados, que causavam inveja por onde passasse. Era bonita, de fato; mas, desde que descobriu que eu era lésbica, às vezes fazia comentários sugestivos. Como se estivesse escrito na minha testa: *pego todas as mulheres que vejo.*

Eu já havia tido minha experiência com o tipo que quer apenas experimentar — a hétero casada que tem curiosidade em transar com uma mulher.

Já aconteceu comigo e eu só me fodi.

Então, *longe de mim*. Apenas treinava e ganhava muito bem por isso.

— Hoje foi intenso, gostei — comentou Amanda e alongou as pernas, o rosto vermelho. Sorri por educação.

— Tá cada vez melhor. Não esquece que amanhã é dia de bíceps e tríceps, viu? Sem treinar perna de novo.

Ela deu uma risadinha ousada.

— Ah, Gabi, sabe que o meu foco é perna e bunda.

— E a gente tá focando nisso, mas o músculo precisa descansar e tu sabe que precisa de um equilíbrio. Quer ter perna torneada e bracinho fininho? — falei em tom de brincadeira, mas era verdade. Não era por menos que estava cheio de caras por aí que tinham a perna igual a uma vareta e os braços grossos como troncos de árvore. Era feio, deselegante e desproporcional.

— Pode deixar, Gabi, vou fazer direitinho como tu mandou. — Ela passou a língua pelo lábio e sorriu.

Meu celular vibrou no bolso da calça de moletom.

— Então tá bom, vou confiar em ti — respondi e peguei o aparelho. Eram quase 20h e eu tinha mais duas alunas antes de ir para casa. Imaginei que fosse uma delas avisando que estava chegando. Mas não, e meus dedos formigaram com a notificação inesperada.

(19:57:01) SkyLin<3: Hoje tem capítulo novo.

A música alta da academia pareceu se silenciar por um momento.

O combo de capítulo novo e uma mensagem da garota que não saía dos meus pensamentos foi o suficiente para me desestabilizar e esquecer que havia um mundo vibrando ao meu redor. O que não era comum.

Eu me desligar da realidade por causa de uma mensagem qualquer?

Não combinava comigo.

Olhei para frente e percebi que Amanda me observava confusa, o meu nome sussurrado em seus lábios grandes. Expressei um sorriso forçado e guardei o celular no bolso, cruzando os braços para não demonstrar que estava ansiosa, quase à beira de um ataque irracional.

Um capítulo novo, meu Deus.

Só quem já foi muito *fã-surtado-emocionado-histérico* por algo sabe a sensação.

— Desculpa, Amanda. Tava vendo uma mensagem do meu irmão. O que tu disse mesmo?

Ela tocou no meu braço e se inclinou na minha direção. Queria entender o porquê algumas pessoas sentiam essa necessidade absurda de tocar nas outras enquanto conversavam. Eu tentava fingir naturalidade, mas sempre ficava desconfortável.

— Presta atenção em mim, Gabi. Perguntei seus planos para hoje à noite. Recebi um champanhe maravilhoso... e meu marido está viajando e, sabe, não queria aproveitar sozinha.

A música da academia voltou a massacrar os meus ouvidos.

Mas as batidas altas não foram tão perturbadoras quanto o convite de Amanda. Eu deveria esperar — alimentei as investidas dela no começo e sempre devolvia comentários e sorrisinhos sugestivos porque, *bem*, queria me sentir desejada. Até de repente me ver (quase) obcecada por uma garota que eu não sabia sequer o nome de verdade. Deixei de me sentir desejada por muitas e passei a sonhar com qualquer fragmento de atenção de alguém que poderia estar a milhares de quilômetros de distância.

O pior de tudo era que não daria em nada. A minha paixãozinha platônica por uma *e-girl* era só uma ilusão que, em breve, acabaria. Como se fosse possível que houvesse algo entre nós, qualquer relação que fosse.

Eu quebraria a cara.

Ficaria machucada se continuasse insistindo.

Mas...

Ah, o impossível era tão tentador.

— Bah, ia adorar, mas eu tenho... um encontro. — Foi a primeira coisa que veio na minha cabeça. Amanda piscou várias vezes, parecendo decepcionada.

— Não sabia que estava namorando, Gabriela.

O tom dela mudou.

Dei uma risadinha brincalhona.

— É só um lance, na real. — E pensei em Sky, na voz animada quando conversava com o chat ou nos momentos que se emburrava com o jogo na transmissão. Também me lembrei dela em nossas conversas particulares, fazendo birra, cheia de espinhos. Esse lado secreto estava se tornando o meu favorito. Garotas emburradas eram a minha maior fraqueza.

— A gente se conheceu há pouco tempo pelo Tinder.

— Ah, o aplicativo de encontros dos jovens. Essas coisas dão certo? Não confio muito... nunca se sabe se a pessoa do outro lado está falando a verdade — comentou Amanda. Ela tinha razão. Pessoas em aplicativos de relacionamentos tendiam a ser traiçoeiras. Mas sempre podem existir boas surpresas. Nunca se sabe quando uma garota vai te mandar uma mensagem dizendo *"alta o quanto?"* porque tu colocou *"quase alta"* na *bio* e, de repente, se tornar o amor da sua vida.

— Pois é, nunca se sabe... — respondi e peguei minha garrafinha de água. — Boa noite, Amanda. Te vejo na próxima semana.

Não esperei a resposta dela. Precisava de distância, espaço *e* privacidade. Fui até o banheiro para lavar o rosto e me sentei em um dos bancos próximos aos armários de pertences.

Peguei meu celular às pressas para responder.

(20:07:01) Gabislera: oi sky :3! sério??? meu deus eu preciso ir pra casa!!! \(@^0^@)/

A mensagem da minha aluna das vinte horas chegou assim que enviei a resposta. Nunca me senti tão deprimida por ter de trabalhar — só pensava em uma desculpa esfarrapada para correr para casa e ler em paz. Só mais duas horas, tentei me confortar, o que não deu muito certo.

(20:08:12) Gabislera: posso conversar sobre contigo hj depois de ler? (*/ω＼*)

Apareceu que ela estava digitando assim que a minha mensagem foi enviada. Eu imaginei Sky em seu computador — todo cor-de-rosa — olhando para a nossa janela de conversa.

Quem sabe estivesse segurando o sorriso porque preferia se manter emburrada?

(20:08:22) SkyLin<3: Você sabe que só converso sobre o livro nas minhas lives.

(20:08:59) Gabislera: hmmmm e um privilegiozinho pra sua duo de jogo? Hehe ϖ(•̀_•́ϖ)

(20:09:13) SkyLin<3: Cara de pau.

Com certeza estava emburrada. Não dei a ela o sabor da resposta, embora eu quisesse muito insistir um pouquinho, e me ajeitei para encontrar minha aluna. Eu precisava de distração, de um pouco de esforço e suor para fazer com que meus pensamentos se acalmassem (e esfriassem).

Mas durante o treino, quase trinta minutos depois da última mensagem da garota, recebi uma nova notificação.

(20:40:11) SkyLin<3: Você pode fazer dois comentários sobre o capítulo e deu. Estamos de acordo?

Sorrir foi inevitável.

Com um "de acordo", seguido de um emoji de gatinho, passei as horas que antecipavam a minha leitura com uma sensação de conforto, de leveza.

Porque, em passos pequenos, estávamos, talvez, nos aproximando.

O que era perigoso.

E eu amava o perigo.

Nunca poderia dizer às suas amigas que se encontrara com Yun-yu sozinha no ginásio. Não entenderiam — por que ela aceitaria o chamado da novata mais desprezada do reformatório? Tinham motivos, afinal. Desde sua chegada, Yun fizera — com vontade — o suficiente para comprar guerra com as Sacerdotisas, o grupinho de garotas populares (e malvadas) daquele lugar. E não se arrependia. Desafiava-as como o fazia com Aya, a Rainha, ainda que os métodos com ela fossem... diferentes.

— Não vai confessar? — insistiu Aya perante o silêncio perturbador entre as duas. — Confesse, novata. Diga que têm inveja de mim, que queria ser como eu.

Yun-yu deu três passos em sua direção. Mais perto. Aya recuou.

— É o que você acha, Luzinha? — perguntou ela.

— Sim — respondeu e riu com desdém. — Que outra explicação seria?

Mais passos dela, mais um recuo seu.

Sentiu a parede contra as costas. Estremeceu. De repente, um calor inexplicável subiu pelo seu corpo, o mesmo calor que a perturbava quando, nos corredores, o olhar de Yun-yu caía no seu, sempre indecifráveis.

— Confesse, Yun-yu — insistiu, trêmula por dentro. Estava fingindo força, fingindo estar controlando a situação. Mas não... sabia.

Era Yun-yu que a controlava.

— Vou confessar, Aya. — E o uso do seu nome, não o apelido infame que a garota lhe dera, quase a fez ofegar.

Mas o que viria a seguir, faria muito mais.

Elas iam se beijar.

Elas iam se beijar!

E a garota — aquela garota sádica e cruel de cabelo cor de rosa — havia encerrado o capítulo no ápice da aproximação. Eu deveria esperar por isso, depois de oitenta capítulos com interrupções em momentos críticos. Não digeri as últimas linhas lidas, que reli quase vinte vezes, e escrevi uma mensagem aos tropeços para a autora.

(22:25:20) Gabislera: DOUGIHDSFOIUDF SKY!!!! (•̀ _ •́) kd a continuação KD O MEU BEIJO!!!!

Eu me deitei na cama e quase não vi a gatinha perdida nos travesseiros. Ela tinha a mesma cor deles e eu estava desnorteada demais para perceber a realidade. Era assustador como personagens ficcionais conseguiam mudar a sua vida e alterar o seu temperamento em questão de linhas, palavras e ações. Queria poder compartilhar cada reação com alguém — essa sensação de amar uma história porque ela te faz sentir o que tu nunca achou possível sentir —, mas a minha realidade era outra; e, por instantes, desejei que a minha paixão pela *fanfic* de Sky não fosse um segredo. Que eu pudesse contar às minhas amigas o que sentia e surtar um pouquinho por um relacionamento lésbico que não existia.

Todo mundo merece falar sobre o que ama e ser ouvido por isso.

Mas o medo de ser julgado — e muitas vezes menosprezado — nos impossibilita disso. Era o meu caso; e, na situação atual, a única pessoa que podia conversar sem preocupações era ela, a própria autora da história.

O que não era nada ruim.

(22:26:30) Gabislera: estou passando mal aaaaaaaaaaaaaaaaa

(22:26:59) SkyLin<3: Será que o beijo vem aí?

Ela estava me provocando. Eu me ajeitei na cama e deixei a gatinha — que ainda estava sem nome — se aconchegar no meu colo. O motorzinho de ronrom começou em seguida. Foi inevitável não acariciar as orelhinhas enquanto escrevia a resposta.

(22:27:15) Gabislera: diz que sim POR FAVOR tem criança chorando tem gente MORRENDO sky

(22:27:49) SkyLin<3: Depende da Yun-yu. Aya não dá o braço a torcer.

(22:28:00) Gabislera: aff se fosse eu, já tinha beijado quando elas ficaram presa no armário de vassouras!!!! O_O

(22:28:12) SkyLin<3: Você teria?

A pergunta pareceu traiçoeira.

Não sabia se ela estava me testando ou perguntando por curiosidade.

(22:28:42) Gabislera: n perco tempo quando tô apaixonada hehe

(22:29:02) SkyLin<3: Você beija garotas?

Pisquei várias vezes enquanto observava a mensagem. Meu coração bateu incerto de repente, como se estivesse enxergando muito mais do que uma pergunta inofensiva nas entrelinhas da garota. A saliva desceu pesada em minha garganta — era assustador como eu me perdia totalmente com ela... deixava de ser a pessoa segura e confiante para me tornar alguém que sequer sabia falar de amor.

Se é que eu soubesse antes.

Falar de amor era complicado, impossível às vezes. Mas, com ela, talvez pudesse tentar. Estaria me iludindo, sim. Ou não, nunca se sabe. A verdade era que, depois de tantos sentimentos passageiros, queria sim falar de amor com alguém, queria muito mais.

Porque não era só de amor que eu sabia falar.

Esperava não me arrepender da resposta.

(22:30:15) Gabislera: beijaria vc

(22:30:22) SkyLin<3: Vou te bloquear.

(22:30:30) Gabislera: n!!! tbeorisirutjeoe eu tava brincando!!

(22:30:33) Gabislera: n pera

(22:30:35) Gabislera: pera!!!

Pronto. Estava nervosa. Bem nervosa. Muito nervosa.

(22:30:45) Gabislera: disse que beijaria vc mas quis dizer que beijo garotas sim não que to brincando sobre beijar vc mas vc tbm eh uma garota

(22:30:49) Gabislera: meu deus

(22:30:50) Gabislera: n me bloqueia!!!

O status dela no servidor continuava como disponível; ou seja, tudo bem. Era uma brincadeira, em certa medida. Queria provocá-la como gostava de fazer, mas o meu "beijaria você" era tão real como a sensação acelerada que me subia pelo peito.

Sim, eu a beijaria.

Beijaria demais, se ela quisesse.

A demora da resposta me deixou apreensiva. Estava pronta para digitar um textão arrependido quando a mensagem de "SkyLin<3 está digitando..." apareceu na tela.

Fiquei observando apreensiva.

Ela continuou digitando, digitando, digitando... como se estivesse escrevendo o próximo testamento. Estava preparada para um sermão que me faria repensar a vida inteira e nunca mais sugerir beijar garotas online.

Só que...

O que veio em seguida foi:

(22:40:01) SkyLin<3: Vamos fingir que não aconteceu.

Quase trinta minutos de um quase infarto, cabelos caídos e anos de vida perdidos por uma linha. Ela devia ter se arrependido do que estava escrevendo, era a única explicação.

(22:41:00) Gabislera: hehe claro como quiser, mas enfim... sou lésbica, e desculpa pela ousadia tá?

(22:43:10) SkyLin<3: Certo.

Às vezes queria que a garota dissesse tudo que estava passando por sua cabecinha. Melhor do que isso, queria poder vê-la pela câmera para interpretar suas reações e seus olhares.

(22:47:21) SkyLin<3: Vai jogar comigo hoje ou não? A atualização nova de MoonMoon Land chega amanhã e quero estar com todas as missões atuais completas.

Passei a língua pelo lábio enquanto lia a mensagem. Quase sentia o gosto de "ela está mudando de assunto porque não sabe o que falar". Olhei para a gatinha em meu colo e suspirei, levemente frustrada com a minha tentativa de aproximação. Dizer que queria *sim* beijá-la não foi um deslize ou algo que saiu sem pensar. Era uma sondagem — um teste despretensioso para saber se ela tinha o mesmo desejo que eu.

Pelo visto não, ponderei.

Ou eu estava esperando demais de alguém que não tinha nenhuma obrigação com estranhos na internet.

Era apenas jogo.

Suspirei e tomei um susto quando Sky enviou outra mensagem.

(22:57:00) SkyLin<3: ?

Percebi que dez minutos haviam se passado desde o convite para jogar.

(22:57:06) Gabislera: desculpa!! >3< tava dando atenção pra gatinha.

(22:57:39) SkyLin<3: Entendi.

Nenhuma interação ou curiosidade.

Que frustração.

Eu me sentia como uma criança que tinha o seu doce favorito diante dela e estava proibida de comê-lo.

Sky era esse doce.

Não que eu quisesse comê-la.

Mas...

Bufei alto e enviei uma mensagem.

(22:59:02) Gabislera: vamo jogar

Porque, pelo visto, era tudo o que me restava.

CAPÍTULO 16

GAROTAS QUE NÃO SABEM O QUE É O AMOR (MAS GOSTARIAM DE SABER)

Gabriela

Mana!

Pisquei confusa quando o chamado me trouxe de volta à realidade. Ícaro me encarava preocupado e tive que forçar um sorriso para tranquilizá-lo. Ele tinha vindo me visitar com a amiguinha para ver a gata. Os dois chegaram perto do meio-dia, cheios de timidez, ingênuos como eu não costumava ser na idade deles. Mas era fofo vê-los juntos, e sempre me despertava um sentimento bom de conforto, quase de inveja.

A gatinha estava no colo de Pérola, brincando com uma pelúcia que ela havia trazido.

— Desculpa, Ikki, tava pensando longe, o que tu disse mesmo?

— Sobre o nome, mana. Tu chegou a pensar em um bonitinho?

Eu me ajeitei no sofá e espichei as pernas, estavam doloridas do treino pesado da manhã.

— Não... eu sou péssima nisso, na real. — E não conseguia pensar em nada que não fosse a noite anterior. A conversa com Sky não saía da minha cabeça. A esquiva, a minha ousadia, tudo. Queria ter conseguido um pouco mais, ter ido um pouco mais além. Mas a recusa da garota me fez perder o ânimo. Só jogamos, sem trocar nenhuma mensagem; e quando deu meia-noite, avisei que precisava sair. Um "Ok" foi tudo o que recebi e, emburrada, não me dei ao trabalho de desejar boa-noite.

— Também sou... — Ikki olhou para a amiga. — Tu sabe, Pérola?

Ela tomou um susto ao ser citada e piscou envergonhada.

— Não...

Suspirei. Era difícil esperar sugestões de adolescentes tímidos. Quem sabe eu pesquisasse em algum site com nomes de animais mais tarde ou só esperasse a ideia cair do céu.

Céu...

Talvez...

Fui interrompida pela voz de Ikki.

— Mana, posso usar o teu computador um pouquinho? — Ícaro já estava me esperando em frente ao corredor para o meu quarto. Eu assenti e me levantei do sofá, acompanhando meu irmão.

Quando entramos, estranhei ao vê-lo fechar a porta com cuidado, quase como se estivesse se escondendo. Ele mordeu os lábios, hesitou e suspirou. Parecia se preparar para dizer algo, o rosto negro expressando uma inquietação incomum.

— Tá tudo b...

— Eu beijei a Pérola! — Ele soltou a frase às pressas, trêmulo.

Fiquei imóvel, incerta de como reagir ou o que dizer. Ícaro me encarou, embolando as próprias palavras.

— Ela quis, claro. Eu perguntei antes, mana, mas a gente se beijou e... eu tô muito, muito feliz. Eu gosto muito dela, de verdade. Chega a doer, sabe? Quando eu tô com ela, a minha barriga começa a formigar e eu... eu... me sinto tão bem... Tu sabe como é isso, né, mana?

Eu não sabia mais.

Porque tinha me esquecido como era me apaixonar. Como era sentir a barriga formigando. Como era perder as palavras. A confissão do meu irmão me trouxe conforto, queria vê-lo feliz, mas também me afetou, me deixou triste. Com quatorze anos, havia beijado metade das garotas da escola porque queria provar para todo mundo que conseguia. Não me arrependia do passado, seria hipócrita se dissesse que sim, mas me perguntava como teria sido se eu tivesse me preocupado menos com o que pensariam de mim e mais com o que eu poderia sentir.

— Claro que sei — menti e sorri.

Ele colocou a mão frente a boca, mordendo o dedo, uma mania toda vez que tentava enfrentar o nervosismo.

— Tá realmente feliz?

— Por que não estaria?

— Tu tá... estranha, mana. Aconteceu alguma coisa?

Um problema sobre mim era que eu não conseguia esconder quando estava incomodada. Se algo me preocupasse, minha expressão — que sempre era sorridente e divertida — ficava distante, fechada.

— Desculpa, Ikki, eu tô bem feliz por ti, de verdade. Quero te ver bem e apaixonadinho. — Baguncei os cachinhos dele. — Eu só tô um pouco... não sei explicar.

— É o papai? Ele tá pegando pesado demais?

Quem me dera...

Se fosse só Henrique, saberia como lidar. Eu *sempre* sabia como lidar com tudo, na verdade. Até aquela guria aparecer e complicar (de uma forma boa) todos os meus sentimentos.

— Teve alguma vez que ele não pegou? — Forcei uma risada.

Ícaro piscou sem tirar os olhos de mim, tão pretos quanto os meus.

— Uma garota?

Cocei a cabeça, sem graça. Era um pouco estranho falar da minha vida amorosa com meu irmão de quatorze anos.

— Mais ou menos.

Ele franziu o cenho.

— Digo... claro que é uma garota, Ikki, é só que... — Não queria confessar que estava interessada em alguém na internet de quem eu não sabia sequer o nome verdadeiro, meu orgulho interno não me deixava. — Ela meio que não tá a fim.

— Ela te rejeitou?

— Ela só não parece interessada.

— Como tu sabe?

— Como eu sei... — Acabei me sentando na cama. *Como eu sabia*? Por que me acostumei a ser correspondida? Mordi o lábio, desconfortável, e não soube o que responder exatamente. Qualquer justificativa parecia frágil, pouco convincente. Eu mesma não tinha certeza se *sabia*. — Sei lá, na real. Eu tô um pouco confusa do que pensar. É que sempre deu certo, sabe? Dar em cima de uma garota e no fim rolar. Só que com essa não, não consegui nada.

Ícaro se sentou ao meu lado e brincou com os próprios dedos. Ele havia pintado as unhas de preto. Eu o incentivei, mesmo com o receio de que Henrique não fosse gostar.

— Não é esse o problema, mana?

Arqueei uma sobrancelha.

— Como assim?

— É que você disse que sempre deu certo, mas não com essa menina que você tá falando. Será que não é porque você tá fazendo o mesmo de sempre? Tipo... as pessoas são diferentes, às vezes o que funciona com uma, não vai funcionar pra outra. É meio óbvio, eu sei, mas talvez se você tentar de um jeito diferente do que tá acostumada...

Meu irmão — nove anos mais novo que eu — estava me dando conselhos amorosos sobre garotas. Talvez gostar de alguém online não fosse o maior dos meus problemas, e sim minha imaturidade quando se tratava de relacionamentos. Beijar muitas bocas por aí não significava que eu soubesse, de fato, o que era me envolver com alguém.

Porque eu não sabia.

Fingia apenas — e esse comportamento me levou a desaprender o que era falar de amor.

Eu me permiti sorrir com sinceridade para Ikki, um sorriso meio fraco, meio decepcionado, mas verdadeiro. Porque era tudo que conseguia naquele momento.

— Vem cá. — Eu o abracei em um agradecimento silencioso. — Eu te amo, tá bom, carinha?

Ele sorriu sem mostrar os dentes e desviou o olhar.

— Também te amo, mana.

Ícaro tinha razão, de certo modo. Eu estava tão acostumada a ter tudo, que não entendia, muito menos acreditava, quando alguém não me correspondia. Era errado, até problemático; e talvez essa ausência e esse vazio que eu sentia quando lia sobre garotas apaixonadas fossem uma consequência de minhas escolhas precipitadas e um tanto inconsequentes.

Eu queria falar de amor...

Mas, às vezes, era preciso falar de muito mais.

CAPÍTULO 17

GAROTAS QUE FICAM NERVOSAS PERTO DE OUTRAS GAROTAS (PORQUE GAROTAS BONITAS SÃO PERIGOSAS)

Maria Celeste

AULA DA DISCIPLINA ED01001 DE
ESCRITA CRIATIVA ACONTECERÁ NA
PRÓXIMA SEGUNDA.
VER PORTAL DO ALUNO PARA
MAIS INFORMAÇÕES.

A mensagem colada na porta da sala de aula era tudo que eu menos esperava.

Peguei o celular da bolsa e acessei o aplicativo da universidade, procurando a mensagem que explicava o motivo do cancelamento. *Motivos pessoais*, dizia o comunicado perdido entre incontáveis notificações nunca lidas do meu curso. Para não perder o dia, o professor solicitava que todos preparassem os textos para a próxima aula — uma cena de afeto em que as personagens precisavam demonstrar um pouco de seus sentimentos. A proposta despertou a minha ansiedade por escrever e dar vida ao que eu havia elaborado nas aulas anteriores.

Mas havia um problema...

Minhas anotações não estavam comigo.

Estavam com ela.

Aquela garota irresponsável e cara de pau.

— Mentira que não tem aula.

A mesma garota que agora exclamava às minhas costas, provocando um arrepio por toda minha espinha. Olhei para trás assustada, deparando-me com uma bagunça de cabelos pretos. Ela usava a típica camisa *cropped*, dessa vez com a estampa de um *crossover* de *Ghostbusters* com o Gengar, de *Pokémon*, e um jeans *skinny* muito justo, com rasgos nos joelhos.

— E aí, Céu, também não sabia?

Segurei firme a alça da minha bolsa e neguei com a cabeça.

— Que merda... — Ela pegou o celular, imaginei que estivesse pesquisando a mensagem como eu. Gabriela mordeu o lábio, sussurrou um *ah, não*, e olhou para mim, desanimada. — Ah, sério? Podia ter ficado em casa...

— Você leu o meu texto? — Minha voz saiu mais ríspida do que imaginei.

Gabriela colocou a mão na cintura, a mochila pendurada pela alça em um de seus ombros.

— Claro que li, muito bom por sinal.

Foi inevitável minhas bochechas corarem — apesar de minha expressão estar fechada e pouco afetuosa.

— Tu já escrevia antes?

— Precisamos fazer o trabalho — cortei e olhei para o meu celular de relance. Passavam das 9h20. Voltar para minha casa estava fora de cogitação. Antônia estava lá reunida com senhoras que se divertiam ofendendo minorias e roubando doces de criancinhas.

— É só pra semana que vem, tem tempo. A gente pode fazer online, me passa...

— Mas é para entregar antes, tem um prazo, não viu? Claro que não viu... Olha só, não consigo fazer outro dia, só hoje. Eu fico ocupada com minhas aulas — murmurei depressa, um suspiro incomodado saindo dos meus lábios. A garota notou. Eu desviei o olhar e relaxei os ombros. — A gente pode ir na biblioteca.

— Tu vai ter aula o dia todo? Tipo, dá pra fazer sábado, domingo ou até a noite de qualquer dia.

A insistência dela estava me deixando nervosa. Eu não queria dizer que não podia fazer trabalhos por causa dos meus pais — implicaria em contar a verdade sobre cursar Medicina e não Psicologia e sobre o meu ambiente familiar amigável e saudável (leia-se problemático).

— Não dá.

Gabriela pregou os olhos em mim como se estivesse me analisando. Trinquei os dentes, tentando não demonstrar o quão desconfortável estava. Não só pela insistência, mas pela intensidade de seu olhar. Era como o céu em uma noite sem estrelas, cheio de infinitos inexplorados, infinitos que não podemos ver, mas sabemos que estão lá, escondidos na imensidão. Era como gostava de escrever Yun-yu ao observar Aya, cuja incapacidade de interpretar sua inimiga lhe tirava o sono. A garota tinha um pouco da personagem — essa sagacidade insuportável e cheia de confiança — e talvez fosse o que me fizesse estremecer ao vê-la.

Ela mordeu o lábio, olhou para os lados como se estivesse em busca de uma alternativa e tornou a me encarar.

— Podemos começar hoje, tudo bem. Mas me passa o seu número pra gente falar ao longo da semana sobre ele caso não terminemos hoje.

— Não envio mensagens. — O que era verdade, apesar de parecer mentira. Eu havia me escondido tanto por causa de Sky que abdiquei de qualquer possibilidade de contato com pessoas. Coloquei na minha cabeça que todos poderiam descobrir quem eu era na internet apenas pelo modo que me comunicava; então, com um surto, apaguei todas minhas redes sociais. Para que eu usaria? Não tinha com quem compartilhar ou o que mostrar porque Céu não tinha essa liberdade. Sky, sim. Ela podia tudo.

Gabriela arqueou uma sobrancelha.

— Se tu não quiser passar, só falar, mas dizer que não tem?

Revirei os olhos.

— Qual o problema?

— Que tal alguma rede social? Sabe, as pessoas só existem nas redes sociais. Tudo bem, não vou insistir se não quiser compartilhar, Céu. — Ela riu e cruzou os braços.

Não existir...

Aquilo me magoou um pouco. Porque, no fundo, tinha um fragmento de verdade. Maria Celeste não existia, não para o mundo. Apenas para mim, que, cada vez mais, me sentia longe dela.

Os momentos que eu podia ser *eu mesma* eram raros.

— Talvez seja esse o problema... — murmurei e ela não pareceu ouvir, olhou para mim e piscou. Respirei fundo antes de continuar. — Mesmo se tivesse redes sociais, não te passaria. Eu vou pra biblioteca fazer o trabalho. Se você não quiser, tudo bem. — Fiz menção de me virar e seguir pelo corredor.

— Ei, ei, ei, *Céuzinha*. — O apelido me arrepiou, e eu parei. — Tu não costuma ter paciência, né? A gente pode ir fazer na biblioteca, só fica de boa, tá? Não precisa me morder.

Esbocei uma linha reta com os lábios.

Ela não se importou com minha expressão e sorriu.

— Bora lá?

Assenti e seguimos pelo corredor. Não conversamos no caminho — acredito que ela tenha pensado em puxar assunto, olhou duas vezes de relance para mim, mas meu semblante a fez mudar de ideia. Eu não era de sorrisos fáceis, cresci com duas carrancas me encarando e me criticando todos os dias, e, consequentemente, cultivei essa característica. Era impossível ser uma florzinha fofa, querida e cordial quando floresci no inverno, em dias gelados, em tempos hostis. Tia Ofélia dizia que eu precisava me abrir, suavizar o meu rosto e tirar a aparência de quem estava de mau-humor. Não era fácil, o ambiente familiar não me ajudava.

E, se minha expressão era ruim, ela só piorou quando, ao chegar à biblioteca, encontramos o aviso:

FECHADO PARA DEDETIZAÇÃO.

— Eu não acredito — sussurrei, os meus lábios tremiam.

— Parece que o universo não quer que a gente faça esse trabalho hoje — comentou Gabriela logo atrás de mim. — Tu não tem, sei lá, e-mail? Podemos fingir que ainda estamos na pandemia e fazer pelo Google Meet.

— Não dá.

— Tu cometeu algum crime ou tá fugindo de alguém pra não...

Estava alcançando o meu limite. Era horrível ter que se esconder o tempo todo, horrível ter que fingir ser alguém que você não é. O motivo de não me aproximar das pessoas era exatamente essa necessidade absurda de questionar e insistir quando escolhemos ficar em silêncio.

Eu precisava ficar em silêncio.

Precisava me proteger.

Mas aquela garota não parecia entender e respeitar.

— Eu só não posso! — respondi exaltada, minha voz vacilando. Gabriela ergueu as sobrancelhas, surpresa e talvez assustada com a reação. Não a julgava, também expressaria o mesmo. — Será que dá pra me respeitar? Não posso fazer o trabalho outro dia e não posso fazer nada online ou na minha casa. E não quero falar o porquê. Se você não quiser fazer hoje, não faz, não precisa, eu dou um jeito e faço. Você não queria nem escrever mesmo, não faz diferença.

A primeira reação dela foi morder o canto da boca — imaginei que estivesse elaborando uma resposta tão exaltada quanto a minha. Era o que eu estava acostumada, pelo menos. Minha mãe gritando para mim e me lembrando o quão terrível eu era como filha.

Mas não foi como esperei...

A garota desviou o olhar, um pouco envergonhada e sem graça, coçou a cabeça e sussurrou:

— Foi mal, desculpa...

Apertei os lábios para não deixar escapar mais nada que pudesse piorar a situação. Mas gostaria, queria dizer tudo o que estava preso e que não era culpa dela. Eu apenas precisava desabafar e não tinha ninguém para ouvir.

Segurei, não disse nada.

Gabriela suspirou.

— A gente pode... sei lá, fazer em alguma cafeteria, mas tem o barulho e tudo mais, talvez... ahm... eu moro aqui perto.

Minha garganta pareceu se fechar. Deixei um suspiro escapar, os ombros menos tensos.

— Você tá sugerindo fazer na sua casa?

— Se não for problema para ti. Se não, a gente escolhe outro lugar.

Na casa dela. A garota estava propondo que fossemos à sua casa fazer aquele trabalho... não parecia uma boa ideia. Depois de ter me exaltado e quase me permitido chorar na frente de uma estranha, a sugestão soava inusitada, quase digna das *fanfics* que eu lia e escrevia.

Se não fosse isso, teria de ser uma cafeteria com pessoas demais e barulhos inevitáveis.

Era o que tinha.

— Pode ser... — murmurei e olhei para o lado.

— É basicamente só atravessar a avenida, Céu. — Gabriela ajeitou a mochila no ombro.

— Tá bom. — Fui checar o horário no celular. Quase 10h. Esperava que fosse possível terminar em pouco menos de duas horas. Não queria ter que receber ligações dos meus pais perguntando onde eu estava na frente de alguém que sequer conhecia.

— Ei.

Despertei para a realidade e ergui o olhar para a garota que havia chamado.

Gabriela me encarava com um semblante afetado, diria que quase arrependido; ainda mordendo o canto do lábio como se isso a deixasse mais calma.

— Desculpa mesmo.

Entreabri a boca para dizer algo.

Não encontrei nada.

Apenas assenti, um "uhum" sussurrado.

Não falamos mais nada.

Se ela não ouvisse o meu coração, nunca mais ouviria.

Porque ele estava aos berros em meu peito — queria despedaçá-lo, atravessar pele, carne e ossos, para que desaparecesse e não corresse o risco de infartar. Se ele pudesse falar, me julgaria como a vilã insensível que o colocou nessa situação tão impossível e improvável. Poderia escrever algo sobre e escolher as palavras para descrever o que meu pobre coração estava sentindo.

O elevador soou um aviso quando abriu as portas para receber mais pessoas, obrigando-me a deslizar para o canto em que Gabriela estava. Pressionei os meus dedos contra a bolsa quando um casal entrou, os dois conversando como se não estivéssemos presentes. Olhei para o número no painel do elevador e torci para que chegássemos no andar desejado o quanto antes.

A chegada no nono andar apitou e Gabriela pediu licença ao casal para que passássemos. A mulher nos observou de relance, inclinando-se para sussurrar algo no ouvido do companheiro. Não consegui ouvir o quê, mas percebi que o olhar de ambos ia de mim até a garota despreocupada.

Nunca me senti tão nervosa — e todos os sinônimos possíveis da palavra. Porque, adiante, algo pior me esperava. Era a porta do apartamento da garota. O fato de ser a primeira vez que pisaria em uma casa que não era de parentes ou conhecidos, mas de uma colega de faculdade, o que na escola nunca havia acontecido, fazia com que meu estômago se revirasse como em uma montanha-russa.

A bendita ironia de escrever garotas se beijando, se provocando e fazendo coisas inapropriadas e não conseguir se comportar normalmente perto de uma.

Observei o ambiente ao entrar e me atentei aos detalhes peculiares da decoração da sala de estar — com prateleiras com luzinhas de Natal, plantas falsas e uma coleção invejável de *action figures* de Sailor Moon, o que me despertou perguntas sobre os interesses secretos de Gabriela. Além disso, quadrinhos com frases como "*make emo great again*" e "*may the force be with you*" faziam contraste com a parede cinzenta. Não podia mentir e dizer que ela não tinha bom gosto, mas colocaria um pouco mais de cor no ambiente. Ela largou a mochila no sofá, olhou ao redor como se estivesse averiguando as condições do espaço, e gesticulou em direção à mesa redonda de dois lugares.

— Tá melhor do que eu imaginei... tu pode se sentar ali — comentou com a voz contida, imaginei que estivesse ainda se sentindo mal pelo que aconteceu. — Vou só ali no quarto e já volto.

Assenti e esperei que ela desaparecesse no corredor para me sentar à mesa. Na superfície, me deparei com as folhas que eu tinha escrito na semana passada. Algumas partes estavam sublinhadas com lápis, anotações nas bordas e passagens com marca-texto. Gabriela havia *realmente* lido, desmanchando com minhas expectativas. Peguei-as e deslizei os olhos pelos comentários mais curtos, curiosa com o conteúdo da escrita. Era minha parte favorita sobre histórias e leitores: o que uma simples marcação poderia significar. Na primeira página, a garota havia destacado o fragmento: *alguns amores dissolvem-se, perdem a promessa de eternidade. O dela não. Sempre esteve lá.* Era relacionado à protagonista, uma garota solitária que escrevia cartas com histórias inventadas que, de repente, começaram a se tornar verdade. Entre essas criações que ganhavam vida, estava a de uma mulher que buscava pelo amor perdido há anos e eras, tanto tempo que se esquecera de detalhes importantes como o nome e o rosto da pessoa amada.

Apenas tinha a sensação de lembrá-la, de precisar buscá-la.

Ela, era tudo o que a mulher tinha.

Você, foi o que passou a ter quando se deparou com sua criadora, a menina que escrevia.

Ao lado do destaque, Gabriela desenhou uma bandeirinha LGBTQIAPN+ com uma interrogação. Não estava explícito, mas era um romance lésbico com drama, sentimentos escondidos e... mulheres apaixonadas. Era íntimo, uma parte que costumava esconder do mundo e que sentia vontade de mostrar.

Aya e Yun-yu eram a minha ponte para demonstrar esses sentimentos escondidos. Com a *fanfic*, escrevia o que não tinha coragem de viver.

Meus dedos deslizaram pelo papel...

Quase esbocei um sorriso, oculto entre tantas camadas de proteção.

— Pensei que não soubesse sorrir, Céuzinha.

Mas ele desapareceu de meus lábios em um piscar de olhos. Franzi o cenho, incomodada, afastando as mãos das anotações da garota.

— Você demorou — murmurei entredentes. Gabriela havia trocado de roupa, substituindo a calça e o *cropped* por um conjunto de academia com uma regata larga de basquete. Os shorts marcavam as pernas tonificadas, e era impossível não notar os músculos nos braços tatuados e a estrutura do corpo alto. Chamá-la de bonita era uma ofensa. O pior de tudo? Ela sabia que era, sim, muito linda. Olhei para baixo e ajeitei minha saia, o tecido subira nas coxas grandes, um problema quando você gosta de saias justas e tem as pernas muito grossas.

Gabriela se sentou à minha frente.

— Tava só me trocando. — Ela olhou para os papéis sobre a mesa e passou a língua pelos lábios. Acompanhei o gesto e fui pega no flagra, o que contribuiu para que minhas bochechas ficassem roxas. Eu não estava necessariamente olhando para a boca da garota. Era só curiosidade... de escritora. Observar sempre foi a minha melhor característica. — E aí, Céuzinha, como podemos começar?

— Céu — comentei e peguei meu material da bolsa. — Prefiro só Céu, se você não se importar.

Ela ergueu uma sobrancelha.

— Maria?

— Não. — Respirei fundo.

— Maria Celeste?

— Céu! — aumentei o tom, mas minha voz vacilou e mais pareceu que eu estava chorando do que irritada. Às vezes, ficar irritada me fazia chorar. — Será que podemos começar logo?

— Sim, senhorita Céu. Do que vamos falar primeiro? Eu vou confessar que só li a parte do e-mail que dizia trabalho e aula cancelada. — Ela deu uma risadinha como se realmente fosse engraçado a pura falta de responsabilidade.

Revirei os olhos e continuei séria.

— Eu não sei por que aceitei fazer esse trabalho com você.

— Por que tu prefere só escrever? — Gabriela colocou os braços sobre a mesa, alongando-os antes de apoiar a cabeça neles. A forma como me encarou depois, de baixo, de canto, com ares de preguiça, fez meu coração acelerar. De repente, o ambiente ficou quente demais. Ou era porque eu estava irritada com ela por ser bonita e desaforada... como Yun-yu era com Aya.

— Mas, sério, gostei bastante do que tu escreveu... sei lá, não sou de ler, sabe? Nunca me interessei por histórias em que não conseguisse me enxergar. Gosto de ler romance, mas prefiro quando eles falam sobre mulheres que amam mulheres. Se eu quero ver héteros, ligo a TV.

Pressionei a lapiseira entre os dedos. Eu sabia que ela não era hétero desde que a encontrei no restaurante da universidade aos beijos com uma garota que parecia colada nela. Se era bi ou lésbica ou qualquer outra sexualidade... não iria perguntar (por mais que desejasse saber).

— Entendi... — murmurei e fingi escrever em meu caderno. O olhar da garota, contudo, continuou em mim. Eu a percebia pelo canto dos olhos, me observando, me analisando.

Eu estava começando a me arrepender de ter vindo.

— Tu é?

Desviei o olhar para ela.

— Eu sou o quê?

Ela passou a língua pelos lábios novamente.

— Hétero.

— Por que estamos falando disso e não do trabalho?

— Sim, o trabalho... — Ela recuou e se ajeitou em seu lugar, enfim desistindo da interrogação. — O que a gente tem que fazer?

— Se você tivesse lido todo o e-mail saberia... — Revirei os olhos e peguei meu celular. Na tela, duas chamadas da minha mãe que continuariam perdidas e ignoradas. — O professor Leandro quer que nossos personagens sejam colocados em uma situação de afeto. Pode ser sobre família ou amigos, não só relacionamentos amorosos.

— Ótimo, mas não faço ideia do que escrever.

— Ainda bem que não é você que vai escrever, então — rebati e guardei o celular, colocando-o no modo Não Perturbe. Até o fim da manhã, quinze ou mais chamadas me esperariam. Tentei manter a calma. — Precisamos estabelecer o que vamos fazer, o contexto, a ideia... sei que você não gosta de escrever, mas já que leu o meu primeiro rascunho, pode ajudar.

— Bom, eu preciso de uma personagem. — Gabriela pegou as páginas que havia anotado sobre meu texto. — Gosto dessa, a mulher sem memória que procura o amor da vida dela. E se a gente fingir que ela é a minha personagem pra disciplina? Não quero roubar tua ideia, tô mais preocupada em ser aprovada e ler histórias de lésbicas. Ela é lésbica, né? Meu radarzinho apitou.

— É... — murmurei e quase sussurrei um *também sou*, mas me contive. Pareceria estranho, como se estivesse dando em cima dela. Evitar contato e amizades com garotas em meu Ensino Médio, quando me descobri lésbica, fez com que eu não tivesse aprendido a interagir. Com garotas. Com garotas bonitas. Com garotas reais e não ficcionais. Sabia apenas lidar com personagens que só existiam em minha cabeça. Era mais fácil. — Pode ser. E você tem uma ideia pra cena das duas?

Gabriela se alongou na cadeira.

— Um pouco de provocação? Quem sabe a moça das cartas e a que busca o amor possam se encontrar e... não sei, é só uma ideia. Mas seria interessante ver como seria o encontro das duas. — Ela se inclinou na minha direção, ajeitando-se como se estivesse empolgada com a ideia. De perto, as sardinhas se ressaltavam em seu rosto e era injusto como o piercing de argolinha a deixava ainda mais atraente.

— Não seria bom. A escritora é muito fechada.

— Um pouco de conflito é bom... — Ela sorriu de canto de boca.

— Mas precisa ser afeto. — Suspirei sem paciência. — O professor não pediu provocações ou conflitos.

— Falar de amor sem obstáculos? Acho difícil. Amar é complicado, Céu, se fosse fácil as pessoas nunca se separariam ou teriam problemas. Sabe, acontece. O amor da tua vida não vai simplesmente aparecer na tua frente e dizer: vamos ficar juntas pra sempre. Nah, não é assim. Às vezes, a gente perde; às vezes, nunca encontra... — A voz dela diminuiu, um pouco distante. Observei-a pelo canto dos olhos e baixei depressa a cabeça quando ela desviou a atenção para mim.

— Mas você se esqueceu que temos que inserir tudo em só uma página?

Gabriela pendeu a cabeça para o lado, o sorriso ousado nos lábios.

— Sei que tu consegue, confio em ti.

Algumas palavras podem parecer pequenas e insignificantes.

Quem nunca escutou "confio em você" de um amigo ou familiar? Algumas vezes soadas da boca para fora; em outras, de incentivo. As pessoas costumam ter alguém que as apoie e que, com todas as adversidades, confiam nelas. É como o mundo funciona. Uma parcela das pessoas, no entanto, aquela da qual eu fazia parte, nunca ouviram tais palavras, nunca receberam apoio e nunca, jamais, escutaram um "sei que você consegue".

Eu nunca ouvi.

Era a primeira vez que alguém dizia que confiava em mim.

Não mantive o contato por muito tempo, baixei a cabeça, encarei as palavras rabiscadas na folha, o nome dela e o meu, e assenti devagar.

Eu já tinha o que precisava para fazer o que eu realmente gostava: escrever.

A minha forma de manifestar o que eu nunca saberia dizer.

CAPÍTULO 18

GAROTAS QUE QUERIAM DIZER NÃO (MAS DIZEM SIM E FEREM A SI MESMAS)

Gabriela

Acho que tá pronto.

Eram quase 12h51 quando a guria birrenta colocou um ponto final no que estava escrevendo. Foram páginas e mais páginas de rascunho até a versão definitiva. Comentei se não era melhor usarmos o computador, levaria menos tempo e seria muito mais prático, mas ela rejeitou e continuou deslizando a caneta rosa pelo papel. Admirei o empenho e fiquei o tempo todo lá, sentada com ela, esperando que terminasse. Às vezes, ela fazia alguma pergunta em relação ao enredo, se a escolha era boa o suficiente, e eu dava a minha opinião, ainda que achasse que, o que quer que tivesse que escolher, seria bom. No silêncio, observei a garota imersa na escrita. Quando pensativa, ela mordia a tampa da caneta e sussurrava, conversando sozinha. Mas se eu a encarasse por tempo demais, seus olhos castanhos se erguiam, encontrando os meus.

O que foi?, ela perguntava, receosa, na defensiva.

Eu apenas balançava a cabeça e sorria, disfarçando.

Quando voltava a escrever, o semblante carrancudo e fechado desaparecia, como se existissem duas versões da mesma garota.

— Precisa só passar para o computador e enviar para o professor — comentou ela e se ajeitou na cadeira, os olhos distantes de mim.

— Não precisaria se a gente tivesse feito no computador desde o começo.

Céu enrugou a testa e suspirou.

— Tô brincando, guria, calma. — Ri e peguei o papel da versão final. — Eu faço isso, beleza. Tu fez praticamente tudo.

— Acho melhor eu passar a limpo no computador. — Céu fez menção de pegar as anotações de mim, mas as afastei, deixando-as fora de seu alcance. Ela enrugou a testa, incomodada, e tentou se inclinar para pegá-las. Precisou se aproximar mais e vi quando suas bochechas começaram a corar. — Me dá logo! — A garota rangeu os dentes.

— Céuzinha, Céuzinha, deixa comigo, calma, fica numa boa. Não vou ser irresponsável e esquecer ou deixar pra última hora.

Ela revirou os olhos e voltou a se sentar, ajeitando o laço em seu pescoço.

— Tem que enviar o quanto antes, entendeu?

— Me passa teu número que te digo quando enviei.

— Você é idiota demais. — Bufou e juntou os materiais ao redor. Tudo era rosa: o lápis, a borracha, as canetas e até mesmo o estojo. Achei engraçado (e fofo). Fiquei observando enquanto a garota terminava de se organizar.

— O que tu disse que estudava mesmo?

Maria Celeste ergueu o olhar desconfiado. Estava ainda com as bochechas cor-de-rosa.

— Por quê?

— Curiosidade. — Apoiei o cotovelo na mesa. Era divertido provocá-la e ver as reações, na maioria das vezes emburradas. Cheguei a me perguntar se ela vivia sempre de cara fechada ou era apenas comigo. — Somos colegas e tamo trabalhando juntas, é o mínimo, né?

— Eu... faço Psicologia. — Ela desviou o olhar ao responder.

— Psicóloga? De que jeito... alguém tão irritadinha assim?

— Qual o problema? — Era a segunda vez que revirava os olhos em menos de dez minutos.

— Nenhum, Céuzinha. — Sorri de canto e pisquei, mas não imaginei que meu gesto provocasse uma vermelhidão em seu rosto. Se era por irritação ou constrangimento, nunca saberia dizer. Mas estava gostando das reações exageradas. — Tô brincando contigo, tá? Mas e aí, qual vai ser? Vai pra casa agora ou tem alguma aula pela tarde na faculdade?

— Não importa.

Mordi o canto do lábio com a resposta.

— Mora aqui perto?

— Por quê? — Foi surreal como ela perguntou depressa, estreitando os olhos. As bochechas redondas continuavam vermelhas, o desconforto em seu rosto era visível e as tentativas de deixá-la mais relaxada, como tentar conversar como duas mulheres normais, não pareciam surtir efeito.

— Posso te dar uma carona, não tenho nada agora no começo da tarde.

— Não precisa.

— Não precisa ou tu não quer?

— Você nunca levou um não e por isso não sabe reagir ao meu?

Se fosse para descrever a cena em um livro, escreveria que a resposta de Céu foi como uma lâmina em minha garganta. Porque o corte foi duro — direto e irritado. Do tipo que te faz repensar em todas as tuas palavras desde o começo. Eu pisquei, meio desconcertada, mas esbocei um sorriso divertido. Quem sabe a ajudasse a relaxar?

— Céu, Céu... como pode ser tão linda e tão mal-humoradinha, hein?

Se antes estava vermelha, ficou roxa ou quase azul. Eu me arrependi... algumas pessoas têm limites e, talvez, eu estivesse ultrapassando o dela.

— Des...

A campainha tocou e nos interrompeu. Estranhei. Não estava esperando ninguém e não costumava receber muitas visitas. Pedi licença e me levantei para atender a porta. O interfone não tocou, então cogitei ser algum vizinho ou até mesmo a síndica do prédio, que morava no apartamento ao lado e gostava de bater em portas alheias para conversar. E, de verdade, teria sido melhor se fosse ela tagarelando sobre os filhos. Porque Mariah era tudo o que menos esperava — e queria — naquele começo de tarde. O cumprimento dela foi saltar em mim, enrolando os braços no meu pescoço. Fui pega desprevenida pelo selinho que ela depositou em minha boca, seguido de um risinho debochado.

— Surpresa! — exclamou ela e não se afastou, colada em mim. — Você não respondeu às minhas mensagens, Gabis, o que tava apron... — Os lábios dela sussurraram as primeiras palavras, mas não continuaram quando, finalmente, seu olhar encontrou a garota sentada à mesa. Céu observava tudo com eminente desconforto, as mãos inquietas sobre a superfície do móvel.

— Ah, Mariah... essa é a Ma... ah, a Céu, minha colega — tentei apresentá-las e quase enrolei a língua — A gente tava fazendo um trabalho. Céu, essa é a Mariah, ela é...

— Namorada da Gabriela — cortou Mariah e se afastou de mim para se aproximar da garota. — Prazer.

— Não é minha namorada, não. — Suspirei e fechei a porta, indo de encontro às duas. Mariah riu baixinho, divertindo-se; no entanto, eu percebia que algo estava escondido no comportamento amigável.

— Ela não quer assumir, sabe.

— Eu não me importo — respondeu Maria Celeste e se levantou, colocando o material dentro da bolsa. Não era a resposta que eu esperava, embora não me surpreendesse.

Mariah tirou o sorriso do rosto.

— Como?

— Disse que não me importo, não ouviu? — Ela se levantou e olhou para mim como se a presença de Mariah, que agora soltava fogo pelos ouvidos, houvesse desaparecido. — Não esqueça de enviar e cuide dos erros. Tenho que ir.

Minha amiga se afastou de mim, como um cachorrinho raivoso, e se aproximou da garota, colocando as mãos na cintura.

— Qual é, guria? Tá com algum problema comigo?

— Mariah, tu não... — Tentei intervir, mas a voz de Céu se sobressaiu, atropelando a minha.

— Você que parece ter algum problema comigo... e eu não quero perder o meu tempo. Agora, se me derem licença. Gabriela, a porta.

Minha reação foi colocar o braço sobre os ombros de Mariah para que não pulasse no pescoço de Celeste. Parecíamos estar em um filme estadunidense ruim e muito clichê, que toda relação da protagonista com outras garotas se resumia à rivalidade feminina. Não era necessariamente o caso, mas se continuassem, seria.

— Tudo bem. Ah... a porta, sim, a porta. — Eu me afastei de Mariah para acompanhar a outra garota até a saída. O silêncio se instaurou, pesado e cheio de espinhos. Estava desconfortável, sufocante. — Não quer que te leve até a saída, Céu? — Tentei falar quando abri a porta para garota, um pouco envergonhada por tudo. Ela olhou para mim, os olhos castanhos distantes, ainda que demonstrassem um grau de teimosia.

— Não, eu sei me virar.

Umedeci os lábios.

— Valeu pela ajuda com o texto, de verdade. Eu... quanto te devo?

Ela me analisou por instantes antes de receber.

— Nada. Quanto menos eu falar com você, melhor. Com licença.

Sem muitas cerimônias, ela se afastou, o salto dos sapatinhos de boneca soando uma canção intensa, memorável, intocada. Eu me escorei no batente da porta e suspirei.

Não podia pensar nisso agora.

Porque lá dentro, um furacão chamado Mariah me esperava.

Que garota mais ridícula!

Ouvi a mesma reclamação pelo menos cinco vezes enquanto terminava de passar o café.

Quando fechei a porta, minha amiga encheu os meus ouvidos de perguntas como se eu tivesse obrigação de justificar todas as minhas ações para ela. Mariah se jogou no sofá, as palavras pulando de sua boca, e pediu um café para se acalmar. Eu assenti, um pouco irritada com a falta de privacidade e as constantes cobranças. Quase parecia que éramos namoradas. Que eu estava *traindo* ela porque decidi convidar uma garota aleatória para terminar um trabalho na minha casa. Não que eu nunca tivesse convidado alguém por um motivo bobo — como assistir Netflix — e terminado com beijos, amassos e muito mais. Diferente de agora — e, sinceramente, aquela devia ter sido a primeira vez que uma garota vinha aqui sem segundas intenções.

Só que Maria Celeste, *Céu*, parecia ser diferente.

Não como aquele papinho vergonhoso de "ela não é como as outras garotas". Não... era diferente mesmo. Como uma gatinha arisca e solitária que não queria que se aproximassem e não fazia questão de agradar. O que havia por dentro — porque dava para ver que Maria escondia algo — era um mistério; e quando sorriu, discreta e cautelosa, enquanto traçava palavras pelas páginas vazias, percebi que a escrita era o seu ponto fraco.

— Colocou duas colheres de açúcar? — perguntou Mariah quando entreguei a caneca com café. Estava atirada na poltrona, que aos poucos ganhava uma camada de pelos cinzas e marcas de garras. Queria ter mostrado a gatinha para Céu, mas ela se escondeu o tempo todo, medrosa demais. Ficaria para depois. Eu me ajeitei no sofá de frente para a outra garota, mas a distância a incomodou e Mariah se levantou apenas para se sentar ao meu lado. — Quem era ela, afinal?

Bebi um gole de café. Estava exageradamente amargo, uma escolha precisa para a situação.

— Ah, mano, esquece isso. Era só uma colega minha. A gente tava fazendo uma apresentação pra entregar hoje.

— Deve fazer mais de dez anos que ninguém mais faz trabalho em casa. A internet tá aí pra facilitar nossa vida, sabia? Te conheço, Gabriela, no mínimo você queria enfiar essa sua cara ordinária no meio das pernas dela.

Pela primeira vez na vida me senti enjoada ao ouvi-la falando assim.

— Mano... não fala merda. A garota só pediu pra fazer o trabalho aqui, entendeu? Na verdade, nem pediu, eu que convidei. Moro na frente da faculdade. — Dei outro gole no café, amargo como estava, eu teria feito uma careta, mas essa conversa com Mariah conseguia ser pior do que o gosto forte na minha boca.

— Ah. — Mariah deu uma risada forçada. — Tá explicado. A garota tá a fim de ti, então. Bem que desconfiei, não é o teu tipo de garota.

— E eu lá tenho um tipo?

— Eu sou o teu tipo de garota, Gabi. — Mariah se inclinou para mim e quase derrubou café no meu sofá. Ela não se importou quando fiz cara feia. — Não sou?

Mordi o canto do lábio.

— Não tenho um tipo de garota — respondi com impaciência. Estava bem antes, tudo parecia *bem*, lendo e vendo Céu escrever, mas Mariah conseguiu despedaçar a tranquilidade que experimentávamos. Não queria me irritar com ela, mas estava cada vez mais difícil.

— *Aham* — concordou a garota em um tom debochado e tomou o resto do café. — Teu tipo de garota é como eu, estilosa, bonita e *magra*. — Ela deu ênfase na última palavra.

— O que tu tá querendo dizer com magra?

— Que a coitada que tá afim de ti passa longe disso. — E então ela riu como se fosse engraçado, gesticulando com tapinhas no ar.

— Mano, tu tem noção do que tu tá dizendo?

— Que a patricinha tá acima do peso?

Aquilo foi a gota d'água.

— Cala boca, Mariah! Porra!

Era a primeira vez em que o meu "cala boca" não tinha tom de brincadeira, de uma provocação boba entre duas amigas. E ela percebeu

— arregalou os olhos como se nunca tivesse considerado a possibilidade de eu falar daquele jeito. Mariah bateu a caneca na mesinha de centro, sem se importar que o baque pudesse quebrar a superfície de vidro e me encarou como se eu tivesse cometido um crime.

— Pera aí, Gabriela, tu tá defendendo essa ridícula? Tipo, sério? Não tô acreditando. Quanto tempo você conhece ela? Duas semanas? Três? Eu sou sua amiga há dois anos e tô sempre aqui, lambendo teus pés quando tu me liga e diz: “Ah, Mariah, tô carente”.

— O que eu te chamar tem a ver com a tua gordofobia?

Ela forçou uma risada.

— Ah, tá, descansa, militante. — E cruzou os braços. — Já entendi, você tá a fim dela e tá agindo como uma garota boazinha e preocupada.

— Caralho, Mariah. Tu real não tá vendo o problema na tua fala, né?

— Tu que não tá, Gabriela. Eu tô aqui apenas apontando os fatos. Tu tá sendo legal com a garota porque no fim quer comer ela e depois largar, dizendo, “ah, não consigo sentir nada de verdade”... desculpinha, como fez com todas as outras e também comigo. Porque, tadinha, a Gabriela não consegue se apaixonar e foge de relacionamentos. — A voz dela estremeceu. Havia lágrimas no canto de seus olhos verdes. Me senti mal de repente. Porque Mariah tinha, sim, um ponto, uma justificativa.

Só que... eu estava tentando mudar, estava tentando ser diferente. Queria me apaixonar. Queria correr riscos. Queria me envolver.

Eu não estava tão errada quanto ela dizia.

Respirei fundo antes de falar.

— Olha, Mariah, tudo bem, eu posso até ter sido uma cuzona antes, mas eu sempre fui muito clara sobre a gente, e tu sabe bem disso. E, mano, qual é? Olha o que tu tá falando. As pessoas com que me relaciono não têm nada a ver com o fato de que tu tá sendo escrota com uma garota que não fez nada contigo.

— Ah, por favor, vê se cresce, Gabriela, tá bom. Tudo isso pra esconder que tu tá a fim dessa guria esquisita? — Mariah revirou os olhos e cruzou os braços, o rosto cheio de ironia.

— Não tem nada a ver com isso. Não tô a fim dela e não tenho nenhuma intenção de ficar com ela, tá bom?

A garota estalou a língua com desdém.

— Claro, se fosse verdade, não estaria aí defendendo a escrota.

— Tá, chega, Mariah, chega. Me dá um tempo, tá? Não quero a garota, não quero ninguém.... só quero ficar sozinha. — Eu estava no meu limite. Minha cabeça doía e minha voz começava a fraquejar. Sei lá, sabe. Às vezes, mesmo sabendo que não está errada, tu também não se sente certa.

Mariah me encarou em silêncio, as lágrimas escondidas. Um "tá bom" baixinho escapou da sua boca. Ela pegou os pertences e marchou até a saída, batendo a porta com tanta força que, de trás do sofá, uma bola cinzenta saltou, correndo para o quarto.

Fiquei paralisada em meu lugar.

Gatilhos. Pensamentos. Inquietações.

Porque, dessa vez, era diferente. Eu estava sendo sincera, não tinha nenhum interesse em Maria Celeste. Era apenas curiosidade, um desejo involuntário de desvendar o que ela estava escondendo. Nada mais. Nada menos. Porque, no fim do dia, só havia uma garota em minha cabeça, inalcançável (ou nem tanto), que enquanto conversava com seu público na live me chamava de idiota no privado.

Sentia que a coisa estava ficando real.

Que minha paixãozinha platônica não era tão platônica quanto eu pensava.

Desmoronei no sofá e, com a garganta apertada, mandei uma mensagem para ela.

(13:40:12) Gabisleira: oi sky, ta por aí?

O status mostrava offline, mas, às vezes, ela escolhia a opção invisível para não ser perturbada por ninguém. Fiquei olhando a janela de conversa, esperando uma resposta, qualquer contato. Eu me contentaria com suas palavras secas ou seus emojis com caras de psicopata. Tudo que fosse dela, apenas para me distrair e me sentir melhor.

Só que a ausência de resposta só fez com que eu me sentisse pior.

Esperei por quase vinte minutos e nada.

Sequer um sinal, sequer uma notificação de mensagem recebida ou lida. E aquela percepção era como receber um banho de água fria no inverno do Rio Grande do Sul. Porque além daquela conversa no servidor e do jogo que compartilhávamos, não tinha mais nada que me aproximava de Sky... e a possibilidade de perder o contato com ela era assustadora.

Era irônico pensar que, depois de muito tempo sem me apaixonar, eu havia me deparado com uma paixão impossível.

O meu coração queria me matar.

E eu não sabia como evitar.

— Porra, Gabriela! Joga direito!

Era a vigésima quinta vez que Henrique gritava o meu nome em desaprovação.

Eu lancei a bola para Victória, que tentou avançar no bloqueio de Mariah. A garota, no entanto, conseguiu roubar a posse da bola e disparar pela quadra, somando mais um ponto ao placar do time adversário. Meu pai apitou, encerrando o jogo, liberando uma coleção de palavrões que chocariam as bocas mais sujas. Ignorei o chamado dele, mal-humorada e sem paciência, e me aproximei dos bancos. Estava encharcada de suor — o dia havia começado abafado, piorando ao longo das horas. Se continuasse correndo por mais dez minutos, desmancharia. O que, sinceramente, não seria ruim. Evitaria que eu tivesse um colapso nervoso.

Peguei a garrafinha de água e despejei o líquido no rosto. Problemas demais se acumulavam em minha cabeça — e que *puta* dor de cabeça. Desde que cheguei ao treino, Henrique não parava de buzinar nos meus ouvidos, repetindo que o nosso primeiro jogo do campeonato seria na semana seguinte, contra o Corinthians de Santa Cruz do Sul. Outra questão era Mariah: ela estava *faminta* por vingança. Era o que explicava os encontrões e as faltas cometidas sobre mim. A garota era pequena, mas tinha força e sabia como bater para doer. Estava toda dolorida por causa dela.

As garotas do time se reuniram ao redor, comentários baixinhos e cansados enquanto Henrique se aproximava.

Eu já esperava o que viria.

— Caralho, Gabriela, que porra tu tá fazendo hoje? Bateu a cabeça, porra? Tu não fez nada, um lance decente.

O que era verdade. Eu tinha jogado como um pedaço de bosta. Parecia que nunca tinha entrado em uma quadra e não que treinava desde os meus sete anos.

Eu deixava me afetar *muito* fácil, esse era o problema.

Horas antes, eu estava brigando com Mariah e tentando afastá-la de Céu. Não só isso: minha mensagem para Sky não havia sido respondida e já haviam se passado quatro horas desde o envio. Sei lá, eu estava literalmente na merda.

Dramática e na merda.

— Não bati a cabeça, mas tô com vontade — respondi e me sentei no banco. Mariah estava me encarando próxima de Henrique, os braços cruzados. — Joguei mal mesmo, tô cansada, estressada e sem saco.

— Foda-se — grunhiu meu pai. — Tu é a capitã, porra. Não tem essa desculpa. Vai choramingar assim contra teu adversário? Tira a cara da bunda e joga direito!

Sequer consegui revidar. Murmurei um *tá, bom* e virei o rosto, ouvindo ele resmungar e gritar com as outras garotas. Sei lá, às vezes, eu só cansava. E não estava falando dos problemas... e, sim, do meu pai. Estava cansada do treinador, da pressão, das constantes cobranças. Se era carência de afeto, não sabia, mas queria só *uma* pessoa (uma pessoa específica que não me respondia e me deixava mais ansiosa).

Olhei o celular em busca de um sinal.

Não havia nenhum.

Mordi o lábio e esperei sentada, Henrique berrando as instruções para o nosso último treino antes da disputa.

— Tu tá bem? — Tomei um susto quando Vic apareceu ao meu lado, o rosto de pele negra preocupado. As demais se afastavam, silenciosas, desanimadas. Quem não estaria? O problema não era nossas habilidades, mas o homem que nos treinava.

Estalei a língua e olhei para o alto, espichando o corpo no banco.

— Na real, não. Tô me sentindo um lixo — murmurei. Era estranho conversar com Victória sozinha. Desde o nosso desentendimento, não nos falávamos sem que as outras estivessem juntas. Mas no estado que eu estava, *foda-se*.

— Teu pai?

— Também. Um pouco de tudo.

Ela torceu os lábios enquanto me observava.

— Vi que a Mariah queria te ver empalada. — Ela cruzou os braços. — O que tu fez? Conhecendo como tu é, acho que imagino.

Ergui os olhos para Vic e nos encaramos.

— Como eu sou?

— Sei lá, Gabi, tu deve saber. Tu sabe exatamente como faz. Dá esperança para as garotas... e aí só pula fora. Como fez comigo, né?

Um soco na minha cara teria doído mesmo.

— Tu tá aqui por que tá preocupada ou por que quer pisar um pouco em mim?

Vic riu, uma risada gostosa de quem está se divertindo com o sofrimento alheio.

— Ainda tô um pouco puta contigo, mas vi que tu tá realmente mal e sei que tu não é de ficar assim. Não tão fácil. E, enfim, sentimentos de lado, tu ainda é a capitã desse time e precisamos de ti. — Pelo menos ela conseguia ser mais madura do que eu. Respirei fundo, mais calma.

Havia algumas coisas que eu precisava dizer.

— Mas tu tem razão, fui escrota, não posso dizer que não e sei que eu não tenho nem o direito de pedir desculpas pra ti. Mas, mano, não foi o que aconteceu com a Mariah, de verdade... Eu tô tentando ser diferente porque, bem... — Passei a língua pela boca, nervosa. Não estava acostumada a me abrir para alguém sobre o que eu sentia porque, *justamente*, eu nunca senti algo, não como eu queria sentir. — É complicado. Tudo bem se ficar puta, eu entendo, mas é que eu nunca me senti muito confortável com essa... coisa de várias pessoas, vários encontros... sei lá.

Vic ergueu as sobrancelhas.

— Tá, então por que fazia? Ninguém obrigou você a sair com várias garotas.

— Sim, ninguém me obrigou. Não muda o que aconteceu, mas sabe aquela vozinha que te diz *tu tem que ser como os outros* para se encaixar? Tentei ignorar por um tempo, mas tem ficado mais difícil. Não tô conseguindo me sentir bem, me sinto sufocada e, mano, eu não consigo nem me sentir atraída por ninguém. — Ergui os braços ao falar, indignada. Eu quase me sentia defeituosa. — Eu devo tá *surtando.*

— Mas deixa eu entender... — Vic se virou em minha direção. — Tu falou isso pra Mariah?

— Não, mano, ela só surtou porque uma colega da faculdade foi fazer trabalho na minha casa. E antes que tu pergunte, não tô interessada na garota, de verdade. Mas isso não vem ao caso. — Meu Deus, eu estava começando a tremer. De nervoso. Nunca tive colapsos nervosos, mas parecia a um passo de ter um naquele momento. — O caso é que não consigo mais me *relacionar* com pessoas aleatórias, até desinstalei o Tinder!

— Mas tu tá a fim de alguém?

De uma garota na internet.

Eu queria conhecer, beijar — e fazer *outras* coisas — com uma garota na internet.

Mas eu nunca diria isso.

— Talvez?

— *Talvez?*

Bufei.

— Tá, sim, eu tô. Mas é complicado.

— Complicado por quê?

— Complicado.

Victória revirou os olhos.

— Tu tá complicando as coisas, Gabriela. Eu te conheço. Mas, assim, tu falou que não consegue sair com pessoas aleatórias e sempre se sentiu mal com isso, mas se forçava? — Assenti na pausa da garota. — E com essa sua *garota complicada*, tu se sente como? Se sente atraída? Tô dizendo tanto na parte amorosa, quanto física.

Como uma cadelinha da patroa.

— Bastante... e isso me assusta. Penso em coisas que nunca pensei, pelo menos depois daquele relacionamento com a Marina.

— Ah, sim, a mulher casada. Bem lembrado. Tu tava bem apaixonada, né?

— Demais. — Suspirei.

— E tu se sentia mal também, forçada, como tu disse?

A pergunta me fez pensar, refletir. Minha paixão por Marina foi *intensa* demais, eu a amava, sim, poderia até ser o amor de uma garota que ainda estava aprendendo sobre os próprios sentimentos, mas ainda era amor. E nada era ruim, desconfortável. Eu realmente queria — sentia-me atraída por ela de todas as formas.

O que era diferente se eu comparasse com as ficadas e as outras garotas, como Vic e Mariah.

A ausência da minha resposta — e talvez a minha expressão de quem havia encontrado um tesouro — fez a garota ao meu lado rir.

— Já entendi, Gabi.

Pisquei, confusa.

— O quê?

— Olha, não sou especialista e tu precisa ver isso melhor, descobrir melhor, mas já pensou... que talvez tu seja demi?

— Demi?

— Demissexual.

Mordi o lábio, com vergonha de confessar que sequer fazia ideia do que ela estava falando. Já tinha lido alguém comentar, mas não dei importância, e segui rolando pelo *feed*. O que sabia era que tinha algo relacionado com assexualidade, mas... não entrava na minha cabeça o porquê Vic estava me incluindo nesse grupo.

Ela se levantou e interrompeu meus pensamentos.

— Olha só, tenta refletir um pouco sobre, pensar no que tu sente quando tá com a garota que diz gostar. Mas, assim, não significa que tu não tenha errado com outras, comigo ou até com a Mariah. Para de dar esperança para elas quando tu não tá a fim, tá bom? Agora vai se resolver e fica bem porque, sério, a gente precisa ganhar esse jogo. — Ela suspirou, meio inconformada. — Porque se perdermos de novo e eu perder a minha oportunidade de ser notada, não vai ter surto que te salve.

— Obrigada... — murmurei sem jeito. Queria saber o que dizer para agradecer a ela por ter parado para me ouvir mesmo depois de tudo. Vic estava certa. Eu errei, sempre nutri esperanças porque confundia carência com amor, e no fim não tinha responsabilidade emocional com as pessoas que estavam envolvidas. — E desculpa, de verdade. Pelo que aconteceu entre a gente. Vou ver se pesquiso mais sobre isso...

— De boa. — Ela deu de ombros. — Só espero que esteja realmente falando sério sobre mudar.

— Eu tô. — Sorri de leve.

— Quero só ver. — Vic fez menção de se afastar, mas parou no meio do caminho. Entardecia, o ginásio estava vazio. — Ah, antes que eu me esqueça. Mariah tem todos os defeitos dela, mas seria legal explicar para ela, ser sincera. Somos um time e não dá pra ficar de briguinha às vésperas de um jogo.

Falar com Mariah era a última coisa que eu queria, mas, *sim*, era melhor — mesmo que sentisse que não daria em nada.

— Tá bom, valeu.

Ela piscou e saiu.

Com um último suspiro, olhei para o celular de relance.

Nenhuma mensagem nova no servidor.

CAPÍTULO 19

GAROTAS QUE SE EMOCIONAM FÁCIL DEMAIS (E NÃO QUEREM CONFESSAR A VERDADE)

Maria Celeste

Céu, Céu... como pode ser tão linda e tão mal-humoradinha, hein?

As palavras ecoaram em minha cabeça durante o caminho de volta. No carro, deixando que "Desde quando você se foi", da Fresno, se repetisse sem parar, revivi as horas no apartamento de Gabriela. Me peguei pensando mais nas circunstâncias absurdas que me colocaram naquela situação: estar na casa de uma colega que mal conhecia. Estava na faculdade de Medicina havia um ano e nunca havia cogitado a possibilidade de ir à casa de alguém do meu curso. Eu não conversava com ninguém, na verdade. Era fechada, escolhi ser invisível. Sem cumprimentos ou sorrisinhos nos corredores, sem matar aula para beber na esquina, apenas olhares de esguelha e sussurros desconfortáveis. O suficiente para entender que não precisava me aproximar deles, porque, em breve, se esqueceriam da minha existência e eu ficaria em paz. Sozinha, mas em paz. Eu era a imagem do personagem no canto da festa, sozinho e desolado, enquanto pensa: eles mal sabem que tenho milhares de seguidores.

Que ficassem sem saber.

Mas aquelas palavras quase me faziam repensar minhas escolhas quanto a relacionamentos.

Trinquei os dentes e mordi minha língua para interromper o fluxo de pensamentos. Eu havia chegado em casa, abandonada pela ausência constante dos meus pais, e estava escorada na porta do quarto, o coração meio acelerado, meio desacreditado. Morrighan me encarava curiosa, como se ouvisse cada questionamento escondido em mim. Eu me abaixei para acariciá-la; e, por algum milagre, ela não rosnou ou mordeu. Deu cabeçadinhas em minha mão em um carinho desajeitado.

— Eu não sou... — Fiz beiço ao me lembrar do *mal-humoradinha* que deixou a boca, e que boca!, de Gabriela. Não queria aceitar que, lá no fundo, bem fundo, a garota me... interessava. Até o vago pensamento parecia um absurdo. *Eu,* logo eu. Que nunca havia me apaixonado por garotas reais e que não estavam a quilômetros de distância (prontas para dilacerar o meu coração como aquela havia feito).

Mas garotas como Gabriela não eram para mim.

Garotas que tinham muitas garotas.

A chegada da amiga dela confirmava isso — e me peguei imaginando que minha colega de faculdade era o tipo de pessoa que gostava de aproveitar a vida ao máximo, diferente das personagens da minha *fanfic*, que só tinham olhos para uma pessoa.

Yun só pensava em Aya; Aya, em Yun. Falavam de amor uma com a outra, mais ninguém; mas não do tipo obsessivo, controlador, mas o amor que, de algum modo, te deixa melhor.

O que não acontecia na vida real.

O que não aconteceria comigo.

Meu celular tocou novamente e me tirou daqueles pensamentos pessimistas. Era minha mãe. Era a vigésima, ou trigésima, ligação dela.

Atendi sem vontade.

— *Qual a dificuldade que tu tens de atender o telefone, sua incompetente? Qual é o problema contigo, Maria Celeste? Será que tu não consegues fazer algo certo nessa tua vida miserável?*

Respirei fundo antes de responder.

— Estava na aula, car... — Segurei o palavrão que quase saltou da minha boca. Mas a vontade era realmente deixá-lo escapar. Queria libertar tudo que estava trancado, tudo que estava entalado na minha garganta havia anos. — O que tu quer comigo? Se eu não faço nada certo, podia pelo menos esquecer que eu existo e me deixar em paz?

— *Eu juro que se tivesse perto de ti, sua imprestável, ia te pegar pelos cabelos e te fazer engolir tudo que estás me dizendo* — cuspiu ela na ligação, uma inimiga, mas nunca uma mãe. — *Desaforada. Devia ter sido mais rígida contigo, não terias ficado tão mal-educada e sem rumo nessa tua vida.*

Quanto mais eu pensava estar blindada contra ela, mais doía, mais me alimentava de rejeição, de frustração. Engoli as palavras que queria dizer, deixando meu corpo escorregar pela porta, sentando-me no chão. Respirei fundo, devagar, e fiquei em silêncio, esperando Antônia continuar.

— *Tu sabias que hoje era o almoço com o sócio do teu pai, Maria Celeste! Por que demoraste tanto na faculdade? Onde tu estavas que não me atendia?*

Olhei para o relógio.

Quase duas da tarde. Depois que saí da casa da Gabriela, retornei ao campus da universidade e me sentei em um dos tantos bancos espalhados pelo campus. Sentada, não vi o tempo passar; sequer queria olhar para o celular, afogada em pensamentos que me levavam de volta ao apartamento da garota, para o tempo que avançou silencioso entre nós duas: enquanto eu escrevia e ela, para não me desconcentrar, relia o texto da aula anterior. Vi sorrisinhos, ela lia confortável, espichada na cadeira e com a cabeça apoiada na mão, fios rebeldes caindo no rosto, o rosto coberto de tantas sardinhas.

Quando percebi que vagava por campos perigosos, chamei um carro pelo aplicativo e fui para casa, ainda incapaz de me distanciar dos pensamentos.

Sequer me lembrei do almoço. Se lembrasse, não teria ido. Não podiam me obrigar a conhecer o filho do sócio como se estivéssemos em um romance de fantasia hétero com casamento de conveniência. Esse clichê só funcionava com histórias lésbicas — e se fosse o caso, o que só aconteceria em uma utopia, também resistiria. Fazia parte do desenvolvimento, afinal.

Pensamentos assim me confortavam.

Mas a voz no outro lado da linha insistia em me derrubar.

— *Está me ouvindo, Maria Celeste?*

Suspirei.

— Preferia não estar.

— *Escuta aqui, vamos conversar quando chegarmos em casa, entendeu? Quero ver essa tua ousadia na minha frente.*

A linha se silenciou em seguida.

Queria sentir alívio, mas sabia que o pior estava por vir; e eu precisava suportar se não quisesse cair, se quisesse continuar a lutar.

Meu celular vibrou e olhei para a notificação de relance, torcendo que não fosse minha mãe. Na tela, surgiu a mensagem de Gabislera.

(13:40:12) Gabisleira: oi sky, ta por aí?

Não cogitei responder, não senti vontade, mas desejei ter. Quem sabe conversar com alguém me tirasse o peso dos ombros, me afastasse de pensamentos ruins? Mas de que adiantaria? Seria como qualquer inscrito em meu canal, uma aproximação forçada, baseada em minha influência e nunca em quem eu era. Porque eu não era Sky, era Céu; e qualquer pessoa que se interessasse por uma máscara contrária à minha essência jamais se interessaria por mim.

Mas, no fundo, queria que se interessassem.

Com o celular esquecido, me levantei do chão e me escondi nas cobertas, Morrighan comigo. O pior estava por vir — e precisava da distração e do consolo das minhas narrativas favoritas se quisesse, mais tarde, aguentar minha mãe.

Sozinha com minha bola de pelos emburrada, esqueci o mundo e mergulhei no meu refúgio favorito.

Histórias de garotas que beijam garotas.

Sem segredos. Sem medo. Com liberdade.

Passei o resto da tarde e o começo da noite distante de tudo — imersa na leitura do presente de tia Ofélia. Morrighan me fez companhia, e desejei que o dia terminasse assim: silêncio, luzes baixas e lendo histórias em que as personagens podiam ser o que quisessem, amando quem bem entendessem. Estava acostumada a essa solidão desde pequena, sem vozes ecoando pela casa, sem almoços ou jantares barulhentos no final de semana. No começo, sufoquei com a ausência de companhia e a carência de afeto. Mas, ao conhecer os livros apresentados por minha tia, nunca mais me senti sozinha. Os personagens me faziam companhia, me ensinavam o que meus pais nunca tiveram tempo para falar — sobre o amor, sobre a vida, sobre a possibilidade de ser quem você quisesse ser. O mais incrível nessas histórias para a Céu de doze anos foi entender que amar não tinha barreiras e que estava tudo bem amar outras garotas, diferente do que os pais dela diziam.

A solidão, que já estava enfraquecida pela presença dos livros, foi obliterada com a chegada de Morrighan. Tia Ofélia me surpreendeu ao me levar a um abrigo de animais em Canoas, ao lado de Porto Alegre. Os voluntários me mostraram os filhotes, eram os mais procurados, depois dos adultos com até três anos. Os idosos, no entanto, ficavam, sem nunca encontrarem um lar. Enquanto tia Ofélia conversava com as pessoas do lugar, notei uma gata peluda em uma casinha no alto da parede. Ela me encarava com a expressão desconfiada, de quem está acostumada com o pior dos outros.

Talvez esse fosse o motivo de eu ter me interessado por ela.

Eu também sempre esperava o pior.

— E aquela? — Lembro-me de ter apontado para ela, ignorando as perguntas que me dirigiam. Tinha dezesseis anos, afinal; era uma adolescente complicada e revoltada (o que apenas suavizou com o tempo, mas nunca melhorou).

— Ah, a Mimi, ela não tá pra adoção.

— Por que não?

O voluntário que nos atendia esboçou um sorriso forçado, quase triste.

— Ela é muito temperamental e... difícil. A Mimi passou por maus tratos antes de ser resgatada, a gente até tentou doar, mas não deu muito certo. Foi adotada e devolvida cinco vezes, e aí tu imagina, o animalzinho também sente a rejeição, não é só a gente. Decidimos deixar ela aqui, é melhor do que todo o estresse de ser devolvida e rejeitada. Ela é quase uma senhorinha, tem entre sete e oito anos.

Me lembro de ter me aproximado da casinha e ouvido um rosnadinho assustado. Não recuei, fiquei, observando a gata em silêncio. Eu *entendia* o comportamento dela, e era entristecedor pensar que me vi na felina. Eu não era fácil, tia Ofélia dizia; mas o meu temperamento era uma consequência da minha criação, da distância e ausência de afeto, da rejeição silenciosa dos meus pais. Ergui a mão para tentar alcançá-la, mas ela se arrepiou, na defensiva.

— Mocinha, ela pode te arranhar, é melhor tomar...

— Eu quero ela. — Olhei para minha tia, que piscou, confusa, olhando de relance para o voluntário.

— Cecéu, meu amor, o moço disse que a gatinha não tá pra adoção.

— Sim, sinto muito, é pro bem dela. — O rapaz parecia nervoso, quase com medo, enquanto me encarava. Não podia culpá-lo. Minha expressão fechada não ajudava. — A Mimi é complicada, é mais fácil pegar um filhote ou um adulto com personalidade dócil.

— Mimi é um nome horrível — comentei e me inclinei mais em direção à toca, mas nenhum sinal de aceitação. Eu já esperava, não era como se ela, em um passe de mágica, gostasse de mim. A vida não funcionava dessa forma, e eu sabia disso naquela época. — Morrighan. — Olhei para Ofélia. — Quero que seja Morrighan.

O que se sucedeu foi uma longa conversa com a supervisora do abrigo — que me conscientizou sobre o peso da minha escolha. Não mudou minha opinião e, no fim, saímos daquele abrigo com a gata, que rosnou e miou raivosa todo o caminho até minha casa. Convencer meus pais foi outra história, mas o importante era que Morrighan nunca mais precisaria se preocupar com lares temporários ou possíveis rejeições. Apesar de o começo ter sido turbulento, levou meses até que confiasse em mim, agora a gata complicada e temperamental dormia comigo, ronronava ao me ver chegar e miava baixinho para me acordar. Alguns comportamentos nunca mudaram, Morrighan é, sim, complicada, mas... pessoas e animais complicados também merecem a chance de serem amados.

De terem a chance de ter alguém que entenda o limite deles.

Eu entendia o dela; ela, o meu.

Era o suficiente para nós.

Respirei fundo e acariciei as orelhinhas dela, sobre as cobertas, estava tão adormecida que poderia brincar com suas patinhas sem correr o risco de perder um dedo. Em algum lugar da casa, ouvi uma porta abrir. Olhei para o celular: 19h37. Sabia o que significava. Eram eles, haviam chegado e era questão de minutos, ou segundos, até que chegassem aqui, armados com palavras afiadas e críticas pesadas.

Eu me levantei da cama, ajeitando a camisola e esperando sentada que a porta fosse escancarada. Levou exatamente 57 segundos. A voz estridente de Antônia invadiu o quarto como um tsunami, o rosto vermelho, os olhos esbugalhados. Só esperei que ela falasse. Era sempre assim. Desde que me lembrava.

— Ah, sim, claro. — Ela deu uma risada forçada. — Estava dormindo, levando a vida boa, não é, Maria Celeste? — Tinha pena dos meus vizinhos que tinham que ouvi-la gritar. Pelo menos eles não eram quase surdos como eu. — Por que tu não me atendeste? Nós avisamos do almoço com os sócios!

Atrás dela, meu pai escutava tudo como uma múmia.

— Não me lembrei, estava ocupada na faculdade. Mas não faz diferença. — Eu me levantei, revirando os olhos. — Queria que fosse nesse almoço para quê? Não sou um troféu ou uma moeda de troca.

Ela gargalhou com deboche.

— Desse teu jeito? — Antônia me olhou dos pés à cabeça. — Claro que não é. Deverias agradecer por estarem interessados em te conhecer, porque, se fosse eles, eu não estaria.

— Tá, Antônia, não cansou de gritar no meu ouvido? Me esquece. Finge que não existo, pronto, problema resolvido.

As veias no rosto dela saltaram.

— Olha como tu falas comigo, sua ingrata, sem vergonha — berrou ela e ergueu o dedo na minha direção. — Tu achas que é quem, hein? Ridícula! — A voz dela estava cada vez mais alta, quase descontrolada. Mas eu não ia recuar, Antônia não me assustava. — Quer que eu te esqueça, é, mas esqueceu que tu vives aqui, debaixo do meu teto e eu tenho que olhar todo santo dia para essa tua cara horrível. Que decepção que eu tenho! Só de te olhar eu já fico enojada!

Recebi e engoli cada palavra — por mais pesada que elas fossem.

Senti meu lábio tremer, a garganta queimar, mas não me deixei abalar, me dar por vencida ou desmoronar. *Nunca*, não na frente dela.

— Sabe por que tu fala isso? Tu tem é inveja de mim. — E eu ri, ri para mostrar que não importava o quanto ela gritasse, eu não hesitaria. — Inveja e raiva, não é? Porque não conseguiu me controlar e porque é velha, infeliz e mal-amada. Descontar tudo em mim te ajuda a se sentir melhor, não?

Antônia avançou na minha direção — eu havia tocado em uma ferida silenciosa dela, irremediável; e eu estava acostumada com as ameaças de violência. Já fui empurrada e esbofeteada, mas Carlos sempre a segurava, pedindo que se controlasse e que não se incomodasse. Foi o que aconteceu dessa vez: ele a pegou pela cintura e a impediu de me acertar, embora ela continuasse me ameaçando.

— Vai me bater? Vai? Me bate! É o seu tipinho mesmo! — exclamei enquanto Carlos segurava a megera.

— Desaforada! Quem tu pensas que és? Tu devias me agradecer por me preocupar! Por querer o teu bem!

Parecia brincadeira.

— O meu bem?! — Minha voz se elevou.

— Maria Celeste, por favor. Respeite a tua mãe — pediu meu pai, tentando contê-la. Antônia parecia uma boneca de pano contra ele, os braços erguidos em minha direção.

— Ingrata! Mal-educada! — Ela se libertou do meu pai com a promessa de que não iria avançar contra mim, mas continuei atenta. Eu não iria revidar, óbvio, mas nunca lhe daria o gostinho da vitória. — Eu estou cansada dos teus comportamentos e das tuas ousadias, vais andar na linha enquanto estiver na minha casa. Sem jogos! Sem ficar enfurnada nesse teu chiqueiro! Sem respostas para mim! Porque eu juro para ti, Maria Celeste, que se tu me desafiares uma só vez, dou um fim nessa tua gata pulguenta.

Meu rosto esquentou.

Ela podia me xingar o quanto quisesse — podia dizer *tudo* —, mas eu nunca admitiria que envolvesse Morrighan.

— Tu não é louca de tocar nela.

— Está vendo, Carlos? Como essa desgraçada me trata? Eu estou tão cansada. — O olhar dele caiu sobre mim, desaprovação e decepção. Como sempre. Antônia me apontou o dedo novamente. — Escuta só, me escuta bem, tu vais aprender a ser responsável, Maria Celeste, vai agir como uma mulher adulta, não como uma criança malcriada. Na semana que vem, teremos o jantar com o mesmo sócio e tu vais, nem que seja para eles rirem dessa tua cara de bolacha horrível, entendeu? Mas tu vais. Nem que eu tenha que te levar amarrada para essa merda de jantar!

Ela olhou para a gata de relance.

Morrighan observava tudo da cama, os olhos raivosos para a mulher.

Era uma ameaça — das duas. De que Morrighan queria enfiar as unhas nela e de que Antônia faria o que havia prometido se eu me recusasse a ir.

Então, saiu do quarto com passos pesados, Carlos a seguindo com o rabinho entre as pernas. Por um momento, fiquei em pé, congelada na mesma posição, as palavras dela se repetindo sem parar na minha cabeça. Às vezes, eu conseguia silenciá-las, esquecê-las facilmente. Em outras, digeria com dificuldade, tentando não validar o que ela dizia ou pensar que eu estava errada por odiá-la tanto. Era minha mãe, afinal. Minha família. Mas as mães que eu conheci nos livros não eram como ela; e quando eram, tornavam-se as antagonistas da narrativa. Não invejava outras mães — definitivamente não tinha *mommy's issues* —, apenas me culpava por ter tanto medo de agir.

De correr. De fugir. De mudar. Porque eu podia, podia me livrar dela, do meu pai, de todos. Mas não sabia como. Ter me fechado tanto não me ensinou a pedir ajuda e o orgulho me corrompeu com a ideia de que eu podia fazer sozinha. Enfrentava uma dualidade dentro de mim. De precisar de ajuda e não querer ser ajudada. De desejar uma companhia e preferir minha solidão. A culpa era toda minha... porque, ao tentar ser Sky e Céu, me perdi em algum lugar entre as duas.

Sentei-me no tapete no chão e Morrighan veio ao meu encontro, roçando a pelagem arrepiada em minha pele. Não tinha vontade de fazer nada — e jogar ou entrar ao vivo na internet com Antônia e Carlos em casa estava fora de cogitação. Deprimida, rolei o *feed* de uma das minhas redes sociais. Nas notificações, a mensagem de Gabislera ainda esperava. Me perguntei se ela estranhara a minha ausência ou se sequer se importara. As pessoas na internet eram imprevisíveis, muitas vezes insensíveis.

Não tinha esperança de que ela fosse diferente.

Mas...

Estava debilitada, afetada, sentida e só queria alguém que pudesse afastar todos os pensamentos ruins da minha cabeça.

— Deixa pra lá... — sussurrei ao ignorar a janela de conversa da garota. No X, publiquei um aviso para aqueles que esperavam por minha live.

SkyLin<3 está na roxinha todos os dias (ou quase)!
@skylinlins
Live cancelada.
19:59 - 19.03

Silenciei o *tweet* como de costume e fechei o aplicativo. Estava prestes a largar o celular de lado quando uma notificação saltou no visor.

(20:01:12) Gabislera: tá tudo bem?

Minha garganta doeu, apertou, queimou. Você tenta tanto ser forte, tenta ignorar as dores e esquecê-las. Mas quando você menos espera, algo faz desmoronar os muros de proteção que construiu. Gabislera foi a culpada. Com os olhos carregados, e pesados, eu solucei, baixo para que ninguém ouvisse, e digitei sem pensar.

(20:02:03) SkyLin<3: Não...

(20:02:15) Gabislera: aconteceu alguma coisa? alguém te fez mal?

Encarei a mensagem enquanto lágrimas silenciosas desciam pelas minhas bochechas. Não queria chorar, mas não conseguia evitar. A garota insistiu.

(20:02:39) Gabislera: desculpa se tô sendo invasiva, só me preocupei

Insistiu.

(20:03:01) Gabislera: se não quiser responder tudo bem

Insistiu.

(20:03:49) Gabislera: tô aqui pro que vc precisar tá bom

Meus dedos tremiam. Queria digitar uma mensagem, queria conseguir dizer o que estava me sufocando, mas as palavras não saiam, tinham medo de sair. Me odiei por um segundo por ser tão fechada, tão orgulhosa, tão insegura, tão medrosa. Queria falar, mas um murmúrio em minha cabeça me incapacitava, me fazia duvidar e criar cenários em que, se me confessasse, seria exposta por ela.

Ficava com o "e se..." em meus pensamentos.

E se ela não acreditasse?

E se ela me chantageasse?

E se ela...

A foto de um gatinho cinza surgiu na conversa, recém tirada. Na imagem, ele estava de barriguinha para cima, dormindo com as patinhas espichadas em uma coberta de tons acinzentados.

(20:07:17) Gabislera: me disseram que fotos de gatinhos melhoram o humor, é cientificamente comprovado

(20:07:20) Gabislera: olha o melhor

Outra foto: dessa vez focada na barriguinha do gato.

(20:08:01) Gabislera: a pancinha!!!

De repente, um sorriso tímido brotou em minha boca — mais leve, menos sufocada. Respirei devagar e deslizei meus dedos pela tela, incapaz de duvidar daquela constatação estúpida da garota. Porque, de fato, a foto do gatinho havia melhorado o meu humor e amenizado minhas lágrimas sufocadas. Eu me senti à vontade para respondê-la, ainda que fossem questionamentos bobos.

O importante era fugir dos ecos em minha cabeça, das palavras de Antônia, da autossabotagem que me rodeava.

(20:08:12) SkyLin<3: Ela já tem um nome?

(20:08:22) Gabislera: ainda não, quer me ajudar? Tu eh a escritora famosa aqui e sou péssima nisso hehe

(20:08:52) SkyLin<3: Mas é sua.

(20:09:00) SkyLin<3: A gata.

(20:09:05) Gabislera: bom, tu tem um ponto, mas seria uma honra ter a ajuda da minha escritora favorita e duo de jogo

Eu podia até perdoá-la por puxar o meu saco se isso me ajudasse a me sentir melhor.

(20:09:42) SkyLin<3: Não sou escritora. Escrevo fanfics.

(20:09:59) Gabislera: ué, que diferença faz?

(20:10:07) Gabislera: pra mim vc é

(20:10:12) Gabislera: fanfics são histórias, n? então... acho que é indiferente, vc pode ser escritora se escreve fanfics, livros, o que quiser

(20:10:20) Gabislera: pelo menos eu penso assim

Fiquei encarando as mensagens, tentando encontrar um argumento que pudesse contradizê-la. Mas... ela tinha razão. Escrever *fanfics* não me fazia menos escritora do que aqueles que publicavam livros por grandes editoras. Porque, de algum modo, eu também contava uma história para os meus leitores. Morrighan miou baixinho em meu colo, me encarando curiosa. Imaginei que estivesse se perguntando o porquê eu sorria com tanta facilidade

— e honestidade — olhando para aquele celular. Acariciei-a, tranquila e quase inclinada a enviar uma foto dela para a garota: cheguei a abrir a câmera, mas não fui em frente. Seria um passo largo demais e...

Eu não queria outra decepção.

(20:10:33) Gabislera: então, vai me ajudar?

(20:11:12) SkyLin<3: Ajudar?

(20:11:29) Gabislera: o nome sky!!!! (imagina aqui que tô te balançando pelos ombros pra te fazer prestar atenção)

(20:12:02) SkyLin<3: Vou pensar.

(20:12:18) Gabislera: mas eu quero agora T____T

Ela estava abusando da minha paciência.

(20:12:40) SkyLin<3: Problema seu.

(20:13:02) Gabislera: AAAFDJKDF pq eu imaginei que ia dizer isso heh

(20:13:49) SkyLin<3: Idiota.

Fiquei observando o celular à espera de uma resposta — e não gostei de como me senti ansiosa. Talvez fosse o momento, a situação. Eu queria atenção. Não só isso: eu queria conversar sem ser questionada do porquê de *não estar bem*. E ela estava fazendo isso. Não insistiu em perguntar o que havia acontecido e mudou de assunto.

Era a única explicação para o que eu sentia.

Essa ansiedade, essa necessidade.

(20:17:02) Gabislera: já sei sky!11111!!

(20:17:59) SkyLin<3: ?

(20:18:12) Gabislera: bem que eu sabia que vc ia me ajudar e se vc disser q n, eu vou dizer que sim

(20:18:20) SkyLin<3: O que você está falando?

(20:18:54) Gabislera: o nome da gata!!

(20:19:11) Gabislera: vai ser em homenagem a vc

(20:19:21) Gabislera: Céu

O mundo girou por um segundo — escureceu, todo esbranquiçado, quase parou. Não tive reação. Céu. *Céu*. Por reflexo, ou surto, quase digitei como ela havia descoberto o meu nome ou se estava tentando me desmascarar. Os anos de autoproteção me causaram uma certa paranoia e, às vezes, eu esquecia que Sky significava Céu e que, *bem,* Céu não era o meu nome... e, sim, um apelido incomum para Maria Celeste.

Tentei respirar fundo, me estabilizar.

Não é nada, Céu. Não é nada. Ela não sabe. Ninguém sabe. Está tudo bem.

(20:20:20) SkyLin<3: Por que "Céu"?

Perguntei para ganhar tempo, para colocar os meus pensamentos no lugar.

(20:20:39) Gabislera: pensei que fosse óbvio hehe

(20:21:11) Gabislera: Sky... Céu... acho que combina, ela é cinzinha, dá até pra chamar de céu nublado IOHIOSIAFDHS

Idiota *demais*.

Mas tudo normal. Eu estava segura e escondida. Ela nunca descobriria. Estava a quilômetros de distância, milhares talvez, incapaz de suspeitar o que Céu significava. Não era como se eu fosse encontrá-la na rua por aí.

Suspirei aliviada.

(20:22:15) SkyLin<3: Você tem péssimo gosto e ri estranho.

(20:22:16) Gabislera: ai

(20:22:29) Gabislera: doeu :(

(20:23:02) SkyLin<3: Estou errada?

(20:23:10) Gabislera: pior que tá

(20:23:19) Gabislera: afinal, eu amo sua fanfic então tenho bom gosto

(20:23:27) Gabislera: tô certa?

(20:23:59) SkyLin<3: ...

(20:24:09) Gabislera: UDFHDSIDSB aaaaaaa

Alguns minutos se passaram sem que continuássemos a conversar.

(20:31:12) Gabislera: tá melhor?

(20:31:15) Gabislera: espero que sim

(20:31:20) Gabislera: tenho que ir trabalhar, então espero ter te ajudado

Estou, sussurrei para a escuridão do quarto. Era estranho como uma pessoa qualquer, cujo rosto você nunca viu, pode melhorar o seu dia com apenas algumas palavras. Não era difícil animar alguém, eu não tinha esse dom e imaginei que nunca teria, mas admirava quem tinha essa capacidade.

Palavras e histórias salvam vidas.

Elas sempre me salvaram.

Sempre me salvariam.

(20:01:12) SkyLin<3: Obrigada.

Foi minha resposta antes de largar o celular e me levantar do chão, Morrighan em meu colo. Eu deveria estudar — se não quisesse que Antônia gritasse nos meus ouvidos —, mas preferia escrever, queria escrever.

Porque precisava pôr no papel, nas minhas histórias, o que eu nunca conseguiria dizer em voz alta.

CAPÍTULO 20

GAROTAS QUE GOSTAM DE VER OUTRAS GAROTAS SORRINDO (E SENTEM COMO SE JÁ AS CONHECESSEM)

Gabriela

Céu parecia um bom nome.

Até eu perceber o porquê de ele ter surgido na minha cabeça de repente. Céu. Maria Celeste. Quase dei risada ao pensar que — coincidentemente ou não — havia batizado a gatinha com o nome da minha colega de faculdade. Do jeito que a garota era, imaginei que odiaria a escolha, desconfiaria e perguntaria o porquê, o que me levaria a falar demais. Compartilhar minha paixão por uma garota na internet estava fora dos planos e não éramos próximas para conversas desse teor. Era melhor manter segredo: ou seja, sem exibir minha gatinha perto dela.

A decisão me despertou curiosidade.

Deixando de lado o trabalho — que terminava de digitar para enviar ao professor —, peguei meu celular e abri o Instagram. Pesquisei o nome de Maria Celeste. Primeiro sem o sobrenome dela, Martinelli, escrito na folha que precisava passar a limpo, depois com, mas não encontrei nada. Rolei pelas sugestões de perfis, mas nenhum era dela. Cheguei a pesquisar nas redes mais antigas, mas nada, sequer um traço da garota pelas redes. Mordi o lábio, mil hipóteses em minha cabeça. Tudo bem que algumas pessoas se restringem, preferem o anonimato, mas... sei lá. Era, no mínimo, estranho. Em uma última tentativa, digitei o nome dela no Google.

Uma matéria recente foi o primeiro resultado.

Inauguração da clínica de estética Martinelli em Porto Alegre.

Neste final de semana, Antônia Maria Martinelli, renomada cirurgiã plástica de celebridades, ao lado do marido, Carlos Miguel Martinelli, comemorou a inauguração da nova clínica em um jantar com inúmeros convidados. Maria Celeste Martinelli, que cursa o terceiro semestre de Medicina e pretende seguir os passos dos pais, também esteve presente.

Movi os olhos pela matéria — de um blog de notícias locais — tentando encontrar informações importantes que falassem um pouco mais da família. Antônia, suposta mãe de Céu, e Carlos recebiam bastante destaque, eram cirurgiões famosos, mas algo, um detalhezinho, ganhou minha atenção.

Maria Celeste Martinelli, que cursa o terceiro semestre de Medicina, pretende seguir os passos dos pais.

— Medicina? — perguntei em voz alta, com uma pulga atrás da orelha. Se ela estudava Medicina, por que havia dito Psicologia?

Por que mentiu?

Por que se escondia?

Mordi o lábio ao me lembrar da reação dela quando brinquei dizendo que ela estava fugindo de alguém. Não queria ser paranoica, mas era estranho. Não que fosse apenas curiosidade, mas preocupação.

Com um suspiro incomodado, fechei a página e voltei para o trabalho, as palavras da garota dançando em frente aos meus olhos. Tínhamos continuado a história da moça que escrevia pequenos contos em cartas e enviava para pessoas pelo mundo todo, sem nunca receber uma resposta. Até o dia que uma das personagens desses contos surgiu em sua vida, dizendo estar procurando por ela há muito tempo. A ideia era escrever uma cena que se encaminhasse para um sentimento de afeto. Minha única contribuição para a escrita foi a sugestão de um leve conflito no encontro delas. Céu não concordou, mas não comentou se escreveria ou não; e, em silêncio, deixei que começasse.

Lendo agora, fiquei feliz ao ver que, de fato, ela havia colocado um pouco de desentendimento entre as duas protagonistas. Eu me peguei lendo, quase rindo, enquanto percorria as palavras. Maria Celeste escrevia bem até demais — e era estranho como eu me sentia atraída pelas linhas, pelos sons, por simples expressões das personagens. Era quase como... se eu estivesse acostumada com a leitura. Quem sabe a *fanfic* de Sky houvesse despertado a leitora em mim?

Uma notificação no celular me arrancou dos pensamentos.

Era o despertador.

Estava quase na hora do treino.

— Que merda. — Salvei o documento e me levantei.

Faltava uma semana para o primeiro jogo — contra o Corinthians de Santa Cruz — e, sinceramente, eu não estava no feeling. Toda a situação com Mariah, a história de demissexualidade e a pressão estavam acabando comigo.

Desde que Vic havia sugerido isso, no dia anterior, eu fiquei receosa de procurar mais sobre. Depois eu me esqueci. Porque o *tweet* de Sky e a conversa que tivemos foi o suficiente para me deixar aérea.

Conversar com ela — mesmo que sobre coisas boas — fazia o meu peito doer como... nunca mais havia doído. Mas não era uma dor ruim, desesperadora. Pelo contrário. Era acolhedora, gostosa de sentir. Uma ansiedadezinha por mais, por ela. Estava óbvio que essa atração que sentia não era só uma atração. Era mais, eu sabia. Só que isso não mudava o fato de também ser complicado.

Porque estávamos longe e eu não tinha certeza do que ela sentia.

Queria conseguir dizer que estava *a fim* dela sem a chance de ser bloqueada. Não era impossível de acontecer, Sky era imprevisível e tão, tão escorregadia. Aquele "obrigada" de ontem significava algo, mas eu ainda temia dar mais um passo. Se ela fosse diferente, eu seria direta.

Estou muito a fim de ti e quero muito te conhecer, só tu me falar que quer e eu pego a primeira passagem para o teu estado.

Fácil, simples.

Mas era Sky e... eu precisava aprender a lidar, a entender, a aceitar. Ikki havia me lembrado disso. Eu estava acostumada a lidar com garotas do meu jeito, e estava na hora de aprender o jeito dela.

Desliguei o alarme e fui me arrumar.

Com uma decisão formada em meus pensamentos.

Meu relacionamento com Sky seria diferente, aos poucos, com cuidado. Porque o sentimento era diferente, não era forçado, era real; não importava o tempo que levasse, eu continuaria.

Pelo menos até ter certeza de que não havia nenhuma chance de ficarmos juntas.

Queria que a minha entrada *bem* atrasada na sala fosse despercebida, mas todos os olhares caíram em mim assim que passei pela porta. Pedi desculpas baixinho, expressei um sorriso meio desajeitado e me dirigi ao meu lugar. Pigarreando, claramente incomodado com meus quarenta minutos de atraso, o professor prosseguiu com a aula. Ele explicava sobre planejamento, sobre escritores jardineiros e arquitetos, mas não prestei a atenção que deveria. Passei da minha hora de dormir e não tivera tempo de sono o suficiente, o que explicava o meu atraso. Não que a culpa não fosse minha, porque escolhi ficar um pouco mais para aproveitar aqueles minutos raros de jogatina com Sky. Ainda me pegava pensando em suas respostas durante as partidas, sempre ácidas, imaginando o que expressava do outro lado da tela. Um sorriso, talvez, quem sabe, uma risada que, *mano*, daria tudo para ouvir no privado, só para mim, sem milhares de espectadores. Algo que fosse *meu* e *dela*, nosso, de mais ninguém. Não era tão impossível quanto eu pensava, era?

Quantas histórias de amor não começam com mensagens na internet?

Um papel pequeno foi colocado em minha mesa.

Presta atenção na aula.

Com ponto final e tudo, direta e seca. Não como o tipo de bilhetinho que tu costuma receber no Ensino Médio, com coraçõezinhos, sorrisinhos e caneta colorida. Mordi o lábio e olhei para o lado, encontrando o olhar de julgamento de Maria Celeste. Céu, para não correr o risco de aborrecê-la (o que não deixava de ser divertido, ela tinha expressões que qualquer pessoa que escrevesse teria dificuldade para descrever).

Céu estava debruçada sobre o caderno, as mangas transparentes da blusa de tule rosa cobrindo parcialmente seus dedos. Estava sempre bem-vestida, como se passasse horas escolhendo o que usar — e se orgulhasse do resultado. A jardineira preta com bordados na saia, bem justa em suas pernas grossas, contrastava com os sapatinhos estilo boneca, decorado por pérolas no salto pequeno. Era fofo e *bonito*. Linda, eu diria se isso não fosse matá-la do coração. No cabelo castanho, curtinho, usava um pequeno laço rosado, preso por fios na parte de trás da cabeça. Eu me ajeitei na cadeira para observá-la melhor, provocando um repentino rosado em suas bochechas.

Arisca e mal-humorada como sempre.

Queria encontrar uma chance de perguntar sobre o curso de verdade dela, mas não conseguiria durante a aula sem a garota ter um infarto e eu precisar chamar o Samu.

— Tu que tem que prestar atenção, Céuzinha — sussurrei para ela, o que fechou ainda mais o semblante da garota. Lá na frente, o professor continuou explicando.

— Pra depois eu ter que fazer o trabalho sozinha? — Ela revirou os olhos. — Espero que pelo menos você tenha enviado o texto para o professor no prazo estipulado.

Estalei a língua, debochada e me inclinei na direção dela. Céu recuou, como uma gatinha assustada pronta para atacar se eu chegasse mais perto.

— No mesmo dia que terminamos. Que *tu* terminou, na real.

— Acho bom. — Ela olhou para o caderno como se estivesse me evitando; depois, rabiscando nas linhas em branco, passou a língua pelos lábios, nervosa ou inquieta. Continuei esperando. — Você... — A voz da garota foi diminuindo. — Você leu?

Claro que ela estava nervosa.

— Claro. — Sorri e peguei uma das canetas dela. Com ela me observando, a expressão confusa, escrevi em seu caderno: *precisamos conversar sobre isso, minha doce Céuzinha*. O rosto dela ganhou cor instantaneamente. Se por calor ou por vergonha, eu não sabia, mas desejei perguntar, com o intuito de apenas provocá-la.

As palavras quase deixaram minha boca.

Mas o professor me interrompeu.

— Gabriela. Maria Celeste. Querem compartilhar algo com a turma?

O vermelho da expressão da garota se converteu em roxo, azul, infinitas cores que se misturavam nela. Céu fez menção de abrir a boca, pedir desculpas talvez, mas travou, engolindo o que não conseguia dizer. Decidi agir, era minha culpa afinal (ainda que ela houvesse começado). Então, virei o corpo e ergui o braço, ganhando a atenção da turma.

— A gente tava falando do trabalho, professor. Queria saber se vamos ter o feedback do que tu achou.

Leandro olhou para o relógio no pulso e pigarreou.

— Ah? Sim, claro, claro... Eu estava quase me esquecendo. Obrigado, Gabriela. — Ele encarou os demais. — Sobre os textos, vou enviar as considerações até o fim do dia. Gostei bastante do que li, mas quero trabalhar melhor na próxima aula. Hoje pretendo terminar essa parte teórica sobre narrador e na semana que vem vamos focar nos contos que vocês me enviaram.

Olhei para a garota de relance, lhe dando um sorrisinho. Era uma mensagem silenciosa de: *viu, só?, nada para se preocupar*. Mas ela decidiu me ignorar e virou o rosto para o outro lado, tão vermelha quanto um tomate. Encarava o professor com o semblante fechado, os lábios apertados, contidos. Nas mãos, a caneta inquieta contra o papel rabiscado. A cena me agradou, me incentivou. Havia algo em Maria Celeste que me instigava a provocá-la, a experimentá-la. As suas reações — sempre me intrigava com elas. Porque, além das palavras ranzinzas e das expressões carrancudas, ela escondia algo.

A notícia que havia lido e a mentira do curso comprovaram isso.

— Aliás, — O professor me arrancou dos pensamentos e olhei para frente, junto dela. — Gabriela e Maria Celeste, posso falar com as duas após o fim da aula? Coisa de dez minutos, não mais que isso.

— Algum problema, professor? — perguntou Céu antes de mim. Ela ainda estava me ignorando.

— Nenhum, conversamos depois, tudo bem?

Com um assentir, meu e dela, o professor retomou a aula. Céu suspirou, visivelmente preocupada. Para acalmá-la, sussurrei um *não esquenta, Céu, tá tudo bem*, mas não recebi sequer uma resposta. Entre nós, o silêncio se intensificou e passamos o resto da aula sem conversar. Às vezes, eu a observava pelo canto do olho, mas em nenhum momento ela retribuiu o olhar. Ficou dura, quieta de verdade. Aborrecida, eu imaginei. Talvez houvesse passado do limite e... *bem*, Céu não parecia o tipo de garota que eu estava acostumada a provocar.

Garotas que no fim terminavam me beijando.

Quando a aula terminou, ajeitei as minhas coisas devagar enquanto os demais alunos se despediam do professor. Céu fez o mesmo, derrubando algumas canetas no chão.

— Queridas, desculpe segurar vocês um pouco mais, mas queria muito conversar sobre o conto que me entregaram. — Leandro se aproximou de nós. Estávamos ainda sentadas em nossos lugares, uma sem olhar para a outra.

— Algum problema com ele? — perguntei.

Ele sorriu.

— Pelo contrário, o texto é maravilhoso. — E as palavras do professor pareceram funcionar como um calmante para a garota ansiosa. Céu relaxou os ombros, eu tive a impressão de vê-la suspirar aliviada. — A escrita é formidável, expressa muito da narradora e do sentimento que ela vive.

— Você gostou? — A voz da garota saiu num sussurro, fraco, quase tremido, diferente do que costumava expressar.

— Se eu gostei? Eu amei, queridas. Parabéns. Dou essa aula há cinco anos e é a primeira vez que um texto me encantou tanto.

Era certo que existia um motivo que fazia Maria Celeste se esconder por trás de tantas palavras afiadas e expressões azedas. Ainda assim, o que quer que fosse, não foi forte o suficiente para evitar que ela sorrisse nesse momento.

Ela estava sorrindo de verdade.

Do jeito que sorrimos quando somos reconhecidos por algo que amamos.

Quando enxergam além do que nós mesmos podemos ver.

— Sério?! — Céu uniu as duas mãos frente ao peito.

O professor assentiu, falou algo a mais, provavelmente um comentário sobre o texto. Sei lá, deixei de prestar atenção nele. Foquei ela. O rosto de Céu, sempre tão carrancudo, havia se suavizado, mais leve, mais... lindo. Porque lá estava ela, a garota de verdade.

Eu me peguei sorrindo também.

Por ela — porque todo o mérito era dela.

E eu não podia negar: o conto era, sim, maravilhoso, tinha um gosto familiar e reconfortante.

— Parabéns — sussurrei um pouco depois. O professor havia acabado de sair da sala e estávamos sozinhas. Céu finalmente me encarou, um leve rosado em suas bochechas. O ar aborrecido havia desaparecido, mas ela ainda guardava certo receio quando olhou para mim. — Tu escreve muito bem mesmo e... desculpa pegar no teu pé.

— Hmm — murmurou ela e juntou suas coisas.

Cruzei os braços, uma risadinha de leve.

— Nem um "obrigada"? Eu fui *supercuidadosa* quando enviei o texto, sabe. Podia ter esquecido.

Ela me encarou diretamente antes de responder — o olhar castanho-claro me estudando, analisando.

— Mas não esqueceu.

Foi impossível não sorrir.

— Nunca esqueceria — comentei e foi o bastante para vê-la, mais uma vez, corar.

— Idiota. — Sem se despedir, ela deixou a sala.

Meu sorriso permaneceu enquanto a observava se afastar no corredor.

Quem é você de verdade, Maria Celeste?

CAPÍTULO 21

GAROTAS QUE NÃO SABEM COMO REAGIR PERTO DE OUTRAS GAROTAS (MAS GOSTARIAM DE BEIJÁ-LAS)

Maria Celeste

Te perdendo eu cresci tanto, Aya,
e às vezes não sei se quero mais te encontrar.

Larguei a caneta e suspirei, impaciente, incomodada, tão... tão irritada. A área de estudos da biblioteca estava praticamente vazia — apenas dois ou três alunos se espalhavam pelo saguão de mesas e computadores. Era 12h40, afinal; quem não estava almoçando pelos restaurantes do campus estava a caminho das próximas aulas, que iniciavam às 13h30. Diferentemente de mim. Eu tinha aula somente às 17h. Eu deveria ir para casa, descansar ou até estudar (uma grande mentira), mas preferia criar raízes na biblioteca do que ter que suportar minha mãe. Antônia estava em casa, infernizando a vida da empregada para organizar seu encontro com as amigas. Típico de senhorinhas de idade que diziam que, na época delas, não existiam essas poucas vergonhas de hoje. Gay? Não na época delas, todo mundo era "direito". Sim. Claro. Bufei incomodada e coloquei as anotações para o novo capítulo de lado. Meu rascunho do trabalho da disciplina de escrita estava com as folhas. Foi inevitável não me lembrar das horas anteriores, das circunstâncias, de tudo.

O professor elogiando o nosso texto — o meu texto.

Ela me elogiando.

Ela me provocando...

— Garota idiota — murmurei e rabisquei as linhas, tentando esquecer aqueles sentimentos tão controversos.

Era irônico pensar que eu sabia lidar com personagens se provocando e não sabia como reagir nas mesmas situações. Queria que fosse fácil como nas histórias, escolhendo as palavras no tempo que quisesse; e se a cena saísse de seu controle, você simplesmente poderia reescrevê-la, diferente do mundo real. O que você fazia, ficava lá e, querendo ou não, meus encontros com Gabriela já haviam começado entre linhas tortas, desconectadas.

Quase desejei poder reescrevê-las.

Mas se o fizesse, não seria Céu, mas Sky. Porque Sky era gentil, era adorável. Era mais fácil amarem e notarem Sky, do que Céu.

E se eu fosse Sky, bem, não seria eu mesma.

Porque mesmo com os espinhos, no fim do dia, eu ainda era Céu, emburrada, tão fechada e complicada. Mas que queria, de algum modo, saber como ser um pouco mais... receptiva. Com um suspiro desmotivado, puxei as páginas da *fanfic* para tentar encontrar um pouco de conforto nas palavras já escritas.

— O que tu tá fazendo aí quietinha, hein, Céu?

Se eu não parasse no hospital hoje, não pararia mais. Porque a voz de Gabriela, surgindo às minhas costas assim de repente, fez meu corpo inteiro ficar gelado, pesado, paralisado. A minha reação foi esconder as páginas rabiscadas como se estivesse escondendo um corpo recém-assassinado. Devo ter ficado vermelha, quase azul, porque a garota piscou várias vezes, trocando o sorrisinho idiota do rosto por uma confusão inesperada.

— O que você quer?!

Ela colocou a mochila sobre a mesa como se estivesse decidindo ficar. Sentou-se então, o corpo inclinado em minha direção. Gabriela tinha a mania de invadir o meu espaço pessoal sem pedir licença.

— Te vi sozinha aqui e vim ver se estava tudo bem, calma. — Ela deu um sorriso de canto. A garota prendera o cabelo, os detalhes em suas feições se realçando. As sardinhas ao redor do nariz com piercing. As maçãs do rosto altas. O formato do queixo. A pele de um tom mais escuro, bronzeado. Não que estivesse hipnotizada, eu só gostava de observar para me inspirar para futuras personagens (não era mentira). — O que tu vai fazer hoje?

— Por quê?

Ela riu baixinho.

— Será que um dia tu baixa essa guarda, Céuzinha?

— Já disse para não me chamar assim. — Desviei o olhar, era difícil manter o contato visual com ela por muito tempo.

— Gosta de basquete?

— Não. — A resposta rápida e seca pareceu decepcioná-la. Infelizmente, o meu mecanismo de defesa, às vezes, era mais rápido do que eu.

— É que vou treinar hoje na quadra da faculdade... é nosso último treino antes da gente enfrentar o Santa Cruz, o pessoal geralmente vai pra torcer e dar aquela moral, sabe? O campeonato começa na quarta e somos as primeiras a jogar. — Ela passou a mão no cabelo, estranhamente sem jeito. Imaginei que tivesse sido a resposta pouco encorajadora. — Mas como tu falou que não gosta, esquece. Não era nada, na real. Ia só ver se queria assistir, gosto de convidar colegas e tal.

Ela estava me convidando para assistir ao jogo dela. Era apenas um convite bobo, não era? Não tinha nada demais, nada de romântico ou com segundas intenções. Claro que não tinha segundas intenções, disse a mim mesma. Como o convite para a casa dela. Era normal, eu que não estava acostumada.

Fechei os punhos sobre a mesa, um pouco desconfortável. Não com ela. Comigo.

— Hmm... — murmurei e a observei de relance. — É agora?

— Às 17h, tenho que ir pra casa e trabalhar um pouquinho antes disso. — Ela piscou e se escorou na cadeira. — Depois volto pra cá, mas tu que sabe, Céu, realmente de boa se não quiser ir.

Eu tinha uma aula no curso de Medicina naquele horário — uma aula à qual eu não tinha vontade de ir. Para não ter problemas com Antônia e Carlos, eu nunca faltava. Poderia não prestar atenção e só escrever ou ler a aula toda, mas estava sempre presente. Uma falta não faria diferença.

Mas eu queria mesmo ir?

Talvez ficasse lotado, talvez eu sequer gostasse, nunca assisti a uma partida de basquete, mas, qualquer coisa era melhor do que uma aula tediosa de Introdução à Semiologia com um professor pré-histórico (que provavelmente estava em um grupo de "patriotas") que disse que eu poderia usar o tempo que perdia me arrumando para aula para estudar.

Mordi o lábio e encarei a garota.

— Vou ver. — Porque, obviamente, não diria com todas as letras que pensava em ir. De jeito nenhum me daria por vencida.

O sorriso de Gabriela se suavizou.

Não consegui encará-la por muito tempo.

— Mas, ei, tu que sabe, tá? Nem esquenta com isso se ficar ruim depois. Mas, sério, é bom, talvez tu acabe gostando. — Ouvi ela pegar a mochila e se levantar. — Bom, preciso ir. Até mais, Céuzinha.

Eu a observei se afastar, encolhendo os ombros e apertando com força a minha caneta contra os dedos. Duas vozinhas sopravam em meu ouvido. Uma, contrária, me dizendo para esquecer, para sequer me importar. Não era um lugar para mim e eu não me sentiria bem no entorno de tanta gente. Poderia ser verdade — multidões me assustavam, o que era irônico porque multidões também me assistiam jogar. A diferença era a distância. No meu quarto, ninguém poderia me tocar. Em uma quadra, com torcida e gritos desenfreados, eu não conseguia me proteger, não como sempre fazia em minhas cobertas. Mas a outra voz, incentivando-me, tentava me mostrar as oportunidades naquele convite. De me abrir. De conhecer outras pessoas. De sair da minha zona de conforto que, com o tempo, estava me sufocando.

Olhei para o relógio. 13h00 em ponto. Quatro horas me separavam da minha escolha. Aula ou jogo.

Você sempre escolheu sozinha, Céu.

Escolha sozinha.

Por você.

Respirei fundo e soltei a caneta, relaxando os ombros.

Eu já conhecia o gosto da mentira, vivia uma vida em segredo para os meus pais e minha família, uma a mais não faria diferença. Era apenas diferente, um passo mais ousado, mais meu.

Quem sabe um dia, com passos assim, eu encontrasse a saída de casa?

Porque, definitivamente, aquela pequena e nova mentira era um começo.

Eu não queria me arrepender.

Mas já estava arrependida — porque não imaginava que a quadra estivesse tão abarrotada. O relógio marcava 16h46 e, mesmo chegando antes, eu estava com dificuldades de achar um lugar. Esgueirei-me entre as pessoas, que se acumulavam em grupos como se fossem transparentes e não bloqueassem o caminho. Pedir licença não era o suficiente — eu sequer tentei —, fui passando até chegar no acesso à arquibancada, sem me importar com as caras feias que me eram dirigidas. Queria um espaço mais próximo à quadra, mas não havia muitos disponíveis. Os livres eram mais acima e estavam fora de cogitação. Se me arrisquei vindo até aqui, escolheria o lugar em que me sentisse confortável, não eram olhares recalcados que me fariam recuar. Vi um grupo de garotas em um canto, conversando e rindo, e, entre elas, disponível, uma cadeira estava vazia. Passei por um monte de pernas, algumas que não se moviam para me dar espaço e que eu fazia questão de bater de propósito, e segui até o canto livre. Estava entrando na fileira quando o grupinho de garotas dirigiu o olhar para mim.

— Esse aqui tá ocupado já — disse uma delas, a voz séria.

Franzi o cenho.

— Não tem ninguém nele pra estar ocupado.

— A gente tá guardando pra nossa amiga — respondeu outra garota ao lado da primeira. Os sussurros correram entre elas, provavelmente falavam de mim.

— Não tem nenhuma política de reservar lugar no campus, então. — E entrei na fila, passando por elas. — Com licença.

Ouvi alguns cochichos de surpresa, outros de "eu não acredito", mas não olhei para nenhuma e me sentei no banco, ajeitando minha bolsa no colo. Pouco tempo depois, a amiga chegou e houve comentários sobre o ocorrido. Eu teria dado atenção, ajudaria a conter o nervosismo em meu estômago; contudo, fazendo com que eu me sobressaltasse, as pessoas presentes rugiram animadas, fazendo com que eu dirigisse a atenção à quadra. As jogadoras estavam entrando, todas com um uniforme preto com detalhes em lilás. Corri os olhos entre elas, os dedos firmes na alça da bolsa, procurando o motivo da minha vinda (porque fui convidada, não porque estava interessada, óbvio).

Com o cabelo escuro preso em um rabo de cavalo, Gabriela correu pela quadra, aproximando-se de um grupo que estava na arquibancada do lado oposto ao meu. Amigos, imaginei. A garota estava sorrindo, possivelmente brincando pelas risadas que os demais manifestavam. Senti algo no peito, uma dorzinha irritante, inquieta. Ignorei-a, os olhos fixos na garota. Já esperava que ela fosse popular — estava em seu jeito, na forma de se expressar. Garotas como ela eram perigosas, traiçoeiras na maioria das vezes. Porque te instigam a acreditar nelas para, no fim, pisar em seu coração. Não que houvesse acontecido comigo, mas minha intuição era muito precisa. E eu lia bastante. As garotas populares nas histórias eram sempre as vilãs no final.

Ainda que fossem sempre as personagens mais interessantes.

Meu fraco por vilãs era terrível.

As adversárias vestiam um uniforme parecido, mas com as cores invertidas. Era um treino, afinal, não precisava conhecê-las para saber que eram todas do mesmo time. Entre as garotas, uma me era familiar. Qual era o nome mesmo? Era a que tentou discutir comigo no apartamento de Gabriela, sugerindo que era namorada dela. Estava afastada, os braços cruzados, outra jogadora cochichando ao lado. O apito alertou a todos e um homem muito grande, de pele negra e porte atlético, entrou na quadra, fazendo com que todas se encaminhassem para suas posições. O silêncio tomou conta do ginásio e, então, o homem arremessou a bola para cima. Marcando o início do jogo.

Eu não entendia nada de basquete, nunca havia assistido a uma partida. Tudo naquele momento era inédito para mim. Os movimentos. Os sentimentos. As sensações. Estar em um lugar lotado, e desconhecido, era como me aventurar em uma história nova, ainda esperando para ser explorada. Às vezes, buscava inspiração nas pessoas cujos rostos esqueceria no outro dia, observar estranhos na rua sempre foi uma espécie estranha de obsessão, queria encontrar sentimentos que me eram desconhecidos, que não tinha coragem de sentir.

Mas aqui estava eu...

Sentindo coisas que nunca havia sentido.

Coisas que não sabia o nome e tinha medo de procurar.

Coisas que se intensificavam nos passos ligeiros e nos passes calculados da garota de sorrisos fáceis. Gabriela voava na quadra, era difícil acompanhá-la, mas sua presença se destacava, acompanhada de uma garota alta, que parecia tão compenetrada quanto ela. A pontuação era parecida, com seis pontos de diferença para a equipe de Gabriela, que distanciou ainda mais a pontuação quando, do meio da quadra, ela lançou a bola à cesta, marcando.

— Ela é ótima nesse arremesso de três pontos! — uma das meninas do grupinho exclamou, aplaudindo. Olhei de relance para elas, atenta à conversa.

— Ai, a Gabis é ótima, dei match com ela no Tinder uma vez e ficamos, me convidou até pro apartamento dela. Beijo bom. Sexo bom. Ela só não quer saber de relacionamento. — Meu rosto esquentou com o comentário. Estava ao lado da garota e conseguia ouvir tudo.

Eu já imaginava, pensei sozinha, um pouco frustrada e tentei tirar aquilo da cabeça. O jogo seguiu, e a bola permaneceu na posse de Gabriela, que se esgueirou pelas adversárias. Ela pontuaria de novo, não conseguiriam pará-la.

Até a garota familiar se colocar no caminho e marcar a primeira falta do jogo.

O tombo de Gabriela doeu em mim. Um suspiro deixou meus lábios, acompanhado das vaias ao redor. O treinador apitou, berrou algumas obscenidades que não ouvi e tirou a garota da quadra, substituindo-a. Gabriela se levantou com a ajuda de uma das jogadoras e tranquilizou a todos, um sorrisinho típico no rosto. Ela e as demais se organizaram para continuar o jogo e, antes que se iniciasse, ela ergueu o olhar. Provavelmente olharia a plateia, as pessoas que estavam lá para ver a equipe, mas, como nos clichês românticos que eu costumava ler, seu foco caiu em mim. Exatamente onde eu estava.

Houve uma mudança de olhar: da animação e euforia da partida para uma surpresa incomum, incerta. Como se não esperasse me ver. Se é que estivesse realmente me vendo. Havia muita gente ao meu redor. Quais eram as chances de ela me notar no meio de tanta gente aleatória?

Poucas, quase nulas. Ela ergueu o braço, protegido por uma munhequeira até o cotovelo, e acenou, rápida e brevemente. Se foi para mim, o que duvidava muito (na mesma intensidade que me odiava por desejar que fosse), não tive tempo de retribuir. A atenção de Gabriela retornou ao jogo.

Só então, com o término do nosso breve e suposto contato, percebi o que havia me passado despercebido desde o momento que a vi entrar na quadra.

A dor no peito não era uma simples dorzinha. O incômodo com a garota que comentava sobre Gabriela não era um simples incomodozinho. Não. Era meu coração. Um coração estúpido que não entendia o perigo e a desilusão de bater tão rápido.

Para uma garota como aquela.

Porque, se eu não tomasse cuidado com ele, correria o risco de me arrepender.

Eu estava arrependida.

Sabia disso quando, acuada, aceitei a proposta da garota na disciplina que compartilhávamos. Porque, a partir daquele momento, as linhas das nossas histórias se entrecruzaram.

E eu não poderia deixá-las se interligar.

CAPÍTULO 22

GAROTAS QUE GUARDAM SEGREDOS SOBRE OUTRAS GAROTAS (MAS QUERIAM GRITAR A VERDADE PARA TODO MUNDO)

Gabriela

As garotas estavam animadas no vestiário. Podia ter sido só um treino, mas a vitória significava algo para nós. Porque dois dias nos separavam do nosso primeiro jogo no campeonato. Faríamos a abertura do evento contra o nosso principal adversário — e não queríamos vacilar na estreia. Não iríamos, reforcei a elas, agradecendo o desempenho durante a partida amistosa. Mas, é claro, nem tudo estava bem. A falta de Mariah em mim teria consequências em breve, e eu não estava com ânimo de me reunir com ela e Henrique para discutir o comportamento inadequado. Ficar sozinha com os dois entre quatro paredes soava como tortura.

Deixei a euforia do time para trás, suada até o último fio de cabelo, e corri para a arquibancada. As pessoas começaram a sair e se dissipar, algumas me cumprimentaram e elogiaram a minha performance no jogo. Sorri, apressada. Queria ser rápida ou perderia a chance de conversar com Céu. Não esperava que ela realmente viesse ao jogo, não coloquei esperanças na resposta incerta dela, mas fiquei feliz em ver a garota entre tantas pessoas, assistindo ao jogo. Convidá-la não foi coincidência. Queria conversar de verdade com ela, perguntar o porquê da mentira sobre a faculdade e, sei lá, ver se, talvez, ela não precisasse de ajuda com algo. Tudo bem mentir sobre o que cursa — quem nunca mentiu na vida? —, mas Céu parecia ter um motivo diferente, mais complicado.

Explicaria muito.

O porquê se esquivava tanto e o porquê de seu episódio de insegurança quando sugeri fazermos o trabalho online.

Ou quem sabe... Eu estava sendo intrometida demais e era apenas o jeito dela. Parei em meio à quadra quando o pensamento me ocorreu, enquanto observava o lugar vazio onde antes ela estava. Não era uma surpresa que houvesse ido embora sem esperar por mim — não combinamos de conversar e não éramos tão próximas.

Suspirei.

Talvez fosse a hora de respeitar o espaço de Céu e não me envolver. Porque, no fim, continuaríamos sendo apenas colegas de disciplina.

E meu coração já pertencia a outra garota.

Estar puta da vida não era uma característica minha.

Mas estava *puta* naquele momento — a perna inquieta, os dedos desconfortáveis, a respiração torta. Sentada em um dos bancos próximos à quadra, tentava esquecer os minutos passados em que, sem nenhum pingo de paciência, Henrique convocou Mariah e eu para conversar. Não sabia dizer quais me tiravam mais do sério. A penalidade da jogadora contra mim não era tão grave, os tombos da vida doeram muito mais, mas esse estranhamento entre nós duas estava afetando o time. E a conversa com meu pai e ela não ajudou a melhorar a situação. Não nos entendemos, a guria implicou comigo do começo ao fim e os dois não me deixaram falar, como se fosse minha responsabilidade lidar com as implicâncias infantis da minha *ex*-amiga e ficante.

Não aguentei ficar por muito tempo naquela discussão sem fim. Saí com passos pesados pelos corredores para buscar um pouco de ar e esfriar a cabeça. Mas me sentar nos bancos do campus não estava ajudando. Queria um pouco de, sei lá, carinho, alguém me abraçando e me dando beijinhos preocupados. Alguém que tinha nome e rosto e em quem eu não conseguia parar de pensar.

Aquela *e-girl* de cabelo rosa.

— Que cara de cadelinha carente, credo, vai se tratar, infeliz. — Ouvir os xingamentos de Victória não estava na minha lista de desejos momentâneos. Queria paz, a garota sempre trazia guerra.

— Não me enche, porra.

Uma risadinha baixa e irônica soou da garganta dela quando se sentou ao meu lado. Cheirava a lavanda e perfume de bebê, seu rosto úmido como se tivesse acabado de sair do banho.

— Você anda muito esquentadinha pra alguém que se diz apaixonada. Ainda enrolada? Espero que a garota te enrole muito mais. Acho bom pra ti aprender a criar juízo, sabe.

— Qual é, Vic? Eu só quero um tempo pra sofrer sozinha, me dá um tempo. — Eu suspirei, assoprando um fio de cabelo caído em meus olhos. — Tô enrolada sim, e daí? Acho que piorou desde que tu comentou sobre eu possivelmente ser demissexual.

Não esperava o tapa no ombro que ela me deu. Franzi o cenho, mas Vic não se importou.

— O que ser demi tem a ver com uma fossa amorosa?

— Pesquisei algumas coisas depois que tu comentou isso e, cara... era para eu me sentir melhor com isso? Porque só me senti pior. Tipo, olha quanta merda eu me forcei pra tentar sentir algo? Se eu soubesse que eu só precisava ter uma conexão, um sentimento amoroso... teria sido menos doloroso.

Vic revirou os olhos.

— Como se todos nascessem com total conhecimento da própria sexualidade, Gabriela. Imagina que lindo o mundo seria? — Ela se ajeitou no banco e cruzou os braços, cenho franzido. — Para, né, o que muda na tua vida ser demissexual?

— Sei lá, só não entendia o que tinha de errado comigo — murmurei deprimida, cansada. Pensar no passado, em Marina, nos relacionamentos que só me fizeram mal, me causava um mal-estar terrível.

Victória me deu outro tapa.

— Não tem nada de errado contigo, praga. Tirando a parte que você é uma filha da puta às vezes. — *Aqui* eu não podia contradizê-la. Sim, fui cuzona com muitas, mas estava no passado. Eu era uma ex-filha da puta, isso sim. — Mas, deixando a implicância de lado, a questão é você tá vendo isso tudo errado, entendeu? Como se fosse um problema, em vez de aceitar que "ah, sou demissexual e agora tudo faz sentido". Fica feliz por descobrir isso ao se apaixonar por sua garota complicada ao invés de se lamentar pelo passado. Tudo bem que, às vezes, é foda, mas pensa no lado bom. Você tá se descobrindo e finalmente se apaixonando, coisa que tu ficava o tempo todo "ah, tô triste, queria falar de amor e não consigo...".

Apertei os lábios.

Queria que ela fosse um pouco mais *cuidadosa* com as colocações — meus sentimentos também mereciam respeito (embora, às vezes, eu tenha pisado na bola com o sentimento de outras).

— Vou tentar.

— Que mané tentar, vai lá e fala pra guria, explica. O que você tá esperando?

Basicamente tudo?

O nome dela? O endereço? A foto?

A garota complicadinha era muito mais *complicadinha* do que minha amiga (eu esperava que fosse minha amiga) imaginava. Se ela soubesse a verdade, iria me mandar para reabilitação para pessoas com paixões platônicas impossíveis.

Porque eu acreditava ser possível.

Eu acreditava. Todo santo dia.

— É... — sussurrei e desviei o olhar para o campus, para os estudantes que perambulavam como formiguinhas de um lado para o outro.

Ouvi Victória se levantar ao meu lado e a encarei quando recebi um chute do pé. Carinhosíssima.

— Levanta, vou te levar pra beber e te dar o passe livre pra reclamar do amor. Aproveita, não é fácil fingir ser sua amiga.

Ela tinha um jeito *bem* estranho de tentar animar as pessoas.

Mas...

Talvez ajudasse.

Nada que um pouco de álcool não pudesse ajudar. Principalmente quando o teu problema é como o meu: uma carência sem fim por uma garota, em algum lugar desse país, que não está a fim de ti.

Mas tu está *muito* a fim dela.

CAPÍTULO 23

GAROTAS QUE GOSTAM DE SEREM CHAMADAS DE IDIOTA POR GAROTAS PELAS QUAIS SÃO APAIXONADAS (COMO LÉSBICAS EMOCIONADAS)

Maria Celeste

(19:11:21) Gabislera: Tô vendo sua live, adorei o look >3<'

Eu me controlei para não revirar os olhos ao vivo e assustar os quase mil espectadores que assistiam à transmissão. Uma cantada barata, sim; mas não podia dizer que ela estava mentindo. Eu havia caprichado no estilo de Sky. Estava usando uma camisa cor-de-rosa de botões pretos e renda na gola Peter Pan; no centro do detalhe, um laço delicado dava à peça um ar doce. No pescoço, uma *choker* de tecido rosado, também com costuras rendadas, combinava com a camisa e a saia preta rodada. Eu também havia personalizado a peruca, moldando duas chiquinhas pequenas e deixando o restante dos fios soltos, tudo ornamentado por uma tiara com rendinha. Escolher o que vestir — tanto para Sky como para Céu — era uma das minhas coisas favoritas. As duas eram parecidas, o mesmo estilo de vestimenta, mas com tons diferentes; e o pouco que eu usava do dinheiro doado pelos seguidores e assinantes do clube era gasto com costureiras ou compras internacionais para encontrar peças que dificilmente encontraria por aí. Principalmente no meu tamanho. As marcas de peças *kawaii* eram muitas, estavam cada vez mais presentes no mercado, mas precisavam se atualizar de que existiam muitos biotipos e que nem todas as pessoas pesavam quarenta quilos.

Na minha conta do Instagram — e no Patreon de assinantes — o que o público mais encontrava eram fotos minhas (sempre, sempre como Sky) em modelos cheios de renda, babados e cores pastéis. Os comentários eram, em sua maioria, positivos e cheios de carinho. Alguns, no entanto, estavam sempre lá para me diminuir — como para dizer que *e-girls* precisavam ser magras. Mas não. Minhas fotos nas redes, e o quanto eu me empenhava em cada produção, mostravam que todos tinham o direito de ser o que quiserem.

(19:15:11) Gabislera: vai jogar cmg depois da live???

Sorri para a webcam e ri com os comentários no chat enquanto via a mensagem privada. Se soubessem que Gabis me mandava mensagens, conversava como se fôssemos amigas e que jogava comigo quase todos os dias há mais de três semanas, um caos se instauraria. Ceder para uma significava ceder para todos e, sinceramente, não me imaginava conversando com tantas pessoas. A garota já era o suficiente para a minha bateria social; e eu precisava de muito preparo mental para me transformar em Sky ao vivo. Às vezes, ultimamente com mais frequência, a máscara me sufocava, e eu precisava me ausentar das lives por alguns dias com a desculpa de que estava escrevendo um novo capítulo de "Nosso segredo brilha à meia-noite". Ninguém desconfiava, amavam na verdade; e os pequenos contos que eu publicava no clube fazia todos acreditarem que estava tudo bem.

(19:16:23) SkyLin<3: Você sabe que sim. Precisamos terminar aquela missão e preciso que, infelizmente, você me carregue.

(19:17:00) Gabislera: DLHIFDISHDSFIODHUFD eu amo te carregar

(19:17:53) SkyLin<3: Sabe que se contar isso para alguém eu vou dizer que é mentira e te banir para sempre?

(19:18:01) Gabislera: contar o quê, Skyzinha? que tu só tá com seu título de que nunca morreu no jogo pq joga comigo?

Garota convencida.

(19:19:26) SkyLin<3: Ridícula.

Olhei para o chat de relance e um comentário me chamou a atenção. "Sky descobri hoje que você é lésbica, é verdade?" Outras pessoas responderam ao usuário, algumas afirmando outras também dizendo que não sabiam se era realmente verdade.

Eu me ajeitei na cadeira, com cuidado para não acordar Morrighan, que estava no meu colo.

— Ai, meus amores, vocês cansam de saber que sou lésbica... — Forcei a voz para que soasse mais doce e meiga como sempre. — Eu escrevo sobre lésbicas! — E terminei com uma risadinha boba.

(19:21:11) yourDaddyisme: Ah, nossa, que pena.

O comentário me causou enjoo.

Era comum um homem dizendo "que pena" para uma lésbica. Antes que eu falasse algo, Gabis se manifestou no chat.

(19:21:39) Gabislera: cala a boquinha aí irmão, mais respeito 😉

Pisquei algumas vezes, um pouco incrédula. O cara, com *nick* de yourDaddyisme, respondeu entre emojis de espanto, e pessoas riram no chat.

(19:22:00) yourDaddyisme: @gabislera kkkkk ué, n falei contigo otário

(19:22:15) Gabislera: @yourDaddyisme foi pior, foi homofóbico, então é melhor ficar na tua se tu ñ quiser se incomodar

Algumas pessoas, a partir da iniciativa da Gabis, também falaram, dizendo para ele respeitar se não quisesse ser banido. Eu fiquei observando o chat, sem reação, quase sem respirar. Geralmente, eu saberia como revidar, diria o que fosse preciso, mas não como Sky, não podia mostrar esse lado.

E era sufocante.

(19:23:01) yourDaddyisme: KKKKKK bando de otário a mina ñ vai dar pra vcs só pq tão defendendo ela

(19:23:15) yourDaddyisme: até acho que esse papinho de lésbica é pra ganhar público

(19:23:31) yourDaddyisme: hoje todo mundo biscoita com isso kkkk

(19:23:39) Gabislera: Mano

O mano da Gabis tinha um tom de pura indignação, de quem queria fazer algo e não podia. Eu não podia. Por mais que banisse o usuário, as palavras continuariam na minha memória, afetando a minha saúde mental.

No privado, a mensagem de Gabis surgiu:

(19:26:11) Gabislera: Sky, me dá poder de moderador só pra eu banir esse cara, porfavorrrrrrrrrrrrrrrrrr eu vou SURTAR

Olhei para o chat novamente, minha voz presa na garganta, algo trancado em meu peito. Calafrios se espalharam, firmei os punhos sobre a mesa e acabei chamando a atenção de Morrighan. Ela ergueu a cabecinha, um miado baixo enquanto me observava. Como se perguntasse se estava tudo bem comigo.

Não estava tudo bem.

Não estava.

(19:28:49) yourDaddyisme: KKKKKKKK até ela n falo nada pq é verdade kkkk lésbica por like

Eu cliquei em encerrar a transmissão.

Meu coração estava aos pulos, afetando minha respiração. Eu me levantei da cadeira, tirando Morrighan e arrancando a peruca antes de me jogar na cama. Escondi-me sob as cobertas, o mundo parecendo menor, ainda que a atmosfera estivesse pesada. A última mensagem se repetiu, lésbica por *like*, colocando meus pensamentos em completo caos. Notificações berraram em meu celular, possivelmente do meu grupo privado do servidor. Imaginei que estivessem se perguntando o que havia acontecido, o porquê da minha reação imatura e tão... inesperada. Eu só agi, não consegui pensar, não vi as consequências e fugi, buscando proteção em meu mundo solitário. Ouvi Morrighan nas cobertas, a patinha insistente pedindo para entrar no cobertor. Abri um espacinho, dei carinho para ela e solucei quando, preocupada, a gata lambeu o meu nariz.

Quase me permiti chorar — arrancar aquele aperto do peito e aquelas palavras que sufocavam minha garganta. Mas não chorei, não me deixei desmoronar. Era difícil, quase impossível, mas se eu o fizesse, não conseguiria parar.

Porque havia tantas coisas...

Tantas coisas que ninguém sabia.

Que era tão doloroso não poder ser quem você realmente é.

Que machuca quando as pessoas dizem que não tem como você ser lésbica se nunca teve experiência.

Que é cada dia mais difícil viver uma mentira para que possa ser aceita.

A pressão de viver com inimigos. A solidão de saber que você só existe de verdade nas palavras que você escreve.

— Vai ficar tudo bem... vai ficar... — murmurei enquanto Morrighan se aconchegava comigo, tão carinhosa que parecia mentira. Deixei-me sorrir por causa dela, minha única companheira em momentos como aquele.

O celular começou a vibrar incansavelmente.

Puxei ele para baixo das cobertas. Meu coração acelerou, a ligação inesperada roubando alguns segundos da minha respiração. Pelo servidor, Gabis tentava me alcançar por meio de uma chamada. Não atendi, nervosa, sem saber o que fazer. Eu nunca atenderia, obviamente. Quando parou, a janela de conversa com ela mostrava outras duas chamadas perdidas, além de duas mensagens.

(19:42:11) Gabislera: preciso falar contigo

(19:42:14) Gabislera: me atende

Uma terceira mensagem veio em seguida.

(19:47:27) Gabislera: vc ñ precisa falar nada, só queria que me ouvisse... é de verdade, confia em mim?

A chamada repetiu. Meus dedos estavam tremendo e eu precisava cuidar para não derrubar o celular. Comecei a respirar alto, quase ofegante, vendo aquela tela à espera da resposta.

Atender...

Atender?

Nunca havia conversado com ninguém pelo servidor. Ninguém. Era íntimo demais, perigoso demais. O que ela queria? O que ela faria? Printaria e mandaria para alguém? Espalharia por aí que eu estava em uma ligação com ela? Mas ela me defendeu, a vozinha otimista sussurrou em minha cabeça. Foi a primeira a se pronunciar. Quem sabe... estivesse tudo bem?

Tudo bem abrir essa pequena exceção...

Estava tudo bem, Céu.

Cliquei no botão verde, as batidas do meu coração tão altas que me deixavam tonta.

Do outro lado, silêncio total. Apertei para mutar o meu microfone e esperei na chamada, tentando não ter um colapso nervoso.

Mas eu quase tive quando a voz de Gabis surgiu do outro lado.

— *Sky? Meu Deus, tu atendeu, meu Deus, calma.* — A voz dela soava nervosa, sem acreditar. No fundo, uma música baixinha tocava. Reconheci na hora, era "Stonehenge", da Fresno, o que me trouxe um certo conforto. Porque estava tudo bem, era algo normal, era alguém real.

— *Sky, desculpa mesmo te ligar, eu só achei que seria melhor. Enfim, tu tá bem?* — Ela tinha uma voz bonita, amigável. Senti que, de algum modo, já tinha a ouvido antes, em algum lugar. Não sabia onde, não me importei em tentar lembrar, preferia ouvi-la e encontrar tranquilidade para o meu peito. — *Não precisa responder, tá, mas então...*

Escutei ela respirar fundo.

— *O que aquele cara falou, não deixa te afetar, tá? Não é verdade. Tipo, tu não precisa mostrar ou provar pra ninguém que tu é lésbica, sabe? Tu não deve nada pra ninguém, é a tua vida pessoal e eles que se fodam. Eu fiquei muito mal com aquilo porque, mano, gosto muito de ti, te admiro um monte. Tudo bem que eu sou chatinha às vezes...* — Gabis riu baixinho, uma risada tão boa de ouvir. Aos poucos, meu coração ia se acalmando, minha respiração voltando. — *Mas faço brincando, gosto de provocar na real, mas nada influencia o meu respeito, a minha admiração e o quanto ter esse contato contigo me deixa bem. Mas é basicamente isso, bane esses caras, dá risada da cara escrota deles e fica tranquila, porque tu é visível, tu é o que tu quiser ser, tá bom?*

Um "tá bom" deixou meus lábios, sussurrado. Ela não ouviu, meu microfone continuava desligado, mas aquelas palavras, aceleradas e sem jeito pelo possível nervosismo, me ajudaram.

Era estranho para mim que uma pessoa desconhecida — de quem eu sequer vira o rosto — estivesse tão preocupada comigo, tão empenhada em fazer com que eu me sentisse melhor. Justamente porque essa característica não fazia parte de mim.

Eu não conseguia ajudar ninguém além de mim mesma.

E, às vezes, você só percebe o próprio egoísmo quando é tarde demais.

No chat da conversa, digitei minha resposta:

> **(19:52:44) SkyLin<3:** Obrigada por me defender.

Era o que conseguia manifestar — embora tantas outras coisas continuassem presas dentro de mim.

Gabis riu na chamada.

— *Nem precisa agradecer, Skyzinha. Sou a sua companheira de jogo e sua defensora número um. Vou te falar, mas eu fiquei com muita vontade de enfiar um soco na cara daquele filho da puta. Não sou a favor de violência, tá? Só pra deixar claro. Mas bater em hétero escrotinho é necessário.*

Um sorrisinho brincou em meus lábios.

> **(19:54:29) SkyLin<3:** Já dizia o Choque de Cultura, algumas pessoas pedem para serem agredidas.

— *Mentira!* — exclamou Gabis, eufórica. — *Tu conhece Choque de Cultura? Mano do céu! Casa comigo? De verdade, super casaria contigo. Tu joga, escreve fanfics, é lésbica e linda, tem algo melhor? Soei muito homem cis-hétero, desculpa. Eu me emociono fácil e, caralho, eu tô numa* call *contigo.* — Ela falava tão rápido que se atrapalhava nas sílabas, trocando a tonicidade de algumas palavras. Ri sozinha, tão calma, que parecia mentira que estivera morrendo de nervosismo poucos minutos antes.

> **(19:55:19) SkyLin<3:** Você é o estereótipo de lésbica emocionada?

Outra risada divertida e familiar. Queria saber onde havia escutado.

— *Putz, demais. Todo mundo me fala isso, mas... fazer o quê? Sou bem assim e não consigo ser diferente. Mas, ei, Skyzinha, tu tá melhor? Se ainda precisar, posso te elogiar o resto da noite.*

No fundo, outra música que eu conhecia: "As terças podem se inverter", cantada pelo Esteban Tavares e pelo Lucas Silveira, da Fresno. Ela tinha bom gosto, pelo visto. Me identifiquei. Mas o mais importante: relaxei. Senti-me segura, ainda que soubesse a importância de tomar cuidado com estranhos na internet. O passado havia me ensinado isso.

(19:57:49) SkyLin<3: Sim.

— *Só "sim"? Nenhum coraçãozinho ou uma carinha feliz que no fundo parece que vai me matar?* — Uma risadinha brincalhona no fundo.

Revirei os olhos.

(19:58:19) SkyLin<3: Idiota.

— *Quando tu me chama assim, só consigo te imaginar da maneira mais fofa possível, desculpa.* — Gabis riu de novo e agradeci por ela não poder ver a minha expressão birrenta. Porque era exatamente como ela descrevia.

Fui digitar a resposta quando a porta do meu quarto se abriu com um baque. Tomei um susto e cliquei em desligar a chamada no mesmo instante em que, cheia de irritação e desconfiança, a voz de Antônia soava:

— Com quem tu estavas conversando, Maria Celeste?!

CAPÍTULO 24

GAROTAS QUE NÃO CONSEGUEM CHORAR (MAS GOSTARIAM)

Maria Celeste

A minha pressão baixou, baixou demais.

As palavras ficaram presas em minha boca, hesitantes. Levantei da cama às pressas, empurrando as cobertas e almofadas que estavam no caminho. Meu coração estava aos tropeços, quase saindo pela garganta. Se a megera não fosse tão burra, interpretaria facilmente minha expressão envenenada por mentiras. Antônia nunca se importou em me conhecer e, embora soasse um tanto quanto miserável, eu preferia que não se importasse. Era mais fácil me esconder — ainda que a vida em segredo estivesse começando a me sufocar. Invejava pessoas que gritavam para o mundo quem eram de verdade, o que sentiam e quem amavam, pessoas corajosas o suficiente para se livrarem das correntes. Deveria me inspirar em "Quebra as Correntes", da Fresno... mas não conseguia. Porque eu, como Sky ou Céu, ainda carregava o peso do aço invisível em meus tornozelos.

Antônia não pediu licença quando avançou em minha direção e arrancou o celular com violência das minhas mãos. Acabei caindo sentada na cama — equilíbrio nunca foi meu forte —, vendo-a rosnar como uma leoa enquanto inspecionava os aplicativos instalados. Como se houvesse algo. Eu não era idiota — não correria riscos. Não tinha nada lá. Tudo eu acessava pelo computador em uma janela anônima. Quanto ao meu servidor, que estava usando durante a ligação com Gabis, Antônia sequer sabia o que era. E se entrasse nele, não saberia mexer. Ele sabe ser complicado. Imaginei que ela também estivesse acessando o meu histórico do celular, mas o e-mail era diferente do que usava no computador; logo, não havia nada também. A expressão dela entregou a decepção, insatisfeita pela ausência de provas.

Mas tinha um *grande* problema.

As notificações apareciam na tela. O que significava que, se Gabis me enviasse uma mensagem perguntando o porquê do meu sumiço repentino, Antônia veria. Eu precisava fazer com que ela largasse o celular o quanto antes. Pelo que conhecia da garota, ela devia estar digitando uma mensagem agora mesmo.

Emocionada demais.

Limpei a garganta, fingindo calma e tranquilidade.

— Sim, agora escutar vídeo na internet é conversar com alguém. Cuidado, hein, pode ser um sintoma da idade, Antônia, ficar ouvindo coisas — comentei ainda sentada na cama. Ela me lançou um olhar inquisitivo, raiva espelhada em seus traços. — Mas bem que poderia ser alguém, não é? Não é você que me diz que sou uma pobre coitada sem amigos? Deveria é ficar feliz se fosse verdade.

Antônia jogou o celular na cama sem qualquer cuidado. Se as cobertas não houvessem criado um ninho, o aparelho teria quicado e caído no chão, quebrando provavelmente. Madura demais, sim. Minha mãe venceria qualquer pré-adolescente birrenta em uma disputa de imaturidade. Talvez o meu jeitinho emburrado fosse uma herança da genética ruim.

— Tu achas que alguém ia querer ser teu amigo, sua imprestável? — E, de novo, aquele olhar dos pés à cabeça. — Tu poderias estar estudando, se esforçando, mas estás aí, enfiada no teu chiqueiro, perdendo tempo e desperdiçando o meu dinheiro.

— Que pena. — Revirei os olhos, mais tranquila pelo celular estar longe dela. — Podia realmente estar estudando, né? Mas isso te deixaria feliz e o que quero é exatamente ao contrário.

Eu jurei que ela ia avançar em mim e me pegar pelos cabelos. Já tinha acontecido no passado, uma vez, mas Carlos a aconselhou a se controlar porque, *imagina*, eu poderia denunciá-la e prejudicar sua carreira. Porque, *sim*, o que as pessoas pensavam dela e dele era mais importante do que a minha saúde mental. Antônia se conteve e respirou fundo, ajeitando os fios de cabelo loiro que haviam se soltado do coque.

— Deboche, Maria Celeste, o quanto quiser, isso não muda o fato do que tu és: uma ingrata, malcriada e desaforada. Estamos te dando uma chance de ser alguém no futuro, mas tu não aproveitas e age como uma garotinha mimada.

Sim, mamãe, você me ensinou a ser assim, as palavras dançaram na minha boca, mas escolhi continuar escutando. Adorava ver como ela dizia ser boa e caridosa comigo, me colocando no lugar da grande vilã.

— Está insatisfeita? Achas que a vida lá fora é melhor? — Ela riu amarga. — Não é. Tu achas que alguém vai te aturar como nós te aturamos e suportamos? Estamos te fazendo um favor, porque tu és uma mulher adulta de vinte e um anos, devia estar com a vida encaminhada, nosso compromisso contigo era até os dezoito, mas não, tu continuas aqui, debaixo do *meu* teto e se alimentando com o *meu* dinheiro. Na tua idade, Maria Celeste, eu era independente, porque soube aproveitar as oportunidades dos meus pais. Ou tu achas que teria um lugar para ir? Ninguém iria querer saber de ti.

Ela conseguia me deixar tonta toda vez que começava a falar que era bem-sucedida na minha idade. Sim, muito bem-sucedida trabalhando na clínica do pai e recebendo casa própria e carro como presente.

— Se estás insatisfeita, toma o teu rumo. Tu não durarias um dia longe de casa.

Eu queria tomar, mas uma coisa era verdade nas palavras venenosas de Antônia.

Sim, não duraria: porque tinha medo do mundo lá fora, medo do que seria da minha vida sem um esconderijo como o meu quarto, medo de falhar, porque, por mais que uma vozinha me dissesse ser capaz, as constantes críticas de Antônia e Carlos haviam me corrompido, fazendo-me acreditar que nunca saberia me virar sozinha.

Para onde eu iria?

O que eu faria?

Com quem estaria?

Sim, mãe, eu quero tomar o meu rumo, mas você me acorrentou aqui e eu simplesmente não consigo sair.

— Não acha que pouparia alguns anos na sua vida se parasse de me infernizar e se incomodar comigo? — Cruzei os braços, trancando os efeitos que as palavras proferidas causaram em mim. Sempre soube escondê-los bem, ocultos em uma parte no fundo do meu peito. Mas, de tanto guardar, de nunca colocar para fora, estava sufocando, eu era teimosa e orgulhosa demais para mostrar as consequências. Preferia mantê-las trancadas, soterradas. Apenas somariam mais alguns (muitos) anos de terapia para a minha conta.

— Seria fácil para ti, viver às minhas custas enquanto não faz o mínimo? — Antônia gargalhou alto. — Nunca. E, enquanto estiveres aqui, na minha casa, tu vais me respeitar, entendeu?

Balancei os ombros, desinteressada.

O gesto a irritou.

— Estou falando a verdade, Maria Celeste! — gritou ela, era especialista em ferir meus ouvidos. — Tu vais, sim, me respeitar; e me escuta bem, sua desaforada ingrata, amanhã será o jantar que comentamos e tu irás, não é uma opção. Eu juro por tudo que é mais sagrado, me escuta bem, eu *juro*, que se não fores, vou te fazer se arrepender amargamente.

A ameaça não era apenas resultado da irritação, era real, crua e verdadeira — como uma daquelas que você pode ir à delegacia prestar uma queixa ou pedir uma medida protetiva por medo do que pode acontecer.

Ela não esperou minha resposta e deu meia-volta, batendo a porta do meu quarto como sempre. Na cama, respirei fundo e segurei as mãos, contendo o tremor que havia se espalhado em meus dedos. A ansiedade estava mais frequente, mais insistente; e sem um tratamento adequado, eu não sabia como controlá-la. *Tanta coisa em uma noite*... pensei sozinha, deixando Morrighan se aconchegar em meu colo. No fim, eu realmente não tinha ninguém de verdade. Poderia correr para tia Ofélia como eu fazia no passado, mas não conseguia mais, afinal ela tinha tantos outros problemas — como o cargo de professora e a criação dos três filhos — para se preocupar.

Estava com medo de acessar as redes sociais de Sky e ver mensagens como as daquele estranho, invalidando quem eu era.

Não havia para onde correr.

Não havia conforto para me apoiar.

Peguei o celular nas cobertas e vi a notificação de Gabis na tela, cinco mensagens perguntando o que havia acontecido e se eu estava bem. Não entrei ou respondi, queria me isolar e esquecer do risco que corri. Por pouco, Antônia não descobrira; e eu precisava tomar mais cuidado.

Desliguei as notificações e joguei o celular de lado e, com pouco ânimo, tentando permanecer forte, peguei rascunhos para escrever na cama. Aya e Yun-yu, e o amor delas, teriam que ser o suficiente para me acalmar.

Mas eu sabia que, logo, logo, eu não aguentaria mais.

E desabaria.

Esperava que não tivesse ninguém por perto para me ver.

As mensagens chegavam o tempo todo em minhas redes sociais desde a saída abrupta da live. Alguns perguntavam por mim, se estava bem ou se voltaria ao vivo. Outras, com um número menor, soavam agressivas, como se eu tivesse sido culpada por ter sofrido homofobia. Fechei a página da web e suspirei, exausta. Era cedo, cinco e meia da manhã. O tempo se arrastou na madrugada, não consegui dormir e fiquei lendo ou escrevendo para tentar encontrar uma distração — o que já não me trazia tanto conforto — daquilo que nunca conseguia dizer.

Não entrei no servidor para ver as mensagens de Gabis ou para respondê-la. Sem as notificações ativadas, não sabia se a garota enviara ou não uma nova pergunta. Não tinha cabeça para conversar e, se ela insistisse em indagar o meu sumiço, eu acabaria contando. Estava tão cansada de prender palavras que me envenenavam lentamente, arruinando o que construí sozinha. Depois de brincar com Morrighan, que continuou nas cobertas, tomei banho e me arrumei para uma aula terrivelmente tediosa sobre Epidemiologia. Eu havia repetido a disciplina no ano anterior e estava cursando de novo com a turma do primeiro semestre. Conseguiam ser duas vezes piores que os meus colegas do terceiro semestre — que se me perguntassem o nome, não lembraria.

Quando saí do quarto, por volta das 6h50, deparando-me com o corredor de piso tão brilhante que conseguia ver o meu reflexo, percebi que estava sozinha. Como sempre acabava nessa casa gelada. Apesar da ausência, a solidão sempre me pareceu melhor do que os cafés da manhã ao lado dos meus pais, cheios de palavras que retumbariam em meus ouvidos por incontáveis anos. Acostumei-me a ficar solitária no período da manhã, fazendo o meu lanche enquanto imaginava cenários para futuras histórias. Eram em momentos como aquele que Morrighan tinha a chance de desvendar o apartamento de dois andares, sem minha mãe berrando que a gata estava sujando tudo por onde passava. Os caprichos de Antônia fizeram com que nosso lar não se parecesse com um lar de fato. Era um lugar frio, gigante e vazio, como se fosse uma vitrine luxuosa de uma loja de elite.

Meu quarto destoava de lá — motivo pelo qual Antônia sempre implicava comigo.

Na cozinha, tão branca quanto um consultório médico, sentei-me à bancada e... simplesmente não consegui continuar.

Não queria ir para aula. Não queria sair de casa. Muito menos ir naquele jantar.

— Antônia não pode me obrigar — murmurei, as mãos inquietas sobre o balcão. *Ela não podia me obrigar*. Atrás de mim, o miado dengoso de Morrighan me convidava para voltar ao quarto e ignorar todo o resto.

Por que apenas não ir?

Por que tinha medo dela?

Não, eu não tinha. Era um medo do que poderia acontecer, do que uma briga implicaria. A minha vida na internet. Sky. As minhas histórias. A disciplina.

Mas...

Queria voltar a ser criança e mentir para os pais que estava doente para ficar em casa — algo que nunca fiz, porque, desde pequena, tinha medo do que aconteceria.

Só que eu não era mais criança e...

Precisava tentar.

— Não vou.

Só não sabia se conseguiria — nas condições que estava — enfrentar Antônia quando chegasse em casa.

Eu estava em meu quarto lendo quando escutei o berro da megera cortar a casa.

Olhei para o celular silenciado para ver as horas — embora eu soubesse exatamente o horário. Meus pais tinham rotinas agitadas e diversificadas. Nas quartas, eles chegavam às 18h30 em casa, pontualmente. Era o pior dia da semana, porque eu precisava aturar a minha carinhosa mãe gritando como uma gralha através das paredes porque eu não saía do quarto. Preferia morrer lá dentro para ser encontrada um mês depois a suportar. Quando abriu a porta do quarto, Antônia bateu o salto no chão e seu rosto se tingiu de vermelho ao me ver na cama, descabelada e de pijamas. Eu coloquei o livro debaixo das cobertas, uma cópia de *The Well of Loneliness* (um clássico lésbico), ouvindo Morrighan resmungar, para escondê-lo. Se ela suspeitasse que eu estava lendo mulheres se beijando, chamaria um padre para fazer um exorcismo.

— Tu esqueceste do jantar às 19h, Maria Celeste? Pelo amor de Deus, faça alguma coisa que preste nessa tua vida miserável! — Ela olhou para trás, chamando Carlos, que não demorou para aparecer. Uma plateia de idiotas me julgando. — Olha essa imprestável! Não toma jeito nenhum!

Eu me sentei na cama.

— Por que tenho que ir? Eu já disse que não quero! Façam a vida de vocês sem mim, me esqueçam e pronto.

Antônia se aproximou de mim com o dedo levantado.

— Escuta aqui, sua desgraçada, tu não tens escolha nenhuma, entendeu? Chega. Chega! Já conversei com teu pai e não vamos te dar descanso mais. Tu já és bem grandinha para sair desse... — Ela olhou ao redor, expressando cru desprezo pelo meu quarto. A decoração com luzinhas. Os ornamentos e enfeites rosados. As roupas no chão. Tudo que dava vida para o lugar, diferente do consultório médico, digo, da casa. — Olhe para isso, para este lugar. Vinte e um anos, Maria Celeste! Tome jeito! Tu não és mais criança para ficar nesse teu mundinho ridículo e cor-de-rosa.

— Pra ser como vocês? Que são tão infelizes que só conseguem se sentir melhor infernizando a minha vida?

— Chega! — Antônia apontou o dedo na minha cara, veias saltando em seu pescoço. Permaneci firme. Por dentro, no entanto, eu estava frágil. Não pelo momento, mas por tudo. Uma soma que vinha de tempos aguentando em silêncio. — Não vou tolerar teus desrespeitos e a tua falta de educação comigo!

— Mas eu tenho que aguentar a sua? Tenho que...

Não esperava o tapa. A mão de Antônia me acertou no rosto, pesada e carregada de sentimentos que não esperamos de uma mãe. Mas que eu esperava da minha. Não bastou me esbofetear, ela também me empurrou, tirando-me do caminho, para agarrar as cobertas amarrotadas na cama. Arrancou-as com violência, jogando tudo contra o chão. Morrighan saltou assustada, correndo para a cadeira do meu computador, os olhos arregalados ao nos encarar. Fiquei parada, trêmula, querendo gritar e reagir, mas não consegui, não quando, corrompida pela cólera, a megera gritou:

— Estou cansada dos teus desaforos! Tu vais, sim, me respeitar e calar essa tua boca miserável se não quiser que eu atire essa merda de animal pela janela.

Meu coração quase parou.

— Você não seria louca!

Ela foi.

Antônia correu para pegar Morrighan, berrando como uma selvagem. A gata saltou assustada, correndo pelo quarto e derrubando o que estava no caminho. Meus livros. Minhas coleções de jogos, tudo que, pouco a pouco para que não desconfiassem, fui comprando com meu dinheiro. Tentei intervir, gritei para que deixasse minha gata em paz, mas a megera não ouviu e, sem qualquer pudor, pisou na pata de Mor com aquele sapato enorme. Meu sangue ferveu, um aglomerado de lágrimas queimando em meus olhos, e corri para tentar segurá-la antes que machucasse mais minha única amiga. Parar Antônia, no entanto, foi pior. Ela surtou, gritou que eu a estava agredindo e avançou para cima de mim, segurando os meus cabelos e me enfiando as unhas. Minha única reação foi me defender, tentar pedir que ela parasse e sumisse da minha frente.

Carlos teve que separá-la de mim — junto de uma bola do meu cabelo que ela havia arrancado de mim. Ela esperneou, enlouquecida, enquanto cuspia os piores insultos em minha direção. Não me importaria se ela infartasse.

— Tu és uma praga na minha vida! Uma ingrata! Desgraçada! Ela me bateu, Carlos! Tentou me bater! — O prédio todo deveria estar ouvindo o escândalo. Fiquei parada, meu coração desesperado, as lágrimas escorrendo pelas minhas bochechas, tentando conter a queimação na garganta, o pranto trancado, a exaustão escondida.

Minha cabeça doía. Nos braços, as marcas das unhas estavam vermelhas. Até meu pijama foi acometido pela fúria descontrolada com um rasgo na alça.

— Calma, querida, calma. — Carlos a segurava com um abraço. Ele olhou para mim, o cenho fechado e irritado. Obviamente, *aquele homem*, que eu NUNCA chamaria de pai, dava razão para ela e seus surtos. Ninguém se importava como eu estava, ninguém perguntava onde doía.

Tudo doía, queria alguém para dizer.

Tudo.

Meu corpo. Meu coração.

Mas não tinha ninguém aqui para me ouvir — e no fim, a culpada era eu. Porque nunca deixei ninguém entrar.

— Vá se arrumar, Maria Celeste. Você tem quinze minutos para ficar apresentável, entendeu? Vou acalmar o que você fez com a sua mãe e vamos sair para o jantar. Não vou aceitar nenhum argumento. — Carlos desviou a atenção de mim, retornando à mulher escandalosa. — Venha, querida.

Antes de sair, Antônia me olhou uma última vez.

Ameaça nas entrelinhas.

A porta foi fechada e, então, desabei. O soluço cresceu em meu peito e uma súbita e incontrolável vontade de chorar me abateu. Corri até a cama para chamar por Morrighan. Bastou o meu chamado para que ela saísse debaixo do móvel e viesse ao meu encontro, uma patinha levantada. Eu a abracei, pedindo desculpas baixinho por não a ter protegido, e, como se entendesse, ela lambeu minha bochecha, emitindo ronronar delicado.

Queria ir embora com ela.

Queria fugir e encontrar um lugar em que não houvesse uma inimiga para nos ameaçar. Apenas camas fofas, almofadas peludas e histórias que falavam sobre amor — histórias nas quais, como as que eu escrevia, garotas salvam garotas da torre mais alta.

Mas eu não vivia em uma história.

Eu não tinha uma garota.

E precisava enfrentar e proteger o pouco que me restava.

Com um beijo, coloquei Morrighan na cama e fui ao banheiro para lavar o rosto, esfregando com força para que não restasse nenhum resquício do choro, para que ninguém visse que eu estava desabando. Quinze minutos, Carlos dissera. *Apenas quinze minutos.* Com um forte desespero, corri até meu armário, desviando do que estava pelo chão, e peguei todos os vestidos, saias e camisas, jogando-os no tapete. Olhei para as peças com a visão embaçada, atordoada. *Não chore, Céu. Não chore. Você é forte e não chora*, repeti e escolhi as roupas, vestindo-as aos tropeços.

Você precisa ir.

Aguenta mais um pouco.

As palavras ecoavam em minha cabeça. Para resistir. Para ser forte. Porque um dia seria diferente. Um dia eu teria um lugar. Nunca mais seria ferida pelas palavras de Antônia.

Nunca mais, repeti.

— *Nunca mais* — murmurei e limpei as lágrimas de novo, com raiva, os dentes rangendo, segurando o que queria sair do meu peito. — Nunca mais — repeti.

Minha maquiagem foi um desastre. Eu que sempre amei o tempo que passava me preparando, tropecei nas etapas e não me importei se o delineado estava torto ou não, se o iluminador estava exagerado ou se estava bonita.

Porque tinha apenas quinze minutos.

Eles podiam tirar Morrighan de mim — Antônia sempre a ameaçou e disse que a largaria por aí, em uma avenida movimentada de preferência, para que nunca mais voltasse, para que a atropelassem. Talvez o motivo de terem aceitado que eu a adotasse fosse esse...

Usá-la contra mim.

Outra lágrima insistiu em cair, manchando o delineado. Tentei ajeitar, mas borrei mais, arruinando o que já estava ruim. Em algum lugar do quarto, minha gata miou. Eu não dei atenção. Encarava o espelho, a visão, o que estava estampado em minha expressão e que nem mesmo a maquiagem conseguia esconder.

Que eu não queria ir.

Que eu queria fugir.

Que eu não aguentava mais me segurar.

Um pânico súbito me abateu: as consequências, o jantar, as pessoas que encontraria e que aturaria. Antônia. Carlos. A Medicina.

Os comentários nas redes de Sky.

De repente, o ar me faltou e, cambaleante, dei um passo para trás, pisando em falso e caindo.

— Não quero ir... — Coloquei a mão contra os lábios.

Tentei respirar fundo, não consegui.

Não quero ir.

Tentei me acalmar, não consegui.

Eles não podem me obrigar a ir.

Eu me levantei, colocando as sapatilhas desajeitadamente. Meu corpo entorpeceu, o ar faltando em meus pulmões.

Não... não consegui terminar o pensamento.

Porque eram quinze minutos.

Eles voltariam em quinze minutos e...

Eles não me obrigariam a ir.

“Quinze minutos” foi a última coisa que pensei antes de, sem entender o caos em pensamentos, peguei Morrighan, coloquei ela na caixinha e corri em direção a saída de casa.

Porque bastariam quinze minutos.

Quinze minutos e estaríamos longe dali.

CAPÍTULO 25

GAROTAS (LÉSBICAS) COM AMORES IMPOSSÍVEIS (MAS QUE QUEREM TORNAR POSSÍVEIS)

Gabriela

O clima não era o melhor do mundo no almoço de quarta-feira.

Era dia de jogo, dia de colocar todos os incansáveis treinamentos em prática, o que significava um Henrique dez vezes — sendo modesta — mais estressado. Ele me convidou para almoçar em casa na companhia de Ícaro, que me recebeu com o abraço caloroso de que eu precisava. Desde a noite anterior, minha cabeça estava a mil. O repentino sumiço de Sky, que não me respondia, e a tensão pré-jogo me encaminhavam para um colapso. Enviei pelo menos dez mensagens desde a interrupção da ligação. Teria mandado mais, mas estava aprendendo a lidar com a ansiedade. Porque, *mano*, havíamos dado um passo e tanto. Uma ligação! Ainda processava o ocorrido e tentava imaginar a reação da garota ao ouvir minha voz. Porque, se fosse eu, ouvindo a dela, provavelmente explodiria. De verdade. Emocionadíssima como nenhuma outra. *Com calma*, pensei e tentei me controlar. *Está tudo bem, logo ela te responde*, terminei de me servir da montanha de legumes que Henrique havia preparado.

A cozinha era a mesma em que cresci e vi até os dez anos minha mãe brincar enquanto cozinhava. Às vezes, quando observava de relance o balcão sob medida, eu a enxergava, o avental amarelo cheio de manchas de comida. Parecia outra vida, de verdade. Um tempo em que Henrique vivia e cumpria com seu papel de pai, não apenas de treinador. Suspirei, afastando esses pensamentos, e sorri de canto para meu irmão, que me observava um tanto curioso. Ele sempre sabia quando eu não estava bem.

O barulho dos talheres nos pratos era o único som no ambiente.

Nunca gostei dessa sensação.

Se minha mãe estivesse aqui, seria diferente.

— Como tão as aulas, Ikki? — decidi perguntar para quebrar o silêncio. Ícaro sorriu, ressaltando o aparelho recém-colocado nos dentes.

— Tudo certo... tirei a maior nota em literatura, sabia? A professora elogiou o meu trabalho.

Um *tsc* saiu da boca do meu pai.

Ikki se encolheu, arrependido do comentário. Eu olhei feio para Henrique. Ele comia de cabeça baixa e de testa franzida. Às vezes, nos encarava como se estivesse nos julgando mentalmente.

Eu não estava com paciência para os joguinhos dele.

— Algum problema? — perguntei antes de largar os talheres.

Ele enfiou mais um pedaço de brócolis na boca, olhando-me de relance. Depois, se concentrou no prato.

— Ícaro não contou a parte que ficou abaixo da média em Educação Física? — Ele gesticulou inconformado, os braços fortes sobre a mesa. — Tu já viu alguém ficar em recuperação em esportes?

Se meu irmão pudesse se enfiar debaixo da mesa, ele teria se enfiado.

— Qual o problema, pai? O Ikki sempre deixou claro que não gostava de esportes e mesmo assim aceitou fazer aulas de basquete porque tu insistiu — comentei e cortei a carne já sem vontade.

Henrique soltou os talheres no prato, um barulho alto ecoando.

— Ele não se esforça, Gabriela, esse é o problema. O guri é alto, tem um físico bom e fica com medo da porra da bola? Ah, por favor. Quer ser homem e...

Não terminou. Ele sabia o perigo da frase.

O perigo e a transfobia.

Aquilo me incomodou demais. Senti raiva e nojo.

Não só pelas palavras — que continham níveis absurdos de preconceito —, mas pela forma que meu irmão baixou os olhos, chateado e afetado. Aquilo me doeu de verdade. Machucar o meu irmão era *me* machucar. Tudo bem ser grosseiro comigo, eu estava acostumada ao treinador, mas Ikki não, ele *se esforçava* para encontrar o pai que Henrique havia se esquecido de ser. Só que o basquete, somado ao fato de que ele nunca superara a morte de minha mãe, impossibilitava que ele nos enxergasse como filhos e não como jogadores. Principalmente Ícaro.

Ele nunca gostou de basquete.

Ikki não queria *ser homem* — ele era homem e não era o fato de ser ruim em algum esporte que mudaria isso.

— Tu tem noção do que tu acabou de falar?

Henrique futricou no prato e não me respondeu. Aquilo fez meu sangue esquentar ainda mais.

— Mano, tu viu o que tu acabou de falar? A bosta que tu tá aí pensando? Foda-se se ele é alto ou não, foda-se o que tu impõe a ele. Não dá pra ficar esperando dele o que tu não pode ser. Tu já se importou em perguntar do que ele gosta? Além de tudo, Ícaro é homem, tu sabe disso, ou se esqueceu também desse detalhe? Porque nem isso tu...

Ele abriu os braços e me interrompeu, contrariado.

— Qual é, Gabriela? Eu tô tentando com ele o que tu, com essa tua cabeça dura, não consegue. Olha quanta oportunidade tu perdeu porque não se esforçou direito? Ficava na bebedeira, na vida boa, podia tá aí, num time internacional, ao invés de tá tentando ganhar atenção num campeonato estadual.

— Não briguem... — sussurrou Ícaro, mas não consegui dar atenção, não como deveria. Henrique havia passado do limite.

Eu me levantei da mesa.

— Eu não me esforço, Henrique? Eu?! Tô treinando todo santo dia, porra! Tu pode falar o que quiser de mim, mas não que eu não tento. Para de jogar as tuas expectativas na gente, entendeu? Tenta ser mais como um pai e menos como um treinador. Não, na verdade, tenta ser mais humano. Ninguém te aguenta mais gritando como se fosse a porra do dono da razão!

— Por que, então, não venceu o Caxias ano passado se tu se esforça tanto?

Aquele argumento de merda de novo.

— Ah, mano, vai se foder, vai.

Eu não esperei a resposta — me doeu o coração ouvir Ícaro me chamar e ser ignorado. Saí pela porta dos fundos e deixei Henrique resmungar o quanto quisesse. Porque não importava o que dissessem ou o que eu dissesse, meu pai não mudaria. Não até ser tarde demais. Entrei no carro, liguei o som, que tocou *FUDEU!!* da Fresno por ironia do destino, e parti. O primeiro jogo era hoje à noite. Precisava estar com a cabeça no lugar se quisesse a vitória.

Quem sabe caminhar pelo Guaíba me ajudasse?

Porque eram tantos pensamentos de merda...

Mas eu sabia que, no fundo, só uma coisa me deixaria bem nesse turbilhão de acontecimentos ruim.

Uma mensagem dela.

Daquela garota.

Daquela garota tão evasiva e misteriosa.

O trânsito de Porto Alegre era a porra de um inferno.

Olhei para o celular e me certifiquei do horário. 19h03. O jogo era às 20h na universidade. Eu demoraria pelo menos trinta minutos para sair da Protásio Alves e chegar à Ipiranga, mais dez para me aproximar da universidade e sei lá quantos para estacionar naquele mar de carros. Devia ter saído mais cedo, mas o combo de discussão com meu pai, o sumiço de Sky e o estresse pré-jogo me colocaram em outra realidade e não vi o tempo passar enquanto caminhava pelo Guaíba. Mas daria tudo certo. *Sem pessimismo, Gabriela.* O sinal fechou e bati os dedos no volante, inquieta. Desliguei a música, até os ritmos estavam me incomodando. Tudo estava. Eu principalmente. *Meu Deus do céu*. Queria reclamar com alguém que o meu surtinho mais intenso não era por causa do jogo de abertura do campeonato, mas porque a garota de quem eu gostava — e da qual ainda não sabia nem nome de verdade — havia simplesmente desaparecido.

Quem acreditaria?

Eu não acreditava!

Murmurei inconformada e olhei para o celular de novo. 19h05. À minha direita, o Parque da Redenção vibrava com uma aglomeração de pessoas. Pelas decorações, algum festival de música estava acontecendo, o que contribuía para trânsito lento. Bufei e alguém buzinou. O sinal ainda estava fechado e tinha um cuzão buzinando. Pelo amor de Deus, ia enlouquecer. Se tinha algo que me tirava do sério eram os motoristas daqui. Criaturas sem paciência e grosseiras. Quando não era alguém dirigindo a dez por hora, como se fossem coelhos passeando no campo, era alguém com um complexo de *speed racer*. A buzina se repetiu e senti o corpo formigar. Desejei berrar uma série de xingamentos que, se o cara tivesse armado, me daria um tiro na testa. Olhei para trás de relance, quando o sinal abriu, e pisei no acelerador. Que o filho da puta comesse a minha poeira.

Eu só não esperava que — entre olhar para trás e pisar no acelerador (o que eu não recomendo fazer) — alguém surgisse em frente ao carro. Pisei no freio com tudo, o coração dando um salto no peito. A ação, no entanto, foi tarde demais. O para-choque bateu no infeliz que atravessou na hora errada e o jogou contra o chão com o que quer que ele estivesse segurando.

Merda. Merda. Merda.

Minha reação foi rápida: liguei o pisca e pulei para fora do carro, correndo para socorrer o coitado (e filho da puta) que havia decidido atravessar a rua quando o sinal (de merda) abriu.

Só que, ao chegar até a vítima da minha imprudência, quase pensei em chamar o SAMU. Não para a pessoa. Para mim.

Porque não era um estranho no chão.

Não.

Não.

Era minha colega birrenta da faculdade.

Maria Celeste.

CAPÍTULO 26

GAROTAS QUE SALVAM GAROTAS (COMO NAS *FANFICS* CLICHÊS QUE ELAS AMAM)

Maria Celeste

— Maria Celeste, meu Deus do céu, meu Deus!

Aquela voz.

Não sabia o que estava acontecendo comigo — só tive noção do impacto, das luzes e buzinas ao redor e daquele chamado tão familiar. Gabis. O nome surgiu em meus pensamentos. Mas como a garota sabia o meu nome? Não era possível... não fazia nenhum sentido.

Ei, Céu, meu Deus, acorda! Meu Deus, tem um gato na caixinha! Cuidado!

Morrighan.

Eu queria me mexer, me levantar, tirá-la de lá.

Devia ser um sonho. Um pesadelo, na verdade. Em um piscar, acordaria no jantar, percebendo que havia me dissipado em pensamentos para escapar daquela realidade perturbadora.

Moça, chama a ambulância, a guria tá sangrando!

Deve ter batido a cabeça.

Outras vozes se misturaram à dela. No fundo, buzinas e pessoas impacientes. A sensação de entorpecimento veio em seguida, fazendo-me dissipar aquelas vozes tão desconectadas.

Medo foi a última coisa que senti.

Medo e desejo.

Desejo de não estar sozinha quando acordasse.

Despertar não foi tão agradável quanto eu esperava.

Minha cabeça deu pelo menos dez voltas no espaço minúsculo fechado por cortinas nas laterais. Estava em uma maca, deitada e tonta, sem entender o porquê — e como — eu havia parado na sala de pronto-socorro de algum hospital. Um leve pânico se instaurou em mim: tentei me lembrar do que acontecera antes de eu chegar ali e encontrei apenas caos instaurado em meus pensamentos. Por reflexo, mexi o corpo e notei um tubo acoplado à veia do meu braço.

Estava a um passo de chamar alguém que me ajudasse a entender o que estava acontecendo. Contudo, arrepiando cada centímetro do meu corpo, ouvi uma voz sussurrar aliviada ao meu lado.

— Jesus, tu acordou, que susto da porra.

Gabis?

Hesitei em olhar para o lado.

Tentei voltar à realidade ofuscada que antes estava mergulhada — seria melhor do que descobrir que a garota estava lá, comigo. A silhueta que surgiu à minha frente, porém, surpreendeu-me tanto quanto a confusão com a voz. Não era quem eu esperava. Era, na verdade, quem eu menos esperava ver. Senti meu corpo gelar, uma onda de tensão e incompreensão se apoderou de mim mais uma vez. Porque não era aquela garota irritante da internet. Era outra — duas vezes pior. Gabriela. Deparar-me com ela era como entrar nos enredos das histórias que eu escrevia por puro prazer: sem sentido nenhum.

— Mano do céu, tu acordou. Meu, nem acredito. — O alívio estampava a expressão cansada. A garota se aproximou da maca pela lateral, colocando a mão sobre a minha. Não recuei, não conseguia, não queria. — Que susto da porra, Céuzinha.

— Ah? A Maria acordou? Que rápido, hein! Foi só um sustinho mesmo. — Puxando as cortinas para o lado, uma mulher comentou e olhou para mim, certificando-se das minhas condições.

— Pois é — afirmou Gabriela e olhou de relance para o celular. Mordi o lábio, escondendo o que quer que estivesse sentido.

— Ela é sua amiga?

— Ah, sim, sim... é... minha amiga, sim — respondeu ela, desconfortável; então, encarou-me ao expor um sorriso. Amiga. Talvez ela tivesse batido a cabeça e não eu. Porque não éramos amigas, tampouco conhecidas. Colegas no máximo. — Ela tá melhor? Não sei se precisa ficar mais em observação.

— Está tudo bem, senhorita? — A moça sorriu e se inclinou na minha direção para alcançar o tubo do soro. — Não deu nenhuma alteração na tomografia. Não há com o que se preocupar, mocinha. A batida na cabeça foi leve, vai ficar um pouquinho roxo e desaparecer logo. Aqui, pressiona um pouquinho, meu anjo — pediu para mim enquanto retirava a agulha, colocando o algodão sobre o furo. — Prontinho. Como você está se sentindo, Maria... — Ela olhou o nome na prancheta sobre a maca. — Maria Celeste. Que lindo! Adorei o nome.

Percebi que estava bem quando consegui revirar os olhos. *Nome lindo.* Quanta falsidade.

— Vamos te deixar mais algumas horas em observação e depois estará liberada, meu bem! Vou pegar uns papéis e volto rapidinho! — A enfermeira saiu e Gabriela sorriu para agradecê-la. Ficamos nós duas, o silêncio desconfortável já me pinicando como formigas. Com um pouco de esforço, me sentei e olhei para a meia-calça rasgada nos joelhos. Toquei minha testa — de onde uma dorzinha incômoda vinha — e senti o curativo.

Que ironia.

Fugir de um jantar e ser atropelada pela colega bonita de faculdade.

Atropelada, a palavra se repetiu em minha cabeça e acendeu uma percepção que a batida havia ofuscado.

— A minha gata! — O desespero cresceu desproporcional. Fiz menção de saltar da maca e correr para procurá-la, mas a mão *quente* de Gabriela tocou meu ombro, um sorriso calmo no rosto.

— Sua gatinha está bem, Céuzinha. Está segura no meu carro, mas não me deixou nem abrir a caixa. Bichinho brabo, hein... parece a dona. — Ela deu uma risadinha debochada, mas logo a suavizou. — Fica tranquila.

Como se fosse possível.

Nada sobre minha vida era tranquilo.

— Tá doendo muito?

— Um pouco — murmurei e baixei a cabeça. Queria que ela fosse embora, me devolvesse Morrighan e me deixasse aqui. Assim, eu não precisaria explicar o porquê de tudo. De tentar atravessar uma avenida correndo. De estar prestes a chorar porque não queria voltar para os meus pais. De temer reencontrá-los.

Gabriela olhou para o celular de novo com ares de preocupação.

— Eu posso me virar sozinha, só traz a minha gata e pode ir, obrigada — comentei seca e me movi na maca, colocando os pés no chão. O rápido movimento fez o mundo girar e eu quase fui de encontro ao piso. Dedos envolveram meu braço e a minha cintura, no entanto, não só impedindo queda, mas incendiando partezinhas escondidas em segredo. Que ódio eu tinha dessa garota por ter dedos tão quentes.

Não consegui me afastar. Corria o risco de cair de novo.

Mas cair talvez fosse melhor do que me sentir tão inquieta perto dela.

— Sim, claro, consegue se virar sozinha. Tô vendo, Céuzinha. Caralho, guria. Tu praticamente se jogou na frente do meu carro. — Enquanto comentava, Gabriela me ajudou a sentar na cadeira ao lado da maca. Quando me soltou, desejei que não tivesse feito isso, mesmo querendo me livrar do toque antes. Odiava o quão contraditória eu conseguia ser. Tudo por causa dessa garota convencida. — O que aconteceu, hein?

— Nada — murmurei e virei o rosto.

Queria que a enfermeira voltasse logo para que ela parasse de fazer perguntas. Minhas barreiras estavam fragilizadas — e tinha medo do que poderia dizer se elas sucumbissem.

— Nada não me parece um motivo para tu atravessar uma avenida movimentada sem qualquer cuidado. Com uma gata ainda. Tu tava indo aonde?

— Não interessa — grunhi e quase mordi a língua. — Agradeço de verdade a ajuda, mas eu posso fazer o resto e... — Percebi que estava sem minha bolsa e o celular. A garota pareceu notar exatamente o meu problema, porque ergueu uma sobrancelha e emoldurou um sorrisinho de canto.

— Sem documento, sem celular... hm.

— Como você sabe?!

— Porque fui eu que dei tua entrada no hospital? Sério, fica bem tranquila, vou te levar pra casa e...

— Não posso voltar.

A minha resposta rápida foi incriminatória.

Antes que a garota questionasse, a enfermeira retornou, sorridente e cordial, e sequer percebeu a atmosfera pesada entre nós duas. Não conversamos mais — não tivemos oportunidade. A mulher chamou Gabriela para que assinasse alguns documentos. Ficamos quietas pelo resto do tempo. Quando fui liberada do hospital, caminhamos através da recepção lotada, meus passos lentos e cambaleantes. Gabriela me observava de canto, certificando-se de que eu não perderia o equilíbrio novamente. Demonstrei irritação com aquele cuidado incomum, mas, no fundo, apesar de todas as preocupações que tentavam me afundar, senti alívio. Eu só era teimosa e orgulhosa para confessar isso.

Quando saímos, observamos o movimento dos que chegavam. Estávamos na parte de emergência do Moinho de Ventos, longe da Redenção e do jantar com meus pais. Eles nunca me procurariam aqui — em nenhum lugar, na verdade. Esperariam que eu voltasse como um cãozinho arrependido.

— Meu carro tá no estacionamento — comentou Gabriela e seguimos para lá. Acompanhei-a com receio, incerta do que faria em seguida. Eu estava sem nada, como faria para chegar em casa ou como contataria alguém?

Quem?, foi a primeira pergunta.

Tia Ofélia deveria estar trabalhando na universidade enquanto Aminah cuidava das crianças. Chamá-las e explicar o que havia acontecido implicaria perguntas que eu não saberia responder. Para piorar, não sabia o número delas. Nunca me importei em decorar porque era trabalho do meu celular. *Quem sabe um número de cabeça hoje em dia?* Se alguém falar que sabe, provavelmente tem mais de cinquenta anos e ainda anota os números em uma agendinha física.

Onde?, foi minha segunda preocupação.

Eu estava sem saída. Sem ninguém. Tudo que eu tinha era o desejo de fugir e Morrighan. Então, pela primeira vez na vida, senti o peso de ser solitária; de acreditar que estava tudo bem não ter ninguém.

O peso de guardar tudo lá no fundo, bem no fundo, e achar que não estava criando uma bola de neve com meus problemas.

Porque eu estava.

Eu não tinha mais controle sobre ela.

Constatar aquilo ao entrar no carro de Gabriela foi o suficiente para que eu não conseguisse mais segurar as lágrimas e elas escorreram por minhas bochechas enquanto eu pegava Morrighan no colo. Ela estava assustada e não rosnou ou reclamou do meu abraço apertado… porque era tudo o que eu precisava, o que nós precisávamos.

Prender o soluço foi em vão. Não consegui me esconder. Quando percebi, estava chorando, deixando escapar todos aqueles sentimentos trancafiados, sentimentos que me sufocaram até eu não aguentar mais.

Queria estar sozinha.

Não queria ser vista chorando.

Mas, por mais orgulhosa que fosse, por mais que nunca dissesse em voz alta, estava aliviada que havia sido na frente de Gabriela.

CAPÍTULO 27

GAROTAS QUE DEIXAM GAROTAS CHORAR EM SEU OMBRO (E MAL SABEM QUE ESTÃO APAIXONADAS)

Gabriela

Eu esperava tudo, menos Céu começar a chorar no banco do meu carro com uma pelúcia em forma de gato no colo.

Aconteceu de repente e eu não soube como reagir à mudança brusca de humor da guria. Antes, tinha espinhos. Não me queria por perto e tentou de tudo para me afastar. Fui insistente e fiquei (porque, com toda a sinceridade do mundo, ninguém atravessaria uma avenida movimentada daquele jeito por nada). Agora, contudo, demonstrava que, talvez, seus espinhos fossem justamente uma forma de se proteger.

Deus, a noite não tinha como ficar mais complicada.

Porque não era *apenas* Maria Celeste chorando. Era a hora. Eram as noventa (e subindo) notificações em meu celular. Era o que viria no futuro.

Quando o acidente aconteceu, sabia que me atrasaria para o jogo. *Tudo bem*, pode acontecer. Mas saber que a vítima era Céu e que, nas circunstâncias do ocorrido, havia algo mais acontecendo, me fez repensar minhas escolhas por segundos que se estenderam por minutos. Refleti desde a chegada ao hospital e o atendimento de Céu pela equipe médica. Poderia tê-la deixado aos cuidados dos enfermeiros, não era grave, e corrido para alcançar o jogo. Era importante, porra. Eu havia treinado muito. *Mas...* não consegui. Olhava as horas passarem no celular com o pensamento de que, se alguém houvesse me substituído, poderia entrar no próximo quarto de tempo. Mas não consegui sair do hospital ou deixar Maria Celeste para trás. Eu decidi ignorar as mensagens da equipe — e de um Henrique em cólera — para ficar com a guria. Foi uma imprudência? Poderia ser. Mas o meu bom senso apitava dizendo que *não se abandona pessoas que sequer têm um celular ou um documento com elas.*

Só que agora ela estava chorando, para completar todos os imprevistos da noite, e eu estava incerta sobre como reagir. Perguntar o que havia acontecido parecia estúpido, mas ficar parada esperando também — estúpido *e* insensível. Às vezes, as pessoas precisam de um tempo. Mas não sozinhas. Querem chorar e colocar tudo para fora sabendo que, por mais individual que o ato seja, há alguém lá por elas.

Respirei fundo e liguei o carro para ir até o único lugar que tinha em mente. Meu apartamento. Com um pouco de receio, coloquei a mão no ombro de Maria Celeste para que soubesse que estava com ela. Não houve rejeição. A garota se encolheu e, com a cabeça baixa e soluços insistentes, continuou chorando.

Não perguntei ou falei nada até chegarmos à garagem da minha casa, quase quarenta minutos depois. Esqueci do celular — eu tinha medo de olhar quantas notificações me esperavam. Mas minha preocupação maior no momento era Céu. O jogo ficaria para amanhã, junto de todo o resto. Maria Celeste havia silenciado o choro durante o percurso, recostando-se no vidro enquanto a gata estava acomodada em seu colo. Queria saber o que se passava em sua cabeça, o porquê de tudo, mas não queria ser invasiva com minha curiosidade. Seria insensível demais da minha parte. Quando desliguei o carro, ela se ajeitou no banco e olhou ao redor.

— Eu te trouxe pra minha casa... — comentei um pouco sem jeito. — Só pra descansar e... posso te levar pra outro lugar se quiser.

Ela negou com a cabeça. Então, colocou a gata na caixinha de transporte e saiu do carro. Fiz o mesmo, preocupada, e a acompanhei até a entrada. No elevador, o silêncio foi sufocante; a atmosfera, angustiante. O único som eram os miados esporádicos do animal. Maria Celeste não levantou a cabeça em nenhum momento. Manteve-se indecifrável, ainda que suas linhas começassem a fazer sentido para mim. Uma garota com segredos e histórias demais que não sabia como contá-las — mas precisava que alguém estivesse disposto a ouvi-la. Queria mostrar que, apesar de tantas faíscas e algumas provocações, queria ser sua amiga, não uma estranha ou uma colega de disciplina. E, sinceramente, nunca senti tanta vontade de ver alguém sorrir como queria vê-la no momento.

Ela me trazia uma sensação boa, reconfortante. Não entendia o porquê, mas uma inquieta necessidade me fazia querer estar com ela. Deixei que a garota entrasse primeiro quando abri a porta, ligando as luzes baixas da sala. Maria Celeste parou entre o corredor e a passagem da sala para a cozinha. Imaginei que estivesse incerta sobre como agir; e, para tranquilizá-la, sussurrei para que se sentasse no sofá. Ela assentiu e não hesitou, levando a caixinha consigo. Em algum lugar da casa, provavelmente em meu quarto, a minha gatinha estava escondida. Um problèma a menos para lidar caso precisasse explicar o porquê o nome dela era Céu.

O quão irônico era o destino?

Eu estava apaixonada por uma garota que usava o nome fictício de Sky e tinha uma colega apelidada de Céu.

Se a situação não fosse trágica, daria risada.

— Céu? — Eu me sentei na mesinha de centro que ficava de frente para o sofá. A garota estava encolhida, havia tirado os sapatos e se sentado com as pernas cruzadas, recostando-se para ficar confortável. Vê-la assim foi estranho.

Eu tinha quase certeza de ter visto a mesma posição em algum lugar.

Passei a língua pela boca, escolhendo como me posicionar. Que merda. Eu estava acostumada a lidar com garotas, com situações complicadas e pessoas choronas, mas com Celeste, como com Sky, era diferente. As duas eram diferentes e, ainda, iguais, se eu fosse compará-las em alguns aspectos. Difíceis de me conectar. Talvez o nome não fosse a única coisa em comum. Ou talvez fosse um aviso do universo. Por mais parecidas que as pessoas fossem, era preciso uma abordagem distinta.

— Quer beber algo? — decidi perguntar. — Tenho... — Olhei para a cozinha como se fosse me ajudar a lembrar o que tinha nos armários e na geladeira. *Whey*, frutas e legumes, barrinhas de proteína... digno da rata de academia que eu era. — Água. Ah! Deixa só eu ver aqui se tem... — E me levantei depressa. Na dispensa, uma embalagem esquecida de Nesquik. Minha bebida com altas doses de açúcar favorita. — Gosta de Nesquik? Posso esquentar. Gosto de tomar quente. — Esbocei um sorrisinho para aliviar a tensão.

Um sinal: Céu moveu o olhar até mim — que segurava como uma idiota a lata de bebida — e assentiu. Não entendi se ela queria ou não que eu aquecesse a bebida, mas coloquei tudo em uma caneca (com a estampa da *Kai'Sa* do *League of Legends*, que, mesmo com tantos julgamentos, era minha favorita) e enfiei no micro-ondas. Um minuto e estava pronto. Retornei à garota e entreguei a caneca. Céu a pegou e observou o desenho, piscando algumas vezes.

— É de um jogo — comentei um pouco sem jeito.

Não era todo mundo que o conhecia. Ela trouxe a caneca para perto, soprando de leve e bebendo em seguida.

— Eu sei.

— Ah. — A resposta me pegou desprevenida. Um pré-julgamento estúpido meu, afinal. Céu não parecia ser o estereótipo de garota que conhecia jogos. Mas qual era o estereótipo? Não precisava existir. Tu podia gostar de algo do teu jeito, sem precisar se mostrar ou comprovar para alguém. — Gosta?

— Jogo horrível.

A risada que eu dei com a constatação foi tão boa, tão *gostosa*. Foi de verdade, o suficiente para quebrar o silêncio, a atmosfera e qualquer sensação negativa que estivesse ao redor. Céu ficou me observando, os olhos vermelhos e inchados de tanto chorar, as últimas lágrimas ainda em suas bochechas. Por um instante, senti vontade de limpá-las. Mas, se o fizesse, perderia alguns dedos. E eu precisava de todos eles.

— Não sabia que tu tinha um gato... — comentei para tentar aliviar a atmosfera. A gata continuava na caixinha, os olhos azuis me encarando como se eu fosse uma pobre presa indefesa.

— É... — Céu não parecia muito disposta a conversar.

— Qual o nome dela?

Nenhuma resposta, no entanto.

— Ei, guria... — murmurei, o sorriso ainda no rosto, mais leve dessa vez, um toque suave, cauteloso. — Tu quer... conversar? Tipo... — De repente, me senti nervosa, estranha, como se estivesse perdida em um beco sem saída. Talvez fosse a forma como que, tão diretamente, ela estava me encarando enquanto segurava aquela caneca e se sentava, confortável e familiar. — De verdade, só fiquei preocupada. Quando te encontrei no acidente, no hospital... em tudo. Eu tô preocupada. E eu não tô falando isso porque tenho curiosidade em saber ou porque quero usar isso pra te provocar... eu só... Quero que me veja como uma amiga.

A garota baixou o olhar, se receosa ou afetada pelas minhas palavras, não sabia dizer. Os dedos dela se firmaram na caneca, trêmulos. Ela queria falar — de alguma forma, eu sentia que queria. O problema, no entanto, era não saber, era, quem sabe, temer. Céu era orgulhosa demais.

— Ei... — Eu me inclinei na direção dela e toquei seus dedos, estavam gelados, assustadoramente gelados. O toque a fez erguer os olhos de novo, os lábios entreabertos, as palavras escondidas. — Fizemos um acordo, não? Tu escreve, eu leio e não contamos pra ninguém. Deu certo, não deu? Porque tu confia em mim e eu confio em ti. Então... — Meu dedo deslizou pelo dela. — Confie em mim no que precisar. Prometo ter mais opções de bebidas da próxima vez. — Sorri com a brincadeira.

Eu só não esperava que novas lágrimas surgissem em seus olhos, que o choro que eu temia retornasse.

— Eu... — Céu fungou e soluçou, a caneca tremendo em suas mãos. Estava respirando rápido demais, pesado demais. Temi o que estava por vir. — Eu não quero mais... não quero mais viver assim, não quero mais ter que me esconder, não aguento mais fingir que estou bem quando...

Eu tirei a caneca dela e a coloquei na mesinha e, em um gesto rápido, a abracei. Foi desajeitado, precipitado. Esperava a rejeição, uma parte sensata minha sabia que não era o melhor a se fazer, mas outra, a emocionada, me fez acreditar que sim. Abraçar Maria Celeste não foi como abraçar as outras pessoas que eu estava acostumada — abraços que duravam segundos e se desfaziam em seguida, sem significado. Porque envolvê-la tinha algo a mais, uma faísca, uma sensação de entorpecimento, de necessidade. Como se, antes de tudo, precisasse acreditar que existia alguém lá por ela, alguém que a abraçaria e a ajudaria a se levantar.

O mais tocante de tudo, no entanto, foi sentir que...

Ela não estava habituada a gestos como aquele.

Não sei quanto tempo se passou — fiquei quieta enquanto, também em silêncio, a garota manteve o rosto enterrado em meu peito. Deixei que Maria Celeste tomasse a iniciativa de se afastar de mim; e, quando o fez, limpando o rosto e tentando esconder o rubor das bochechas, sussurrou um pedido quase imperceptível de desculpas.

— Está se desculpando por chorar?

Ela negou com a cabeça, envergonhada.

— Por... — Olhei para a minha camiseta onde havia uma mancha molhada. — Encharcar minha roupa? Tô brincando! — Não dei tempo para ela reagir à provocação. Precisava me segurar. — Tá tudo bem chorar, às vezes é preciso. Tu precisava, né?

Um movimento positivo de cabeça.

— Vai conver...

— Por que você tá sendo legal comigo? — Céu me interrompeu.

— Quê?

— Por que... — repetiu. — Por que você tá sendo... legal comigo? Você não tem motivos. Eu... — A garota limpou outra lágrima. — Não tem por quê.

Balancei os ombros.

— Por que não seria? Tipo, é o mínimo. Imagina como as coisas seriam se todos fossem gentis por interesse? E, sei lá, eu te observo, Céu, eu te vejo... e, bem, pessoas não costumam se esconder tanto como tu se esconde. Pessoas não choram descontroladas e não fogem no meio da noite em uma avenida movimentada. Não as pessoas que tão bem, me entende?

As palavras a atingiram de algum modo. Porque era verdade. Ela estava se escondendo... Mentir o curso havia sido o primeiro sinal disso.

— Tu cursa Medicina, não é?

Ela arregalou os olhos como se não esperasse pela constatação. Entreabriu os lábios como se fosse dizer algo, mas desistiu. Não importava o que diria, que mentira contasse, não escaparia.

— Por que tu mentiu? — insisti. — Não faria diferença na disciplina.

— Como você descobriu?

— Não vou mentir, fui te procurar nas redes sociais e não te achei. Aí fiz o básico né: joguei teu nome no Google e apareceu uma notícia sobre a tua família em uma página de notícias daqui. Não posso dizer com certeza, mas, bem, não tem muitas Maria Celeste Martinelli em Porto Alegre, né? — Suspirei e tentei expressar que não estava chateada pela mentira. Porque, de fato, não estava. Apenas intrigada e preocupada. Sentia que o motivo da mentira e das constantes evasões da garota era mais complicado do que eu imaginava.

Não queria que Céu se sentisse encurralada.

Pelo contrário, queria que se sentisse confortável o bastante para conversar.

— Céu...

Ela me encarou como se estivesse com medo do que viria a seguir.

— O que mais tu esconde?

CAPÍTULO 28

GAROTAS QUE PERCEBEM QUE ESTÃO APAIXONADAS POR OUTRAS GAROTAS (E SABEM QUE VAI DAR ERRADO)

Maria Celeste

O *que mais tu esconde?*

Tantas coisas. Tantas mentiras. Tantas farsas.

Mas só você sabe quem sou de verdade.

Era difícil escolher as palavras que se misturavam e se entrelaçavam em minha boca. Gabriela fizera com que elas se confundissem e eu a odiava — não de verdade — por me provocar a ponto de me fazer experimentar sentimentos que nunca senti. Como abraçar uma garota de verdade pela primeira vez. *Ser abraçada*, na verdade. Porque não fui eu que me inclinei na direção dela. Foi ela, o que mudava *muito* as coisas. Já fui abraçada por crianças barulhentas e por minhas tias emocionadas, mas eram minha família. Era o mínimo a se esperar... se colocasse Antônia e Carlos nessa soma. Também já escrevi e li muitos gestos parecidos. Mas *nunca* em minha vida havia sequer imaginado o que era receber um abraço caloroso de alguém, de uma garota, *daquela garota*, quando se mais precisa.

Sabia que não adiantava mais. Eu não conseguia mais.

E me permiti chorar na frente dela porque *confiava* nela — só tinha medo de para onde essa confiança me levaria. Porque, até então, por me aproximar dela, fui levada a tantas situações que eu só imaginava em minhas histórias. Trabalhar juntas na faculdade. Estudar em seu apartamento. Assistir a um jogo. Receber uma bebida quente. Aceitar um abraço.

Gabriela trazia experiências que eu nunca experimentara. O pior: experiências que eu *gostaria* de experimentar.

Era perigoso demais.

Me apegar a ela. Me apegar a momentos em que, quebrando todas as minhas expectativas, Gabriela sorria e dizia *confio em ti, Céuzinha*.

Até a forma como me chamava.

Como eu... a... odiava.

Porque tinha medo (e receio) de pensar na garota com outra palavra. Eu não era o *tipo* dela e isso ficara claro quando, com todas as letras, ela murmurou que éramos amigas.

— Tudo bem se tu não quiser falar, sabe, não tenho direito de te obrigar, mas, se eu perceber que tu tá mal, vou dar um jeito de descobrir e te ajudar — comentou Gabriela e cruzou os braços, tão decidida, que eu não sabia como contra-argumentar. Eu poderia ser *muito* teimosa, mas minha colega não era muito diferente.

— Eu... tenho problemas... — Era um sacrifício tirar as palavras da minha boca. Se estivesse com outra pessoa, nunca conseguiria. Mas o fato de ser *ela*, de tê-la me observando preocupada, disposta a me ouvir, facilitava o processo (ainda que não o suficiente para que pudesse falar sem dificuldade). — Minha família.

— Quem não tem, huh?

Respirei fundo.

— É diferente.

— Diferente como?

Estou presa e não sei como sair.

— Eles são rígidos demais — murmurei, mas queria ter dito diferente. — Querem que eu estude Medicina e...

— Tu gosta de escrever — completou Gabriela e sorriu para mim, inclinando de leve a cabeça. — Rígidos a ponto de te obrigar a estudar?

A ponto de me ameaçarem.

A ponto de nunca me sentir segura.

Apenas assenti.

Ela torceu os lábios, pensativa.

— Alguém sabe disso? Seus amigos? Sua família? O namorado?

A pergunta parecia um teste: o quanto ela conseguia me deixar triste ao me fazer constatar que eu não tinha *nada* daquilo.

— Algo errado? — perguntou a garota em seguida ao perceber a minha expressão de *pura e crua* desolação.

— Não tenho — sussurrei e desviei o olhar.

— Não tem o quê?

Talvez fosse bom eu ficar irritada porque me faria esquecer tudo que acontecera, dissipando o nó e a tristeza em minha garganta. *Mas*... o que ela tinha de *linda*, ela tinha de burra.

— Nada, Gabriela, nada. Não tenho nada, tá satisfeita? — Revirar os olhos e respirar fundo me trouxe certo conforto. Estava sendo *eu*, expondo minha essência sem medo, de verdade. — Namorado? Eu tenho cara de hétero?

— Tu pode ser bi ou pan, não sei, aquele dia eu perguntei e tu não me respondeu.

— Sou lésbica, Gabriela, lésbica! — Me arrependi da exclamação um segundo depois, sentindo o rosto queimar. Queria conseguir chorar de novo para mudar o assunto, mas a irritação (e o calor) eram mais fortes. A garota piscou várias vezes, um quase sorriso surgiu em seus lábios.

— Calma, Céuzinha. — Ela riu, ajeitando alguns fios teimosos que se desprendiam do cabelo preso. — Mas, bem, vamos voltar ao ponto. Porque é sério... tu não tem ninguém que te ajudaria? Sobre o seus pais e o que eles te obrigam a fazer.

— Não — respondi de imediato para que não houvesse desconfiança. Porque eu tinha apenas uma pessoa para me ajudar, minha tia Ofélia, mas não queria ser um fardo na vida perfeita dela. A insegurança era a barreira. As rejeições dos meus pais culminaram em preocupações excessivas que, na ausência de alguém para conversar, criaram um pequeno monstro dentro de mim. Um monstro que me assombrava com a ideia de que, se eu lhe trouxesse problemas demais, ela também me rejeitaria.

— Então. — Tomei um susto quando Gabriela segurou a minha mão. Os dedos dela... eram tão quentes, tão afetuosos. Inveja me abateu por um instante, uma tola e inexplicável inveja. Perguntei-me quantas garotas sentiram aquele toque. — Tu não vai mais dizer que não tem nada, me ouviu? — Ela apertou meus dedos com cuidado.

Esperei que continuasse, *que não me soltasse*.

— De agora em diante tu tem uma amiga que vai te ajudar. Eu vou te ajudar e tu vai continuar escrevendo e fazendo o que gosta.

Puxei a mão, afastando o toque. Mas não porque queria — pelo contrário: não queria mostrar que desejava os dedos dela nos meus.

Eu era orgulhosa demais.

— Não precisa mentir para me deixar melhor, Gabriela.

— Tô sendo *bem* sincera contigo, de verdade. Eu te vejo, Céuzinha, já te disse, vejo o quanto tu ama escrever. E, mano, tu escreve bem demais, não tô te dizendo isso da boca pra fora... Vou te confessar algo: eu *odiava* ler. Aí conheci uma autora famosa que fez eu me apaixonar pela leitura, mas na real, eu só consigo ler o que *ela* escreve, viciei. Só que aí, tu apareceu e li seus contos e, mano, tu conseguiu fazer eu gostar também. — Gabriela piscou, aquele sorrisinho cheio de confiança destacando as sardas de seu rosto. Se ela soubesse o quanto me *afetava* quando se expressava assim, o quanto meu coração saltitava no peito e o quanto eu me esforçava para esconder o que sentia. — Acho que as duas são minhas autoras favoritas.

Mordi os lábios, desviando o olhar dela antes de perguntar.

— Quem é ela?

Gabriela coçou a cabeça, desconfortável de repente.

— Meia-noite te conto.

— Quê?

Ela riu, e estava cada vez mais difícil fingir que eu não gostava da risada dela.

— Nunca ouviu? É, sei lá, pra dizer que não quero contar. Não importa, e, porra, Céuzinha, não me chama de Gabriela, parece que tá braba. Pode me chamar de Gabis.

Gabis.

Algo se acendeu em minha mente.

Gabis e Gabriela.

Talvez fosse coisa da minha cabeça. Porque as duas eram *gentis* comigo, mas só uma delas... Ergui o rosto e observei a garota sorridente.

Só uma delas...

Estava *ousando* entrar em meu coração.

O que me deixava assustada e preocupada e com medo.

Porque ela me chamava de amiga e segurava a minha mão com carinho...

E no fundo, em uma realidade que não seria possível na minha vida, eu queria que ela me chamasse de outra forma e usasse a mão para outras coisas.

Gabriela era insuportavelmente solícita.

Irritantemente falante.

Terrivelmente atraente.

Eu não podia negar que estava me sentindo melhor com o seu amparo. A garota sabia quais palavras usar e que expressão emoldurar. Me perguntei como era possível tamanha facilidade para conversar. Como ela aprendeu e quantas vezes precisou usar. Deixei esses pensamentos de lado quando Gabriela colocou um prato à minha frente. Eu ainda estava confortável no sofá. Nossa conversa se encerrou depois que meu estômago roncou alto o suficiente para chamar a atenção dela. Foi vergonhoso. Quis sair correndo. Não bastava ser intitulada como *amiga*. Mas a risada da garota suavizou o meu desespero — ela tinha esse estranho dom — e, animada, disse que prepararia algo para mim. Não criei expectativas e, observando a refeição, estava certa em não criar.

Eu estava tentando entender o que era aquela *coisa* pálida no prato.

A única coisa reconhecível eram os morangos cortados e usados como recheio.

— Panqueca de banana, *whey* e morango com leite em pó — explicou ela com tanta confiança que *quase* me senti injusta em lhe erguer o olhar de desaprovação. Quase. Eu não sabia disfarçar quando algo não me agradava.

— Você fez pra ti?

— Pra ti. — Ela ergueu a sobrancelha.

— Odiei.

Queria me sentir *péssima* por ter desmanchado a animação dela com o prato, mas... *difícil*. Panqueca com *whey*? Ela não estava cooperando.

— Mano, é ótimo, sabia que é rico em proteínas e...

Eu abri a panqueca e separei os morangos do restante. A garota me observou com espanto, como se eu estivesse cometendo um crime.

— Eu não acredito... — sussurrou Gabriela.

— *Eu* não acredito — repeti e revirei os olhos. — Você fez as suas comidas de marombeira e quer que eu goste? Me poupe. — E continuei comendo as frutas. De relance, observei o reloginho em formato de Pokébola que estava sobre a mesinha. Quase 22h. Imaginei o que meus pais estariam fazendo.

Senti náuseas de repente.

Todo o pânico retornando.

Porque eu precisava voltar e encarar minha mãe, meu pai, a vida.

Não podia ficar aqui para sempre, esperando que, em um passe de mágica, todos os problemas desaparecessem.

Deixei os últimos morangos de lado e suspirei.

— Preciso ir pra casa.

— Tu pode passar a noite aqui se quiser, tá tarde, tenho ração para tua gatinha e...

— Nem pensar.

Ela torceu os lábios, contrariada.

— Tá, eu te levo então e...

— Táxi. Quero um táxi. — Coloquei os sapatos e me levantei.

— Táxi? Mano, tu tem quantos anos? 70? Ninguém usa táxi, só a terceira idade. É mais barato chamar um carro de aplicativo. — Ela puxou o celular do bolso da calça de moletom. — Me passa o teu endereço que eu peço pra ti.

— Ha, ha.

Gabriela franziu o cenho, sem entender.

— Nunca vou te passar meu endereço.

— Mano do céu... — Ela se aproximou de mim, generosos centímetros mais alta. A pancada na cabeça no acidente deveria ter me afetado *demais* a ponto de gostar da nossa diferença de altura e de achar atraente aquela calça nela. — Eu não vou te sequestrar e pedir resgate, guria, é pra tua própria segurança, sabe? Como eu vou saber que tu chegou bem em casa? Que, sei lá, teus pais não tão te mantendo em cárcere privado?

Era fofo como ela se preocupava.

Quem sabe eu pudesse colocar um pouco disso em Yun-yu...

Quem sabe eu pudesse finalmente escrever o beijo delas (e sonhar com o meu).

— Sei me cuidar — respondi e revirei os olhos, desviando o rosto para a porta. Então, peguei a caixinha de Mor e fiz menção de me dirigir até a saída.

— Sabe mesmo, Céuzinha? — E por não estar olhando, estremeci quando um dedo de Gabriela tocou o meu cabelo e, como se fosse *costume*, colocou-o atrás da minha orelha. — Não sei se acredito depois de hoje, mas... vou tentar.

Dei um passo para trás. Temia que ela pudesse ouvir o meu coração. Estava alto demais. Inquieto demais. Desesperado demais.

— Vou te ver na segunda? — Não esperava a pergunta, da mesma forma que não esperara aquelas horas, aqueles gestos, aqueles olhares.

Porque, nas entrelinhas da indagação, eu encontrei uma pequena faísca.

Chamava-se expectativa.

A dela. A minha.

Mas, infelizmente, elas não eram iguais.

— Te vejo na segunda.

Esperava que fosse verdade e não mais uma mentira entre tantas que eu sabia contar.

CAPÍTULO 29

GAROTAS QUE NÃO QUEREM TER UM CORAÇÃO PARTIDO (MAS QUE PROVAVELMENTE VÃO TER)

Gabriela

Cento e onze ligações perdidas.

Eu só conseguia imaginar Henrique planejando cem formas de me matar, Victória afiando uma faca para me decapitar e Mariah vendendo os meus órgãos para algum contrabandista internacional. As chamadas eram dos três, além de alguns números desconhecidos que poderiam ser de outras garotas do time. Eram quase 23h. O táxi havia demorado vinte minutos para chegar e fiquei esperando com Céu, tentando convencer a garota de me contar o endereço. Era teimosa e não me deu a resposta mesmo quando a chantageei com a promessa de nunca mais a provocar. No fim, quando ela partiu, fiquei pensando se não deveria ter falado mais sério e realmente pedido a localização. Algo me angustiou na despedida, vendo Céu entrar naquele carro e desaparecer nas ruas. O choro. O acidente. As palavras travadas dela. Estava claro que Maria Celeste não havia contado tudo em sua confissão sobre os problemas com os pais — e eu me sentia *culpada* por não ter insistido o suficiente.

Para piorar a situação — que podia, sim, ficar pior —, Sky não havia me respondido.

Eu ia ficar louca.

Mandei uma nova mensagem. Infelizmente, eu era a cadelinha da patroa que, mesmo sendo ignorada por dois *longos* dias, abanaria o rabinho para ela na primeira oportunidade. Lésbica e não sofrer por mulher? Aí, sim, estaria errado. Fiquei encarando a tela da nossa conversa como se, milagrosamente, a resposta aparecesse. No fundo, a esperança sempre era mais forte.

Para sair de um problema e entrar em outro, abri a janela da conversa de Victória e iniciei uma chamada de vídeo com ela. Eu havia me encaminhado para o meu quarto e me deitado na cama. Um ponto cinza e arrepiado me surpreendeu, ronronando como se estivesse feliz ao me ver. A gatinha miou e se aconchegou em mim, se moldando igual a uma rosquinha peluda. Ela crescera alguns centímetros, o ferimento na patinha já estava no passado, mas o medo excessivo de estranhos permanecia. Eu também teria depois de ter sido abandonada no Dilúvio em uma tempestade.

Estava distraída quando a voz de Victória vibrou na chamada.

— GABRIELA MARTINS!

Já esperava que estivesse querendo me matar.

— Caralho, filha da puta! Onde tu se meteu, demônio? Pelo amor de Deus, tu sabe quantas vezes te liguei? Quantas vezes TODO mundo te ligou? — Vic estava no que parecia ser o seu quarto. Ouvi no fundo um "deixa eu falar com essa vaca", mas não reconheci. Apenas que pertencia a uma garota.

— Mano... tu não acreditaria.

— Óbvio que não vou acreditar! Tu é a capitã do time! A gente precisava de ti e tu simplesmente sumiu! Quase tivemos que chamar uma ambulância pro Henrique e...

Alguém puxou o celular da mão dela. Vic xingou, irritada, mas a pessoa não deu importância. Estava me perguntando quem era quando o focinho de Mariah apareceu na câmera. Minha alma saiu do meu corpo por um segundo.

O que caralhos ela estava fazendo na casa da Victória?

Elas se odiavam.

— Tu deixou a gente na mão, Gabriela, entendeu? Mas sabe? Não precisamos de ti e ganhamos aquele jogo *sem* tua presença! — Eu queria saber o quê, além daquele fora definitivo, Mariah tinha contra mim. Mas, *porra*, elas tinham ganhado o jogo! Isso era algo a se comemorar, não me xingar.

— Mas o time ganhou!

— Foi horrível — berrou Mariah e Vic arrancou o celular dela, xingando algo como *loirinha esquisita*. Se eu não estivesse compenetrada em falar do jogo e do que havia acontecido, questionaria. — Me dá aqui, cachorra! — Ela exclamou no quarto, a imagem tremendo e indo de um lado a outro.

— Que inferno, Mariah, sai pra lá, guria! — Minha cabeça tentava processar as duas quando Victória apareceu na tela, o cenho franzido e incomodado. — Escuta aqui, Gabriela, o nosso próximo jogo é na semana que vem e juro, juro por essa luz que me ilumina, que vou arrancar as tuas pernas se tu fizer o que fez hoje! Sério! Qual o problema? Tu não se prestou pra mandar uma mensagem, a gente ficou sem chão.

— Mano... deixa eu explicar.

Contar o que aconteceu foi um teste de paciência — elas tinham sorte que eu era boazinha demais. Porque eu queria *muito* me irritar, só que eu não tinha esse direito. Vic e Mariah duvidaram no começo, riram da minha cara e me chamaram de mentirosa; e se as chamadas para a emergência no meu celular não estivessem lá, com horário e tudo, elas dificilmente acreditariam. Preferiam me xingar e me culpar do que me dar um voto de confiança. Tudo bem que eu tive uma fase de mentiras, mas havia passado, e eu nunca em minha vida fui tão verdadeira (apesar de contar mentirinhas bobinhas que não prejudicavam ninguém) como estava sendo no último mês.

Merecia uma segunda chance, porra.

— A pessoa tá bem pelo menos? Tu prestou socorro?

— Claro, né? — Suspirei com a pergunta da Vic. Eu havia omitido a parte da Céu (mentir era diferente de omitir). Seria um motivo a mais para Mariah desejar a minha morte lenta e dolorosa. — Mas o que importa é que tudo terminou bem... digo, vocês ganharam e fizeram o melhor pelo time.

— Amanhã treino às 7h, entendeu? Mas te prepara porque eu não vou te proteger do Henrique ou da Mariah.

— Tá, mas por que a Mariah tá aí?

Não interessa!, ela gritou em algum lugar do quarto. Criaturinha raivosa. Vic ignorou a pergunta e continuou falando:

— Agora de verdade, Gabriela Martins, tu...

Uma notificação surgiu em frente à chamada e me fez *literalmente* esquecer a voz da minha amiga.

Eu ia ter *um colapso* porque era...

SkyLin<3 acabou de postar um novo capítulo de "Nosso segredo brilha à meia-noite" no Fanficstation!

Quase soltei um gritinho de euforia. Quase. Ele chegou na ponta da língua, mas eu o seguirei.

— Gabriela, tu tá me ouvindo?! — bradou Vic do outro lado da linha, sem paciência.

— Ah, eu, é... desculpa. É que, mano, eu preciso resolver algo urgente. — Porque, bem, eu tinha um problema com *fanfics* de *e-girls*. O jogo estava ganho. As coisas se acertariam. Eu só precisava me importar, no momento, com Sky e seu sumiço.

— Mais urgente do que ouvir o sermão do teu time por ter faltado ao jogo? Tu é...

— Desculpa, sério, é caso de vida ou morte. — Desliguei a chamada.

Quase derrubei o celular na cara por causa da ansiedade. Minimizei a conversa e selecionei o app do site. A atualização da garota estava lá, pronta e servida para que seus leitores, carentes, fossem alimentados. Diferentemente dos capítulos anteriores, o recém-postado tinha uma introdução.

Você diz que é só de amor que eu sei falar
Mal sabes que
Se eu soubesse, tentaria te ligar.
Pra dizer
Que amor não senti é mentir pra mim.

Aquela música da Fresno.

Eu queria te ligar, birrenta, murmurei sozinha e, sem mais perder tempo, comecei a leitura com muitas expectativas.

Fiz certo em tê-las. Porque nada me prepararia para o momento de conversa entre Yun-yu e Aya, que começou com uma consolando a outra, pois a situação no internato estava complicada. Ver a novata abraçar e amparar o coração assustado de Aya me trouxe um sentimento de... não sabia explicar, quase como se eu houvesse vivido algo parecido recentemente. De repente, a cena terminou com um "posso te beijar?" inesperado e que me quase me fez soltar um gritinho durante a leitura. Lésbica emocionada? Sim, muito, e com prazer.

Então, Aya e Yun-yu se beijaram.

Não, isso não expressa direito a coisa. O mais verídico seria...

ELAS SE BEIJARAM!

Tive um pequeno episódio de euforia na cama, daqueles de mexer os braços descontroladamente e gritar fininho de felicidade. A gatinha Céu se assustou com a agitação, correndo para a casinha debaixo da mesa do meu computador. Ela que me perdoasse, mas precisava daquele momento.

Precisava sentir aquela parte em mim que só Sky conseguia despertar.

Mano.

Eu me sentei na cama e fui até a conversa com ela no servidor. Nada de resposta. A garota sequer estava online. Em nenhum lugar. No chat do servidor, além dos comentários aleatórios dos inscritos, muitos perguntavam o porquê do sumiço repentino da *streamer*. Enquanto isso, nas redes sociais dela, comentários surgiam nas últimas postagens, todas anteriores ao caso de lesbofobia na live. Ela não estava em *nenhum* lugar — deixou de postar *stories* ou de compartilhar fotos de gatinhos. Mas o capítulo novo estava lá, o que significava que ela estava bem, *não estava?*

Pelo amor de Deus, como era angustiante a sensação de não ter notícias, de não conseguir uma informação sequer.

Passei os olhos pelo capítulo novamente, pelas cenas fofas de Aya e Yun-yu em meio às palavras.

Yun-yu oferecendo uma bebida quente para Aya.

Aya escondendo a timidez e a vontade de beijá-la por trás de uma máscara birrenta.

Elas conversando. Aya chorando. Yun-yu a abraçando.

Então...

O beijo.

Mas... algo me pareceu estranho de repente. A cena. A familiaridade. Parecia tão... próxima, tão parecida com o que eu havia presenciado horas antes com Maria Celeste. *Não,* me corrigi, uma risadinha irônica escapando. Era apenas uma projeção para algo que eu desejava viver com Sky, uma situação parecida e cheia de coincidências. Com um suspiro, coloquei o celular de lado e não mandei uma nova mensagem para a garota desaparecida. Daria um tempo — tentaria pelo menos —, por mais que meu desejo fosse contrário, quase insano. Do tipo entrar na tela do computador para, sei lá, aparecer na frente dela. *Que ótimo seria...* me peguei pensando ao olhar o teto. Falaria tudo o que precisava. Falaria tudo que me segurava para não falar online com medo de ser bloqueada. Depois de despejar as declarações mais bregas possíveis para ela, o que provavelmente seria respondido com expressões emburradas e coradas (*como eu queria vê-la corar*), perguntaria se poderia beijá-la.

Porque, bem, nunca gostei de beijos roubados — por mais que a minha vontade fosse empurrá-la contra a parede e enfiar minha língua em sua boca.

Muita vontade guardada.

Muita...

Suspirei de novo e não foi por frustração. Meus pensamentos estavam me incitando, brincando com minha imaginação. Enfiei minha cara no travesseiro para me segurar, sussurrando o quão idiota era.

O quão idiota eu ainda seria.

Eu quase fiquei tonta quando tentei explicar tudo que havia acontecido na quarta.

As meninas da equipe tentaram entender, mas Henrique não estava a fim de falar comigo. Muito menos *eu* com ele. Na manhã seguinte, depois de explicar os detalhes do acidente mais de vinte vezes, treinamos para o jogo da quarta seguinte. Fiz o meu papel de capitã e tentei animar o time para o que estava por vir — estaria com elas e venceríamos nossas adversárias. Mariah foi a única que me evitou no jogo, apesar de não ter cometido nenhuma falta contra mim. A ideia de conversar com ela não me era agradável, mas... amadurecer significava tentar solucionar pequenos conflitos. Quando terminamos, acompanhei as meninas até o vestiário do ginásio. Queria tirar o peso do suor do meu corpo, mas precisava me forçar a falar com a garota antes. Esperei um momento em que ela não estivesse conversando com as outras para me aproximar — achei inusitado vê-la rir com Vic como se fossem melhores amigas. Quando a oportunidade surgiu, não perdi tempo.

— Posso conversar contigo? — Decidi ser direta. O meu problema com ela, desde o começo, foi não falar com todas as letras o que tínhamos. Parte do que aconteceu era minha culpa, mas também era dela.

Mariah me observou com o cenho franzido.

— O que tu quer?

Olhei para trás e percebi que Vic nos encarava. Ela piscou para mim como se dissesse: *muito bem, aja como uma adulta*.

— Queria conversar sobre a gente e tudo que aconteceu, acho que é melhor do que deixar esse clima continuar.

Mariah deu uma risadinha amarga.

— Sim, tu me *usa* e depois quer pagar de boa garota, Gabriela?

— Não, mano. — Respirei fundo para não perder a paciência. Mariah sabia ser arrogante quando queria. — Não quero pagar de nada, quero só ser sincera contigo porque fazemos parte de um time e somos grandinhas demais para ficar de briguinha.

— Tu que começou.

— Não. — *Haja paciência, mano do céu.* — Nós duas estamos erradas, entendeu? Eu confesso que fui uma escrota por jogar minha carência emocional em ti como se isso fosse a coisa certa. Sim, eu te *usei*, mas tu também, e as duas têm culpa. Eu tô tentando me acertar, tô tentando entender o que realmente sinto. Eu te machuquei, sim, e, de verdade, Mariah, sinto muito. Mas eu também fiquei machucada por tentar ser o que eu não sou, tentar encontrar espaço onde não posso existir. — Cocei a cabeça, um pouco insegura e desconfortável por dizer aquilo em voz alta. — A real é que eu acho que sou demi... e... é tudo ainda muito recente... e sempre que penso, começo a entender situações que me faziam mal no passado. Então, de verdade, me desculpa.

Falar aquilo foi como tirar um peso enorme das minhas costas.

Desde a minha conversa com Vic, coloquei um bloqueio em meus pensamentos em relação à palavra "demissexualidade". Não exatamente por negação, mas por vergonha. Vergonha de ter tentado ser o que eu não era, de nunca ter pensado que pessoas poderiam ter uma relação diferente com sexo e que nem todo mundo é igual quando se trata do assunto.

Para a minha surpresa, Mariah suspirou e revirou os olhos.

— A Vic me contou.

— *Quê?*

— Ela veio conversar comigo na semana passada. — Mariah desviou os olhos de mim, cruzando os braços. — Sobre ti. Sobre a equipe. Ela tem essa ideia esquisita de que todas precisamos ser unidas. Enfim, a gente se entendeu e... Ah, não importa, a questão é que acho importante que tu esteja se descobrindo, mas assim, Gabriela, não usa os outros pra isso, ninguém precisa ser tua cobaia.

— Eu não tô usando ninguém, Mariah.

— E aquela sua colega irritante? — Ela balançou os ombros.

— A mesma com quem tu foi claramente gordofóbica?

— Ah, foi mal.

— Que desculpinha horrível, melhore nisso, hein, Mariah, por favor. Então, peça desculpas pra ela e não pra mim.

Ela ficou quieta — não tinha como argumentar. Estava errada e pronto, e eu não toleraria nenhum comentáriozinho. Pessoas gostavam de dizer que "ah, não foi por mal" ou "estava brincando" quando ferem alguém como se não fosse grande coisa. Sempre era. Machucavam, e, se dependesse de mim, a próxima pessoa que abrisse a boca com algum preconceito perderia alguns dentes.

Como eu gostaria de ter feito com aquele filho da puta homofóbico no canal de Sky ou quando, vendo suas fotos no Instagram, eu encontrava comentários de pessoas falando que ela seria mais linda se emagrecesse.

Era nesses momentos que eu perdia o meu tempo (que, na verdade, era por um bom motivo) para brigar na internet.

Um sonho meu:

Bater em preconceituoso que se achavam engraçadinhos e não eram.

— Aliás, para deixar bem claro, a Céu é uma amiga, não tô usando ela. — E foi difícil não pensar no que estava acontecendo com a garota depois de ontem. Queria *muito* ter uma forma de me comunicar com ela.

— A Vic falou que tu gosta de alguém. — As palavras de Mariah soaram amargas.

— Gosto.

Gosto demais.

E entender isso — e sobre minha demissexualidade — me fez perceber que, depois de ontem, realmente nutria algo de verdade por Sky, algo a ponto de me fazer suspirar e me segurar ao pensar nela.

Mano do céu, eu só queria que ela me respondesse...

— Vou tentar acreditar que tu tá mudando, Gabis — disse Mariah e pegou a mochila do chão. — Porque, sabe, de tanto quebrar corações por aí, pode ser que o mesmo aconteça contigo.

O sorriso que ela deu no fim foi afiado, irônico, eu diria.

Não insisti na conversa e a esperei sair, acompanhada de Vic. A minha parte eu tinha feito, ninguém podia dizer que não tinha tentado. Duvidava que voltássemos a ser amigas. E sinceramente? Preferia a distância. Outras garotas se despediram de mim, sorrisinhos que eu com o tempo aprendi a ignorar; e, sozinha no vestuário, me sentei em um banco.

De tanto quebrar corações por aí, pode ser que o mesmo aconteça contigo.

Peguei o celular.

Entrei na conversa com Sky.

Reli uma por uma.

Terça-feira, 17 de abril

(22:01:12) Gabislera: ei, aconteceu algo? Acho que a chamada caiu T___T

SkyLin<3 não atendeu à sua chamada.

(22:04:22) Gabislera: skyyyyyyy tá tudo bem ctg?

(22:09:44) Gabislera: sky?

(22:59:30) Gabislera: eu to realmente preocupada :(tá tudo bem? eu tô aqui se precisar

(23:45:59) Gabislera: boa noite sky espero que esteja bem

Quarta-feira, 18 de abril

(07:01:12) Gabislera: bom dia skyzinha

(08:56:01) Gabislera: não sei o que pode ter acontecido, mas, se puder, me dá um sinal?

(11:12:13) Gabislera: sky aaaaaaaaaaaaaaa

(23:25:03) Gabislera: li o capítulo da fanfic

(01:00:59) Gabislera: boa noite sky

Quinta feira, 19 de Abril

(07:05:01) Gabislera: não desaparece por favor

(07:11:12) Gabislera: bom dia

Uma dor incômoda surgiu em meu peito, uma dor que não tinha remédio ou solução. Nunca me senti tão impotente em toda minha vida. Esperar era tudo o que me restava e eu não podia desabafar com ninguém sobre o que estava sentindo e enfrentando. Porque não entenderiam que, de todas as coisas deste universo, eu fui me apaixonar pelo que diziam ser impossível.

Impossível...

Para mim, e para o meu coração, só existia o possível.

E enquanto eu não levasse um *não* definitivo, um bloqueio permanente, continuaria tentando. Porque, como na música da Fresno que Sky citou no capítulo da noite passada, essa não era mais uma história com final e o meu coração *ainda* não estava partido.

Antes de me levantar e continuar o dia, decidi enviar mais uma mensagem à garota. Dessa vez, mais direta que todas as outras.

(10:39:07) Gabislera: estou apaixonada por ti

Que as palavras a encontrassem.

Como eu queria encontrá-la um dia.

CAPÍTULO 30

GAROTAS QUE DECIDEM IR ATÉ O FIM (DO MUNDO) PELA GAROTA QUE GOSTAM

Gabriela

Queria estar sorrindo como Ikki sorria ao lado de Pérola.

Os dois brincavam com Céu — haviam adorado o nome e ficaram chamando a gata pela casa enquanto a bolinha de pelos corria para lá e para cá, animada. Eu era a única com cara fechada, fingindo estar bem quando, na verdade, não conseguia parar de pensar em Sky. Tinha revisitado suas redes nos últimos três dias, passeado pelas fotos e pelos comentários. Ela tinha o costume de responder aos primeiros dez que comentavam em suas fotos. Toda fofa, cheia de doçura e emojis coloridos. Na rede do passarinho, escrevia posts com imagens engraçadinhas e brincava com compartilhamentos de seus seguidores. O que era irônico: porque, em nossas conversas particulares, ela era geniosa e escorregadia. Como se, para o público, fosse outra pessoa. Reli nossas mensagens para alimentar a minha saudade. Gostava desse *jeitinho* incisivo, percebi, do modo como ela me chamava de idiota após uma brincadeira — porque eu sempre imaginava que ela estava rindo do outro lado da tela, mas era orgulhosa demais para admitir. Gostava justamente por parecer a sua personalidade de verdade. O fato de ter *confiado* em mim e agido como ela mesma me dava uma sensação de... esperança.

Esperança que daria certo um dia.

Esperança que ela me responderia uma hora.

— O que você tá vendo aí, mana? — perguntou Ikki e quase derrubei o celular. Sentando-se ao meu lado no sofá, ele me encarou com aquele olhar de quem está te analisando, olhando no fundo da tua alma.

— Besteira — respondi, e Pérola nos observou de relance. Ela estava no chão com a gatinha, que brincava com um ratinho de pelúcia. — Só rolando o *feed*. Domingo sempre me dá preguiça de existir.

— Sei como é... por isso pensei em vir te ver com a Pérola... a gente queria ver a Céu também. Melhor do que ficar em casa... o papai tá estressado demais.

— Novidade... — murmurei e espichei minhas pernas doloridas. Para esfriar a cabeça, estava focando em treinos mais pesados e exaustivos. Me ajudaria a não pensar na espera, na resposta que nunca vinha. — A gente tá meio... brigado.

— Desde o almoço?

Assenti e me sentei direito.

— Não concordo com algumas atitudes dele, sabe? Ele vive como se a vida fosse só basquete... sei lá, Henrique parece ter esquecido que é pai e tem dois filhos.

— Sim... — Ikki brincou com os dedos em seu colo, o olhar baixo e pensativo. — Queria... que ele conversasse mais comigo.

— Eu sei, maninho. — Dei um tapinha no ombro dele. — Mas tenta focar no que tá te ajudando e te deixando melhor. — Olhei de relance para a garota com a gatinha. Ikki sorriu, desajeitado.

— Uhum... e a sua?

— A minha?

— A garota, mana, que você comentou aquele dia.

Ah, meus lábios se entreabriram em um murmúrio silencioso. *Sim*, eu havia comentado com ele sobre Sky, mas por cima, muitos detalhes de lado. Fazia semanas — as aulas tinham começado havia pouco e ainda tentava me entender com Maria Celeste na faculdade. Pensar na garota automaticamente me levava àquela preocupação de: *está tudo bem com ela, não está?* Porque, por tudo que é mais sagrado, quem não tinha UMA rede social para interagir com o mundo?

Garota esquisita e...

Fechada.

Deus, por que parecia estranho demais pensar nela?

— Sim, ah... — comecei ao ver que Ikki esperava por minha resposta. — Mais ou menos...

— Mais ou menos?

Olhei para Pérola de esguelha, incerta se falaria ou não. *Precisava* de alguém para desabafar, mas não tinha certeza se meu irmão de quatorze anos era a melhor opção. *Mas que outra eu tinha?* Mariah? Fora de cogitação. Vic? Ela me criticaria até minhas próximas gerações (além de rir e dizer que era otária demais por ter me apaixonado por uma famosinha). As outras meninas do time? O assunto se espalharia como fogo em vegetação seca… realmente, sem alternativa. Mas, *pensando bem*, meu irmão era a melhor opção entre tantas possibilidades mais adultas. Porque, diferentemente dos outros, Ícaro não riria e não me julgaria. Nunca me julgou. Nunca me julgaria (só se eu *realmente* saísse do personagem e começasse a gostar de homens — o que *não* ia acontecer, de jeito nenhum).

— Pérola, tu se importa se eu roubar o teu namorado por uns minutinhos?

Ela sequer nos encarou. Respondeu um *não* tranquilo e continuou tirando fotos da gatinha.

Pedi que Ikki me acompanhasse até o meu quarto e fechei a porta, as mãos tremendo como se eu estivesse a um passo de confessar um crime. Ele se sentou na cama e esperou enquanto eu ligava o computador. Na tela enorme, digitei o nome do *user* de Sky e respirei fundo antes de apertar *enter*.

Que eu não me arrependesse.

Cliquei em uma foto — a última dela desde o sumiço — e a deixei na tela. Muitos comentários e curtidas estampavam o post do Instagram em que, sentada em um tapetinho peludo, as paredes rosas e cheias de enfeites delicados, Sky segurava o celular em frente ao espelho, o rosto parcialmente oculto pelo aparelho. As meias 7/8 brancas realçavam suas pernas, grossas e *lindas*, combinando com o vestido azul-pastel com detalhes brancos que usava. Lembro de ter perdido longos minutos admirando a foto quando ela postou, na semana anterior, imaginando como seria encontrá-la.

Ikki observou a foto e esperou por uma explicação minha.

— Já ouviu falar dessa *streamer*?

Ele se inclinou na direção da tela para ver melhor.

— Ah, sim, a SkyLin. Já ouvi um pouco… ela escreve uma *fanfic*, né?

— É, e tem um canal bem famosinho. Mas não é o caso… bem, meu Deus, respira primeiro e me escuta com calma, tudo bem?

— Eu tô calmo, mana…

Era *eu* que não estava.

— Tá, foi mal, mas sério, escuta e presta atenção. — Gesticulei para a foto. — Essa é a garota. A *minha* garota. A garota de quem *eu* gosto.

Que gosto maravilhoso falar *minha garota* em voz alta.

Era como entrar em combustão.

Ícaro piscou, o cenho franzido, tentando associar as minhas palavras rápidas e atropeladas.

— É isso, maninho. A garota que te falei é a SkyLin... e antes que tu ache muito impossível, a gente vem conversando há algum tempo. É uma longa história, ela pediu que a gente mantivesse isso em segredo... mas, mano, a garota é ela. Eu *gosto* dela, gosto muito. Tanto que é... dolorido. — Eu me esparramei na cadeira. — O problema é que tô tentando me aproximar, mas ela é muito fechada, e agora, depois de um rolo escroto com um cara preconceituoso na live dela, Sky simplesmente sumiu e não me responde mais. Eu não sei o que fazer... tava com isso guardado porque qualquer pessoa que eu contasse iria rir e dizer que sou idiota por gostar de alguém da internet.

Nunca pensei que falar *aquilo* fosse me tirar um peso das costas. Fiquei leve, menos angustiada. O nervosismo permaneceu, eu ainda não conseguia parar de pensar na garota, mas compartilhar com alguém havia me dado um pouco mais de força para suportar aquela escuridão sem respostas.

— É... complicado. — A resposta de Ikki me pegou desprevenida. Óbvio que era complicado. Ela era complicada. Sabia disso e só queria alguém que me passasse a mão na cabeça e dissesse "vai dar certo", não alguém que me fizesse ver que estava tentando o impossível. — Mas ela demonstrou interesse?

— Aí que tá o problema. Eu não consigo saber. Digo... se ela quisesse, poderia ter me bloqueado há séculos, mas continuou lá, sabe? Ah, sei lá, Ikki, eu tô só cansada e surtada... Muita coisa passando na minha cabeça? Essa história de me descobrir demi e...

— Demi? — interrompeu ele.

A conversa com meu irmão levou mais tempo do que pensei. Expliquei tudo o que precisava, tudo o que queria. Todo o meu pseudo-relacionamento com Sky. Falar da garota trazia conforto, mas também aflição. Por desejar tanto o que estava tão longe. O pior, no entanto, era sentir tudo isso como se ela estivesse perto, quase ao meu lado; como se, no meu dia a dia, a garota estivesse me acompanhando, às vezes me chamando de *idiota* com as bochechas coradas e o cenho emburrado, orgulhosa demais para dizer que gostava das provocações.

Fechei os olhos por um instante para tentar mentalizá-la.

Com vergonha. O rosto vermelho. Birrenta. Mimada.

Mas a expressão que se materializou em meus pensamentos não foi a dela, com seus cabelos rosados; e, sim, a de Céu.

Pisquei depressa, o coração incerto.

— O que houve? — perguntou meu irmão.

— Nada... — sussurrei e sorri, sem jeito, desprevenida, traída pelos meus próprios desejos. Ficou até difícil continuar a conversa.

— Mas é isso, mana — prosseguiu Ikki e olhou de relance para a foto de Sky no computador. — Acho que o melhor a se fazer é esperar, mas acho que, se eu fosse você, continuaria mandando mensagens. Não sei, é que... às vezes as pessoas podem estar em momentos delicados em que precisam ficar sozinhas, mas gostam de saber que, apesar da ausência, tem alguém esperando por elas. — Ele sorriu no fim, levemente corado. — Se fosse comigo, ficaria feliz em receber mensagens.

Desabafar com Ikki poderia não ter me dado uma solução, mas me ajudou a entender que, às vezes, o tempo cuidaria de tudo. Talvez Sky precisasse de um tempo, de espaço, era difícil saber o que ela estava passando onde quer que estivesse, mas o fato de perceber que, mesmo ausente, pessoas se *importavam* com ela, quem sabe daria forças para a batalha que estivesse travando.

Não deixaria de mandar mensagem.

Não deixaria de *esperar*.

Nunca fui de insistir em algo, em alguém...

Mas ela...

Aquela garota.

Por ela eu iria até o fim.

Cheguei no horário da aula pela primeira vez na minha vida acadêmica.

Não era ansiedade pela aula — estava mais preocupada em me formar —, mas, sim, encontrar Maria Celeste e ter certeza de que tudo estava bem com ela. Desde a quarta-feira anterior, fiquei apreensiva com a ausência de notícias. Apesar de toda a nossa conversa e do momento em minha casa, Céu persistiu com a teimosia de *não* me dar seu celular ou seu endereço. Sofri sozinha com a culpa de tê-la deixado ir embora sem insistir mais em qualquer informação sobre ela, mas esperei pacientemente pela segunda-feira e tentei não pensar no problema. Porque estaria *tudo bem* com ela.

Mas ao chegar à sala, não encontrei a garota em seu lugar habitual.

Uma leve apreensão cresceu em meu peito, mas respirei fundo e esperei. *Ela deve estar atrasada, Gabriela, calma*, e fiquei atenta à porta. Toda vez que alguém entrava, eu me inquietava, frustrada. Nunca pensei que quisesse tanto vê-la entrar por aquela porta com a expressão emburrada e o nariz empinado. Às 9h24, o professor chegou e cumprimentou os alunos. Às 9h30, explicou sobre narradores e pontos de vista. Às 10h20, sugeriu o próximo trabalho de escrita para a turma e todos se reuniram em duplas. Menos eu. Porque Maria Celeste não estava lá e... não estaria.

Enquanto todos se concentravam em suas tarefas, eu me levantei e fui até a mesa do professor. Antes que eu abrisse a boca para falar, ele interveio.

— Ah, Gabriela, sinto muito por sua dupla. Eu recebi o e-mail dela, se for muito difícil para ti, você pode se juntar com outra dupla.

Quê?

Eu me senti tonta.

— Aconteceu alguma coisa?

Ele me observou como se estivesse estranhando o fato de eu não saber o que estava acontecendo.

Minha ansiedade estava começando a me atacar.

— Pensei que soubesse... A senhorita Maria Celeste enviou um e-mail informando que não poderá mais frequentar as aulas, mas que gostaria de continuar com os trabalhos de forma online. Infelizmente a disciplina é presencial e não teria como. Me informei que a matrícula dela nessa cadeira foi cancelada, então acredito que queria fazer apenas por interesse. É uma pena o ocorrido... Ela é uma ótima aluna e tem capacidade de ir longe. Não sei o que aconteceu, mas vou enviar o material e os textos da disciplina para que ela possa estudar.

Na metade da explicação eu já estava zonza.

Um zumbido cresceu em meu ouvido. O ar ficou pesado, denso. Um soco no meu estômago teria sido melhor do que ouvir aquilo.

Matrícula cancelada. Não poderá mais frequentar as aulas.

Maria Celeste *amava* escrever — das poucas coisas que ela deixou transparecer e não conseguiu esconder, a escrita era uma delas. Bastava ver sua expressão enquanto o fazia, transformando palavras em sentimentos e expondo o que tinha tanto receio de demonstrar. A primeira vez que a vi *sorrir* sem espinhos foi escrevendo em minha casa. A segunda, com o elogio do professor. Era impossível que Céu houvesse cancelado sua matrícula por conta própria.

Tinham-na obrigado a isso.

O acidente. O choro trancado. A constante necessidade de se esconder.

Tudo tinha um porquê — e ela tentou me falar naquela noite durante nossa conversa. Falou da família. Falou dos pais rígidos. Falou que não tinha ninguém.

E eu *a deixei* ir sozinha.

Acreditei que ela sabia se cuidar.

Não insisti o quanto deveria.

E agora eu *não fazia* ideia de como encontrá-la e como ajudá-la.

Amiga, eu disse para ela.

"Amiga".

Que merda de amiga eu era.

— Eu vou precisar sair — disse depressa ao professor e peguei minhas coisas, sem esperar ou ouvir uma resposta dele.

Quando saí da sala, a garganta apertada e o coração doendo, meu celular vibrou. Não senti vontade de ver o que era — queria me martirizar sozinha e me culpar até cansar. Mas peguei o aparelho, sem expectativas.

Se o meu dia estava ruim e péssimo, ele ainda ficaria pior.

Porque a notificação era uma mensagem de Sky.

(10:40:20) SkyLin<3: Para de me mandar mensagem.

CAPÍTULO 31

GAROTAS QUE PERDERAM TUDO (E AINDA VÃO PERDER UM POUCO MAIS)

Gabriela

Fiquei encarando a mensagem recém-enviada.

Parei no corredor do prédio — como se meus pés estivessem colados ao chão. Queria uma resposta, mas não esperava que ela viesse acompanhada de espinhos. Sequer conseguia reagir ao significado do pedido, buscando algo errado em tudo que eu havia dito até então. Nada parecia errado. Não *estava* errado. Mas por quê...

Por quê?, eu digitei e enviei enquanto meus lábios repetiam o mesmo.

(10:45:01) SkyLin<3: Você não entende.

Como eu poderia entender se ela nunca me permitiu? O que quer que estivesse enfrentando, a garota se escondia como se sua vida dependesse disso. Digitei depressa, atordoada, ignorando os erros no caminho.

(10:45:29) Gabislera: e//euuh posso efjfe. enntender, sky, eu querrirro entender, eu uqquero te ajuda

(10:46:11) SkyLin<3: Meus pais me proíbem.

Antes que eu pudesse entender direito o que ela havia dito, a mensagem antes enviada desapareceu.

(10:46:11) SkyLin<3: Mensagem deletada.

(10:47:02) Gabislera: seus pais? Como assim???

(10:47:12) SkyLin<3: Adeus.

A garota ficou offline de repente e um súbito pânico me atingiu. *Ela me bloqueou,* pensei, trêmula e digitando às pressas uma próxima mensagem. Não cheguei a enviá-la: o celular escapou das minhas mãos e foi direto ao chão. Soltei um palavrão e o peguei de volta, me deparando com a porra de uma tela quebrada.

É claro que não estaria apenas quebrada. Mas destruída. O visor havia ficado preto de uma ponta a outra, apenas uns pixels perdidos em um canto. Ótimo. Perfeito. Levei um fora da garota que gosto, deixei outra garota desaparecer porque fui relapsa e agora havia perdido o celular.

Eu estava fodida.

Eu merecia estar fodida, na real.

Porque não queria acreditar que ela havia definido essa distância desde o começo. As relações passadas, forçadas, me deixaram convencida, estúpida também, acreditando que eu poderia ter o que quisesse. Mas não. Eu não podia. Eu não teria, e o fora de Sky me fez enxergar isso. Até mesmo Céu tentou me alertar — estava tão acostumada a ser correspondida, que não entendia um *não*. Falando mal de héteros escrotos e fazendo o mesmo que eles.

Quanta prepotência.

Quanta...

Meu Deus, grunhi e coloquei as mãos no rosto, sem saber o que fazer, sem saber com quem falar.

Não era só um problema — muito grande — que me abalava, mas dois; e era assustadoramente irônico que eles tivessem quase o mesmo nome.

Céu e Sky.

Sky e Céu...

Incapaz de encontrar uma solução, peguei o celular quebrado e me apressei para desaparecer, correndo até o estacionamento do prédio. Sofreria as mágoas em casa, sozinha, enquanto tentava juntar os pedacinhos do meu coração.

Cancelei meus atendimentos como personal e passei a tarde inteira na cama, a cara no travesseiro, a cabeça afogada em perguntas. *O que havia acontecido?*, eu ficava repetindo e tentando encontrar uma resposta. A gatinha Céu — eu agora estava profundamente arrependida do nome — havia se acomodado ao meu lado na cama espaçosa, me observando com olhos atentos, eu diria quase que preocupados. Sem celular, fiquei incomunicável com o mundo e, *mano*, foi melhor. Precisava esfriar a cabeça e colocar os pensamentos no lugar, mas eles insistiam em se embaralhar. Às vezes (porque gostava de sofrer aparentemente), ligava o computador e entrava no servidor para ter certeza de que não havia mensagens da garota. Nada. Nem sequer para me mandar a merda. Insistente (porque eu merecia um soco bem dado para aprender), entrava em *MoonMoon Land* na esperança de que a encontraria online. Estupidez a minha.

Sky não estava em nenhum lugar.

Ela nunca te correspondeu, Gabriela, pelo amor de Deus, caia na real.

Engolir e digerir aquelas palavras era difícil — e quanto mais eu tentava, mais doía. Queria ser menos esperançosa para simplesmente seguir em frente.

Mas, *mano*, eu estava apaixonada.

De verdade.

Eu não me importava em ter que pegar um avião e encontrá-la do outro lado do Brasil. Porque eu o faria — como qualquer lésbica que se apaixonou por uma garota que mora a milhares de quilômetros de distância.

Lutando contra meus próprios sentimentos, levantei perto das 19h para me preparar para o treino. O jogo contra o time de Lajeado seria na quarta, e, depois do vexame da minha ausência, precisava compensar e ser a capitã que não fui. Se conseguisse. Porque minha vontade era deitar na cama o dia todo e ouvir músicas emo-depressivas dos anos 2000. Enquanto terminava de pôr o meu uniforme de basquete, pedi à Alexa que tocasse uma playlist emo para sofrer com um coração partido (o que não falta no Spotify são seleções de músicas assim).

Eu quis bater a minha cabeça na parede quando tocou *Milonga*.

A Alexa queria me matar, sinceramente.

Terminei de prender o cabelo, irritada, ouvindo aquela letra, em que cada palavra vinha acompanhada de uma lâmina.

Lembranças que não presenciei
Mas decorei com exatidão
Como o passado que eu mesmo criei

— Alexa, próxima, caralho! — berrei antes que caísse na fossa e não conseguisse me levantar. Peguei minhas coisas para o treino, coloquei comida para a gatinha e saí de casa, torcendo para que, pelo menos no treino, eu conseguisse esquecer todo o caos que eu enfrentava.

Tolice a minha.

Porque nas três horas de jogo...

Só consegui pensar em duas coisas.

Sky e Céu. Era estranho o fato de que as duas garotas surgiam em minha cabeça em conjunto. Talvez fosse por causa do nome. Mas toda vez que me movia pela quadra, ouvindo os berros de Henrique e os chamados de minhas amigas, tentava entender o que me fazia associá-las.

Até uma bola (muito bem arremessada) me atingir na cabeça e me derrubar lindamente no chão. Ouvi alguém gritar, mas não reconheci a voz, fiquei zonza, minha visão escureceu e os meus pensamentos ficaram embaralhados. Quase achei que fosse perder a consciência. A pancada foi agressiva, como se até a bola estivesse querendo me ferir e me confundir mais do que eu já estava.

Mas...

Não.

Piscando e tentando voltar à realidade, tive um momento de epifania (e eu só sabia com precisão o significado dessa palavra por causa das aulas de Escrita Criativa). Epifania, na verdade, era um modo bonito para chamar minha transição de uma tremenda falta de atenção (burrice, sim) para uma descoberta óbvia.

Porque me lembrei de Céu em minha casa, de tudo que conversamos, do que ela disse sobre os pais dela, sobre eles serem rígidos, sobre precisar se esconder. E me lembrei também da conversa com Sky e da mensagem apagada falando de seus pais. *Meus pais me proíbem*.

Isso tudo era coincidência demais, não era?

Tudo pareceu tão óbvio. Talvez a pancada tenha me feito delirar a ponto de enxergar detalhes que antes não enxergava. As duas eram emburradas. As duas tinham a necessidade de se esconder. As duas...

Idiota, ouvi Céu falando.

E me lembrei de todas as vezes em que, envergonhada, murmurou o xingamento como Sky fazia em situações desajeitadas.

Meu Deus.

MEU DEUS.

Era melhor que a bola me batesse de novo se essa conclusão fosse apenas uma tentativa de me convencer de algo.

Porque era a única e possível explicação.

— Gabis, tu tá bem? Ei, olha pra mim, guria — perguntou Vic, preocupada, dando tapinhas na minha bochecha. Minha visão ganhava foco e a realidade sufocava os meus pensamentos, tentando despistá-los. Ao redor, as outras meninas e Henrique se amontoavam para me ver. — Caralho, Isa, mais um pouco e tu arranca a cabeça dela!

— Eu pensei que ela ia desviar! — choramingou Luiza de algum ponto fora do meu campo de visão. — Gabi, desculpa mesmo.

— Deem espaço, porra. — A voz do meu pai ecoou entre as demais. Depois de um piscar atordoado meu, o semblante de Henrique surgiu ajoelhado à minha frente, analisando minha expressão. — Vai sobreviver, fiquem tranquilas. Gabriela, vai pra casa, descansa e fica de repouso amanhã, porque, *seguinte* — ele agora falava em tom de ameaça. —, quarta-feira, tu precisa vencer, entendeu?

A preocupação do meu pai não era em relação a mim, mas à vitória. O mundo cairia antes que ele me desse repouso sem considerar seus próprios interesses.

Não quis pensar nele — que fosse para a puta que pariu —, estava mais preocupada em entender as conclusões da minha cabeça. Sky. Céu. Os nomes se repetiam em um ritmo constante, quase como se me gritassem: COMO TU NÃO PERCEBEU? Só que um lado duvidoso meu não queria acreditar que a garota que eu conversava online estava ali o tempo todo.

— Preciso ter certeza... — murmurei enquanto me levantava com a ajuda de Vic e Juju. Elas chegaram a perguntar do que eu estava falando, mas ignorei e agradeci, me afastando da quadra.

Victória correu para me acompanhar.

— Tem certeza que tá bem?

— Tirando a parte que vi minha vida passar diante meus olhos, tô sim.

— Gabis — ela revirou os olhos —, tu ficou quase três minutos no chão balbuciando sozinha.

Três minutos que pareceram uma eternidade enquanto a realidade me dava uma martelada na cabeça para ver se eu deixava de ser burra.

— Tô bem! — respondi e pendurei a mochila em um ombro. Eu só não podia dizer que não estava sentindo dor: minha cabeça latejava. — Tenho só... uns rolos pra resolver.

— Rolos?

— Não, Vic, não tô ficando com ninguém. Continua sendo a mesma garota. — O que me assustava de algum modo. Porque a possibilidade de Sky ser Céu sequer me afetava. Muito pelo contrário. Apenas explicava o que eu sentia quando aquela garota emburrada sorria.

Pisquei depressa para me atentar à realidade.

— Preciso ir. — E não esperei a resposta ou prestei atenção à expressão dela.

Queria chegar em casa. Queria respirar.

Queria acreditar que a minha loucura de associar as duas talvez não fosse tão loucura assim.

Maria Celeste Martinelli, que cursa o terceiro semestre de Medicina e pensa em seguir os passos dos pais, também estava presente na inauguração.

Acessei o meu histórico de pesquisa do navegador e encontrei a manchete sobre a inauguração da clínica dois meses antes. Eu tinha o nome completo e o curso dela. Encontrá-la nos corredores do prédio de Medicina seria complicado. Acariciei a orelhinha de Céu, dormindo em meu colo, e mentalizei a loucura que eu estava prestes a fazer — buscar essa garota nos labirintos da faculdade. Se os pais estivessem realmente obrigando-a a estudar, ela provavelmente estaria frequentando as aulas. Era terça-feira, um dia antes do jogo contra Lajeado, um dia para provar para meu pai que eu sabia ser uma capitã responsável. Mas o descanso recomendado por ele ficaria para depois.

Saí do apartamento e peguei meu carro, dirigindo até a universidade. Quando estacionei, poucos minutos depois, peguei o celular minúsculo e provisório que estava usando até consertar o meu para acessar o mapa da universidade. Estava perto do meu destino. Antes de sair, entrei nas redes sociais de Sky para conferir se havia atualizações. Continuavam paradas, esquecidas. Pessoas a citavam em postagens para perguntar onde a garota estaria e quando voltaria às lives. O sumiço só confirmava mais a minha desconfiança em relação a elas. Afinal, era coincidência demais as duas desaparecerem, as duas falarem dos pais, as duas... me chamarem de idiota quando estavam emburradas. *Mano*, tentei respirar devagar e acalmar o meu coração acelerado.

Estava chovendo em Porto Alegre, estudantes corriam para lá e para cá no campus enquanto poças se formavam no chão irregular. Sem a proteção de um guarda-chuva (porque eu era idiota e preferia manter o estilo a carregar um), atravessei o estacionamento correndo. Em frente ao prédio, bati os pés na entrada — o que não faria diferença já que todo o saguão estava com o piso ensopado. Perguntei na recepção em que andar ficavam as aulas do terceiro semestre, o que provocou um olhar desconfiado da moça. Sorri e menti que estava procurando minha namorada — na maior cara de pau —, o que a tranquilizou.

Senti uma ponta de esperança quando ela me passou as direções. *Que ela esteja lá,* repeti mentalmente enquanto esperava pelo elevador. No andar indicado, os alunos conversavam antes de as aulas iniciarem. Caminhei pelo corredor inteiro, espiando as salas em busca dela. Recebi olhares curiosos, imaginei que estivessem acostumados com os mesmos rostos e estranhassem alguém de fora. Senti um aperto no peito quando não encontrei Céu em sala nenhuma. Queria não me sentir tão mal, mas a culpa ainda me perseguia, quase me consumindo.

Tu não devia ter deixado ela ir embora sozinha, Gabriela.

Sim, não devia, mas deixei; e, agora, estava tentando consertar o meu erro.

Um professor passou por mim em direção a uma das salas. Era um homem em seus cinquenta anos, bem-arrumado e com a barba grisalha. Não parecia muito simpático, mas não custava tentar.

Conversar com estranhos nunca foi um problema para mim.

— Ei, com licença, pode me ajudar?

O olhar que ele me deu — dos pés à cabeça — foi desencorajador. De quem estava julgando antes de te conhecer.

— As informações estão na recepção.

Filho da puta.

Forcei um sorriso educado.

— Eu sei, mas queria perguntar sobre uma aluna. O nome dela é Maria Celeste e...

— Eu dou aula para cinco cursos e só o de Medicina tem mais de mil alunos, tu achas que eu realmente vou lembrar de alguém?

Que grande filho da puta arrogante.

Ele sequer se deu ao trabalho de me mandar à merda. Deu de ombros e seguiu pelo corredor. Era nessas horas que queria andar com uma bola de basquete para arremessar na cabeça de alguém.

Boladas ajudam a criar juízo — experiência própria.

— Maria Celeste Martinelli? — Soou uma voz suave às minhas costas. Tinha um sotaque leve e usava um *hijab* na cabeça. Era baixinha e tinha um rosto arredondado, de expressão gentil. Ela se aproximou de mim e sorriu. — Está procurando por ela?

— Sim... ahm, tu sabe se ela veio na aula?

— Ela é minha aluna, mas faltou à aula de ontem. Está de atestado, pelo que fui informada... — A moça olhou ao redor como se para ter certeza de que ninguém estava ouvindo. — Como professora, querida, não posso dar muitas informações, mas... — Ela me puxou para um canto para cochichar. Achei um gesto fofo, mas me mantive séria. Eu só conseguia pensar em Céu e Sky, nelas que, meu Deus, eram a mesma pessoa. Precisavam ser a mesma pessoa. — A minha irmã, Aminah, é casada com a tia de Maria, a professora Ofélia. Se você correr até o prédio de Letras, tem chance de encontrá-la. A aula dela termina logo, logo. Pode perguntar para ela sobre a menina.

Ela segurou firme a alça da pasta pendurada no ombro.

— Sei que a vida da Maria Celeste é complicada, segundo minha irmã. A mãe dela é geniosa! Mas a menina não parece ser, é quietinha, não se enturma muito, fico preocupada, sabe. Espero que esteja tudo bem.

Eu também esperava.

— Tu não sabe o quanto me ajudou, de verdade. Qual o teu nome?

Ela sorriu.

— Khadija. Mas vá, vá logo. Ou você não vai encontrar a professora Ofélia. — Ela gesticulou depressa com as mãos.

— Obrigada mesmo! — agradeci de novo, agradeceria mil vezes se fosse possível, e corri para o lugar indicado.

Só que... *meu mano do céu*.

O prédio oito, onde ficava o curso de Letras, era longe para um caralho. Eu teria que atravessar a passarela da Ipiranga debaixo de chuva e correr até cuspir os meus pulmões.

Que fosse.

Porque, se houvesse uma chance, eu faria. Correria em meio à chuva — como nos romances da Sessão da Tarde — para encontrar a garota. Contaria com minhas pernas e meus tênis encardidos, torcendo que o fôlego não me abandonasse no caminho. Então, deixando o prédio, avancei pela Quadra Norte enquanto a água molhava minhas roupas. Nessas horas um guarda-chuva seria *bom*, mas, mano, com o vento e a corrida, duvidava que aguentasse sem ser virado do avesso.

Para facilitar a vida dos estudantes (que não facilitavam as próprias vidas), haviam construído uma passarela sobre a Avenida Ipiranga que ligava as duas partes do campus. Me impediria de correr perigo atravessando a pista repleta de carros e buzinas sem um pingo de paciência. Na rampa de acesso, precisei passar e pedir licença para os alunos que estavam bloqueando o caminho — como se a passagem fosse um ponto de encontro não um acesso indispensável para todos. Quase xinguei um que me olhou feio, mas não perdi meu tempo e corri desesperada. Quantas histórias por aí idealizavam ações como essa? O mocinho atravessando a cidade para encontrar o seu amor antes que fosse tarde, debaixo de chuva enquanto uma trilha sonora brega tocava no fundo. Tinha certeza de ter visto algo semelhante em filmes e séries famosas; e, sinceramente, havia desejado que um dia acontecesse comigo.

Só que em uma versão não hétero.

Uma versão *bem* sapatona.

Em que a lésbica (apaixonada) corria para encontrar a garota que amava. Pediria a Céu que escrevesse um dia. *Não*. Faria melhor. Viveria com ela o que, sempre que lia sua *fanfic*, me pegava idealizando.

Meu Deus.

Que merda de lésbica emocionada eu era.

Cheguei ao prédio oito encharcada. Meus cabelos pingavam e gotas escorriam em meu rosto, era difícil dizer o que era suor e o que era água. Ignorei os olhares e, na recepção, perguntei a sala em que a professora Ofélia estava dando aula. O rapaz olhou para o relógio antes de responder:

— Olha, se tiver sorte, ela tá na sala 201, segundo andar. Mas as aulas já ter...

Não esperei, pronunciei um obrigada meio torto e corri para as escadas, desviando dos alunos que desciam. Se eu não tivesse resistência física, eu teria desmaiado no meio do caminho, mas mesmo isso não significava que eu não estava a um passo de desmoronar. Minhas pernas latejavam e sentia a cabeça quase explodir. Arfando, cheguei ao andar vazio e silencioso, algumas portas entreabertas. Observei os números e, adiante, com uma garota escorada na parede e de braços cruzados, encontrei a 201. Queria ter encontrado a tal Ofélia. Queria ter recebido informações sobre Céu. Queria que tivesse dado certo.

Mas não encontrei ninguém além de uma aluna que terminava de guardar o material.

Senti a garganta queimar.

O corpo doer.

A frustração me engoliu e me deixei sentar no chão, a cabeça entre as pernas enquanto recuperava o fôlego.

Aquela culpa veio novamente.

Aquela sensação de fracasso, de impotência.

O universo estava contra mim — fazia de tudo para me fazer entender que eu não conseguiria encontrá-la e viveria com o peso de tê-la deixado ir embora. Agora estava lá, deprimida e derrotada, no chão de um corredor vazio, sem saber para onde correr. Quanto mais o tempo passava, mais eu sentia que estava ficando tarde.

— Ei, tá tudo bem? — perguntou alguém de repente. Ergui a cabeça e percebi ser a garota que estava escorada na parede. Era alta como eu e estava com uma camiseta que reconheci ser do álbum *Ciano*, da Fresno. Usava também coturnos escuros e uma camisa de flanela vermelha amarrada na cintura, sobre a calça jeans rasgada.

— Sim... — murmurei ainda sem fôlego. — Queria... a professora.

Ela ergueu uma sobrancelha.

— Ela já foi.

— Não me diga. — Não era minha intenção ser grosseira, mas eu estava *deprimida* e queria sofrer em silêncio.

A garota franziu o cenho e estalou a língua, incomodada. Ela ia falar algo, mas foi interrompida pelo chamado animado de outra que saiu da sala.

Era menor, usava uma saia xadrez e tinha um estilo alternativo. O cabelo ruivo e cheio estava preso por duas chiquinhas quadriculadas.

— Anaju, amor, desculpa a demora! — Então abraçou a primeira garota. Notei que usavam um anel dourado na mão esquerda. Ótimo, um casal feliz para cuspir na minha cara que eu havia perdido a minha garota e estava sozinha. Recebi o olhar da ruiva, que ficou confusa por me ver no chão. — Ah, tudo bem?

— Deixa ela — murmurou a tal Anaju e puxou a garota com cuidado.

— Tô bem, fiquem tranquilas. — Acenei para que se tranquilizassem. Queria que se afastassem logo e parassem de ser um casal bonito na minha frente. A garota animada fez um biquinho e se despediu, os dedos entrelaçados na mal-humorada. Em pouco tempo, desapareceram no corredor.

Fiquei sozinha finalmente.

Tudo que tinha acontecido — todas as minhas falhas — me dava vontade de ficar ali, acomodada no chão, pelo resto do dia.

Mas...

Eu queria aquilo.

Eu queria *muito* viver o que aparentemente aquele casal vivia. Queria esperar minha namorada depois da aula. Queria abraçá-la. Queria segurar sua mão e nunca soltar. Queria, finalmente, sentir tudo que nunca tinha sentido antes, tudo que nunca havia vivido, mas tudo que imaginava nas histórias de Sky, de Céu.

Aquele frio na barriga.

Aquela intensa e tão suave sensação de estar apaixonada.

Por isso, me levantei.

Por isso, não desisti.

Porque não importava a chuva, não importavam os desencontros, nada.

Como nos romances escritos por aí, queria também escrever o meu. Não com palavras. Faria diferente, faria realidade.

Porque no fim, eu sabia, ainda tinha a chance de um *felizes para sempre*.

CAPÍTULO 32

GAROTAS QUE NÃO QUEREM OUVIR *MILONGA* (PORQUE LEMBRAM DA GAROTA QUE PERDERAM)

Gabriela

Eu encarava o teto enquanto meus dedos batiam na superfície macia, inquietos. Conversas se misturavam ao redor, risadas e gritinhos de excitação. Queria estar como elas, animada e ansiosa para o jogo do dia seguinte. Mas a minha realidade era outra: sufocava em silêncio com as palavras que nunca dissera. Sempre tive medo do que diriam se um dia eu confessasse que me apaixonei por uma garota na internet — que joguei com ela e assisti fielmente a todas as suas transmissões. Não levariam a sério. No começo, nem eu levava. Naquele momento, contudo, nunca desejei *tanto* contar a verdade. Queria falar, me confessar e dizer que, finalmente, depois de fechar o meu coração, estava sentindo de novo o que acreditei que a decepção com Marina havia tirado de mim.

Mas um amor impossível e imprevisível era complicado.

Porque eu não sabia onde *ela* estava — e tinha medo de imaginar o que estaria acontecendo.

Tentava pensar em uma solução, uma alternativa. Tudo o que eu tinha era um nome, nenhuma outra pista. A professora de Medicina comentou de uma tia, Ofélia, mas e se ela também fosse como a mãe da garota? Falar com ela poderia piorar tudo e eu perderia a oportunidade (que era mínima) de encontrá-la.

A lembrança da *fanfic* me veio à mente.

Fiquei me perguntando o que Yun-yu, que era apaixonada pela escorregadia e temperamental Aya, faria. Era estupidez pensar assim, mas as palavras escritas sempre me trouxeram conforto, uma sensação de aconchego. Quantas vezes não pensamos em nossas histórias favoritas em momentos de tristeza? Apenas para nos consolar. Apenas para nos segurar à realidade. Não importava a narrativa — poderia ser um clássico ou um romance contemporâneo clichê —, sempre haveria uma história que nos levaria àquele lugar de conforto, de acolhimento, de se sentir bem quando tudo não está.

As histórias de Maria Celeste — de Céu, de Sky — eram o meu conforto.

— Vai ficar aí deprimida? — O rosto de Vic pairou acima de mim. Estava de braços cruzados e cenho enrugado. Eu tinha dito que não queria vir à casa dela, mas o time insistiu tanto em se reunir que, como capitã, não podia faltar.

Coloquei o braço no rosto para cobrir meus olhos.

— Tô chata — murmurei.

— Ah, sim, Gabriela, ninguém percebeu. — Ela riu irônica. — Amanhã é importante, entendeu? Tu precisa relaxar, deixar a cabeça leve.

Como se eu conseguisse simplesmente deixar para lá.

Eu me sentei direito no sofá onde estava jogada ocupando todo o espaço e encarei Victória.

— O que tu faria se alguém que tu ama sumisse de repente e tu sentisse que tem algo errado?

— Quê?

— O que tu faria? — repeti. — Esperaria a pessoa voltar ou faria alguma loucura pra encontrar ela?

— Alguém sumiu?

— Meu Deus, Victória, só me responde, porra.

Ela revirou os olhos, bufando.

— Que pergunta mais idiota, Gabis, pensei que tu fosse um pouco mais esperta.

Eu também pensei — e mesmo assim demorei séculos para ligar os pontos entre Sky e Céu. Esperta não era a melhor palavra para mim. Lenta, talvez. Lenta e afetada pela paixão. Porque, quando apaixonados, ficamos cegos. Era clichê, mas era verdade.

— Mas sim, faria loucuras, eu acho. Depende da pessoa. Se fosse meu pai, fora de cogitação. Que sumisse de vez. Se fosse...

Ela continuou falando, explicando e enrolando o que para mim já deveria estar claro. Perguntar foi idiotice. Porque eu não precisava de uma confirmação para saber do que era capaz. Eu sempre soube que faria *sim* alguma loucura por amor. Como uma adolescente, ignorando o peso dos meus vinte e cinco anos (que não era tanto assim).

Quando eu faria, não tinha certeza.

Mas faria.

E precisava ser essa semana.

O quanto antes.

Amanhã se pudesse, se o jogo não me privasse.

Se eu não perdesse a paciência com Henrique hoje, nunca mais perderia.

O ginásio estava lotado — de um lado, os torcedores de Lajeado; do outro, os nossos. Faltavam minutos para o início do primeiro tempo e eu não conseguia me sentir confiante. Não era nervosismo, jogar basquete sempre foi natural para mim, mas os últimos dias não tinham sido bons comigo. Havia dormido pouco na noite anterior, acordei com a cabeça explodindo e não consegui me concentrar na academia. Às vezes, sentia falta da Gabriela desapegada, que não ligava para nada a não ser quantas curtidas receberia em seu *story*. Mas essa parte minha também tinha os seus contras. Como aquela sensação vazia de não se encontrar, de nunca pertencer; e, quando finalmente havia me entendido e me libertado, as coisas davam errado. Se não fosse cética, diria que o destino ou o universo estavam me testando, tentando descobrir qual era o meu limite.

E eu estava a um passo de ultrapassá-lo.

— Gabriela, presta atenção, caralho! — gritou Henrique ao meu lado e quase me ensurdeceu. — Tu é o nosso melhor ataque, foca na bola e naquela merda de cesta, tá me ouvindo?

— Sim, treinador — murmurei sem ânimo, meus braços moles e meu corpo pesado. Parecia que um trator havia passado por cima de mim. Ao redor, as meninas terminavam o aquecimento, todas ansiosas. Até Juju, nossa pivô, sempre de boa, arremessava as bolas com as mãos trêmulas. Do outro lado da quadra, o Ubirajá, time de Lajeado, também aquecia, algumas das nossas adversárias, às vezes, desviando um olhar curioso para nós.

— Não espero menos que a vitória — alertou meu técnico.

— Tá, Henrique, dá um tempo. — Me afastei dele e respirei fundo enquanto caminhava, tomando minha posição na quadra. Mariah e Vic, ala-pivô e ala-armadora, respectivamente, se ajeitaram também, seguidas por Anna, nossa armadora. Apesar de Juju ser a mais alta entre as cinco, era eu que ficava no centro com a pivô adversária. Minha movimentação e meu salto eram melhores, mas, naquele momento, não me sentia tão boa quanto era. Ou quanto acreditavam que eu fosse.

Não conseguia parar de pensar em Céu.

A culpa me esmagava.

A ansiedade me pisoteava sem misericórdia.

O juiz sinalizou para que nos preparássemos e tentei colocar todos aqueles pensamentos negativos de lado — por mais difícil que fosse. Era hora de jogar e, mano, precisávamos dessa vitória.

Silêncio na quadra de repente.

Encarei minha adversária por um segundo. Era alta, tinha a cabeça raspada e olhos verdes-quase-azuis, mas sua expressão era o que mais me chamava a atenção. Confiança. Diferente de mim, corrompida pelo desânimo. Já havíamos jogado e vencido o time de Lajeado, duas vezes, mas, diferentemente de agora, estávamos em um momento diferente. Eu estava... e não era bom.

Então, marcando o início da partida, o juiz lançou a bola. Saltei melhor e consegui tomar a posse, ouvindo a plateia vibrar com o movimento. Avancei na quadra e desviei da investida adversária, arremessando a bola em direção à Mariah, que a recebeu desajeitada, mas mantendo a posse. Ela correu e gritou por Victória, que pegou o passe, próxima ao garrafão da quadra. Eu a acompanhei para receber a bola e fazer uma de nossas especialidades: a ponte aérea.

Mas, quando ela arremessou em direção à cesta, não consegui saltar para fazer a enterrada. Fui bloqueada, e o tapinha da defesa não permitiu o nosso primeiro ponto. Ouvi gritos, a plateia urrou frustrada, mas continuaram torcendo, incentivando. Henrique, contudo, não parecia aceitar o erro, berrando alguns xingamentos que tentei não ouvir, ou me desmotivaria ainda mais.

A posse da bola passou para o Ubirajá, que avançou em nossa quadra com uma liberdade assustadora, os passes foram sincronizados, elas estavam conectadas, o que as presenteou com a primeira pontuação da partida. A capitã fez um lance de dar inveja — driblou minha equipe como se fôssemos crianças perdidas — e fez um *dunk* perfeito, levando sua torcida à loucura. Cuspi um palavrão, tentei manter a calma. Era o começo do jogo e tínhamos ainda quatro tempos de dez minutos. Não era hora de se desesperar.

Mas o que se sucedeu foi uma sequência de passes errados, de dribles tortos e arremessos sem sentido. Meus, principalmente. Não era o meu time que estava perdido, percebi. Era eu. Sentia como se houvesse esquecido o que era jogar basquete — tudo se confundindo em minha cabeça em nós cegos. Fui a que menos pontuou e a que mais errou, afundando o Higienópolis cada vez mais.

No terceiro quarto de tempo, soube que não melhoraria.

Que nada adiantaria. Henrique poderia gritar o quanto quisesse, Victória poderia nos incentivar incansavelmente, eu não conseguiria.

Estava travada.

Cansada.

Acabada.

Então, o marco do quarto tempo foi anunciado.

Higienópolis de Porto Alegre 54. Ubirajá de Lajeado 89.

Fiquei parada na quadra, imóvel, os olhos fixos na cesta adversária. Eu já havia perdido antes, mas essa derrota tinha um sabor específico, mais amarga que as anteriores. Porque a culpa era minha. Meu time tentou, as garotas se moveram com tudo que tinham enquanto *eu* me afundava em pensamentos que não deveriam ser importantes naquele momento. Mas *simplesmente* não conseguia não pensar. E a consequência estava ali, estampada para que todos vissem. Enquanto o time adversário vibrava com a vitória, as meninas do meu time tentavam esconder a frustração em suas expressões. Sorriam umas para as outras, agradeceram a tentativa e se recolheram ao nosso lado da quadra, onde meu pai nos esperava com a expressão fechada, silenciosa. Ele não falou nada. Eu não falei. Me fechei completamente, ignorando as tentativas de comunicação de Victória e Mariah. Como se estivéssemos de luto, nos reunimos para parabenizar a equipe vitoriosa, como é esperado de todos.

Aos poucos, as pessoas esvaziavam o ginásio enquanto nós ficávamos lá, à espera. A derrota havia nos colocado em uma situação delicada. Se não vencêssemos o nosso próximo adversário, seríamos eliminadas do campeonato, desmanchando nosso sonho de uma vaga nacional ou internacional. *Mano*, não me importava mais. Depois de ouvir tantas críticas e xingamentos de Henrique, o que para mim deveria ser importante se tornou um incômodo, uma obrigação. Quando tu ama algo e alguém o tempo todo te desencoraja, tu perde o gosto por isso.

Eu estava perdendo.

O culpado era o meu treinador — e não podia sequer chamá-lo de pai, porque nem isso ele estava sendo.

Eu me sentei no banco e despejei uma garrafinha de água na cabeça. Queria me tranquilizar, espairecer. As garotas se sentaram ao meu lado, todas quietas, como se já soubessem o que estava por vir. Fiquei encarando meus tênis de jogo, inclinada para frente, evitando encarar Henrique.

Sentia o olhar dele em mim.

— Quero entender o que aconteceu hoje — começou ele, a voz calma, mas contida. Conhecia meu pai o suficiente para saber que queria explodir. — Porque eu não sei, eu realmente não sei e quero que vocês me digam.

Ninguém falou nada.

Continuei com os olhos no tênis.

— Eu tô esperando.

— As gurias de Lajeado foram melhores que...

— Melhores? — Henrique interrompeu Anna Luiza, que tinha sido corajosa o suficiente para se manifestar primeiro. — Elas fizeram o mínimo pra ganhar de vocês, porra! Melhores só se for em não passar vexame na frente de todo mundo! — Ele aumentou o tom, como sempre aumentava. Estava *cansada* disso. — O que eu vi hoje foi um bando de inúteis no meio da quadra que não sabiam o que tavam fazendo. Pelo amor de Deus! Esse jogo precisava ser vencido, caralho! Nossas adversárias eram fracas! Agora estamos a um passo de sermos eliminados dessa merda de campeonato porque vocês não fizeram o que precisavam!

— Treinador, nós tentamos, mas...

— *Mas* porra nenhuma, Victória! — interrompeu ele, grosseiramente. — Se tu pegou duas bolas da defesa em dois jogos foi muito! Não sabemos quem vai ser a porra do nosso adversário no próximo jogo e, olha, não importa quem seja, se vocês cometerem o mesmo vexame de hoje, acabou, entendeu?

Ele andou de um lado ao outro na nossa frente, arfando como se tivesse corrido uma maratona inteira. Lançava xingamentos para as garotas como se elas fossem as culpadas da merda que aconteceu. Estava precipitado. Se havia uma culpada, era eu e ele. Eu, por ter me deixado levar pela onda de problemas em minha cabeça. Ele por ser um péssimo treinador, colocando o time para baixo e nunca oferecendo uma palavra de apoio.

E, cara, eu estava de saco cheio.

Dele, da pressão, dessas complicações todas. Sky. Céu. Até mesmo Ícaro, desanimado porque tinha apenas o treinador, não o pai.

Estava cansada e, bem, explodir era inevitável.

— Pelo amor de Deus, pareciam gazelas correndo na quadra! Que decepção, que...

— Cala boca, Henrique! — Eu ergui a cabeça, encarando o homem sem medo. Sempre quis dizer isso em voz alta. — Porra! Tu acha que a gente se sente bem com todas essas cobranças e esses xingamentos?

— Ah, olha só quem decidiu se pronunciar. Tu é a pior de todas, Gabriela. Não fez *nada* o jogo inteiro! Ficou correndo pela merda da quadra como uma pateta!

— Sim, eu não fiz nada, não joguei nada, mas tu também não tá fazendo nada como treinador a não ser colocar o time pra baixo! — Eu abri os braços e gesticulei para as garotas ao meu lado. Não era da minha natureza falar alto e soar agressiva, mas, mano, ele estava pedindo por isso.

Há meses.

Há anos, na verdade.

— Tu não pode falar de mim, Gabriela, sempre inventando desculpas pra jogar mal, sempre mais preocupada em ir atrás de mulher do que ser uma capitã pro time! Cresce, guria. Tu tem 25 anos, não é mais uma adolescente inconsequente, assume tuas responsabilidades!

Se ele dissesse aquilo há dois meses, eu entenderia e aceitaria. Era um problema do passado, da minha necessidade de me encaixar quando, na verdade, precisava me descobrir e aceitar. Mas não mais. Porque eu estava diferente — havia me apaixonado depois de tanto tempo, depois de Marina e de Mariah, depois de tanto me ferir (e ferir outras). Antes, vivia cercada de incertezas, de sentimentos ilusórios. Hoje, tinha certeza do que sentia, certeza do que queria. E essas informações eram desconhecidas para Henrique porque ele havia se esquecido de seu papel como *pai*. Eu poderia suportar a ausência, superei com o tempo e com sessões caras de terapia, mas não suportava como as ações egoístas do meu pai afetavam também o meu irmão.

Desde a transição, havia pouco mais de três anos, Henrique nunca *conversou* de verdade com Ícaro. Quando ele nos contou sobre como se sentia, como queria ser chamado, meu pai apenas assentiu e disse *tudo bem*. Pensei que, talvez, ele estivesse tentando entender o filho antes de tudo. Mas nunca aconteceu, e, com o tempo, sabia que nenhum avanço tinha acontecido. Ikki não falava, mas demonstrava. Estava em seu olhar tímido, na forma que encarava Henrique como se tentasse impressioná-lo, fazê-lo olhar de verdade para ele. Até frequentar aulas de basquete ele tentou, mas nada despertou o pai dentro do treinador.

Henrique não nos conhecia. Não nos entendia.

E eu estava no *limite*.

— Se tu fosse um pouco mais *presente*, Henrique, veria que toda a merda que tu tá falando não é mais verdade. Mas não, tu não se esforça nem pra se aproximar de alguém. Vive com a cabeça enfiada nos treinos e se afundou tanto nisso, que esqueceu que tem dois filhos que, às vezes, precisam do pai e não da porra do treinador! — Gritar só me tiraria a razão, mas não me importava mais. Minha garganta doía de tantas palavras que eu precisava dizer.

Não era mais sobre o jogo, era sobre ele.

Sobre *quem* ele havia se tornado.

— Se minha mãe tivesse aqui, ela ia sentir vergonha de todo esse papelão que tu tá fazendo, sendo um merda de pai e um merda de treinador! — interrompi-o antes que ele se pronunciasse. O silêncio das garotas era total. Elas assistiam à minha rara explosão de camarote. — Se ela visse como tu trata o filho por quem ela deu a própria vida pra que ele sobrevivesse àquele parto.

De repente, toda a lembrança me invadiu.

Minha mãe grávida. A ansiedade pelo filho. O caminho para o hospital. Era para o momento ser feliz, mas uma complicação na cesárea mudou tudo e o transformou em um pesadelo.

Queria ter chorado ao perdê-la.

Até disso Henrique me proibiu quando me fez prometer *nunca chorar*.

Nunca chorei.

Mas *hoje*, agora, a vontade nunca foi tão forte em mim.

Porque eu havia perdido tudo — o jogo, a garota, a minha estabilidade.

Não quis que me vissem assim, não quis dar continuidade ao que já estava perdido. Só fugi, corri para a saída da quadra, entrei no meu carro e lá fiquei apoiada ao volante por quase uma hora. Lá, deixei que aquela promessa feita havia quase quinze anos fosse, enfim, quebrada. Porque eu precisava. Eu precisava muito tirar aquilo de mim. Quanto mais as lágrimas insistiam em escapar, mais meus pensamentos se embaralhavam.

Eu não estava chorando apenas pelo jogo.

Eu estava *também* chorando pelas outras derrotas em meu caminho.

Derrotas que tinham nome e cor.

Derrotas que minha estupidez me levou a merecer.

Perder a partida foi culpa minha porque, *sim,* eu não consegui tirar Maria Celeste da minha cabeça. Não consegui não pensar que, *sim*, ela tinha tudo para ser Sky e que, *sim*, eu permiti seu desaparecimento.

Onde ela tá?, murmurei com a voz carregada.

Onde?

De repente, a imagem da notícia na internet invadiu minha cabeça.

O nome da mãe da garota. A clínica e...

Uma oportunidade.

Passei o braço no rosto para limpar as lágrimas e tateei os bolsos atrás do celular. Praguejei ao lembrar que havia deixado no armário do vestiário, estava com a cabeça tão atordoada que sequer me lembrei de pegá-lo quando saí de lá. Suspirei, irritada. Precisava da internet para acessar o site e procurar pelo nome da médica no navegador. Não que fosse dar certo, mas...

Saí do carro às pressas e me localizei no campus da faculdade. Faria como os nossos ancestrais: correria para um dos tantos laboratórios de informática espalhados por aí à disposição dos alunos para usar a internet. Então, uma busca muito específica. Uma busca inconsequente que ou me faria ser presa, ou me levaria direto para um caixão.

Mas, *bem*, eu já estava fora de mim.

Uma loucura a mais não seria problema.

E eu não estava acreditando no que cogitava fazer.

Mas faria — porque eu poderia ter perdido o jogo, mas não perderia aquela chance absurda de encontrar o que queria.

CAPÍTULO 33

GAROTAS QUE COMEÇAM A VIVER O QUE SEMPRE SONHARAM (COM A GAROTA QUE GOSTAM)

Maria Celeste

Viver uma história tem um gostinho diferente de escrevê-la.

Em meus manuscritos engavetados, idealizei milhares de situações como a que eu enfrentava. Personagens trancafiadas, lutando para se libertar e, em casos específicos, personagens que eram salvas. Garotas que salvavam garotas, sempre. Nunca escrevi os desfechos, no entanto. Sentia-me desmotivada, não queria dar um fim às histórias que não encontrariam alguém para ouvi-las. Pensava em publicá-las em meu perfil do Fanficstation, expandir o público que minha *fanfic* conquistou. Mas não conseguia *e* não queria. Porque, diferentemente da narrativa de Yun-yu e Aya, elas tinham a minha essência, a essência que eu escondia para dar espaço a Sky.

Hoje, esse espaço estava vazio.

Hoje, não sabia se conseguiria preenchê-lo com a máscara da garota cor-de-rosa.

Hoje, eu não conseguiria fazer nada.

Amanhã, também não.

Larguei o lápis sobre a mesa de vidro e suspirei, exausta. No reloginho à frente, o horário marcava 21h30. Lá fora, chovia, tão gelado quanto a sala de jantar do apartamento. Quando desse 22h, 168 horas se somariam à minha situação. 168 horas desde que, na quarta-feira passada, deixei a casa de Gabriela para enfrentar a minha mãe. 168 horas de uma tortura silenciosa. 168 horas de completo cárcere, isolada da vida exterior. Olhei para as anotações, as letras se embaralhando com o esgotamento mental que sussurrava em meu ouvido.

Quando cheguei em casa naquele dia — desejando nunca ter saído da casa de Gabriela —, não esperava encontrar Antônia em meu quarto, sentada enquanto os pedaços do meu computador estavam espalhados pelo tapete. Gritei com ela. Perguntei o porquê. Mas recebi um surto como resposta. Ela me atacou, avançou como uma onça furiosa, me estapeando e me agarrando pelos cabelos. As marcas das unhas dela ficaram por dias em meu pescoço até desaparecerem, mas a dor, a impotência, permaneceu. Nunca me esqueceria das palavras que gritara contra mim.

Tu queres uma inimiga, Maria Celeste? Então eu vou ser tua inimiga. Eu sou a tua inimiga. Toda vez que pensar em mim, lembre-se de que eu tenho nojo de ti, tenho ódio de ti, minha maior decepção na vida foi ter engravidado e ter tido alguém tão desprezível e mal-agradecida como você. Sabe por que tu és sozinha? Porque tu és má, és mesquinha e desaforada, e espero que continues sozinha pelo resto da tua vida miserável, porque é o que tu mereces.

Às vezes, eu acordava durante a noite com a voz dela repetindo aquelas mesmas palavras, gritando e me batendo. Chorei de raiva nos primeiros dias. Chorei até ficar rouca, até cair exausta de sono. Eu não tinha o que fazer e não poderia me defender dos insultos. Porque Antônia me ameaçou com meu único ponto fraco: Morrighan. Minha gata não estava em nenhum lugar do apartamento quando voltei na quarta — tive um surto de pânico com o sumiço, mas Antônia prometeu que, se eu me comportasse, se eu fizesse o que ela queria, permitiria que visse minha gata uma vez por dia.

Estou sendo boazinha contigo, Maria Celeste. Tu precisas apenas estudar e não envergonhar mais essa família. Tua avó e teu avô virão nos visitar e eu espero que tu se comporte como uma mulher adulta e não uma garota mimada.

Lembro de ter perguntado o porquê.

Porque ela simplesmente não me tirava de casa e esquecia que eu existia. Seria mais simples, menos estressante. Antônia riu com desgosto e disse que jamais seria vista como alguém que falhou na criação da filha, que nunca daria motivos para comentários e rumores negativos. Seria sempre a médica perfeita com a família perfeita — a médica que estamparia capas de revistas da elite e que viraria referência para a classe alta do país. E eu não arruinaria isso.

Nunca vi discursinho mais vazio e insano. Como vilãs baratas de livros de romance.

Ela estava sendo a vilã.

Porque proibir alguém de ter contato com o mundo era um comportamento vilanesco. Não apenas: estava sem meu celular, sem meu computador (e não o teria mais por que Antônia simplesmente o destruiu) e meu notebook. Tudo confiscado. Eu não fazia ideia do que estava acontecendo nas minhas redes sociais, o que estavam falando ou cogitando sobre meu sumiço. Queria saber se sentiam falta de mim ou...

Falta de Sky, eu corrigi — o que diminuiu minha vontade de retornar às redes.

Pela primeira vez em muito tempo, senti que não queria mais vestir a personalidade dela. Quis ser eu. Céu. Mas... duvidava de que gostassem de quem eu era de verdade.

Só aquela garota...

Gabis.

Ela foi a única que, sem perceber, presenciou o meu verdadeiro lado, a essência de quem eu era. Nunca desconfiou; e, confortável, continuei expressando Céu e não Sky, já que "ela" era minha parte sociável e doce. Gabis sequer me perguntou, gostava disso nela, das palavras ousadas que escrevia em nossas trocas de mensagens. Foi triste ter que bloqueá-la, mas necessário. Dois dias antes de ter o celular confiscado por Antônia, li todas as mensagens que ela havia me enviado desde o meu sumiço das redes. No começo, queria entender o porquê de tanta preocupação e insistência. Depois, fui surpreendida com a resposta em forma de: *estou apaixonada por ti*. Queria ter sentido algo pela confissão. Queria ter sentido a apreensão de receber o *amor* de alguém. Mas não consegui. Alguns motivos me privaram: meu coração estava *balançado* por outra pessoa e a pessoa que Gabis dizia estar apaixonada não existia. SkyLin era uma farsa e eu não queria ser amada por uma mentira, mas por quem eu era, independente dos meus espinhos.

Espinhos que...

Ela ignorou e com os quais brincou.

Que irônico ter *duas* Gabrielas em minha vida.

Mas só uma em meu coração.

Queria não ter pensado em Gabriela na última semana — mas me deixei levar e fiquei relembrando aquelas horas em seu apartamento. Seu abraço. Seu sorriso. Suas palavras fáceis. Aquele olhar direto, inquieto, que mexia tanto comigo.

Queria *tanto* conseguir odiá-la.

— É a segunda vez que eu olho pra ti e tu ainda estás na mesma questão, Maria Celeste — murmurou Antônia de repente, o olhar inquisitivo em mim. Ela estava sentada um pouco à frente, com o celular em mãos enquanto gravava *stories* para o seu público no Instagram. Ouvi-la falar tão falsamente para a câmera me dava enjoo. Mas não podia julgar: sempre fiz o mesmo como Sky.

Meu pai não estava em casa, viajara para São Paulo para um congresso de Medicina. Ficar com Antônia sozinha em casa era uma tortura duas vezes pior — porque, sem o marido estúpido, ela era duas vezes mais crítica e surtada.

— Estava só pensando na resposta.

— Todo esse tempo? Quanta burrice.

Queria ter respondido à altura, mas as ameaças — e o que ela poderia fazer se incomodada — me privaram. Sem Carlos para contê-la, a megera era capaz de tudo. Respirei fundo e tornei a observar a questão. Desde a quinta anterior, eu estava sendo obrigada a estudar o dia *inteiro*. Acordava e estudava. Dormia e estudava. Ela cronometrava até as minhas pausas, reclamando quando levava tempo demais para comer.

Até minha comida estava controlada. Antônia queria que eu emagrecesse — e estava me limitando a duas refeições por dia. Estava *tão* cansada e *tão* desiludida, que não tinha forças para enfrentá-la. Sozinha em meu quarto à noite, olhando para o teto do meu quarto, eu me perguntava até quando suportaria. Se o que estava vivendo era *minha culpa* por ter sido mentirosa. Por ter tentado ser quem eu era.

Chorava baixinho para que ela não me ouvisse.

Sem Morrighan para me fazer companhia.

Sem ninguém para sentir minha falta.

Ela não deve sentir...

A campainha tocou de repente, e eu ergui o olhar para a mulher. Antônia enrugou o cenho, provavelmente não esperava visitas, não tão tarde. 21h30 não costuma ser um horário para visitar os outros. Ela resmungou e se levantou, largando o celular na mesa antes de se dirigir à entrada da casa. Ouvi quando pegou o interfone.

— O quê? Uma colega? — O tom de voz de Antônia mudou, expressava confusão. Tínhamos um porteiro no prédio, imaginei que estivesse conversando com ele, mas o *colega* parecia estranho. Eu me levantei com cuidado, sem fazer barulho, e caminhei até a passagem da sala de jantar para o hall de entrada, espiando a megera. — Coloca ela na linha.

Fiquei parada na passagem enquanto a ouvia.

— A Khadija? Por que ela não enviou o trabalho pelo e-mail que forneci?

Pisquei e tentei entender o contexto da frase.

— Ah, uma colega dela? Que milagre. Estás em que semestre? — Eu me inclinei e coloquei as mãos contra o batente para ouvir melhor. — Não é difícil ser melhor que ela, infelizmente.

Uma pausa e Antônia riu, animada e convencida.

— Sim, sou referência no meu ramo. Tu pensas em seguir o mesmo?

Eu queria muito saber quem estava lá embaixo.

— Não, sem problema, querida. Tu podes subir. Traga o trabalho da Maria Celeste e converse um pouco comigo. Posso te dar boas recomendações. Vai ser um prazer. — Então, ela largou o interfone.

Com os saltos batendo no piso lustrado, Antônia se dirigiu ao espelho imenso que ocupava uma parede. Ajeitou-se, retocando o batom e alisando a roupa. 21h30 da noite e a mulher estava arrumada para um casamento. Se não estivesse forçada a me vestir decentemente, estaria usando um pijama desgastado (são sempre os mais confortáveis). Ela olhou para trás, para ter certeza de que tudo estava impecável, e esperou, ansiosa. Quando a campainha tocou, me inclinei para ver melhor a suposta colega que a professora Khadija enviara.

O *olá* de Antônia foi cortado pelo avanço repentino da estranha. Ela não pediu licença, passando pela mulher mais velha como se ela fosse transparente. Um *o quê* chegou a ser pronunciado, mas não consegui mais prestar atenção nele ou em minha mãe.

Porque um nome foi chamado.

Porque um rosto foi reconhecido.

O meu nome.

O rosto dela.

— Gabriela... — Não consegui acreditar em minha própria voz. Ou em meus olhos. Estava *completamente* confusa. A garota avançou pela entrada e chamou meu nome mais uma vez, Antônia perguntando, irritada, o que estava acontecendo.

Minhas mãos começaram a tremer.

Estou aqui, pensei, escondida no batente, imóvel e incapaz. Perdi o controle do meu corpo. Perdi o controle de mim, de tudo, embora quisesse me mover e gritar que estava aqui, bem aqui.

— MARIA CELESTE! — chamou Gabriela de novo, perdida enquanto olhava nos arredores do espaçoso hall de entrada. Em seu rosto com incontáveis sardinhas, o olhar de preocupação se destacava, a ansiedade exposta em seus olhos pretos. Eu tinha medo de despertar de repente e me ver naquela mesa, com as anotações e os estudos maçantes que precisava terminar.

Tinha medo de que ela simplesmente desaparecesse.

— Quem tu pensas que é para entrar em minha casa deste jeito?! — insistiu Antônia, quase berrando. Mas não importava o quanto gritasse, a garota não queria ouvi-la.

Porque ela estava ali por mim.

Ela está aqui por você, Céu, meus dedos deslizaram trêmulos sobre o batente. *Eu estou aqui*, repeti. *Estou aqui, Gabriela*, e desejei falar alto, chamar sua atenção. Mas um peso invisível me privava, as marcas escondidas daqueles dias *presa*, daqueles dias ouvindo que ninguém nunca sentiria minha falta.

Mas ela sentiu?

A pergunta soou em meus pensamentos no mesmo instante em que, movendo-se apressada, o olhar de Gabriela encontrou o meu.

Lágrimas se formaram em meus olhos sem que eu percebesse.

— Céu... — Reconheci o nome em seus lábios.

Ela ignorou os rugidos de Antônia e correu em minha direção, tamanha era a sua apreensão que achei que estava desaparecendo. Talvez eu estivesse. Não seria ruim se eu tivesse aquela visão nos últimos segundos. Ela correndo até mim. Ela perto de mim. Ela me abraçando. Quando Gabriela me chamou de amiga pela primeira vez, senti uma ponta de decepção. Não queria sua amizade, embora jamais ousasse manifestar o que eu queria de verdade. Agora, no entanto, pensava que não era tão ruim tê-la desse modo. Sempre me imaginei vivendo um amor platônico — uma paixão secreta que apenas minhas histórias conheciam. Nunca, de fato, esperava ser correspondida. O porquê era complicado, mas compreensível. Quando você cresce cercada de rejeição, ouvindo que morrerá sozinha, o pensamento se arraiga.

Mas se eu tivesse pelo menos a amizade dela...

Eu...

As lágrimas escorreram de meus olhos.

Por que era tão difícil falar o que estava trancado em mim?

— Meu Deus, eu te procurei tanto... tanto. — A voz dela soava embargada, quase chorosa. A ênfase no *tanto* era inesperada por mim, quase como se escrito pelas minhas próprias mãos.

Ela se afastou centímetros e precisei erguer os olhos para encontrar os dela, os centímetros que separavam nossas alturas não eram modestos. Na minha boca, as palavras morriam. Não conseguia dizer. Não conseguia pedir. Não conseguia sequer reagir. O choro continuava preso, as lágrimas escapando devagar.

— Tu tá bem? Tá tudo bem contigo, Céu? — As mãos dela tocaram o meu rosto, aqueceram as minhas bochechas. Sempre gostei de seus dedos, do quão quentes eles conseguiam ser.

Minha cabeça se moveu devagar, foi tudo o que consegui fazer.

— O que significa isso?! — Minha mãe se aproximou com passos pesados. Na voz, o começo de uma ameaça. Gabriela a ignorou, continuou com os olhos em mim e, antes que movesse os meus para a megera, sussurrou um *ei, tá tudo bem*. Me senti assustadoramente pequena e inofensiva.

Só me fala, ela sussurrou de novo e me incentivou.

— Me tira daqui. — Foi o que escapou da minha garganta em um sussurro. A resposta fez a expressão da garota se suavizar. Jurei ter ouvido um *sim* vibrar em seus lábios antes que se virasse e encarasse Antônia.

— Puta que me pariu, senhora, mas tu não se escuta gritar?

— Quem tu pensas que é para entrar na minha casa? Quanta audácia! Saia daqui, sua delinquentezinha. Ainda por cima, mentiu! — Ela olhou para mim com as veias salientes no pescoço magro. — O que significa isso, Maria Celeste, quem é esta?

De novo, minha voz morria na garganta.

De novo, eu me via atormentada e incapacitada de agir.

— Seguinte, senhora, ela tá de saída comigo.

— O quê? Isso só pode ser brincadeira.

— Olha — e embora estivesse de costas, a mão de Gabriela procurou a minha para se certificar que continuava presente —, eu bem queria que fosse brincadeira, mas, pelo que tô vendo, não é. Tu tava mantendo a Céu *presa* aqui?

O rosto de Antônia ganhou uma coloração vermelha.

— Como ousa! Quem tu pensas que é para me acusar disto? Se Maria Celeste decidiu ficar estudando em casa, a escolha é dela.

Gabriela se virou para mim.

— É verdade?

Pisquei, desnorteada. Era um absurdo que Antônia estivesse dizendo que *eu* havia escolhido ficar nessa casa. Apenas *um* absurdo entre tantos que, com os anos, eu fui me acostumando. Como ser uma filha ingrata. Como ser má. Como ser decepcionante. Tantas definições que foram se moldando, como um quebra-cabeça, para construir o que eu hoje carregava — a culpa, o ódio enraizado, os espinhos afiados.

Mas não mais.

Não mais — lembro-me de ter dito o mesmo aos dezenove anos, quando enfrentei Antônia pela primeira vez. Coragem essa que, ao longo das últimas semanas, foi se esvaziando, esgotada. Ninguém consegue ser forte para sempre. Uma hora você sufoca. Eu sufoquei por anos. Suportei por anos. Quando não consegui, desmanchei-me em lágrimas com Gabriela, recebendo dela um conforto que duvidava merecer.

Mas...

Olhando-a agora, sua espera e expectativa, sabia que *merecia*.

Eu merecia uma amiga. Eu merecia estar apaixonada (mesmo que fosse pela minha suposta amiga). Eu merecia uma vida que não fosse moldada por críticas e ameaças de violência. Eu merecia que, um dia, quem sabe, Gabriela também se apaixonasse por mim. Limpei o rosto — mesmo contrariada por soltar a mão da garota — e encarei minha progenitora. O medo, dissipado.

— Você me prendeu aqui! — gritei com toda a força que me sufocava. — Você me usou como uma marionete! Você fez tudo de ruim e ainda tenta parecer *boa*! Não é verdade, não é verdade! Essa mulher tá mentindo!

— Ora, sua...!

Antônia tentou se aproximar de mim, mas Gabriela interveio. Era mais alta, mais imponente. Minha mãe parou diante dela com os dentes trincados, um grunhido preso na garganta.

— Suma da minha casa ou vou chamar a polícia!

— Chama — provocou a garota. — Quero ver tu chamar. Espero sentada. Quero ver como tu vai explicar que tava mantendo sua filha em cárcere privado há uma semana.

— Cárcere privado? Me chamando de criminosa! Eu posso te processar por calúnia, as duas vão arcar. — Ela olhou para mim, a expressão em crua ameaça.

— Ah, mano, cala a boca, vai. — Gabriela me puxou, segurando minha mão. Antônia tentou nos impedir. Queria tentar entender como ela *continuava* insistindo, acreditando que tinha razão. A realidade da megera parecia ser diferente da que enxergávamos.

Ela avançou com os braços erguidos para a garota que, surpresa com a reação, apenas a empurrou para afastá-la. Foi um toque somente. Mas o teatro da mulher fez parecer que Gabriela havia usado a força contra ela: Antônia praticamente se atirou no chão da sala de jantar, gritando que estava sendo agredida.

— *Mano, tu se jogou!* — A voz da mais nova sequer se sobrepôs aos berros.

Eu a puxei, pedi que a ignorasse, pedi que me tirasse de lá antes que alguém viesse e entendesse tudo errado. Sempre entendiam. Minha família sempre me viu como uma ingrata, alguém que não dava valor às oportunidades que minha progenitora, a favorita do patriarca dos Martinelli, me dava. Comparavam-me à Ofélia, vista como uma vergonha e afastada de qualquer reunião familiar.

Queria tanto ter me libertado antes...

Queria ter evitado todos os olhares e todas as críticas que me eram dirigidas quando estavam reunidos.

Sempre tive medo.

Medo que, devagar, estava se fragmentando.

Antônia se arrastou no chão, ela teria ganhado qualquer papel principal se houvesse seguido a carreira de atriz, para pegar o celular. Dizia que ia ligar para o marido, para o advogado, que pagaríamos pela agressão. Ignoramos — sequer pensei no amanhã, no que encontraria no caminho quando cruzasse a saída daquela casa —, Gabriela me levou até o hall de entrada.

Parei antes que ela abrisse a porta.

— A Morrighan!

Ela olhou para mim confusa, o nome lhe despertando algo que não consegui interpretar.

— A minha gatinha. Por favor. A gente precisa pegar ela! — Minha voz embargou, lágrimas ainda estavam lá, me testando. Eu queria sair daquela casa o quanto antes, queria nunca mais escutar a voz daquela mulher, mas não conseguiria se não levasse a única companhia que me ajudou a suportar aquele inferno.

Um *"tu é..."* escapou de Gabriela antes de assentir e murmurar um *"tá"*.

Eu a acompanhei até o quartinho nos fundos da cozinha onde minha gata estava. De lá, um miado rouco, cansado. Dias e dias eu a ouvi miar como se estivesse pedindo para sair. Senti-me horrível por ouvi-la e não conseguir fazer nada. Antônia ignorava. Carlos sequer ouvia. E eu tinha que conviver com a impotência imposta pela megera. Suportei tanto nesses últimos dias, que me surpreendia por não ter enlouquecido. Se não fosse os momentos de solidão em meu quarto, escrevendo e lendo debaixo das cobertas, teria me perdido. As narrativas de Aya e Yun-yu me salvaram, os livros me consolaram e o sonho quebrado de, quem sabe, um dia alguém me encontrar como Yun sempre encontrava Aya, me deram o conforto que ninguém poderia.

Um conforto que eu não esperava daquela garota que sempre me provocou (e me fez sentir tanto) em nossos primeiros encontros.

Quando Gabriela abriu a porta, uma bola peluda saltou do interior, os miadinhos desesperados enquanto, olhando para todas as direções, enroscava-se em minhas pernas. Agarrei Morrighan com um soluço sufocado, apertando-a em meus braços e a enchendo de beijos enquanto a garota nos assistia.

De algum lugar da casa, Antônia berrou.

— CARLOS, INVADIRAM NOSSA CASA E ME BATERAM, VEM LOGO!

— Céu, a gente precisa sair logo — alertou Gabriela.

Assenti, ainda trêmula. Sairia sem *nada*, mas tinha o mais importante comigo. Morrighan, que não era acostumada a colo, se aconchegou no meu. Era como se entendesse tudo o que estávamos passando e enfrentando. Antes de nos movermos, com um *tudo bem* murmurado em seus lábios, a garota me encarou.

Todas as sensações inquietas se silenciaram no olhar dela, na promessa silenciosa escondida nas entrelinhas.

Por um segundo, imaginei que a minha *fanfic* estava se tornando realidade.

Eu era Aya. Gabriela, Yun-yu.

E como se eu estivesse presa na torre mais alta, ela veio ao meu resgate.

Talvez eu nunca fosse contar a ela sobre isso, apesar do momento de fragilidade, meu teimoso orgulho falaria mais alto e eu nunca confessaria que, no fundo, embora quisesse me salvar sozinha, estava feliz que houvesse sido ela.

Sempre quis que fosse ela.

Então, sem olhar para trás, nós corremos. Sem olhar para trás, deixamos aquele lugar. Sem olhar para trás, eu esperei nunca mais voltar.

CAPÍTULO 34

GAROTAS QUE REJEITAM UM BEIJO (MESMO QUERENDO BEIJAR A OUTRA GAROTA)

Maria Celeste

Eu me sentia como em um sonho — vivendo o que um dia tinha escrito em minhas histórias, sentindo o que minhas personagens um dia sentiram. No carro, o silêncio entre nós duas foi exaustivo, mas necessário. Sentei-me no banco de trás com Morrighan porque não queria atrapalhar a garota com a gata miando e rosnado desesperada. Na pressa, não pegamos a caixinha de transporte e tive que contê-la no caminho até o apartamento de Gabriela. Não consegui dizer nada, *queria*, mas optei por me manter calada, ainda que percebesse os dedos inquietos da minha colega sobre o volante. Era visível que estava nervosa: murmurava baixinho, às vezes soltava um *Meu mano do céu,* como se precisasse de dizer e repetir a si mesma o que estava acontecendo.

Era difícil até para mim acreditar.

A realidade ainda não havia caído em meus ombros.

Ter fugido de Antônia. Ter deixado *tudo* para trás — minhas roupas, meus pertences, meus livros. Queria não pensar no que aconteceria no futuro, que estava próximo, mas as circunstâncias não ajudavam. Chegar ao apartamento de Gabriela, no entanto, fez com que meus questionamentos desaparecessem e dessem lugar ao nervosismo, à ansiedade, a todos sintomas de estar em um lugar que...

Olhei de canto para ela quando me sentei no sofá e larguei Morrighan, que correu desenfreada para um canto e sumiu da minha vista.

— Não se preocupa, tá tudo com rede de proteção — comentou ela e suspirou. Percebi que continuava inquieta, coçava a cabeça e estalava a língua, andando de um lado a outro. Tentei ignorar enquanto tirava as bolas de pelo da minha roupa.

A adrenalina da fuga se dissipou e restou apenas uma ansiedade estranha, inquieta. Queria não entender o porquê, mas ele estava lá, escancarando à minha frente com uma tatuagem de dragão no braço e outra de medusa. Senti meu coração acelerar e tentei me camuflar em um semblante distante, não queria que Gabriela percebesse o efeito que ela causava em mim. Mas era difícil, meu Deus, como era difícil. Minha imaginação gostava de me incitar, criava cenários possíveis (que eram impossíveis) enquanto eu tentava silenciá-la.

Queria perguntar como ela me encontrou.

Queria perguntar *por que* me procurou.

Queria tantas respostas que se pudesse passaria o resto da noite e da madrugada lhe direcionando questionamentos.

Tomei um susto quando Gabriela se sentou à minha frente, os fios de cabelo preto grudavam em sua testa. Percebi que estava com a perna inquieta: a garota passava a língua pelos lábios com uma frequência acelerada. Então, como se percebesse o próprio estado, respirou fundo e me encarou, tão direta, que senti minhas bochechas corarem. Odiava essa facilidade que tinha de ganhar um tom avermelhado no rosto.

— Tá mais calma?

Assenti, apertando com força as mãos sobre meu colo.

— Que loucura, mano... — Gabriela suspirou e colocou a mão na cabeça. — Eu tô... um pouco sei lá, mano, Céu, eu não sabia a seriedade da situação quando tu me contou na semana passada. Me senti muito mal por ter te deixado ir embora sozinha, sabe? Eu tô ainda com muita coisa na cabeça, não sei nem por onde começar, mas... — O modo que ela me encarou em seguida, o olhar tenro, a expressão sensível, de tanta preocupação, me fez desejar abraçá-la. Contive a vontade, baixei os olhos e tentei não transparecer aqueles sentimentos tão contraditórios para mim. — Fico feliz que tu tá aqui. De verdade.

Observei-a pelo canto dos olhos.

Tinha a impressão de que ela também estava se contendo.

— Como sabia onde eu estava?

Gabriela coçou a cabeça, um sorriso sem jeito em seus lábios.

— Tu não iria acreditar...

Eu quase não acreditei. Porque era difícil imaginar que ela havia feito *tudo* sem planejamento, apenas com imprudência. A garota contou que, depois de perder um jogo importante com seu time, sentiu-se acabada e ficou no carro sozinha enquanto choramingava. Até se lembrar de uma notícia de Antônia e Carlos — a mesma notícia na qual descobrira a verdade sobre meu curso. Eu sequer me lembrava do evento da matéria, mas deixei ela continuar contando. Gabriela jogou o nome da minha mãe no Google e descobriu o mais importante: o Instagram dela. Não foi difícil conseguir o endereço a partir disso, visto que minha mãe adorava postar fotos e *stories* com o nome do condomínio de luxo em que morávamos.

Como a garota conseguiu pensar em tudo em tão pouco tempo era a minha maior dúvida. No fim, o resultado era o que importava. Principalmente aquele momento com Gabriela.

— Desculpa ter demorado tanto...

Ergui os olhos para ela novamente.

— Eu demorei pra perceber... sei lá, devia ter visto os sinais.

— Tudo bem — respondi e tentei conter os dedos inquietos em meu colo. — Não esperava que alguém viesse ou sentisse minha falta, então não foi uma demora.

A mão dela pousou de repente sobre as minhas, entrelaçadas. Segurei um gritinho interno pelo atrevimento (muito bem-vindo). Seus dedos, sempre tão quentes, tremiam, quase suavam. Se eu achava que estava nervosa, Gabriela estava duas vezes mais. Por quê, queria perguntar, não consegui, não quando, sem esperar, seus dedos deslizaram em minha pele como...

Um carinho.

— É tu... não é...

Pisquei várias vezes e afastei a mão, o coração na garganta.

— Não entendi — murmurei.

— Tu é a Sky... não é?

Nunca pensei que o mundo pudesse girar tanto como girou quando a pergunta deixou a boca da garota. Tive um repentino congelamento. Uma parada abrupta como se o tempo tivesse esquecido de avançar — incerto se era seguro caminhar em direção ao futuro. Meus pulmões doíam, tive certeza de não estar respirando, e precisei arfar pesadamente para recuperar o ar perdido. *Como*, não consegui sussurrar, meus lábios secaram, minha voz desapareceu. *Como*, tentei soprar. *Como ela sabia quem eu era? Como ela me encontrou? Por que estava tão nervosa? Por que me encarava como se estivesse esperando por mim há tanto tempo?*

Minhas bochechas arderam.

— *Como*? — Foi tudo que consegui sussurrar antes dos segundos voltarem a correr e do tempo se restabelecer. Porque, no instante seguinte, quando pisquei e ela relaxou os ombros, controlando a própria respiração, encontrei a resposta das minhas perguntas.

Ela estava lá o tempo todo...

E eu não percebi.

— Gabis... Gabis...

Sequer consegui terminar.

Um sorriso sem jeito iluminou o rosto dela.

— Também demorei pra perceber... eu... ainda tô sem acreditar que tu tava aqui o tempo todo, tão perto de mim.

Todas as interações que tivemos no último mês vieram como uma onda, derrubando tudo o que estava em seu caminho. Era ela, repeti tantas vezes, ofegante, que não consegui acompanhar o fluxo dos meus pensamentos. Lembrei da ligação, de sua voz suave, atenciosa. Lembrei das brincadeiras, de todas as vezes que li suas mensagens enquanto, ao meu lado na sala de aula, ela estava. Era surreal e tão estúpido. Como demorei tanto para perceber? Por que nunca me perguntei sobre essa estranha coincidência? Cada momento online se juntou como parte de um quebra-cabeça. O jeito atrevido. A persistência. As palavras fáceis. Tudo sempre esteve lá, escancarado diante de mim, de nós; e fomos ingênuas ao não ver os sinais.

No entanto...

Eu não queria que a coexistência de ter duas Gabrielas em minha vida fosse, de fato, verdade. Queria que a tal Gabis fosse apenas uma estranha na internet. Queria que Gabriela fosse apenas minha colega de aula. Porque, assim, a confissão dela, de quando enviou a mensagem de que estava apaixonada por Sky, seria apenas um infortúnio que eu lidaria na internet e esqueceria lá também. Porque *eu* não era Sky, eu não queria mais ser. Queria continuar como Céu, sem fingir, sem me esconder.

E porque assim...

Eu poderia viver a paixão pela minha colega de classe em segredo — porque me apaixonar por ela não foi em virtude de Sky. Apaixonei-me porque simplesmente acontecera; porque ela, de todas as formas mais irritantes possíveis, conseguiu me encontrar quando eu não mais conseguia.

Mas agora...

Era Sky quem Gabriela gostava.

Uma mentira. Uma farsa. Não eu. Afastei-me lentamente pelo sofá, evitando ser notada. Queria ter a possibilidade de voltar para casa e me esconder nas cobertas, odiando-me fervorosamente por esse pensamento. Ela notou, contudo, acompanhando o movimento com seus olhos pretos, tão intensos. De repente, eles desceram até minha boca, desenhando-a em silêncio. Estava ficando quente demais.

— Se tu soubesse o quanto eu quero te beijar...

Me beijar.

Me beijar.

Eu não esperava pela manifestação, não esperava por nada que estava acontecendo naqueles últimos minutos. Se fosse um livro, gostaria de fechá-lo e escondê-lo na parte mais alta da minha estante.

Gabriela olhou em meus olhos por um segundo e, no outro, desceu até minha boca novamente.

O rosto dela estava corado. Ela estava corada.

Deveria ser a primeira vez que a via assim.

— Posso te beijar?

Eu sentia que estava morrendo — de tantas coisas que se passavam em mim, em meu corpo. Vê-la tão frágil, tão à mercê, como muitas vezes escrevi Yun-yu aos pés de Aya, desejando tê-la para si. Queria muito que fosse real, mas não conseguia. Não me permitiria aceitar — e me odiaria muito por isso — porque o beijo não era meu. Era de Sky, era sobre Sky... como sempre foi. Todos os apoios. Todos os fãs que ansiavam por uma atualização.

E agora... eu era só a Céu.

— Não — sussurrei e tranquei as lágrimas que queriam surgir. Não significavam tristeza, era algo mais complexo, difícil de explicar. Se me perguntassem o porquê rejeitei o beijo da garota que gostava, não saberia dizer. Apenas diria que não estava em um momento para dizer sim.

Embora quisesse ter dito.

A expressão de Gabriela mudou, murchou. Como se eu estivesse lhe retirando um presente que acabara de ganhar. Ela passou a língua pelos lábios, acompanhei o movimento discretamente, antes de me pronunciar para interrompê-la.

— Eu preciso muito me deitar, descansar minha cabeça — murmurei e desviei o olhar, meus dedos trêmulos e gelados. — Eu vou ver onde Morrighan foi e... tem um quarto de hóspede ou algum lugar que eu possa dormir só hoje? Amanhã vejo o que fazer e...

— Pode ficar no meu quarto — ela me interrompeu com sutileza, um leve e desanimado suspiro em sua boca.

Eu estava tão desnorteada, que sequer conseguia protestar.

Gabriela se levantou — e tentei imaginar o que se passava pela cabeça dela nesse momento, se estava chateada com minha resposta. Por trás do sorriso que ela expressou, percebi que algo se escondia.

— Tá com fome? Eu... posso fazer algo que... que não seja com *whey* e banana. — A tentativa de humor não surtiu efeito. Ela mesma não conseguiu mudar a expressão desolada.

Assenti devagar, incapaz de encará-la por muito tempo.

— Tá, eu vou só arrumar as coisas pra ti no quarto e... — Gabriela coçou a cabeça, olhando ao redor como se tivesse perdido algo. Imaginei que estivesse tentando se acalmar. — E aí preparo o lanche e te levo.

— Obrigada.

Embora muito precisasse ser dito por nós duas, decidimos pelo silêncio. Nunca imaginei que pudesse odiá-lo tanto assim.

Fiquei longos minutos sentada na cama.

Na mesa do computador, o prato da refeição que eu acabara de terminar. Ovos mexidos com queijo e uvinhas sem caroço. Reclamei quando ela trouxe, apenas porque precisava esconder o nervosismo de estar em seu quarto. Mas a verdade era que... eu me sentia profundamente agradecida. O cuidado. A atenção. O espaço. Gabriela não insistiu em uma conversa, respeitou o meu pedido e me deixou sozinha. Em silêncio, revivi os momentos anteriores. Quando ela me levou até o quarto, meus passos foram hesitantes. Estive em seu apartamento duas vezes, mas nunca fui além da sala e da cozinha, que ocupavam o mesmo cômodo. Nunca *entrei* no quarto de outra garota, na verdade. Não as reais, apenas as que surgiam da minha imaginação. Tudo o que eu conhecia eram referências de *setup gamer* achadas no Pinterest, além de inspirações de vídeos no YouTube que me inspiraram a organizar o meu próprio quarto — que não me pertencia mais. Eu já esperava por um ambiente mais moderno, com luzes RGB e paredes cinzas, Gabriela esbanjava esse ar da lésbica das paredes escuras.

Ainda assim, não consegui não me surpreender com o cenário *assustadoramente* íntimo que era o quarto dela. O computador — com todos os periféricos pretos — estava ligado enquanto, em uma das telas, o *wallpaper* animado de uma das personagens de *MoonMoon Land* iluminava o espaço de luz baixa. A cama *queen size* estava arrumada, o jogo de lençol preto com almofadas cinzas. Em cada canto, uma fita de *led* subia até o teto, circulando todo o ambiente. Apesar de apagada, eu as observei e tentei imaginar como as luzes coloridas ficavam no escuro... e em como *ela* ficara tantas vezes enquanto conversávamos em mensagens. Uma camiseta preta estava atirada em cima da cadeira *gamer* — que também tinha RGB — como se ela houvesse se trocado às pressas. Outros detalhes também me chamaram atenção no quarto: a bola de basquete assinada e esquecida ao lado da mesa, o vans quadriculado, simetricamente localizado ao lado da cama, e as roupas dobradas, organizadinhas. Tudo tinha um pouco dela e, agora, observando sozinha, senti uma estranha necessidade de...

Conhecer mais.

Suspirei e olhei para trás, para a cama, para as almofadas e travesseiros. Queria *muito* deitar, mas hesitava. Estava ainda com minhas roupas, uma saia rodada e uma camisa bordada nas extremidades. Não era confortável para dormir e eu preferia passar a noite acordada a ficar sem nada. A camiseta esquecida na cadeira *quase* pareceu me chamar, parecendo ter sido deixada ali *justamente* com o intuito de que eu a usasse. *Não*, sussurrei orgulhosa, mordendo o lábio para conter o grunhido emburrado.

— Você escreve garotas fazendo coisas *piores* do que vestir uma camiseta... — murmurei contra meus pensamentos. — É só... tirar antes dela ver, não é?

Não é?

— É... — Sussurrei ao me levantar e pegar a peça entre os dedos. Queria que meu coração não fosse tão idiota e parasse de bater como se estivesse prestes a parar. Respirei devagar e observei a roupa. Era preta, larga e tinha a estampa de um gato preto lixando as unhas. A cara dela.

Dela, meus dedos apertaram a peça.

Levá-la até o meu rosto e sentir o cheiro foi inevitável — e meu rosto esquentou ao perceber a que ponto estava chegando. Mas por que eu não me arrependia? Era bom... suave e ainda marcante. Tinha, *sim,* a presença dela. Como no dia em que me abraçou, apertando-me em seus braços. Lembro de ter gravado o aroma, a presença; e no tempo que estive presa, tive medo de esquecê-lo.

Porque não era apenas um abraço. Era também o meu *primeiro abraço* em uma garota — a garota que eu gostava.

Queria conseguir me odiar por sentir o que eu sentia por Gabriela...

Mas no fim... não conseguiria.

Mesmo que ela estivesse apaixonada por uma mentira que criei.

CAPÍTULO 35

GAROTAS QUE QUERIAM ESTAR OUVINDO SUAS MÚSICAS FAVORITAS ENQUANTO BEIJAM A GAROTA QUE GOSTAM (MAS LEVARAM UM FORA).

Gabriela

Quando disseram que levar uma bola na cara era tão dolorido quanto levar um fora, mentiram. Eu preferia passar o dia inteiro com boladas no nariz a ter que ser rejeitada pela garota que gosto. Quando tive certeza da verdade, de que Céu era Sky e Sky era Céu, quis parar o mundo e dizer tanto e tudo para ela, quis segurar o rosto dela e confessar os sentimentos que prendi por tanto tempo. Mas não consegui, me atrapalhei e só manifestei meu desejo estúpido de beijá-la. O *não* me pegou — fez com que toda minha excitação, minha ansiedade e meu nervosismo fossem consumidos pelo buraco em meu peito. Quis perguntar o porquê, quase implorei por uma resposta, mas me contive, segurei o meu desespero e forcei um sorriso. *Tudo bem*, pensei na hora e, agora, deitada sozinha naquele sofá, me perguntei como seria se eu tivesse insistido.

Talvez tenha sido melhor — insistir significava não respeitar a vontade dela e priorizar apenas a minha. Suspirei alto, frustrada, e virei de um lado a outro, jogando as cobertas no chão.

— Tão imatura que não consegue lidar com um fora, Gabriela, pelo amor de Deus, vai dormir. — Bufei e enfiei o rosto no travesseiro.

Não consegui dormir ou descansar.

Eu me levantei e arrastei os pés até a cozinha, mas parei no meio do caminho. No corredor para o quarto e o banheiro, exatamente. Era tarde, passava das duas da madrugada e eu me perguntei se Sky... *não*, corrigi depressa, se Céu estava dormindo ou se estava...

Um estalo em minha mente interrompeu os questionamentos.

— Céu e... Sky — sussurrei e olhei para o corredor escuro. Talvez aquele *não* significasse mais do que uma rejeição, e eu estava tão desconcertada na hora, que não me atentei aos detalhes.

Quando comecei a conversar em particular com Sky, encontrei uma personalidade diferente da que ela demonstrava para o público. Com o chat, a garota era animada, sorridente, cheia de expressões fofas e frases que agradavam quem a assistia. Às vezes, soltava palavrões e fazia birra, emburrada, pedindo desculpas em seguida como se aquele comportamento não fosse dela. *Porque não era*. Era Céu, escondida em tantas camadas de rosa. E foi com Céu que conversei nas mensagens online — o humor ácido, as palavras diretas e os pontos finais excessivos. Estranhei no começo, mas não questionei ou me desinteressei. Na verdade, me senti privilegiada, porque estava conhecendo um lado da garota que ninguém mais conhecia, um lado que, às vezes, tinha uma certa doçura (pequena, escondida, mas presente).

E foi para Céu que eu me confessei.

Foi pela Céu que me apaixonei e disse estar apaixonada — não por Sky, não pela personalidade animada das lives. Mas pela garota que estava diante de mim o tempo todo, instigando as minhas provocações e a minha curiosidade.

Talvez o não fizesse sentido agora.

Talvez Céu achasse que a minha paixão não fosse *dela*, mas da imagem que ela criou para se esconder.

De repente, com o desejo de confessar a verdade, avancei pelo corredor até o quarto em que ela estava. Abri a porta já soltando as primeiras palavras, como se não fossem duas horas da manhã. Mas, ao entrar, engoli tudo que queria dizer e perdi toda a confiança que antes havia recuperado.

Porque Céu estava dormindo.

Não só dormindo, mas deitada com a *minha* camiseta e agarrada ao *meu* travesseiro como se...

Eu fechei a porta e soltei um palavrão silencioso (embora quisesse gritar como uma legítima lésbica emocionada). Era demais: eu me sentia como uma das personagens dela, completamente aos pés da garota pela qual estava apaixonada.

— Mano... — Me escorei contra a parede do corredor, as mãos escondendo o rosto e aquele súbito calor que se apoderou do meu corpo.

Tudo por causa dela.

Da garota que — sem precisar de muito — me fazia sentir o que sempre quis sentir.

A manhã foi dolorosamente silenciosa.

Às vezes, sentia uma necessidade assustadora de pegar Maria Celeste pelos ombros e dizer tudo que ela evitava ouvir. Mas continuei dando espaço a ela, e nossa única troca de palavras pela manhã foi quando encontramos Morrighan e a gatinha Céu brincando no banheiro, o papel higiênico espalhado e rasgado pelo chão. Gostei de vê-la sorrir e se tranquilizar, quis pegá-la pelos dedos, quis abraçá-la e enchê-la de beijos — um desejo interno adormecido há tanto tempo —, mas me segurei, fingi naturalidade, embora ela parecesse ter desconfiado. Sempre fui péssima em esconder o que sentia.

Então, pegamos Morrighan, que protestou ao ser afastada da nova amiga, e fomos até meu carro. Tirar Céu do meu apartamento foi a coisa mais difícil do mundo. Eu sentia que poderia perdê-la de novo, não mais encontrá-la. Prometi em silêncio que, não importava quantas vezes ela dissesse que ficaria tudo bem, não a deixaria sem a certeza de que a encontraria mais tarde.

Fomos para a casa da tia de Maria Celeste. Depois de conhecer a mãe da garota, eu não tinha muitas expectativas com a tal Ofélia, mas segui para o Moinho de Ventos, onde ela morava. Chegamos perto das nove horas no endereço: um prédio bonito e bem localizado, o que em Porto Alegre custava apenas em aluguel tudo que eu ganhava no mês. O inferno de morar na capital — tudo era ou muito caro ou muito longe. Além de muito perigoso. A garota e eu subimos em silêncio no elevador, estava tão desconfortável quanto ela, mas Morrighan se esforçava para quebrar a tensão enquanto atacava a caixinha de transporte que eu havia emprestado. A gata conseguia ser tão raivosa quanto a dona e eu não conseguia não sorrir ao imaginar uma como a extensão da outra. Se Céu fosse um gato, ela *definitivamente* seria Morrighan. Eu, um gato amarelo bobo, meio inconsequente e meio apocalíptico.

O fluxo de pensamentos — minha válvula de escape para encarar a situação — foi interrompido quando a porta do apartamento foi aberta por uma mulher vestida de preto dos pés à cabeça. Estava bem-vestida e tinha uma elegância incomum, quase como se não pertencesse àquele século. Não era alta e tinha um corpo quase como o de Céu, apenas um pouco mais gordo. Ela disse o apelido da garota seguido de um abraço, puxando-a para o interior do apartamento. Fiquei sem graça com a situação toda e pedi licença ao entrar, me deparando com uma segunda mulher e três crianças que olhavam, curiosas, para a cena. O ambiente também parecia ter saído de algum clássico do século passado. Os móveis eram escuros e antigos, as paredes tinham estantes para todos os lados, abarrotadas de livros que alguém como *eu* levaria pelo menos dez vidas para ler (seria muito mais fácil ler histórias clássicas se elas fossem de lésbicas se beijando).

As que Céu escrevia muito bem.

— Ai, meu amor… que bom te ver — sussurrou a mulher, que eu supunha ser Ofélia (o que conclui inteiramente com base no visual gótico), ao se sentar com ela em um sofá largo e marrom da sala. Fiquei de pé, segurando a caixinha de Morrighan (que não calava a boca e miava em protesto).

— O que aconteceu? Como assim você está fugindo? Fiquei preocupada quanto te ouvi no interfone… estava saindo para o trabalho.

— Não estou atrapalhando? — perguntou a garota, receosa e vulnerável. Era estranho, estava acostumada com uma Céu cheia de autoconfiança, mas entendia o que o comportamento significava: um reflexo dos dias presa pela mãe.

— Claro que não! — A outra mulher se aproximou depressa. Usava um *hijab* e era semelhante à professora Khadija da faculdade. Imaginei que fosse a irmã que ela havia mencionado. — Ora, atrapalhando! Conte-nos o que aconteceu! E você, moça, senta-se também, está em casa — acrescentou ela, se referindo a mim.

Assenti, sem jeito, mas antes perguntei onde poderia colocar a caixa de transporte. *Deixa a gente levar, mamãe!*, uma menina baixinha e gordinha, com o cabelo trançado, exclamou animada. Era a mais velha das três crianças, as outras duas a seguiam como se ela fosse a líder do bando. Ofélia assentiu e gesticulou, pedindo que levassem a gata barulhenta. Os três se animaram, vindo ao meu encontro como uma matilha de lobos. Pelo modo que falavam, imaginei que fosse comum a visita de Céu com a gata (ou não estavam cientes do temperamento de Morrighan). Entreguei a caixa com cuidado e os três carregaram entre sussurros eufóricos de "Oi, mor" e "Sim, eu pedi primeiro".

Esperava que ninguém se machucasse.

Quando me sentei, Céu já estava conversando com as tias, as duas tão concentradas na guria, que, se eu estivesse jogando basquete na sala, não perceberiam. As sobrancelhas marcadas de Ofélia se arqueavam e se enrugavam o tempo todo, surpresa e irritação no semblante dela. Mas não prestei atenção em suas respostas ou perguntas: meus olhos se focavam apenas em Maria Celeste, as palavras que deixavam seus lábios rosados, o tom baixo que tremia a cada confissão.

Observá-la parecia tão comum, tão costumeiro, como se eu fizesse aquilo há tanto tempo, que havia se tornado uma parte de mim.

E, quando ela finalmente se permitiu chorar, recebendo um abraço carinhoso, soube que faria tudo — o impossível se fosse preciso — para nunca mais ver aquelas lágrimas sufocadas nela.

Queria ser o que ela precisasse.

Mesmo que meus sentimentos nunca fossem correspondidos.

Porque gostar de Maria Celeste estava sendo para mim muito mais do que um romance. Era um crescimento, uma descoberta. Sim, eu gostava dela. Eu gostava demais, gostava tanto, que minhas mãos começavam a suar sempre que estava perto dela. Mas não dependia apenas de mim — e entender isso me fazia perceber o quanto eu *errei* até chegar aqui. Com pessoas. Comigo mesma. Agora, talvez, esse coração partido que Mariah havia mencionado fosse uma consequência de tudo que me forcei antes, de tudo que fiz as pessoas sentirem. Os amores passageiros. Os relacionamentos de mentira.

Esse buraco no peito fazia sentido, e, mano, eu merecia me sentir deprimida.

Quis pegar uma bola de basquete e engolir por minha *puta* falta de noção e de sensibilidade.

Pedir para beijar Céu em um momento tão delicado?

Eu era tão estúpida.

Tu merece mesmo esse coração partido, Gabriela.

Meu celular provisório vibrou e eu o peguei, levantando para deixar que as três conversassem a sós. Era do grupo com Mariah, Victória, Anna e Juju, que há semanas estava sem uma mensagem nova.

Vicky (09:45): atenção vadias

Vicky (09:45): adivinha quem perdeu pro corithinthas de scs? Kkkkk

Vicky (09:45): sim, o caxias

Vicky (09:45): KKKKKK TERRÍVEIS EU SEI

Vicky (09:45): mas advinhem quem vai ser nosso próximo adversário por ter perdido?

Vicky (09:45): sim, também o caxias

Vicky (09:45): *figurinha do pica-pau fumante e depressivo*

Vicky (09:45): foi uma honra conhecer vcs

Eu esqueci o que estava acontecendo ao meu redor por um segundo — que definitivamente pareceu uma eternidade. Fiquei encarando a tela minúscula do celular, associando as palavras com a realidade. O Caxias. O próximo adversário. Mano do céu.

A derrota contra o time de Lajeado na quarta nos colocou em um lugar frágil: precisávamos vencer o próximo jogo, que no dia não tínhamos ideia contra quem seria, ou estaríamos eliminadas ainda nas classificatórias. Estava desanimada com o campeonato, Henrique conseguiu acabar com tudo, mas aquela notícia *mudava* muito o cenário. Não era apenas o torneio agora, era enfrentar o vilão que nos venceu na final do ano passado e nos colocou na sombra dos holofotes e me fez perder a chance de ganhar uma vaga em times de destaque.

Nós, o Higienópolis de Porto Alegre, havíamos ganhado um jogo e perdido outro.

Eles, o Caxias de Caxias do Sul (que nome *merda*), também.

Seria um mata-mata.

Foda-se o campeonato e o título, porque venceríamos o nosso inimigo pelo *gostinho* da vitória.

Decidida, digitei depressa uma resposta ao grupo:

Gabis (09:50): atenção, quero todo mundo HOJE no guaíba, porque o treino não vai ser com o fodido do Henrique, mas comigo ;D

Mariah (09:50): ah, sim, olha só quem deu as caras kkkkkkk até parece, o caxias fez a gente de otária ano passado

Gabis (09:50): Ano passado.

Quando escrevia com maiúsculas e ponto final eu estava falando sério. Era para que tivessem noção da situação e da minha repentina confiança (e esperava não me arrepender).

Gabis (09:51): avisem as gurias

Vicky (09:53): mariah tu me segura se a gente perder pq eu juro que vou matar a gabriela

Gabis (09:53): se a gente perder tu pode me matar blz (Y)

— Algum problema?

Eu dei um salto com a pergunta repentina de Céu. Ela estava às minhas costas, piscando confusa com o meu comportamento. Não percebi que havia chegado à cozinha do apartamento enquanto digitava no celular.

— Mais ou menos. Eu...

— Podemos conversar em outro lugar? — Céu me interrompeu sem pedir licença, estava com o rosto levemente corado do choro anterior.

— Ah, claro, sim, onde quiser.

— No quarto de hóspedes. — Ela indicou com a cabeça. — Vem.

Assenti e a segui como se uma coleira invisível estivesse no meu pescoço. Onde quisesse, eu iria, embora não estivesse segura quanto à *conversa*.

No caminho, observei o restante da casa, que parecia ter saído direto de um filme clássico. Achava bonito, mas ainda preferia os meus móveis mais modernos. Cada um com seus gostos. Segui Céu em silêncio e entramos em um corredor longo, cheio de retratos e quadros de pinturas à mão. Quando entramos no quarto, parecido com o restante do apartamento, observei um pouco mais do ambiente. A cama do século passado. O guarda-roupas com flores na madeira. As moradoras provavelmente contrataram um especialista em decoração medieval para a casa. Era o que explicava todos os detalhes que eu só acreditava existir em romances de época. Tentei colocar esses pensamentos de lado e esperei Maria Celeste fechar a porta do quarto — o que me deixava um pouco ansiosa. Ansiosa, não nervosa. Estava *implorando* ao universo um momento como aquele, um momento com ela, minutinhos que pudessem me ajudar a entender nossa situação. Tudo ainda era um pouco caótico, incerto. Eu queria ajudar, faria tudo por ela, um pedido bastava: eu estaria lá, esperando. Quando ela se virou, ainda grudada à porta, percebi as bochechas rosadas, a expressão contida e o olhar inquieto.

Fala comigo, desejei.

Por favor, quase me ajoelhei.

— Aconteceu algo? — perguntou ela, os olhos em outra direção.

Pisquei e passei a língua pela boca.

— Depende... tá falando da mensagem? Bem, mais ou menos. É coisa de jogo, entende? Sobre nosso próximo adversário. Como contei, perdemos o último jogo... e aí basicamente precisamos vencer o próximo ou já era — comentei enquanto, afastando-se da porta, ela se aproximou de mim. Apesar da nossa noite complicada, da fuga e de tudo que aconteceu, Céu *continuava* linda. Não sabia dizer se era uma influência do que sentia ou do que comecei a enxergar, mas... mano, eu estava apaixonada demais. — O pior é que... o adversário é o time que nos tirou da final ano passado. Acaba ficando no psicológico, mas quero vencer. Não me importo muito com o campeonato, na real, só queria mostrar pro treinador, que por coincidência é meu pai, que a gente não é tão ruim quanto ele pensa. Ele complica bastante. — *Complica* porque o clima não parecia favorável para eu falar o que realmente queria: um baita de um filho da puta.

Ela torceu os lábios, assentindo em silêncio ao se sentar na cama. Não esperava que entendesse a importância do jogo para mim, nunca conversamos sobre esse assunto, e, na situação que estava, era mais fácil que Céu continuasse sem saber.

— Combinei de jogar com elas nas quadras do Guaíba hoje no fim da tarde — comentei por fim.

— Precisa ir? — Ela finalmente ergueu o olhar até o meu, a cor realçada na luz preguiçosa que entrava pelas cortinas do ambiente.

— Daqui a pouco... — murmurei com receio. Não queria ir, na verdade. Mas as responsabilidades me obrigavam. Eu tinha uma avaliação na faculdade, que não era um problema; e, sim, o fato de que estaria me formando em poucos meses e *precisava* de aprovação. — Mas eu realmente queria ficar um pouco mais contigo... não sei, a ideia de te deixar tá me incomodando bastante.

Ela piscou várias vezes — aqueles olhos castanho-claros (e lindos) me observando como se desconhecesse o motivo da minha preocupação.

— Ficar por quê?

— Achei que tivesse claro...

— Você acha? — A voz de Céu soou irônica ao desviar o rosto e encarar algum ponto aleatório do quarto.

— Eu meio que me declarei pra ti ontem e há alguns dias por mensagem, além de praticamente ter invadido a casa da tua mãe. Se não ficou claro o porquê eu quero ficar...

— Eu não sou a Sky, Gabriela. — A interrupção foi afiada, quase *magoada*. Céu continuou me evitando, incapaz de olhar para mim. — Você se apaixonou por ela, não por mim; e desculpa te dizer isso, mas ela não existe e eu não sei se vai voltar a existir um dia. Então, não, eu não sei o porquê você quer ficar aqui. Porque se está pensando que eu vou...

Foi a minha vez de interromper.

— Olha, acho que tu tá se precipitando um pouco.

Um pouco era modo de dizer, uma forma mansa, porque, no fundo, eu queria ressaltar o quanto ela estava *completamente errada*. Por cada palavrinha murmurada com aquele tom desdenhoso, convencido e tão característico dela. *Dela*, não de Sky. Mas a teimosia não a deixava enxergar a verdade, o que eu já esperava que fosse acontecer. Se tudo desse certo com facilidade... *bem*, não seria ela, a Céu, a garota que preferia cavar um buraco no concreto a dizer que estava errada.

O problema — dela, não meu — era eu ser muito persistente e paciente. Caso contrário, nunca teria frequentado diariamente sua live à espera de um mísero segundo de atenção. Nunca teria, dia após dia, enviado mensagens em seu privado como se fossemos íntimas.

Insisti como nunca havia insistido em ninguém.

Insisti porque queria.

Porque *desejava*.

Porque acreditava, mesmo que as chances fossem remotas, que um dia esse tal universo olharia para mim e me daria o gostinho de ser correspondida.

Mas fazer Maria Celeste acreditar em mim era um desafio diferente de convencer alguém na internet a conversar contigo. Se a vida real fosse como um jogo, a garota seria a missão mais difícil de completar. Como aquelas em que tu precisa cruzar o mundo, reunir esferas e fragmentos de joias para, finalmente, completá-la.

Difícil, mas a recompensa sempre valia a pena.

Ela valia a pena.

E eu não me importaria de tentar mais, o tempo que fosse preciso, se no fim significasse tê-la comigo.

— Posso ter passado essa impressão, no começo era tudo novo para mim, minha admiração pela Sky sempre foi bem sincera, mas durou até o dia que conversei com ela no privado pela primeira vez. Eu esperava a mesma guria animada e gentil da live, mas aí me deparei com alguém diferente e... *muito* temperamental. Eu estaria *mentindo* se dissesse que não estranhei, mas, na real, eu gostei. Gostei das respostas curtas. Gostei daqueles pontos finais que te fazem parecer braba. Gostei até mesmo daqueles joinhas que só a terceira idade usa. — Soltei uma risadinha baixa, um pouco nostálgica. Apesar da confissão, Céu insistiu na distância de seu olhar. *Tudo bem*, pensei e decidi que continuaria. — Não sou o melhor exemplo, vacilei bastante antes de me entender com meus sentimentos e me machuquei no caminho, além de ter machucado outras pessoas também. Sei que vai parecer mentira, mas... *tu* foi o motivo.

Ela ainda estava evitando o meu olhar.

Insisti.

— Sabe quando tu descobre algo que gosta muito e aos poucos essa coisa começa a ganhar espaço na tua vida? Bem, o motivo de dizer que tu é a razão de tudo, Céu, é mais ou menos assim. Porque tudo começou com uma *fanfic* sua que só fala de amor, com duas personagens rebeldes e muitas cenas de *quase-amor*. Agora, por causa dessa *fanfic*, eu, que nunca soube falar sobre amor, tô aqui, falando disso contigo. Tô aqui *querendo falar disso* contigo, querendo te dizer com todas as letras que eu...

Quis me aproximar dela e segurar o seu rosto, quis olhar no fundo de seus olhos e dizer com toda a certeza do mundo.

— Eu sou apaixonada por ti. — Mas permaneci em meu lugar, respeitando o espaço que ela pediu, o espaço que eu detestava, mas que precisava entender e aceitar. — Eu sou apaixonada por ti sim, Maria Celeste. E sei que tu não gosta de ser chamada assim, mas teu nome é lindo, tu é linda e até essa tua teimosia irritante é linda. Mano... sabe o que mais é lindo? — O meu coração acelerou assim que, sem que eu esperasse, ela olhou para mim. No rosto redondo e corado (adoravelmente rabugento), uma expressão rara e familiar se formou. Lembro de tê-la visto pela primeira vez quando perguntei como conseguia ser tão linda e tão mal-humorada. Estávamos no meu apartamento no dia, fazendo um trabalho de Escrita Criativa. Relembrando a cena, aquelas horas em silêncio e observação, percebia como... já havia algo em Céu que me intrigava. Não sabia o quê na época, mas tinha uma estranha necessidade de entender, de provocar aqueles olhares únicos que só ela tinha. Hoje, tudo fazia sentido: porque, no fundo, sem que eu percebesse, estava me apaixonando por Céu, não por Sky. Pelas manias birrentas e emburradas, pelo jeitinho escorregadio e pela língua afiada. Sempre foi ela, mas demorei demais para reconhecer esse sentimento.

Os lábios da garota estavam entreabertos, tentava dizer algo, quem sabe me questionar, argumentar ou até mesmo pedir para que eu fosse embora.

Eu poderia até ir, mas não sem dizer o que precisava.

— Tu disse que não é a Sky e, mano, eu sei disso, sei disso mais do que tu pode imaginar, mais do que tu mesma. Tu não é *mesmo* a Sky, Céu. — Umedeci os lábios, recuperando o fôlego. Meu coração queria me sacanear, atropelar minhas palavras com sentimentos que queriam sair do meu peito. — Eu assisti à Sky por meses, acompanhei as histórias e as lives, todas as postagens dela nas redes sociais. Mas, no fim, sabe em quem eu pensava? Em ti.

Fechei as mãos em punhos para me conter.

— Era em ti... na garota que me chamava de idiota, na garota que ficava irritada quando eu brincava que queria beijar ela, tudo o que escrevi era verdade, Céu... — Minha voz se tornou um mero sussurro, fraco, quase melancólico. Nunca pensei que me confessar para alguém doesse tanto. Principalmente ao saber que a pessoa que tem o teu coração não acredita em tuas palavras. — Era tudo verdade. É tudo verdade. Eu nunca quis a Sky, porque no momento que conversei contigo online, percebi que queria *aquela* garota, a garota que nunca pensei ter tão perto de mim.

Mano, minha voz estava embargando.

Não conseguia acreditar que ia acabar chorando como uma adolescente deprimida porque não foi correspondida pela garota que ela gosta.

Respirei fundo, disse não às lágrimas traiçoeiras.

— A real é que... queria muito uma chance de te mostrar que não estou apaixonada por uma mentira e, sim, pela verdade, a verdade que tá bem aqui, diante dos meus olhos. E quer saber? Não me importaria em invadir outras casas ou subir algumas torres se eu soubesse que te encontraria lá.

Um sorriso tímido surgiu em minha boca quando olhei para baixo.

— Porque tu é um risco que eu não me importaria em...

Eu nunca, *jamais*, em todos os meus 25 anos de vida, ia prever o que aconteceria no segundo antes que eu terminasse a frase. Teria sussurrado a palavra "correr" e deixado que o silêncio, enfim, falasse por mim. Mas Céu não me deixou, interrompendo a minha confissão com o inimaginável. Para os meus pensamentos, contudo, imaginável.

Um beijo.

Um beijo.

Se meu coração parasse agora, não me importaria (mas ficaria triste por não aproveitar um pouco mais o momento).

Céu veio sem aviso: ela se levantou da cama e, antes que eu piscasse, se ergueu na ponta dos pés, as mãos contra o meu peito, colocando a boca na minha. Foi um gesto desajeitado, feito de um nervosismo adorável, que me deixou parada, petrificada, enquanto associava o acontecimento com a realidade.

A garota que gosto me beijou.

Ela me beijou. Ela!

O toque foi ligeiro, trêmulo, quase não senti o gosto de seus lábios; e, quando ela se afastou, ainda com as mãos em mim, nossos olhos se encontraram. Se eu não soubesse a facilidade que Céu tinha em ficar vermelha, teria chamado a emergência. Ela estava um tomate.

O tomate mais lindo e emburrado do mundo.

— Cala boca, idio...

E talvez eu tenha me precipitado um pouco ao interrompê-la como ela havia feito comigo. Do mesmo jeito. Com o mesmo gesto. Apenas com um pouco mais de entusiasmo. Porque, dessa vez, reagi. Segurei-a entre meus braços como se precisasse disso para sobreviver, como se soltá-la fosse causar minha morte. Ouvi um suspiro escapar de sua boca, ela provavelmente não esperava, mas não protestou, segurou a minha camiseta com as unhas, abrindo a boca para que o beijo que ela iniciou, tão tímido, se intensificasse.

Então *eu* a beijei.

Eu a beijei com vontade e com necessidade. Eu a beijei como se eu estivesse desaparecendo e precisasse sentir o gosto dela em minha boca pela última vez (mesmo que não fosse).

Como se minha vida dependesse do toque dela.

E dependia.

Dependia demais.

Porque estava tudo lá: o friozinho na barriga, as borboletas no estômago. Tudo tão perto que, como na *fanfic*, parecia conveniente demais para ser real. Mas era — a realidade tinha gosto, cheiro e forma. Tinha o nome dela. E eu desejei que nada interrompesse o momento. Nem o tempo. Nem o mundo.

As mãos de Céu se apertaram com mais força contra minha roupa, como se tentasse romper os milímetros que nos separavam, não importava o quão colados nossos corpos estavam. Avancei um passo, ela recuou outro, cambaleante. Minha boca continuou na dela; minha língua explorou a dela. Deslizei as mãos em seu corpo, sentindo cada partezinha dela, cada curva que a esculpia e a tornava, para mim, única. Quando o ar faltou, Céu afastou centímetros de seu rosto, ofegante, os olhos ainda fechados, o rosto ainda corado. Queria continuar, queria beijá-la até meu corpo queimar (ele já estava *muito* quente), mas dei a ela aqueles segundos de fôlego. Mas não de descanso — porque deslizei minha boca pela bochecha, percorrendo o caminho até o seu pescoço com minha boca.

Descrever o que senti quando a ouvi suspirar, contida, tentando colar mais o corpo contra o meu, seria impossível. Dei outro passo e, mais uma vez, Céu recuou, nos deixando perto da cama. Subi uma das mãos pela sua nuca, segurei com cuidado o seu cabelo e beijei cada centímetro de pele do pescoço. Eu faria aquilo por *horas* se ela me permitisse, faria muito mais... porque eu queria, eu sentia *muita* vontade. Era diferente dos outros beijos, dos outros contatos e toques. Não estava me forçando a sentir algo (que nunca sentia), mas, sim, sentindo o que por tanto tempo queria.

Foi com um pouco de emoção, de desejo e de meu-deus-do-céu-vou-explodir que nossos passos nos guiaram até a cama — o outro pouco foi intenção minha e, talvez, de Céu porque ela se sentou e deitou primeiro antes que eu avançasse. Apoiei o meu joelho na superfície e, então, finalmente paramos. Ela deitada por baixo; eu, por cima, usando meus braços como apoio para observar a garota. Céu continuava ofegante, as bochechas ainda rosadas, a boca recém-beijada.

Só em pensamentos eu a imaginei assim...

Tão perto de mim.

Tão minha.

— Me beija... de novo. Agora. — O pedido dela me surpreendeu, me arrancando um suspiro. Era irônico como, mesmo em uma situação como aquela, era ela que ditava as regras, que tinha o controle.

Não era nada ruim estar às ordens dela.

Sorri, então, completamente entregue.

— Diz que acredita em mim — sussurrei, a respiração aos tropeços.

Ela rangeu os dentes, um ruído rouco escapando do fundo de sua garganta. Estava corada e irritada: a minha versão favorita dela.

— Eu disse para me beijar, idiota...

Céu segurou a minha camiseta e me puxou em sua direção, conseguindo me surpreender mais uma vez. Nossas bocas se tocaram, minha língua roçou na dela e o tempo, novamente, desacelerou.

Apesar de não conseguir a minha resposta, tive a certeza de que, mesmo sem confessar, Maria Celeste estava tentando acreditar em mim, no meu amor e em tudo que eu estava disposta a falar.

Os beijos seriam o suficiente por hoje.

Amanhã, quem sabe, eu teria a chance de provar muito mais.

CAPÍTULO 36

GAROTAS QUE TOMAM ATITUDE E NÃO ESPERAM PELO BEIJO (E SURPREENDEM A GAROTA QUE ESTÃO APAIXONADAS)

Maria Celeste

Era difícil dizer o que era real e o que era imaginação — meus olhos estavam brincando comigo, pregando peças e criando cenários tão absurdos, que eu, acostumada a eles em minhas *fanfics*, estava chocada. Meu corpo ainda formigava, tentando se livrar do calor silencioso que os momentos anteriores proporcionaram.

Um beijo. Os beijos. As mãos. Os toques.

Eu me obriguei a piscar para recompor meus pensamentos antes que minha tia percebesse o porquê do rosto corado e do cabelo bagunçado. Culpa dela, da garota. Gabriela não tinha sido nada delicada... os beijos dela tinham uma necessidade contida, implorando para experimentar a liberdade. Se ela me perguntasse, diria que foi bom. Porque se confessasse que o beijo dela me desestabilizava, teria que lidar com aquele sorrisinho convencido dela. Ainda assim, o modo como a garota segurou o meu cabelo, deslizou as mãos pelo meu corpo e quase me provocou uma combustão não saíam da minha cabeça. Com os beijos no pescoço, jurei que estava a um passo de explodir. Eu me segurei, engoli qualquer som que ousasse deixar minha boca, e, então, paramos.

Pensei em mil coisas na hora.

O que viria em seguida, o que ela diria, como prosseguiríamos, mas ela sorriu, e, antes que falássemos, minha tia entrou e nos chamou para comer. Fingimos naturalidade, mas eu pegava o olhar de Gabriela em mim, as palavras na ponta da língua. Ela recusou o convite de Ofélia para o café da manhã tardio e disse que precisava ir. Antes que o fizesse, pedi o seu número, o que lhe despertou aquele sorrisinho ousado que eu odiava. Odiava porque toda vez que me deparava com ele, sentia meu corpo esquentar. Não gostava como a garota conseguia mexer comigo. Atiçava meus pensamentos e me provocava sensações inéditas.

Como o beijo — o meu primeiro beijo.

Sempre imaginei cenas de primeiros beijos em minhas histórias, descrevi inúmeras vezes e senti calafrios ao me colocar no lugar das personagens. Mas nunca imaginaria que poderia ser tão...

Respirei fundo e me ajeitei à mesa.

Se continuasse com a cabeça nas nuvens, tia Ofélia faria perguntas demais e eu acabaria me entregando.

— Já pensou no que fazer, Cecel? — perguntou Aminah quando me serviu o café passado. O relógio marcava 10h05 da manhã. Depois de contar tudo o que acontecera, no começo da manhã, elas me deram inúmeras opções para os meus próximos passos. Denunciar os abusos de Antônia era um deles. Ofélia quis ligar para a irmã, mas pedi que não o fizesse para não entregar onde eu estava. Eu ainda me sentia relutante, um pouco apavorada com o futuro. Não sabia como agir, e qualquer palavra poderia me influenciar a tomar uma decisão da qual eu possivelmente me arrependeria.

Queria tempo e espaço para pensar.

— Ainda não pensei... — murmurei e peguei uma fatia de pão com geleia e doce de leite. Comida de verdade. Eu amava frutas e legumes, mas não conseguia viver sem doses diárias de açúcar. Gabriela que me perdoasse, mas o pão com ovo que ela fazia era terrivelmente sem graça.

— Não sobre sua mãe, meu amor — comentou Ofélia e bebeu um gole do café. — Sobre ti. A tua faculdade. Até mesmo essa... como era o nome mesmo? Que tu comentaste fazer.

— As lives — respondi e pensei em Sky por um instante, nas redes sociais e nas pessoas que estavam se perguntando onde ela estava. — Não sei o que fazer, minha única certeza é que não quero *nunca mais* pisar naquele curso de Medicina e na casa de Antônia. Prefiro tomar um tiro na testa.

Aminah franziu o cenho.

— Maria Celeste! — E foi estranhamente *bom* quando ela pronunciou o meu nome. Pela primeira vez na vida, não pensei na megera e suas críticas, mas na voz sussurrada de Gabriela dizendo que meu nome era lindo. — Não brinque com isso...

— Só falei a verdade. Prefiro morrer a voltar para aquela casa. Eu nunca consegui sair sozinha, tinha medo e não sabia explicar o porquê... agora que finalmente tô longe, me sinto melhor e livre. — Então respirei fundo, relembrando os momentos que antecederam minha fuga. Em todos, Gabriela estava com a mão na minha. Dizem que nós precisamos dar nossos primeiros passos para sair de um ambiente tóxico, mas essas mesmas pessoas não entendem que, às vezes, você não consegue enxergar a saída, não importa o quanto esteja escancarada diante de seus olhos. Foi assim para mim. Não encontrava uma forma de me libertar, embora desejasse.

Precisei de ajuda, de alguém para segurar minha mão e me fazer acreditar que eu conseguiria. Gabriela fez isso — se soubesse como agradecer, teria feito. Não fui capaz porque alguns bloqueios permaneciam lá, dentro de mim. Não era porque eu havia escapado da torre alta que todos os meus problemas e traumas haviam desaparecido. Infelizmente, a vida real não é como um clichê em que o amor cura tudo.

Gabriela me salvou, mas ela não me curou, e levaria algum tempo até que eu me estabilizasse.

Mas se ela estivesse comigo, seria mais fácil lidar com tudo.

— Cecel. — Ofélia me trouxe de volta à realidade. — Eu sei, entendo o teu pensamento, mas me preocupo com o depois. Tudo bem, tu recém tens 21 anos, é jovem e talentosa, meu único receio é que tu fiques sem um norte e acabe se afundando...

— Eu tenho um norte — interrompi-a e desviei o olhar. — Quero escrever. Eu quero continuar escrevendo, mas...

Quero escrever como Céu, não como Sky.

Meu receio, no entanto, me impedia de imaginar esse cenário. Via-me afogada em falsas expectativas — eu não acreditava que as pessoas amariam a minha verdade como amavam a minha mentira. Às vezes, a voz da minha mãe surgia em meus pensamentos. De que eu era má, egoísta e mesquinha; de que, não importasse o quanto eu tentasse, as pessoas não se interessariam por mim. Foi o que me fez criar Sky, o que me fez esconder minha essência e vestir uma máscara porque temia a rejeição.

Só que essa *farsa* se tornou um peso com o tempo.

Eu não conseguia — nem queria — mais sustentá-la.

— Tenho tempo pra pensar sobre isso...

— Sim, tem sim, meu amor. Descanse primeiro... — Ela se serviu com mais café. — Quero apenas que saiba que tu não podes se esconder para sempre. Parece fácil, mas as consequências são piores para ti, para o que tem aí dentro dessa cabecinha pensativa. Agora quero uma explicação.

Mordi o lábio e esperei.

— A moça alta com tatuagem. — Minha tia arqueou a sobrancelha, sugestiva, e Aminah riu ao lado. — Não me contou sobre ela. Se ela te tirou do apartamento, alguma conexão vocês duas têm.

Contar aquilo parecia uma grande invenção. Até eu tinha as minhas dúvidas se estávamos realmente vivendo a mesma realidade.

— Quem é ela? — Ofélia insistiu.

— Minha colega da faculdade. — Foi a primeira resposta que pensei, e não foi o suficiente para suavizar a expressão da minha tia e sua esposa. Não acreditavam. — E uma *apoiadora* do meu canal.

— Apoiadora?

Relaxei os ombros.

— Basicamente alguém que paga para ter acesso às minhas fotos e a um servidor fechado que criei.

— Que tipo de fotos? — perguntou Aminah, e as duas se entreolharam.

— Não é nude. Muito menos fotos sensuais. — Revirei os olhos com a preocupação meio desconexa. Se eu quisesse fazê-las, não via problema. Sempre tive a concepção de que o que era lindo precisava ser mostrado. — Gostava de pôr fotos com conjuntinhos fofos e rosinhas. Era a marca da Sky. As pessoas elogiavam. — A maioria das palavras sempre me fez bem, mas, às vezes, comentários desnecessários surgiam entre os demais, alguns camuflados entre os elogios.

> Você é linda, Sky, imagina se fosse magra. 😟
> Já pensou em fazer alguma dieta, Sky? Ia ficar mais linda do que já é! 💕
> Você é gorda, mas gostosa 🤣

Comentários assim não eram a maioria, felizmente, mas era inexplicável como algumas pessoas não tinham noção de como suas palavras, que elas juram de pé junto serem inofensivas, sangravam gordofobia. Meu corpo gordo não era sinônimo de doença ou desleixo com a saúde. Estava tudo bem comigo e, não, eu não precisava de uma dieta para emagrecer e ficar linda. Eu *sou* linda, mas obrigada por perguntar, homenzinho ridículo que se esforça para gostar de mulher.

— Eu gosto, mas... não quero mais que me vejam como a Sky — continuei, mas escondi a parte do medo de não ser aceita como Céu. — Também queria tentar o curso de Letras. Pensei na UFRGS.

— Cecel, se a questão é a mensalidade, eu...

— O dinheiro não é o problema — interrompi tia Ofélia e mordi o lábio. A parte sobre o quanto pagavam e quantas pessoas o faziam ainda não havia sido comentada. Era delicado, na verdade. Os três anos de lives, clube de assinantes, muitos em dólar, renderam números que, às vezes, eu não acreditava. Era até ridículo pensar que pessoas doavam quantidades absurdas para estranhos famosos na internet e diziam não ter *cinco reais* para destinar a entidades não governamentais. Antônia era uma — postava em seus *stories* a indignação com crianças passando fome, *oh meu Deus como o mundo é cruel*, dizia, mas direcionar uma mínima quantia para alguma causa? Imagina! Era mais importante doar para *influencers* que pregavam estereótipos de beleza doentios e comprar roupas que custavam um salário mínimo brasileiro. Não que ela não pudesse gastar com o que bem queria, era dinheiro dela, mas que não fosse hipócrita em busca de *likes*.

Uma vez questionei e ela quase me bateu.

Contei sobre a minha conta — na qual nunca tocava, porque Antônia e Carlos desconfiariam se eu aparecesse com compras que não estavam em suas faturas —, e quando Ofélia e Aminah perguntaram de quanto estava falando, só respondi *muito*.

O suficiente para começar a minha vida longe do cárcere.

— O currículo da graduação na UFRGS é melhor para o que quero. Depois posso pensar na PUC, o doutorado de Escrita Criativa sempre foi o meu sonho e... — Percebi um sorriso surgir no rosto da minha tia. Fechei o cenho, incomodada. — O que foi?

— Nada, meu amor... estou apenas pensando o quanto tu és parecida comigo. Eu só queria ter tido a coragem que tu tiveste mais cedo. Fui até o fim do curso de Medicina pela pressão dos meus pais, sufocando a minha própria essência. Casei-me com alguém que não amava, com quem não me identificava, também pressionada porque, na minha época, me fizeram acreditar que estava errada por *ousar* amar alguém que não fosse um homem. Saber que tu, apesar de tudo, vai conseguir fazer o que sempre quis com 21 anos, Cecel, me deixa muito feliz. Sei que não foi fácil, ainda não vai ser, mas... saiba que tu não estás sozinha e que nós duas iremos te apoiar em tudo. — Aminah colocou a mão sobre a de Ofélia na mesa, acariciando-a docemente.

Sempre soube que a vida da minha tia não havia sido fácil. Ela sofreu com a minha família muito mais do que eu — casou-se forçada, reprimiu-se por tantos anos, e, quando finalmente decidiu se libertar, não teve ninguém para apoiá-la. Meus avós tiraram tudo dela, trataram-na como uma estranha, disseram coisas terríveis, minha mãe também; então, os Martinelli passaram a viver como se Ofélia sequer existisse. Tudo porque, um dia, ela disse amar mulheres.

Saber que eu não estava sozinha como ela esteve me confortava...

Eu só precisava aprender a pedir ajuda.

— Tu vais longe, Cecel. Se conseguiste tudo isso sozinha, apenas com palavras, acredito que conseguirás muito mais. O importante é não deixar de tentar e mostrar para o mundo quem tu és.

Que sempre seria o mais difícil.

Assenti e olhei para o meu café, agora gelado.

— Quero pensar um pouco sobre Antônia. Só fico pensando nas mentiras que ela possa estar inventando...

— Ela que invente o que quiser — interveio Aminah e sorriu. — Não importa, o que prevalece no fim, sempre, Maria Celeste, é a verdade.

— Imagino que esteja tentando abafar o teu sumiço — Ofélia continuou e olhou para o celular sobre a mesa para se certificar do horário. Ela tinha aula para dar em breve. — Conheço minha irmã. Ela nunca diria que deixou a filha fugir, deve continuar com a mentira sobre estar doente em casa. Aliás — ela virou-se para a esposa —, tua irmã recebeu aquele atestado que Antônia enviou sobre as faltas da Cecel?

— Provavelmente. Se a Maria entrar com uma procuração, posso conseguir esse atestado e alegar falsidade. A denúncia precisa ser levada para o Conselho Regional de Medicina.

Só de pensar na exposição e em tudo que denunciar Antônia implicaria, meu corpo gelava. Sentia náuseas. Queria *muito* fazê-lo, mas o depois sempre era o pior, a parte mais assustadora.

— E sinceramente? — prosseguiu Aminah ajeitando o lenço em seu pescoço. — Antônia é uma cirurgiã plástica famosa no Brasil, qualquer denúncia vai correr pelas redes sociais. É uma decisão importante, Maria Celeste; e, independente do que irá acontecer com ela, você também será afetada. Sabe disso, não é?

Fechei as mãos com força sobre meu colo.

— Sim...

Minha tia suspirou.

— Não se sinta pressionada, tudo bem, meu amor? Aqui, tu estás segura e em casa. Pense no que fazer hoje, as crianças vão estar na aula e a Aminah tem outras procurações no escritório para fazer, mas até às cinco ela vai estar de volta. Eu fico na universidade até às oito, se puder chego mais cedo e...

— Na verdade — interrompi-a de novo, mais suave, um calor tímido crescendo pelo meu pescoço —, queria ir em um lugar.

Vou treinar no Guaíba, Gabriela tinha me dito. Queria encontrá-la e tentar tirar a turbulência dos pensamentos da minha cabeça, tentar esquecer que uma decisão importante precisava ser tomada e só dependia de mim.

— Acha seguro? — perguntou Tia Ofélia.

— Não me sinto segura — confessei e encolhi os ombros. — Tenho medo de que me encontrem, que Antônia apareça do nada, que as pessoas me reconheçam como filha dela e comentem. Não sei, tudo é possível. Se eu tivesse pelo menos as minhas coisas, as roupas e acessórios de Sky, poderia me montar e ir mais tranquila.

Um sorrisinho de canto — de quem tem uma ideia de última hora — surgiu na expressão da minha tia. Aminah também ficou curiosa.

— O que foi? — questionei.

— Acho que não seria uma má ideia a Sky ter uma versão Dark Sky, huh?

Nunca fui de caminhar pelos pontos turísticos de Porto Alegre.

Antônia sempre me tirou essa liberdade — com correntes invisíveis, comentários maldosos e possibilidades assustadoras. Dizia que alguém como eu não podia andar por aí desacompanhada, que seria assaltada e que, se me sequestrassem, não pagaria pelo resgate. Imagine falar algo assim para uma criança de nove ou dez anos que queria apenas brincar em uma pracinha como as outras de sua idade faziam? Nunca tive esses momentos no fim de tarde, quando famílias se reuniam em parques ou shoppings para passar um tempo juntas. Para a pequena Maria Celeste, era algo impossível em sua realidade. Ela sentia inveja das outras crianças, nutrindo em silêncio uma faísca de revolta e ódio. Eu ainda as tinha, carregava comigo, mas não externalizava. Até crescer, explodir e, enfim, estar aqui, cautelosa e desconfiada até da própria sombra.

Lidar com as consequências do meu coração amargurado e fechado era uma das preocupações, além da situação com Antônia, que eu tinha para o futuro. Mas agora, com as luzes laranjas no céu, com o crepúsculo abraçando a orla do Guaíba, queria trancar essas aflições em uma caixinha e me concentrar no presente. Porque lá, sozinha na quadra, estava Gabriela.

Ela esperava por mim.

Eu lhe enviei uma mensagem mais cedo, perto do meio-dia, perguntando o horário que estaria treinando. Tive que apagar o histórico de mensagens do celular da minha tia em seguida porque a garota sabia como ser inconveniente *sempre*. O que era para ser: "que horas posso te encontrar?" tomou rumos de "preciso te beijar de novo" por parte dela. Gabis sugeriu que eu a assistisse treinar às 17h00, mas decidi que queria ir quando ela estivesse sozinha. Eu não estava em condições de encontrar outras pessoas, principalmente as que conviviam com ela. Não queria apressar as coisas entre nós. Se é que tínhamos algo ou teríamos. Minhas dúvidas eram recorrentes.

Respirei fundo e segui caminhando em direção à quadra, o coturno com salto plataforma um pouco apertado em meus pés. Quando tia Ofélia sugeriu uma versão meio trevosa-gótica de Sky para que eu pudesse me encontrar com Gabriela, não esperava o que estava por vir. Muito menos que eu me agradaria com o resultado. Apesar de um número de diferença nos sapatos, as roupas dela couberam em mim como uma luva. Foram inúmeras tentativas até eu gostar — de vestidos longos com excesso de renda às saias de tule com estampas de rosas pretas. No fim, eu optei por uma blusa alongada com transparência e estampa de esqueleto e uma saia comprida com estrelinhas. No pescoço, Ofélia escolheu a *choker* de tecido, grossa com pedrarias e pingentes. O que mais me agradou, no entanto, foi a combinação da peruca preta — que nunca imaginei que ela teria — com a maquiagem trabalhada em tons escuros. Sempre tive receio com batom preto, mas depois que ela me ajudou, considerei adotá-lo futuramente. Apesar dos olhares, me aproximei da quadra. Estava acostumada com expressões curiosas em minhas roupas. A única explicação que me era plausível era a inveja. Porque eram bregas e seguiam padrões inalcançáveis que a moda ditava, sem um pingo de personalidade.

Quando me aproximei da quadra de basquete, entrei devagarinho, cautelosa, perdendo-me nos passos trôpegos do meu coração. Ela estava de costas para mim, arremessando a bola na cesta. O cabelo estava preso em um rabo de cavalo como o vi em inúmeras situações. Gostava de como ficava, de como acentuava suas sardinhas e a sua expressão travessa. Os músculos do braço da garota ficavam salientes toda vez que ela se movia, realçados também pelo suor em sua pele. Queria chamá-la, mas hesitava. Todas as palavras desapareciam, tornavam-se meros sussurros, cientes do quanto eram afetados pela presença dela.

Um homem gargalhou nas proximidades, um tanto quanto exagerado, mas não o julguei. Agradeci, na verdade. Porque o som fizera Gabriela parar e, talvez por curiosidade, olhar para trás, para mim.

A expressão cansada, e até um pouco séria, suavizou-se. Ela piscou várias vezes, confusa com o que via. Permaneci em meu lugar, um pouco incerta de que atitude tomar, quando Gabriela se aproximou, esquecendo a bola em algum lugar da quadra. A garota fez menção de me abraçar — e eu gostaria que o tivesse feito —, mas parou de repente:

— Eu tô, mano... — Ela ofegou, uma quase risada em sua boca. — Toda suada e fedida. Devia ter ido pra casa tomar banho, mas ia demorar muito e eu não... nossa, tu tá muito linda.

Torci os lábios.

— Sério — insistiu ela e se aproximou ainda mais. — De verdade, gostei, tá linda e, mano, acho que fiquei até nervosa.

Revirei os olhos antes de responder.

— Se eu estou linda porque não me abraçou ainda, idiota?

Ela esperava por tudo, menos pela pergunta. Até riu, relaxando os ombros e comentando algo baixinho que desistiu no meio da sentença.

Porque, percebeu, era mais vantajoso *enfim* me abraçar do que jogar palavras aleatórias ao vento. Receber os braços dela ao redor do meu corpo era tão... bom. Eu tinha milhares de formas de descrever um abraço em histórias, mas recebê-lo era diferente de todas, escapavam-me as ideias, as frases bonitas. Ficavam somente os segundos, as sensações, os sentimentos.

Às vezes, perguntava-me se era possível o tempo parar. Mas, talvez, o fato de nunca acontecer era justamente o motivo da preciosidade do momento. Porque era finito, acabaria; e nós costumamos valorizar apenas aquilo que o tempo pode levar e nunca mais trazer.

Senti um beijo na minha cabeça.

Era sempre estranho — e tão bom — o quanto nossos tamanhos eram diferentes. Gostava de garotas altas. *Não*, corrigi ao me afastar sutilmente e encontrar os olhos dela. Gostava de *Gabriela*.

— Não parei de pensar um minuto em ti... — sussurrou ela e encostou a testa na minha, nossas respirações quase unidas. Minhas bochechas estavam tão quentes que poderiam desmanchar e derreter.

— Por quê? — Era uma pergunta imatura, evasiva. Queria conseguir agir normalmente perto dela, sem que meu coração saltitasse eufórico.

Gabriela riu e prendi um suspiro quando ela depositou um selinho em minha boca, seus braços ainda me envolvendo. Ela não estava fedida como havia mencionado — pelo contrário. Cheirava melhor do que eu esperava.

— Por que será, Céuzinha? Será que é porque sou apaixonada por ti?

Encará-la era difícil. Eu não era tímida, mas tinha meus traços de nervosismo acentuados com tantas declarações. Até parecia que nunca havia escrito momentos românticos entre minhas personagens. Mas escrever era diferente de viver. Estava experienciando aquilo pela primeira vez.

Ela me soltou de repente e desejei ter conseguido agir diferente para ficarmos próximas por um pouco mais de tempo.

— Como foi com suas tias? Aliás, elas tiveram a ideia do estilo?

Assenti.

— Tia Ofélia sugeriu depois que comentei que tinha receio de vir até aqui e me deparar com Antônia. — Olhei para os coturnos. Eram lindos, mas estavam realmente apertando os meus dedinhos. — Como eu queria te ver... aceitei a ideia — sussurrei no fim, incomodada com minha própria confissão.

Um sorrisinho surgiu no rosto da garota.

— Também queria te ver, Céuzinha. Que bom que deu tudo certo. Mas e o que decidiram? Tu sabe, sobre o que aconteceu.

— Não sei. — Minha voz saiu arrastada. — Não sei de verdade. Tia Aminah falou sobre o que vai acontecer se eu realmente denunciar Antônia. A exposição, tudo. Minha vida vai virar um caos. Não sei se quero isso.

Gabriela me observou em silêncio e desviou o olhar pela quadra, imaginei que estivesse procurando pela bola.

— Não sei se quero falar sobre isso, na verdade — continuei.

— Sei como é essa sensação. — Ela caminhou até a bola enquanto falava e eu a acompanhei, meus pés protestando. — Nunca passei por uma situação como a tua, mas enfrentei coisas parecidas… do tipo ter medo e querer fugir, sabe? Recentemente descobri alguns fatos sobre mim que eu não entendia e tentei esquecer, levar a vida, mas, no fundo, continuava lá. Dá medo, sim, Céu, mas às vezes a gente precisa encarar o que nos assusta, entende? — Gabriela pegou a bola e a quicou algumas vezes no chão, o cabelo preto acompanhava seus movimentos. Então, fez o arremesso, acertando a cesta em cheio. Um sorriso confiante surgiu no rosto dela antes que voltasse a olhar para mim. — Só quero que, independentemente do que tu escolha, tu saiba que tô aqui, vou sempre estar aqui contigo.

Desviei o olhar, apertando os lábios.

Se outra pessoa me dissesse o mesmo, eu daria risada e perguntaria se a pessoa estava se divertindo com a mentira. Nunca acreditei em ninguém de verdade, nunca me permiti confiar nas palavras que não fossem das minhas tias.

Eu tinha motivos de sobra, afinal.

Mas Gabriela…

Era assustador como ela fazia com que aquelas barreiras que construí com o tempo sucumbissem tão facilmente. Era assustador justamente porque eu também estava apaixonada e confiava nela como *nunca* fui capaz de confiar em alguém. Mas o medo de que tudo desaparecesse no dia seguinte me privou de vê-la como uma certeza, como algo certo. Do mesmo modo, era incapaz de dizer essas incertezas em voz alta.

Era frustrante.

— Ei. — Não percebi quando ela se aproximou e segurou o meu rosto. — Tu pensa demais, sabia?

— Muita coisa para pensar… — murmurei.

— Então vem, vamos pensar juntas. — Eu não esperava vê-la se sentar no chão da quadra, esticando as pernas como se estivesse em casa. — Senta comigo.

Franzi o cenho.

— Não vou me sentar nesse chão sujo.

— Quem disse que é no chão, hein? — Ela segurou minha mão e me puxou, me forçando a sentar em seu colo. Caí desajeitada, um gritinho escapou do fundo da minha garganta, mas a garota riu, me segurou e me ajeitou. Eu ia morrer do coração. — Pronto, melhorou? Eu te protejo da sujeira, vai.

Que vontade eu tinha de enchê-la de tapas.

Mas a ideia, no fim, não foi ruim. A dor em meus pés se amenizou, ainda que latejassem.

— Que cara é essa? — Os braços de Gabriela estavam em minha cintura. — Tá desconfortável aqui?

Muito confortável, obrigada e não se levante.

— Meus pés estão me matando.

Gabriela piscou e olhou para os coturnos.

— É um número me... O que você está fazendo?! — falei depressa quando ela desamarrou os cadarços dos sapatos, puxando-os sem qualquer permissão. — Gabriela! Meu Deus, não vou ficar de pés descalços em um lugar público!

— Ah, cuidado, vão chamar a polícia! — Ela riu e afastou os sapatos, colocando-os longe do meu alcance. — Se permite, Céuzinha, deixa de ser tão dura contigo. Eu tô aqui, relaxa. Tu nunca andou por aí descalça?

A minha expressão foi o bastante para respondê-la. A garota riu e me apertou, roubando um suspiro meu.

— Linda.

— Cala boca.

— Faltou me chamar de idiota. — Ela chegou com o rosto mais perto, a voz dengosa. Minha barriga formigava tanto, que parecia ter vida própria.

Revirei os olhos para esconder o quão envergonhada estava. Gabriela tirava o meu fôlego com tanta facilidade, que se eu não tomasse cuidado, esqueceria de respirar. Eu já estava *começando* a esquecer.

Era culpa dela — da forma como me encarava, como seus olhos me percorriam. Lembrava-me de Yun-yu, que sempre observava Aya como se esta fosse um tesouro conquistado.

Gostava da sensação.

E queria que ela me beijasse logo.

— Vai, me chama — sussurrou Gabriela, era uma gatinha ronronando e pedindo carinho. O nariz dela tocou a minha bochecha, percorreu a extensão de pele até chegar ao pescoço.

Engolir o suspiro foi *muito* difícil.

— Idiota… — respondi, permitindo-me enfim. — Idiota — repeti, e a senti roçar a boca em meu queixo, suas mãos apertando com intensidade minha cintura. — Idiota — falei pela última vez antes que, finalmente, atendesse ao desejo que não ousei externalizar.

Beijá-la tinha um pouco de tudo — das coisas que nunca imaginei, das sensações nunca experimentadas. Não com meus próprios lábios. Beijos me eram familiares, sempre escrevi tantos e li inúmeros. Mas era estranhamente inexplicável como cada beijo tinha um detalhe diferente que eu não conseguia explicar. Talvez fosse o toque: como os dedos se permitiam deslizar por minhas costas. Quem sabe o gosto: a forma como nossas línguas experimentavam uma a outra. Ou também as sensações: como meu corpo se acendia e se entregava a ela.

Um pouco de tudo, de cada parte.

Que no fim, quando tudo se somava, terminava em meu ventre.

E eu preferia *morrer* do que dizer o quanto só aqueles beijos de Gabriela me excitavam e me instigavam a pensar o que mais ela poderia fazer com aquela boca.

— Queria te dizer tanta coisa… — murmurou ela quando interrompeu o beijo e encostou a testa na minha. — Mas não quero que ache que sou exagerada.

— Somos lésbicas, Gabriela. Estranho seria se não fossemos exageradas.

— Tu é o amor da minha vida, sabia?

Aquilo me pegou *muito* desprevenida. Pisquei para ela, incerta do que dizer ou de como reagir. Não esperava e, de algum modo, me senti irritada. Sim, éramos lésbicas exageradas, mas algumas palavras não deveriam ser ditas da boca para fora.

Se ela queria que eu acreditasse em seu *amor*, estava fazendo errado.

— Sei. — Foi tudo o que decidi falar.

— Não acreditou, né?

— Nem um pouco.

— Vou fazer melhor. — Então ela descansou o queixo em meu ombro, mas não se demorou, colocando os olhos nos meus mais uma vez. — Sabe o quê? Não vou falar, vou mostrar o que sinto até que tu se canse e acredite em mim.

A determinação em seu olhar era contagiante.

Nunca poderia negar o quão persuasiva e persistente Gabriela poderia ser. O fato de estarmos aqui *hoje* era uma prova.

— Hm...

Ela estalou a língua.

— Aguarde, Céuzinha. Aguarde.

No fundo, por baixo da minha expressão emburrada e irônica, eu queria *muito* acreditar que, sim, eu era o amor da sua vida.

E que, sim, ela estaria aqui.

Independentemente do que acontecesse amanhã.

E o amanhã só dependia de mim.

CAPÍTULO 37

GAROTAS QUE VIVEM O SONHO LÉSBICO QUE SEMPRE QUISERAM (MAS QUE, ÀS VEZES, PRECISAM ACORDAR)

Gabriela

Estar em um sonho era bom, mas nunca pensei que a realidade pudesse ser ainda melhor.

Principalmente quando tu fica com a garota de quem gosta — a garota que parecia inalcançável há menos de dois meses. As horas que passamos juntas no final da tarde não foram o suficiente, nunca seriam. Não para tudo o que eu estava sentindo depois de tanto tempo me lamentando para o vazio insistente em meu peito. Me apaixonar por Maria Celeste fez crescer aquele desejo que a decepção com Marina apagou. Aquela *vontade* de estar perto e de viver junto. Se me perguntassem o que me fez mudar de repente, de alguém que não conseguia se conectar em um relacionamento para uma pessoa que havia dito, no segundo encontro (de verdade) que a garota com quem estava era o amor da sua vida, eu daria uma resposta simples.

Foi o modo que ela, sem que eu percebesse, me fisgou com suas histórias e o seu jeitinho bobo de me chamar de idiota.

Tantas outras razões.

Que, pensando agora, me faziam perceber que eu me apaixonei por Maria Celeste muito antes de descobrir que ela era Sky.

Mas fui *idiota*...

Bem como ela sempre dizia.

Ainda era — pensei ao me despedir e beijar Céu uma última vez antes que ela entrasse no apartamento da tia. Fiquei um tempo no carro, pensativa enquanto via a garota desaparecer na portaria do prédio. Na minha cabeça, possibilidades e arrependimentos se misturavam. Um se destacava entre tantos: a verdade sobre a garota, sobre nós duas, sobre como nos conhecemos. Eu precisava deixar a preocupação de lado e revelar detalhes escondidos sobre mim.

Sim, pessoas, me apaixonei por uma garota na internet. Sim, mundo, eu lia *fanfics* lésbicas de gosto duvidoso. Sim, amigos e amigas, acreditei que uma paixão de internet fosse possível de acontecer.

E ela aconteceu.

Aconteceu demais.

Eu só precisava acertar alguns pontos antes de finalmente poder dizer que...

Fiquei com a minha garota.

Estava sentada em frente ao computador enquanto observava o canal de lives e o Instagram de Sky. Eu me perguntava o que aconteceria com ela daqui para frente, mas não questionei Céu. Não quando a dúvida ainda parecia estar presente em seus pensamentos, pensamentos que ela não me compartilhava. Um miadinho tímido soou e encontrei a Céu-gatinha me encarando, um pedido escondido em seus olhos verdes. Talvez estivesse me perguntando onde estava a outra gata, onde estava *aquela* que inspirou o nome dela. Eu me inclinei para acariciar a orelhinha e ela roçou o narizinho em meus dedos, em minhas unhas com esmaltes pretos descascando.

— Queria que elas estivessem aqui, é? — murmurei com um sorriso de canto. Em resposta, a pequena ronronou. Era um desejo que compartilhávamos, mas que ainda não conseguiríamos concretizar (embora meu desejo fosse trazer Céu e Morrighan para meu apartamento hoje). Não sabia se ela queria, não sabia como seria. Alguns pontos do nosso futuro eram incertos, mas um deles, o mais importante, era claro como o Sol.

De que eu queria estar com ela amanhã, depois, sempre.

Olhei para o relógio, que marcava 21h em ponto, e foquei o jogo que aconteceria em dois dias. Queria estar mais confiante, mas era difícil não pensar na derrota vergonhosa do ano anterior. As gurias do time também sentiam o mesmo — vi em suas expressões no treino que fizemos, no nervosismo antecipado. Mas também vi uma leve e tímida faísca de esperança. Treinar sem Henrique foi uma bênção: nunca pensei que poderíamos brincar e rir em uma partida. Até Vic, que queria a minha cabeça em uma estaca, esboçou alguns sorrisos. Mariah complicou comigo, eu já esperava, mas cumpriu bem sua função na equipe. Ela tinha os defeitos dela — assim como eu tinha os meus —, mas era uma boa jogadora, agressiva na medida certa. Me senti realmente útil como capitã quando recebi agradecimentos no fim do treino. Algumas até perguntaram se treinaríamos sem meu pai de novo (e que preferiam assim).

Quem não preferiria?

Ser xingada de graça e criticada a cada movimento era uma merda.

Não tinha pena dele — e não esperava por nenhum arrependimento por parte de Henrique.

Meu celular vibrou de repente e me trouxe um sorriso. Era *ela*. Estava me enviando uma mensagem pelo servidor, mas não era a conta de Sky. Estava sem foto, recentemente criada.

(21:01:11) Cecéu: Oi, minha tia me emprestou um celular. :)

Eu me perguntava se ela tinha noção que aquele emoji soava mais como irônico, maníaco, do que sorrindo.

(21:01:17) Gabislera: ei, céuzinha, ⊂ (♡⌂♡) ⊃ nossa, que saudade de falar contigo por aqui (´; ω; `)
(21:01:29) Cecéu: Você continua usando essas coisas horríveis.
(21:02:03) Gabislera: p(╬ Ò ‸ Ó)q
(21:02:11) Gabislera: não são COISAS, são emojis fofos, tu como e-girl deveria usar
(21:02:32) Cecéu: Nunca.
(21:02:59) Gabislera: eu te ensino (´｡• ᵕ •｡`) ♡
(21:03:05) Cecéu: Não.
(21:03:12) Gabislera: birrenta (ง'̀-'́)ง
(21:03:16) Cecéu: Para.
(21:04:01) Gabislera: ヾ((●>□<)/*:..｡o○SOЯЯЧ○o｡ ..:*ヽ(>□<●))ﾉｼ
(21:04:17) Cecéu: Aff.

Meu passatempo favorito sempre foi, e sempre seria, provocá-la por mensagens. Sentia um bem-estar incomparável, uma sensação do que era estar apaixonada e o quanto gostava disso. A notificação de chamada recebida se acendeu em meu celular e fez meu coração, emocionado e desajeitado, errar algumas batidas. Céu estava ligando pelo servidor, coisa que, se voltássemos no tempo uns dois meses, nunca esperaria acontecer. Quando eu atendi, o rosto da garota se acendeu no visor. Estava deitada em uma cama, a luz do abajur revelando seu rosto.

Meu "tu é linda" como cumprimento foi interrompido por:

— Idiota. — E revirou os olhos.

— Ai, Céuzinha, vamos melhorar esse humorzinho ácido, vai.

— Não quero. — Ela se mexeu na cama e se deitou de lado, alguns fios de cabelo castanhos deslizando em seu rosto. Senti uma imensa vontade de tocá-la, abraçá-la e grudar nela. Queria que estivesse *aqui* comigo.

— Então, me ligou por quê? Queria me ver?

Céu emoldurou um biquinho fofo e tão emburrado que apenas alimentou a minha necessidade. Criatura mais birrenta e adorável.

— Não vou falar.

Ergui as sobrancelhas e me escorei relaxada na cadeira.

— Se não me contar, vou ficar esperando.

— Tá bom! — Céu cedeu mais rápido do que imaginei. Na câmera, ela desviou o olhar e encarou algum canto do quarto, seu rosto levemente rosado. — Eu... estou com...

— Com? — incentivei.

Outra revirada de olhos.

— Saudades! Queria te ver, idiota.

Como eu amava essa guria, mano. Não segurei a risada, o que provocou o abrupto desligamento de sua câmera.

— Posso ir te ver.

Silêncio do outro lado da chamada.

— Céuzinha — cantarolei e esperei.

A câmera se ligou novamente. Céu aparecia com minha expressão favorita dela: os lábios em uma linha reta, as maçãs do rosto redondo coradas e o olhar de quem queria dizer muito, mas escolhia o nada. Vê-la me trouxe uma percepção de repente. De que ela não precisava de Sky para se mostrar ao mundo, para escrever o que quisesse. Bastava se apresentar como era.

As pessoas se apaixonariam também.

— Não dá, está tarde e preciso ficar um pouco com meus primos.

Estava abrindo a boca para responder quando uma notificação nova saltou na tela. *Henrique*, dizia, uma mensagem do meu pai. Aquilo me trouxe um desconforto repentino, nunca esperava por coisas boas enviadas por ele. Nossas últimas conversas, em qualquer ambiente, virtual ou real, não haviam sido boas. Cliquei no pop-up e abri a janela de mensagem.

> **(21:13) Henrique:** Pode vir amanhã almoçar? Quero falar sobre Ícaro, é importante.

Senti um leve nervosismo.

> **(21:13) Gabis:** meu irmão tá bem?
>
> **(21:13) Henrique:** Sim, mas preciso que venha.
>
> **(21:13) Gabis:** ok

— Gabriela, você não está me ouvindo? — A voz de Céu soou e eu respirei desconcertada, tentando não me preocupar demais.

— Desculpa, era o meu pai... quer conversar comigo sobre meu irmão amanhã no almoço.

— Não sabia que tinha um irmão. — Ela não parecia muito contente com a falta de informação.

— Posso te explicar quando a gente tiver juntas, o que acha? — Sorri para ela. Por dentro, contudo, não conseguia parar de pensar na mensagem. Não podia me deixar abalar *agora*, principalmente com um jogo à frente e com Céu comigo.

Céu fez um biquinho.

— Hmm, certo.

Ainda assim, não conseguia esquecer e, embora estivesse feliz em ver Céu, não parava de pensar no almoço com Henrique.

Esperava que nenhuma tempestade me atingisse.

— A gente pode se encontrar amanhã no fim do dia e daí conversamos? Quero ficar um pouco contigo. — Dei um sorrisinho de canto. A verdade era que eu tinha uma surpresinha para a garota, um pouco de romantismo, na verdade. Queria fazê-la acreditar em mim e em meu amor por ela. — Podemos fazer algum programa juntas... — Ela esperou que eu continuasse, aquele jeitinho emburrado de sempre. — Não sei, um filme?

— Como um encontro?

— Muito mais que isso... em encontros a gente precisa ser mais sutil, mas eu quero dizer que te amo o quanto antes — brinquei. — Aliás, eu te amo, sabia, Maria Celeste?

Eu só não esperava causar quase um apocalipse com aquelas três palavrinhas preciosas. Porque a garota arregalou os olhos, o rosto ganhou inúmeras cores e, então, inesperadamente, desligou a chamada.

Fiquei observando o celular.

Piscando, confusa.

Não entendi o que havia acontecido, mas, levando em consideração a *pessoa* com quem falava, compreendia a reação.

Céu era uma gatinha arisca, afinal.

A minha gatinha — e mal podia esperar para surpreendê-la.

Cheguei na casa do meu pai por volta das 11h30 do dia seguinte.

Uma sensação estranha ainda queimava na minha garganta e eu tentava não transparecer quando entrei pelas portas dos fundos, sempre aberta. Na noite anterior, tinha enviado uma mensagem a Ícaro perguntando como ele estava e se tinha algo que ele precisava me contar. Ele negou e ficou surpreso quando contei que iria me juntar ao almoço, o que me acendeu alguns alertas: o que quer que Henrique queria conversar, não era do conhecimento do meu irmão.

Pisei na cozinha e me deparei com uma mesa recém-posta com quatro lugares. No passado, com uma frequência incomum, e um pouco preocupante, meu pai incluía um novo espaço no almoço. Nunca perguntei o porquê, ele não era de falar muito dos próprios sentimentos, mas desconfiava que o lugar era de alguém que não mais se fazia presente em nossas vidas. Ícaro era ainda um bebê recém-nascido quando ele começou, e nunca parou. Algumas vezes, fazia todos os dias; em outras, ficava meses (ou um ano inteiro) sem se confundir com os números. Queria ter tido uma oportunidade para perguntar o porquê, ele nunca namorou desde a morte da mulher — e, no fundo, em uma parte que meu pai escondia, eu sabia o que significava. Deveríamos ser quatro. O destino nos fez três. Hoje, restavam dois e, em breve, um.

— Tu chegou. — Minha atenção foi direcionada para a voz dele que surgiu no corredor. Apesar de alto, percebi que Henrique estava um pouco encurvado, o semblante cansado de uma noite maldormida. Estava com uma camiseta dos Lakers e uma calça de moletom folgada, os pés descalços.

— É — respondi, desconfortável.

— Tô fazendo um carreteiro e batata assada — respondeu ele e se dirigiu ao fogão, conferindo a panela fumegante. — Ícaro chega da escola logo, logo. — Ele se sentou à mesa. Henrique olhou para os pratos, ajeitou a toalha como se estivesse torta e descansou os braços sobre o móvel, suspirando pesadamente.

Não respondi, mas me sentei do outro lado da mesa, de frente para ele. Olhei para o celular de relance. Uma notificação de Céu com um "bom-dia" com letras maiúsculas e ponto final, como ela sempre fazia e *sempre* me fazia imaginá-la irritada. Desde a noite passada, quando desligou na minha cara, ela estava agindo como se nada houvesse acontecido. A habilidade da garota em ignorar algumas situações era admirável.

— As gurias não foram treinar ontem... — murmurou meu pai e ganhou minha atenção. Ele não olhava para mim. — Foram treinar contigo no Guaíba, é?

— Sim.

— Entendi.

Eu estava desconfortável demais. Minha vontade era sair correndo e não olhar para trás. Mas esperei, paciente. Tudo bem que estivéssemos meio brigados, mas, mesmo irritada com ele, meu lado empático falava sempre mais alto. Era uma merda se importar demais. Algumas pessoas não são gentis com nossos sentimentos.

— Gabriela...

A dificuldade que ele tinha em falar — e se expressar de verdade — me lembrava Maria Celeste. Se as coisas melhorassem entre nós, e um dia eu tivesse a chance, queria apresentar um ao outro.

— Sobre o treino...

— Se tá preocupado, relaxa. Eu sou a capitã, sei liderar a minha equipe e tamo nos preparando pro jogo. — Eu deveria ter acabado minha fala ali e esperado a dele, mas senti a necessidade de falar um pouco mais. — Foi muito melhor o treino, vou te falar a verdade. Ninguém gosta de ser xingado o tempo todo, muito menos criticado e desmotivado, sabe. A gente tá *cansada* real. Não sei o que tu quer falar sobre o...

— Eu sei, filha. — A interrupção fez um calafrio correr pelo meu corpo. Não pela atitude, mas pela palavra que veio acompanhada. Filha... A última vez que ele me chamou assim, eu tinha dez anos e estava no corredor do hospital, recebendo a notícia da morte da minha mãe. Fiquei sem reação, os lábios entreabertos sem conseguir me expressar. — Eu sei e peço desculpa. Não tenho o que dizer e o que argumentar... eu só peço desculpa.

Ele realmente parecia arrependido, mas ainda assim — depois de tanto tempo convivendo com seus relapsos —, eu tinha minhas desconfianças.

— Sobre o quê exatamente?

Henrique me encarou, os olhos pretos como os meus. Apesar das diferenças em estatura e tom de pele, éramos um o focinho do outro. E... bem, não apenas em aparência. Personalidade também. Impulsivos e inconsequentes.

— É até difícil enumerar. — Ele deu uma risada irônica e olhou para os quatro pratos na mesa, reflexivo por algum tempo antes de continuar. — Acho que acabei estragando tudo, complicando as coisas desde que... ela se foi.

Assenti e me mantive quieta.

— Não fui um pai e muito menos um treinador. — A voz de Henrique vacilou por segundos, mas ele se recompôs. — Coloquei o basquete na cabeça não para me esquecer da carreira que perdi, mas da família que quase tive e que a vida me tirou.

— Tu tem uma família, é diferente. Eu e Ícaro somos ela. Infelizmente *ela* não tá aqui... mas tu não pode se lamentar pra sempre. Acha que ela ia gostar de te ver assim? Desmerecendo o que tem agora?

Ele baixou o olhar, envergonhado.

— Desculpe.

— Não fica se lamentando pelo que perdeu, mas aproveite o que tu tem agora. Nunca é tarde. A vida continua e, bem, não deixe pra tentar ser um pai quando todos esses pratos estiverem a mais na mesa.

Henrique assentiu.

— Tu tem razão. — E era um tanto estranho ouvi-lo daquela forma, sem brigar, sem gritos, sem cobranças.

— Não quero as suas desculpas... — Respirei fundo, calma. — ...pai. — O meu sussurro o fez erguer o olhar para mim. — Desculpas não mudam nada, mas as tuas atitudes sim. E, sabe, eu não te odeio, se é isso que tu pensa. Ícaro não te odeia, ele te ama muito e, como eu, sente falta de um pai, muito mais do que imagina porque, diferente de mim, ele cresceu sem uma mãe. No começo, eu... — *Merda*, pensei. Sentia minha garganta começar a queimar com tudo que deixava minha boca. Eu me segurei muito para resistir. — Eu tinha inveja dele. Porque ele não conheceu nossa mãe e, por isso, não entendia a dor da perda. Agora... tenho pena. Porque meu irmão nunca vai saber como foi a nossa vida antes, nunca sequer vai poder ter essa sensação boa de que tenho: que é lembrar de uma mãe carinhosa e atenciosa que sempre fez de tudo pela filha.

Eu limpei depressa a lágrima que ousou escapar.

— E eu tenho certeza de que, se ela se estivesse aqui, minha mãe também faria tudo pelo filho — completei.

Henrique soltou um suspiro irônico, afetado.

— Desde quando tu entende tanto dessas coisas?

Desde que percebi o que era me apaixonar.

— Muita história pra contar e nenhum pai pra me ouvir.

— Tsc. — Ele estalou a língua e esfregou o rosto com as mãos, recompondo-se. — Depois de ficar sozinho no treino, pensei um pouco sobre tudo e... sobre essa vida que levo diariamente. Talvez tu esteja certa... eu me perdi e só vou me encontrar de novo se me mexer, mudar. Por isso, o jogo de amanhã será o último.

Pisquei sem entender.

— Vou deixar o cargo de treinador do Higienópolis e dar um tempo. Talvez... ser o pai que preciso ser para os meus filhos.

— Tá falando sério?

— Quando eu contei uma mentira, Gabriela? — Henrique respirou fundo e se levantou, caminhando até o fogão para desligar o forno. — Claro que o clube vai pôr um reserva... mas sei que não é o treinador novo que vai decidir o jogo. É tu. É a tua união com tuas meninas. O que quer que aconteça amanhã, ganhando ou não, tu ainda vai ser a capitã desse time e vai conseguir, como sempre fez, liderar tua equipe.

— Depois de passar o ano todo me infernizando por causa do Caxias, me enchendo de esporro, tu fala isso?

Ele balançou os ombros.

— Vai deixar o Caxias ganhar?

— Óbvio que não.

— Mas antes que mudemos de assunto, sobre Ícaro, o que eu falei aquele dia...

— Pai — repeti, causando outra reação inesperada nele. — Não é pra mim que tu precisa falar disso, é com ele. Conversa com ele. Pergunta o que ele quer fazer e o que ele mais gosta... tem muita coisa que tu precisa ainda aprender sobre teu filho de quinze anos.

— É...

— Mana! — Não esperávamos que o assunto da conversa chegasse de repente, mudando a atmosfera da cozinha. Ícaro veio depressa ao meu encontro, oferecendo um abraço carinhoso e, em pensamentos, agradeci por tê-lo em nossas vidas. Henrique e eu sempre fomos... tempestade. Meu irmão, não: ele era o sol, a luz que precisávamos em nossas vidas. Algumas decisões que hoje eu experimentava o resultado foram por causa dele — daquele jeitinho único de ver a vida.

Eu tinha o sol.

Agora, o céu.

Talvez as tempestades nunca mais fossem me preocupar.

— Tava com saudades. O teu jogo é amanhã? — perguntou Ikki ao se sentar ao meu lado na mesa. — A Pérola e eu queremos ir... será que podemos?

— Claro. — Brinquei com os cachinhos bem alinhados dele. No rosto de pele negra, algumas manchinhas se destacavam ao redor do nariz dele. Suaves, quase imperceptíveis. — Aliás, preciso te contar sobre a SkyLin — sussurrei para ele, o nome da personalidade de Céu soando estranho em minha boca.

Ele arregalou os olhos para mim.

— As duas...

— Quem é essa?

Olhamos para Henrique que agora colocava a panela na mesa.

Deixei uma risadinha boba escapar.

— Bem, se tudo der certo, amanhã no jogo eu apresento ela para os dois.

— Ela tá em Porto Alegre? — O espanto do meu irmão era memorável. — Mana! Conta o que aconteceu.

— Como assim o Ícaro sabe e eu não? — argumentou nosso pai, juntando-se à conversa ao se sentar à mesa.

De repente, um sentimento *bom* me invadiu, uma sensação que há anos eu não encontrava quando vinha à minha antiga casa. Sobre o que era, enfim, viver em família. O momento teria sido melhor se Céu estivesse aqui — ocupando aquele espaço na mesa que há muito tempo estava vazio.

Porque eu não só queria ser namorada dela.

Eu queria muito mais.

Mas, obviamente, eu daria um passo de cada vez.

E ela não estava preparada para o que eu tinha em mente...

Algo digno dela.

De nós duas.

Então, antes de me despedir deles na metade do dia, enviei uma mensagem à garota que eu amava:

Te pego às 19h. <3

CAPÍTULO 38

GAROTAS QUE QUEREM ACREDITAR QUE SÃO AMADAS (E MAL IMAGINAM QUE A GAROTA QUE AMAM ESTÁ PENSANDO NELAS AGORA)

Maria Celeste

Gabriela chegou perto das 19h na casa das minhas tias.

Ofélia perguntou se eu não queria convidá-la para subir, mas neguei, dizendo que teríamos uma conversa — o que a fez erguer uma sobrancelha sugestiva. Ainda não havia contado sobre nós, sobre o que estava acontecendo e o que eu estava sentindo. Meus sentimentos eram contraditórios, não confusos. Gostava de Gabriela, acreditava nela, mas duvidava de alguns sentimentos. Principalmente quando, por meses, ela esteve *apaixonada* pela minha mentira para, de repente, dizer que me amava. *Eu. Céu.* Tudo bem, ela havia se confessado naquele dia, dito tudo o que eu queria ouvir, mas eu não podia me culpar por hesitar... meu coração era temeroso, maltratado. Tanto tempo acostumada a rejeição que qualquer sinal de amor, qualquer confissão, me faziam criar uma barreira imatura e problemática de: *ela está brincando comigo.*

Queria me abrir, queria aprender a falar, mas...

Era tão difícil, que eu quase me pegava chorando com ódio de mim mesma por essa minha teimosia insistente.

O “eu te amo” da nossa chamada havia piorado tudo.

Aquela palavra me assustava tanto, que, às vezes, parecia mais como uma história de terror do que de amor. Talvez porque nunca a tivesse ouvido de alguém que não fosse Ofélia, muito raramente. Antônia e Carlos? Eles não amavam nem um ao outro, que dirá a filha que tanto menosprezavam. Estava acostumada a entender que me odiavam; e, assim, nas entrelinhas, me acostumei à palavra "ódio" do que à palavra "amor". Foi apenas nos livros, em histórias e em personagens que me fizeram companhia na infância e na adolescência que entendi o que poderia significar amar alguém.

O nome da minha *fanfic* não era apenas uma inspiração na música da Fresno.

Era sobre o que eu queria falar.

Eu queria falar de amor — quando nunca entendi o que de fato isso significava.

Eu queria só falar de amor — porque, quem sabe assim, dispersaria aquele ódio enraizado em meu peito.

De frente para o elevador, antes de descer para me encontrar com Gabriela, peguei meu celular provisório e pesquisei o nome de uma música. Ela me viera de repente, me invadindo os pensamentos como um sinal.

Acordar – Fresno, digitei no Google.

Cliquei no YouTube para ouvi-la, deixando que o elevador partisse sem mim. No corredor, sozinha, ela tocou:

Hoje eu vou sair, trazer pra vista a luz
Pra eu poder escrever o que não se traduz

Para escrever o que não se traduz — como sempre fiz: escrevi os meus sentimentos para que, de alguma forma, alguém pudesse ouvi-los. Porque assim, nas palavras que amei, nunca odiei, eu consegui sair daquele lugar em que os constantes abusos da minha mãe me enterraram. Lembro-me de quando ouvi aquela música pela primeira vez, chorei sozinha em meu quarto. Porque me identifiquei com a letra, com a poesia de cada sentido que se encaixavam em minha vida. O problema, no entanto, foi eu ser incapaz de acordar do coma, incapaz de ir para casa. Deixei de ouvi-la porque ela começou a me fazer mal.

Ouvi-la hoje, porém, tinha um gosto diferente.

Melhor, eu diria.

Porque, enfim, como na letra de "Acordar", o sol havia me invadido, me limpando por dentro.

E...

Olhei para a nova mensagem que surgiu no visor do celular.

Gabis: céu? tá descendo? Aconteceu algo? Quer que eu suba?

Aquele sol que me invadiu, eu percebi, nunca mais me deixaria viver um só dia cinzento. Ela vai me acordar do coma. Porque...

Quando acordar...
Eu vou para tua casa, te ver
E todo dia vai ser sempre um recomeço
E eu me deixei para trás, para nascer na tua vida.

Quando o elevador voltou, abrindo as portas para que eu entrasse, lágrimas me escapavam, lágrimas de uma estranha e tão desejada percepção. De que eu queria vê-la, de que eu queria acreditar nela. Apertei o botão para o Térreo às pressas, desejando não ter me demorado tanto. No celular, a música continuou. Que nunca parasse. Sorri entre as lágrimas, rindo em seguida, tantas coisas vibrando em meu coração.

Chegando, enfim, à entrada do prédio, corri para a saída, e de lá avistei o que precisava ver. Gabriela estava parada, ansiosa, tão nervosa, olhando para a portaria como se estivesse a um passo de invadir o lugar atrás de mim.

Nunca senti tanta vontade de abraçá-la como sentia agora.

Queria dizer que também a amava, que acreditava nela e que tivesse um pouquinho mais de paciência comigo.

Mas um passo de cada vez — não estava curada, não estava liberta. Eu ainda estava me acordando do coma, como na música, e um longo caminho me esperava adiante. Gabriela era só o começo, mas eu tinha certeza de que, se ela estivesse comigo, eu nunca mais viveria um só dia cinzento.

E um dia, um dia...

A Céu que tanto se escondeu aprenderia a se encontrar.

— Céu-gatinha. Gatinha-céu. Algo assim — murmurou Gabriela sem graça. Estávamos em seu apartamento, sentadas na sala, enquanto eu brincava com a gata em meu colo. Era carinhosa e um tanto carente, implorando por atenção com miadinhos. Aquilo me lembrava alguém, alguém que estava à minha frente tentando explicar o problema com o nome da bichinha. Uma coincidência inusitada, sim. Perguntava-me como nós duas, no dia, não havíamos percebido. Não importava quantas variações a garota tentasse usar, todas eram sugestivas demais e poderiam se referir a mim.

Pequena Céu — eu tinha um metro e sessenta e nove; Gabriela, um e oitenta e quatro. Perto dela, eu era pequena.

Céuzinha — não, nunca. Eu gostava demais desse nome para dá-lo a gata.

Mini-Céu — brega e sem criatividade.

Celeste — aqui eu mandei Gabriela calar a boca porque ela realmente era péssima com nomes. Bastava ver o dela no jogo.

— Preciso que tu ajude também. — Ela suspirou e se sentou ao meu lado no sofá espaçoso. Aproximou-se de mim, passando o braço por meus ombros. — Tu é a escritora, a criativa. Lembra quando disse isso?

— Lembro. — O meu sussurro foi quase sobreposto pela música baixa que tocava. Naquela recordação, Gabriela me incentivou como sempre, dizendo-me palavras que eu não esperava dela na época. Disse que eu era a sua escritora favorita... esperava que continuasse sendo. — Você era bem insistente. Eu deveria ter te bloqueado.

— Tu não me bloquearia. — A garota riu. Senti seus dedos em meu ombro, me acariciando devagar.

— Bloquearia — respondi com o nariz empinado. — Você teve sorte. Não sou de conversar com estranhos. Não sei como te dei uma brecha.

— Ninguém? Tipo, Sky era famosa. Eu só te imaginava no meio de grupinhos de *streamers*, sabe, aquelas panelinhas. — Os dedos em meu ombro deslizaram pela minha pele, dedos agora em minha nuca. Foi impossível não me arrepiar.

— Não tinha ninguém. Era diferente... Sky tinha o mesmo receio que eu, e por isso tínhamos restrições a amizades na internet. Alguns famosinhos chegaram a tentar contato, nunca dei importância. Estava acostumada a ficar sozinha e não queria correr o risco de ser descoberta. — Gabriela me puxou para mais perto dela, nossos corpos se tocando no sofá. Queria ter coragem de me sentar em seu colo. — Quase aconteceu uma vez, mas não quero entrar em detalhes. — Porque implicaria contar que nunca havia beijado uma garota ou experienciado qualquer outra relação com uma.

Não que fosse um problema.

— Tendi — comentou ela quando a gatinha saltou do meu colo e foi brincar de perseguir o próprio rabo. Então levantou-se de repente. — Vem comigo, Céu, quero te mostrar uma coisinha.

— Coisinha?

A capitã sorriu de canto e fechei a expressão, incomodada.

— Brincadeira. Achei que ia ser interessante te mostrar um pouco da minha personagem em *MoonMoon Land*. Pra te falar a real, sempre quis ter alguém pra mostrar minhas obsessões.

Segurei a mão dela para me levantar.

— Como assim?

Ela ficou sem jeito de repente.

— Basicamente? Só meu irmão sabe de tudo... De ti. De que me apaixonei por uma *e-girl* de cabelo rosa. De que jogo bastante. De que leio *fanfics*.

Aquilo não era bem o que eu esperava ouvir — não me confortava em nenhuma instância. Do contrário: criava-me mais dúvidas. Porque, depois de tanto tempo, ela nunca comentou sobre mim ou as lives ou as *fanfics* que tanto amava. *Parecia estar se escondendo...* Tentei não mentalizar aquele pensamento e a segui pelo corredor, ainda pensativa. O porquê era a indagação mais frequente.

Por que ela nunca falou sobre mim?

Por quê?

— Psiu. — Gabriela segurou o meu rosto quando enfim estávamos em seu quarto. Encarei-a com o rosto levemente corado, embora meu cenho franzido não ajudasse a me esconder. Era evidente que eu estava incomodada. — Céuzinha. Céuzinha. O que tu tá imaginando aí nessa cabecinha linda e criativa?

— Nada — sussurrei e me afastei, aproximando-me do computador ligado. Evitar o assunto era o melhor no momento (porque, com todo o meu coração, queria acreditar que Gabriela tinha um motivo). — Bonito, mas muito preto. Prefiro o computador rosa que Antônia destruiu.

Ouvi Gabriela fechar a porta — o que me deixou nervosa — antes de se pronunciar:

— Ela fez o quê?

— Você não imagina o quão criativa ela consegue ser com um martelo. Um desperdício, ele foi caro.

— Olha, com todo respeito, mas tua mãe é uma grande...

— Filha da puta? Sim — completei e me sentei na cadeira *gamer*, analisando a área de trabalho dela. Limpa, nenhum ícone e um plano de fundo de *League of Legends*. Muito nerdola, sinceramente. — O seu presta?

Gabriela se sentou na cama que ficava ao lado da mesa.

— Se meu computador presta? Só a placa de vídeo me custou um mês inteiro de salário. Se perguntam o preço, só digo que foi cara. Mas tu deve saber, é uma RTX 4090.

Franzi o cenho e virei a cadeira na direção da garota. Ela riu da minha expressão, provavelmente sabendo o que estava por vir. Afinal, Gabriela não era melhor apenas no *MoonMoon Land*, mas em relação aos nossos computadores.

— Não acredito que você pagou cinco mil em uma placa de vídeo.

— Oito — me corrigiu, orgulhosa. — Comprei no lançamento. Agora tá mais barata.

— Ridícula.

— Prefiro quando me chama de idiota. — Embora eu estivesse irritada, e ainda incomodada, a risada dela conseguia dispersar tudo. Gostava de ouvi-la, de como ria de verdade, sem precisar fingir. — Vem cá — e estendeu as mãos na minha direção.

Não fui.

— Por quê?

— Guria birrentinha. Vem, Céu, quero te mostrar uma coisa.

Estava cada vez mais difícil não morrer de nervosismo. Tentar imaginar as cenas escritas por mim em que as personagens estavam em situações parecidas. Sozinhas. Em um quarto. Mas nada parecia o suficiente — os sentimentos eram diferentes, as sensações eram novas. Tudo me escapava, me surpreendia. Segurei as mãos dela antes de me levantar. Gabriela me puxou com cuidado, me levando de encontro a ela. Sentada na cama, a garota ainda conseguia ser maior que eu. Centímetros pequenos. Ainda assim, gostava da diferença entre nós. Os braços dela me envolveram, as mãos nas curvinhas das minhas costas.

Meu corpo formigava, quase derretia, toda vez que estávamos nessa distância.

Tão perto para beijá-la.

— O que é? — murmurei com ares de emburrada. O jeito que ela me olhava, tão direta, tirava-me o fôlego e um pouco da sanidade.

— Sei que ficou se perguntando o porquê nunca falei de ti pros outros. Te conheço, Céuzinha; e, sabe, tu não sabe esconder o que sente.

O jeito que ela conseguia me ler era irritante.

Eu estava com os braços soltos ao lado do meu corpo, incerta de onde colocá-los.

— Deve ter seus motivos.

— Que tu quer saber. — Senti a mão dela descer devagar, experimentando *onde* era permitido avançar. Estava quase na minha bunda. — Não quer?

— Claro que quero! Tudo bem que algumas coisas não podem ser contadas, sobre minha identidade como Sky, mas... não sei. Você tem amigos. — Desviei o olhar dela, as bochechas quentes, a voz carregada. — Você é popular. O mínimo que se espera é, não sei, mostrar pra todo mundo que...

— Maria Celeste — interrompeu ela com delicadeza, o rosto inclinado para mim, olhos nos meus. *Maria Celeste* na boca de Gabriela era como uma poesia, repleta de significações, de declarações. Queria que soubesse o quanto amava quando me chamava assim... o quanto, um dia, desejei que meu nome deixasse de ser uma lembrança ruim das críticas de Antônia e se tornasse o que ele realmente significava. Celeste, o céu para aqueles que desejam a liberdade. — Sabe por que nunca contei? Porque tinha vergonha. Sim, sou popular e, bem, gurias populares não leem *fanfics*, não se apaixonam por garotas bonitas na internet e não surtam com personagens fictícios. Não. Essa parte da minha vida sempre foi segredo, mas, sabe, nunca me senti bem sobre me esconder. Porque sou eu. É como sou e, na real, não quero mais me preocupar com o que podem falar. Fodam-se os comentários e as pessoas. Se no fim do meu dia eu estiver fazendo o que gosto, é o que importa. Mas o mais importante é que todos saibam o que eu amo e quem amo. Quero gritar o teu nome pra todos, pro mundo e pro universo. Eles vão me ouvir. Vão ter que aceitar. Porque, se depender de mim, todos vão acordar amanhã sabendo que eu, Gabriela Martins, te amo, Maria Celeste Martinelli. Eu te amo como merece ser amada. Eu amo tudo em ti, todas tuas birras, todas as tuas manias; e, sabe, se tu ainda duvidar, não vou me importar e vou continuar te amando, nem que precise amar por nós duas. Posso não ser muito boa com as palavras como tu é, mas... tenho algo pra ti.

Ela não me esperou responder — e, se tivesse esperado, eu não conseguiria. Estava anestesiada. Acovardada. Gabriela sempre teve habilidade em me roubar as palavras. Dessa vez, no entanto, arrancou-me a capacidade de falar. Indiferente ao meu silêncio, a garota agarrou o celular e abriu o Spotify, selecionando alguma música. Tocou em seu computador, notas leves e lentas, dedilhadas com cuidado. Reconheci a voz assim que o vocalista pronunciou as primeiras palavras. Era Lucas Silveira, da Fresno.

Não quero saber
Nem me importo mais
Eu atribuo a você a minha paz
Te chamei de Céu,
que é pra ensolarar
toda assombração que possa me assolar

Ela cantou baixinho a letra, um sussurro tímido me pedindo para escutar. Não conhecia aquela, às vezes são tantas músicas que me perco nos nomes. Mas ouvi-la, acompanhada da voz baixinha de Gabriela, trouxe-me um conforto desconhecido, tão necessitado. As mãos que antes eu mantinha longe dela subiram, tocaram os seus ombros, aumentando a proximidade entre nós.

A canção terminou com uma repetição significativa.

Pois são de verdade, dizia a letra.

São de verdade.

Eu sou de verdade.

A música terminou quando, enfim, Gabriela se pronunciou:

— É tudo de verdade, Maria Celeste. Eu sou de verdade. O que eu sinto é verdade. Quero que ouça essa música quando duvidar dos meus sentimentos. Porque ela é exatamente como me sinto em relação a ti. — As mãos dela subiram ao meu rosto. — Como diz a letra... não quero saber, nem me importo mais, eu atribuo a ti a minha paz. Eu amo o teu nome, mas te chamo de Céu, Maria Celeste, porque é pra ensolarar toda assombração que pode me assolar... e, sim, mais uma vez, tudo é de verdade.

Beijá-la foi minha resposta — apertei meus dedos em seus ombros e deixei que o gesto, trêmulo, nervoso, fosse uma demonstração do que eu não conseguia dizer. Queria, aprenderia um dia, mas, por hora, era em toques que eu conseguiria responder. Mas um dia queria que soubesse que meus sentimentos eram os mesmos, que meus pensamentos pertenciam a ela muito antes do que imaginava. Um dia, sim, escreveria essas sensações palpitantes em meu peito e dedicaria a ela, a nós duas. Porque deixaria de viver apenas em minhas narrativas inventadas e experimentaria o amor que por tanto tempo acreditei não precisar e não merecer. A boca de Gabriela se abriu para a minha, as mãos descendo pelo meu corpo. Senti-me estremecer quando seus dedos pressionaram minha cintura, deslizando-os pelo tecido da saia. Nunca beijei outra boca além dela, mas não me sentia perdida, desajeitada; pelo contrário, minha língua e a dela pareciam se conhecer, encontrando uma a outra em sincronia. E, a cada movimento de nossos lábios, as mãos de Gabriela exploravam uma parte minha, inspirando os suspiros que se escondiam em minha garganta. Nunca, porém, avançava por onde eu queria. Era contida, respeitosa. Se eu não permitisse, ela tocaria apenas onde fosse seguro.

Afastando-me por um segundo do beijo, em que fiz questão de morder seu lábio por ousadia — ou porque estava fora de mim e a culpa era toda dela —, desci a mão até a sua, guiando-a até minha coxa. Ela piscou surpresa, um suspiro contido, mas deixou que eu lhe mostrasse o caminho. E, *Deus*, os dedos de Gabriela pressionando a curva das minhas pernas quase me fez gemer.

— Acredita em mim? — Ela teve a audácia de perguntar, a mão em um carinho devagar sobre o espaço entre minha coxa e minha bunda.

— Não estaria aqui se não... — Respirei fundo para manter a compostura. — Se não acreditasse.

Um sorrisinho na boca recém-beijada.

— Também me ama?

Mordi o lábio.

— Vai, fala... — O sussurro saiu como uma súplica.

— Me beija até me convencer a falar.

O pedido a divertiu. Com um riso contido, ela segurou o meu rosto e tocou nossos lábios pela segunda vez. Foi um toque ligeiro, Gabriela não se demorou e, sem me soltar, deslizou uma linha de beijos do meu queixo ao meu pescoço. Engoli meu suspiro, envergonhada demais para libertá-lo. O nervosismo se intensificou quando, sem que eu esperasse, ela me puxou em sua direção, nossos corpos caindo na cama. Queimei, meu estômago doendo tanto, que desaprendi por um instante o que era respirar. Ela me levou ao centro da superfície macia, era um convite, não uma ordem; e, para que soubesse que podia, arrastei-me junto dela.

Só não esperava que, com um movimento, invertesse nossas posições.

Ela, por cima; eu, por baixo.

Estremecer foi involuntário — minhas bochechas estavam tão vermelhas quanto aquelas luzes que brilhavam no computador. Gabriela não percebeu e me beijou, com mais intensidade, mais desejo. Ousou, enfim, avançar, mergulhando os dedos na barra da minha camisa. Arfei, queimando. Meu coração martelava no peito. Minha respiração tropeçava, incerta.

Eu ia explodir.

Eu *estava* explodindo e ela sequer imaginava que...

— Ga... Gabriela — murmurei ofegante ao interromper o beijo. Minha voz, no entanto, foi inaudível, vacilante. Coloquei a mão contra seu peito, repeti. — Gabriela...

Ela, então, parou, pairando acima de mim para me encarar.

— Eu... — tentei falar, encolhendo-me. — Nunca fiz isso...

A garota piscou como se tentasse assimilar o que eu dizia.

— Nunca fiz nada disso...

— Tu nunca transou com outra mulher?

Neguei com a cabeça.

— Com ninguém.

Eu me arrependi quando uma expressão incerta tomou o rosto de Gabriela. Não deveria ter falado, não faria diferença. O que mudaria? Nada. Apenas complicaria as coisas para mim e...

— Tu quer fazer isso, Céu? — A pergunta repentina me surpreendeu.

Queria.

Queria senti-la em meu corpo até que nada mais restasse — até que meu nome desaparecesse e só restasse nós duas. Mas por que ainda era tão difícil passar por cima da teimosia que me era familiar? Por instinto, ergui as duas mãos contra o meu rosto, me escondendo do olhar da garota. Sentia-me tão patética, tão infantil, fadada a nunca me confessar, não como precisava. Mas desejava, ansiava. Queria dizer a ela o quanto aquele momento era importante e especial; e o quanto, em minhas histórias, sonhei com o dia que aconteceria comigo.

O mais incrível era estar vivendo aquilo com ela.

Com quem eu queria.

Se ela soubesse...

Se ela...

— Eu te amo — murmurei ainda com o rosto coberto. — Eu te amo! — repeti, aproveitando os segundos de ilusória coragem. — Quero... — As palavras doíam, eram amargas, cinzentas, em minha boca. — Quero... você.

Mãos tocaram as minhas, sutilmente me fazendo tirá-las do rosto. Estava tão envergonhada por expor meus próprios sentimentos que não conseguia encará-la. O detalhe, porém, não pareceu desmotivá-la. Ela sussurrou para mim: *vou fazer de tudo por ti*, e tentei entender o porquê Gabriela se afastou de mim. Abri os olhos devagar, espiando-a. A garota pegou o celular e pesquisou algo nos aplicativos. Antes que eu perguntasse, se conseguisse, luzes se acenderam no teto do quarto.

Estrelas e galáxias, na verdade.

Era um projetor — pontos brilhantes e nuvens coloridas mergulhavam o quarto em um pedaço de universo. Era lindo, reconfortante. Dava ao ambiente uma sensação boa de conforto.

— Gostou? — perguntou Gabriela.

Assenti em silêncio.

— Quero que tudo seja perfeito pra ti, Céu.

Se ela soubesse o quanto já era...

A garota se aproximou na cama, se colocando acima de mim, os joelhos em cada lateral da minha cintura.

— Perfeita como tu é... — sussurrou Gabriela e aproximou o rosto do meu. Mais um beijo, dessa vez delicado, sutil, ainda que sua mão não fosse tão sutil assim. Senti quando, finalmente, seus dedos se permitiram *mais*, deslizando por dentro da minha camisa. Um involuntário arrepio eletrizou meu corpo à medida que a sentia percorrer minha pele. Ergui os braços para envolver seu pescoço, desejando que estivesse mais perto de mim.

Ela interrompeu o beijo, suspirou — o que me fez suspirar junto — e ergueu o tronco para prender o cabelo cujos fios caiam vez e outra em seu rosto. Observá-la no alto, concentrada em mim, contornada pelas luzes e estrelas que queimavam no teto do quarto, causou-me uma epifania. Das vezes em que, deitada em minha cama, imaginava cenas tão íntimas quanto aquela. Nunca sobre mim, no entanto; ainda que desejasse um dia sentir os calafrios que Aya sentia quando tocada por Yun-yu. Os mesmos calafrios que me inundaram quando, com o cabelo preso, Gabriela se aproximou de mim e beijou meu queixo, deslizando os lábios pela extensão de pele do pescoço ao ombro. Subi as mãos às suas costas, unhas contra o tecido, desejando que nada estivesse entre nós.

Se foram os beijos — a forma como ela me tocava como se desejasse me experimentar há muito tempo —, não saberia dizer, mas puxei a barra da sua camiseta, colocando as mãos em sua pele, tão quente quanto a minha. Ela entendeu a mensagem e, erguendo-se com cuidado, tirou a peça de roupa. A pele mais escura, firme e definida se revelou, iluminada pelas luzes das estrelas artificiais. Desde a barriga que ela tanto se orgulhava em exibir até as tatuagens em seu braço. Restara apenas o top de academia preto sobre os pequenos seios que tinha.

Estava acontecendo, a realidade me caiu quando, com o rosto escondido em meu ombro, ela começou a desabotoar minha camisa. Seus dedos eram cuidadosos, mas não pareciam se acertar com os botões teimosos. Ri de repente, ri porque parecia o melhor a se fazer para que meu coração se tranquilizasse, e a ouvi expressar o mesmo, os lábios contra minha orelha.

— Idiota — sussurrei e a ajudei, dedos trêmulos, terminando de abrir a peça e revelando o sutiã branco que usava. O nervosismo me acometeu, senti que ia morrer de vergonha. Era a primeira vez que *alguém* me via assim, e eu ainda estava vestida. Mas o sentimento se desfez, ligeiramente fragmentado pelo cuidado que a garota teve em me puxar, sentando-se na cama e me colocando em seu colo. *Linda*, ela sussurrou, a mão se movendo para libertar a peça que escondia meus seios. Quando a peça deslizou, ouvi um suspiro escapar da boca de Gabriela; e nunca imaginei o quanto gostaria de vê-la assim, expressando desejo por mim. Uma garota. *A* garota que eu gostava.

Ela me abraçou em seguida, minha pele contra a dela; suas mãos me apertando, me sentindo. Quando se afastou, notei seu rosto sutilmente corado, tão atípico dela, enquanto respirava baixinho, depressa. Em seu colo, inclinei-me para beijá-la; e, em resposta, ela me deitou novamente na cama, nossas línguas entrelaçadas. Não esperou dessa vez, e sequer hesitou, tocando meu seio — dolorido e sensível — com mãos sedentas, cheias de uma necessidade contida. Segurei o gemido, tinha medo de libertá-lo. Mas prendê-lo foi difícil, árduo, quando, descendo uma linha de beijos em minha clavícula, Gabriela, finalmente, deslizou a boca onde antes sua mão ocupava.

Se me contassem um dia como seria ter o peito na boca de outra mulher — o que sentiria cada vez que a língua dela contornasse o meu mamilo —, desacreditaria. E, se acreditasse, não teria sido igualmente descrito ao que sentia agora. Meu corpo quase me deixava, quase me traía, entregue a ela. Mordi o lábio, segurando o gemidinho que me implorava para sair cada vez que Gabriela lambia minha pele. Com uma das mãos, então, ela segurou o meu braço e o elevou acima da minha cabeça, firmando os dedos para prendê-lo naquela posição. Encolhi o corpo como se o movimento sutil fosse capaz de fazer aquelas sensações se intensificarem. Quase queria dizer *"não pare"*, mas a teimosia me inibiu, a mesma teimosia que me fazia esconder até mesmo as manifestações de excitação, trancadas em mim.

A cabeça de Gabriela se ergueu de repente, os olhos nos meus, a boca levemente inchada. Sua expressão excitada entraria para a minha lista de favoritas — que eu estava criando agora.

— O que... — Ela ofegou, falava baixinho, mansinha e irritantemente linda. — O que... tenho que fazer pra ti gemer pra mim, Céu?

Aquilo acelerou o meu pulso de modo irracional. O pedido. A voz. O olhar. Ela conseguia me fazer experimentar aquele friozinho que só o momento em que nos percebemos apaixonadas pode conceder. Eu me apaixonava por Gabriela a cada segundo, em cada nova palavra que deixava sua boca. Entreabri os lábios, mordendo-os com força porque queria contrariá-la.

Ela riu, não mais alto que um murmúrio.

— Tu não me deixa escolha — avisou, um tom de desafio em sua voz. Arrepios cresceram em minha pele só pela promessa nas entrelinhas, mas não lhe dei o que me pedia. Queria vê-la me surpreender, queria que me fizesse queimar tanto a ponto de as estrelas acima de nós perderem a cor, as formas, o brilho.

E Gabriela sabia exatamente como fazer.

Porque o que ela conseguiu em seguida — ocupando-se do meu outro seio, transformando a minha teimosia em minha pior inimiga — me faria levar horas e dias para descrever em palavras. Sua língua era traiçoeira; os dedos, muito habilidosos. Quase não acreditei quando, com a mão livre, sem tirar a boca da minha pele, encontrou o zíper da saia que eu usava.

Não se atrapalhou, abrindo-o como se estivesse com os olhos nele. Quis amaldiçoá-la por ser tão boa no que fazia, mas, no fundo, queria que tirasse tudo o que permanecia em seu caminho.

Ela se ergueu em seguida, a mão acariciando as curvas da minha barriga, as estriazinhas que se escondiam na pele, e puxou a saia pelas minhas pernas. Alguns fios se desprendiam de seu cabelo e grudavam em sua testa, levemente suados. Até assim, Gabriela conseguia ser terrivelmente atraente.

Meu peito subia e descia, subia e descia; e, como que para provocá-la, ergui uma perna, colocando o pé em seu peito.

— Por que... tá de roupa?

Gabriela não esperava a pergunta — piscou e me encarou, a boca entreaberta para dizer algo que não encontrava. Então, sorriu, um sorrisinho de canto, cheio de intenções ocultas.

— Quer me ver sem roupa?

Sabia que ela falaria isso.

Apesar das minhas bochechas vermelhas e minha respiração descompassada, murmurei em resposta:

— Cala boca.

— Linda — sussurrou e, sem que eu esperasse, puxou o top que vestia, enfim revelando os seios. Prendi a respiração por um momento, mas meus lábios me entregaram, emitindo um suspiro pequeno, entrecortado. *Linda*, eu deveria ter dito. Não consegui, não quando, também para a minha surpresa, ela tirou o *short* de academia que usava. — Pronto, estamos iguais.

Responder à provocação não foi possível — e, *sinceramente*, não queria. A minha única vontade era tê-la em mim, sobre mim, somando-se às minhas partes. Mas foi inevitável não corar, não derreter, não me arrepiar, quando ela se inclinou contra mim, a boca se encaminhando à minha barriga. Gabriela beijou a pele com uma demora irritante, beijou e deslizou os lábios para baixo, descendo a curva do meu ventre, parcialmente oculta pela calcinha que eu ainda vestia.

Vou morrer, pensei ao sentir seus dedos na lateral da peça, abrindo espaço para que seus beijos pudessem passar.

Vou morrer, repeti, ofegando, a peça escorrendo pelas minhas coxas. *Vou morrer,* suspirei, movendo as pernas para ajudá-la a retirar o tecido por completo. Por instinto, ou porque a ideia de morrer nunca foi tão assustadoramente boa, coloquei os dedos sobre meus lábios, mordendo-os como se fosse possível conter tudo que crescia em mim. Gabriela não foi boazinha com o meu desejo, no entanto. Provocou-me à beira da loucura: seus beijos e sua língua roçavam em minhas coxas, corriam em minha barriga, demoravam-se em meu ventre, mas nunca, *nunca mesmo*, chegavam de onde o calor irrompia. Estava quase exigindo que parasse, que fizesse o que eu queria e que me devorasse até que aquela queimação, intensa e tão inédita, me transformasse em cinzas.

Mas talvez ela tivesse percebido o meu desejo antes que pudesse externalizar o pedido.

Se antes eu conseguia trancar a excitação, o quão molhada estava, agora me foi impossível. Gemer foi inevitável quando sua língua tocou o meio das minhas pernas, experimentando minhas reações. Ouvi a sua risadinha de vitória, quis chamá-la de idiota, resistir um pouco mais, mas nunca conseguiria. Não com o que ela fazia com a boca. Quando percebi, estava colocando as mãos em seus cabelos e a incentivando a continuar. Meu corpo já não me pertencia — era dela, queria que fosse dela sempre —, e não pensei que poderia melhorar ou me surpreender. Mas ela conseguia, ah, conseguia. Contorci o corpo quando Gabriela introduziu, ainda sem tirar a língua, um dedo em mim. No ponto em que eu estava, ele entrou com facilidade. Quis mais. Desejei mais. Pedi por mais.

Como se fosse possível que o meu corpo sentisse mais do que estava sentindo, movimentei minha pélvis em direção à boca dela, segurando com força os seus cabelos. A atitude roubou um suspiro da garota, acompanhado de um gemido meu, que, com muito esforço, pedia que ela continuasse. Se com um dedo e uma língua eu estava à beira do abismo; a introdução do segundo dedo me levou à queda. Passei a perna por suas costas, facilitei o seu acesso e tentei, com o que podia, trazê-la para mais perto, para mim.

Para aquela sensação que estava a um passo de me devorar.

Sequer reconhecia minha voz, os ruídos abafados que deixavam minha boca e me denunciavam.

— Não... para. — Foi o que consegui emitir, tremendo, me contorcendo, sentindo os dedos de Gabriela se movimentar, deslizar dentro do meu corpo como se fossem uma parte dele, o necessário para completá-lo.

Ela não parou, continuou, apertando os dedos em minhas coxas, tão firmes que deixariam marcas. Ela não parou, intensificou, arrancando de mim o que não acreditava que um dia poderia emitir.

Ela *não* parou.

Até que minhas pernas fraquejaram e uma onda de calor se alastrou por cada pedacinho do meu corpo. Até que, enfim, descobri o que era sentir um orgasmo proporcionado por outra garota. E, meu Deus, era muito diferente de lê-lo ou provocá-lo com meus próprios dedos.

Nada, absolutamente nada, seria como aquilo.

Como estar com alguém que ama e sentir amada como Gabriela me fazia sentir.

— Eu te amo. — Foi o que consegui sussurrar quando ela se ergueu e olhou para mim, cansada, mas satisfeita com o que havia me feito sentir.

Um sorriso em seus lábios.

E um *eu também te amo* em resposta.

CAPÍTULO 39

GAROTAS QUE SE MOSTRAM MAIS OUSADAS QUANDO ESTÃO COM A GAROTA QUE GOSTAM (E QUEREM EXPERIMENTAR COISAS QUE LERAM EM SEGREDO)

Gabriela

As estrelas ainda iluminavam o teto do meu quarto.

As estrelas que também habitavam o meu corpo toda vez que minha mão deslizava pelas curvas de Céu deitada ao meu lado. Sua respiração ainda estava irregular, um pouco contida... como se tentasse esconder que havia se dado por vencida minutos antes, quando eu experimentara o gosto dela. Vê-la entregue, tão minha, fez com que uma parte minha, adormecida há anos, despertasse. Um desejo interno. Uma sensação de êxtase. Estar com a garota, ouvi-la gemer e pedir para continuar, me causou muito mais do que um dia eu me imaginei sentir. Com nenhuma outra pessoa, nem mesmo com Marina. Estar apaixonada mudava tudo, intensificava tudo; e, agora, fazia sentido as palavras difíceis sobre demissexualidade ditas por Vic. Descobrir *como* eu era, entender o que eu sentia, havia me libertado daquela sensação de que havia algo errado comigo. Não era defeituosa como me fizeram acreditar — e estava tudo bem não me encaixar em padrões.

— Gabriela?

O chamado de Céu me trouxe para a realidade. Nossas pernas estavam entrelaçadas na cama, corpos colados e nenhuma roupa — com exceção da minha calcinha. Estava tão concentrada nela, que não lembrei de tirá-la.

— Hm?

As unhas da garota desenharam o meu tórax, circulando meus seios. Ainda as sentia em minhas costas. Céu não soube se controlar e eu nem queria que soubesse. Queria vê-la assim, experimentando e sentindo tudo sem se conter. Lembrar de sua expressão, da forma necessitada que segurou os meus cabelos, ainda me causava calafrios. Nunca pensei que pudesse permanecer *tão* excitada depois de tudo.

— Por que paramos?

Pisquei, confusa.

— Paramos?

Ela franziu o cenho, emburrada.

— Você ainda não... ahm... — Ela bufou, as bochechas ganharam o tom rosado. — Você sabe. Você. Sentir o mesmo. Eu não fiz nada e...

— Ah — murmurei ao entender o que ela se referia.

Era um ponto delicado — sim, eu estava ainda excitada, meu corpo ainda estava quente —, mas me acostumei tanto a não sentir nada em minhas relações passadas que evitava a parte de *receber*. Não só isso: as pessoas com quem transei nunca, de fato, se interessavam nisso (salvo raros casos em que eu recusava porque não me sentia bem para querer). Muitas me viam como a lésbica ativa, a que apenas dá prazer e não recebe. Não era uma forma como eu gostava de ser vista, porque queria ter o mesmo que outras tinham.

Mas com Céu era diferente.

Eu sentia tudo e queria sentir muito mais.

O que explicava eu *ainda* estar excitada.

— Geralmente terminava assim — comentei depois de um longo silêncio. A garota esperou paciente, o que me surpreendeu um pouco.

— Você não gosta?

Escolhi as palavras com cuidado. Queria dizer a ela que estava me descobrindo demissexual e que ela havia sido a chave para isso. Mas tive um certo receio, besteira momentânea. Porque se chegamos até aqui, nada deveria ser segredo.

— Sou demissexual... e não sabia disso. Não até me apaixonar por ti. Antes eu me relacionava com outras garotas tentando me encaixar, mesmo que eu nunca sentisse nada, nenhuma atração. Mas não é só isso. Sempre fui vista como a que, com todo o perdão da palavra, só come.

— Que termo horrível.

— Que só fode?

— Meu Deus, cala boca. — Céu se ergueu ao meu lado de repente. A visão dela sem roupa era a coisa mais linda desse mundo. Era um todo que se completava. Desde os seios grandes (que, mano, eram perfeitos) às curvas cheias e arredondadas. Até os cabelos bagunçados a deixavam atraente. — Quero tentar.

— Tentar?

Não esperava vê-la subir e se sentar em minha cintura — o que provavelmente me deixou dez vezes mais apaixonada (e onze vezes mais excitada). Mulheres sentadas em mim eram o meu ponto fraco. *Não*, eu precisei me corrigir...

Maria Celeste era o meu ponto fraco.

— É. — Ela se ajeitou sobre minha virilha, em uma posição *muito* perigosa, quase roçando em meu clitóris. *Mano*, suspirei. Se era despretensiosa a provocação, ela estava conseguindo.

Subi a mão até sua cintura.

— Céu...

— Shh... — A guria me interrompeu e se inclinou para mim. A forma que se movimentou... tinha certeza de que ela estava rebolando sobre minha pélvis para me provocar e me enlouquecer. — É a minha vez. Eu que vou chupar você.

Mano do céu.

Nunca esperei ouvir aquela palavra na boca dela e nunca pensei que poderia me arrepiar tanto em ouvi-la. Mas como sempre fez, Céu me surpreendeu. Não apenas com seus gestos e suas palavras inesperadas, mas com o que demonstrava a partir de cada atitude: a vontade de me dar tudo o que eu tinha dado a ela. Não por obrigação. Porque me amava. Se tinha experiência ou não com a língua, pouco me importava (ela já conseguia me deixar excitada apenas com a forma que se movia sobre mim).

O que bastava era o momento.

Era nós duas.

E o quanto eu finalmente estava me sentindo viva.

O despertador tocou perto das sete da manhã.

Abraçada a mim, Céu resmungou e enfiou a cabeça nas cobertas, palavras indecifráveis em seus lábios. Imaginei que estivesse cansada — *estávamos cansadas*, na verdade. O motivo era aceitável e me roubava alguns sorrisos toda vez que me lembrava do que vivemos, e sentimos, na noite passada. Ela conseguiu o que queria (gemi para ela como uma cadelinha apaixonada), aprendeu rápido o que fazer com a língua e não precisou se esforçar muito para me fazer ter um orgasmo. O simples desejo de me experimentar que expressava com o olhar era o suficiente para que meu corpo entrasse em combustão e se desmanchasse. E no fim, para terminar a noite, quando eu ainda respirava ofegante e me agarrava ao travesseiro, Céu sussurrou: *acho que estou molhada de novo*.

Adoravelmente linda.

Eu me levantei primeiro, embora desejasse ficar um pouco mais de conchinha com ela. A gatinha me acompanhou no caminho, miando baixinho e saltitando no caminho como um filhote de cervo emocionado. Coloquei ração em seu pote e peguei o que precisaria para preparar o café da manhã. Estava terminando de ajeitar as panquecas quando uma Céu emburrada e sonolenta apareceu no corredor. Até com sono, toda bagunçada, ela conseguia ser linda. Ainda mais usando uma camiseta minha.

— Por que você não tá deitada comigo?

Eu desliguei o fogo antes de me aproximar dela para abraçá-la.

— Ô, Céuzinha, eu tava meio que preparando o teu café na cama... dessa vez com coisinhas gostosas. Panqueca com *Mumu*.

Ela fez biquinho e um *hmm* escapou de sua boca.

— Senta ali no sofá, vou levar pra ti. — Depositei um beijo em seus cabelos antes de me afastar. A guria assentiu e arrastou os pés até a sala.

Terminei de preparar tudo — o que além das panquecas incluía morangos (que ela comentou que gostava da última vez), mel e uma generosa quantia de Nesquik, que comprei justamente para ela, tudo planejado — e coloquei os alimentos sobre a mesinha da sala. A garota ficou em silêncio enquanto a gatinha se acomodava em seu colo. Deixei que se servisse e fui pegar meu celular antes de me sentar com ela. Horas me separavam do jogo classificatório e, *bem*, apesar da noite perfeita, eu estava nervosa. Muito nervosa, para ser específica.

— Gostou? — perguntei quando Céu deu a primeira mordida na panqueca. Eram pequenas, segui uma receita americana e o resultado havia me surpreendido. Fofinhas. Apresentáveis. Se a garota dissesse que não estavam boas, estaria mentindo.

— Você cozinha bem... — murmurou e limpou a boca no guardanapo (até isso comprei para preparar esse café da manhã por que... quem tem guardanapo em casa, sinceramente?).

Dei uma risadinha.

— Eu sei.

Maria Celeste revirou os olhos.

— Exibida.

Observá-la — tão tranquila, tão segura, tão *em casa* — me fazia pensar como seria viver com ela, do lado dela. Ainda não sabia se Céu continuaria na casa das tias ou se encontraria um lugar para morar sozinha. *Sozinha*... eu me repeti. *Por que não comigo?*, ponderei, desejando sondar com ela a possibilidade. Eu a amava, tinha certeza dos meus sentimentos e não queria que o que tínhamos fosse passageiro. Pelo contrário, imaginava o futuro com ela. Sei lá, nós duas jogando juntas, ela de volta com suas lives e com suas histórias... era perfeito, não era?

Mas sequer éramos namoradas.

Éramos o que, na verdade? Ficantes? Odiava a ideia, soava vazia e sem significado para o que tínhamos. *Quer namorar comigo?*, no entanto, parecia repentino demais para o momento.

Precisava ser melhor, mais intenso.

Como o que eu sentia por ela.

— Já pensou no que fazer? — decidi perguntar, enfim. Céu terminava de passar a camada generosa de doce sobre a panqueca. — Sobre tudo.

Ela largou o alimento sobre o pratinho, a respiração mais pesada. Ainda tinha dúvidas, percebi. Também teria se estivesse na pele dela e houvesse passado pelos mesmos problemas.

— Tia Aminah quer que eu vá com ela hoje para fazer a denúncia. Ela tem alguns contatos... disse que podem me ajudar e fazer com que o processo contra Antônia tome proporções que ela não espera. Só que... — Céu parou e mordeu o lábio.

— Tem medo de denunciar tua mãe?

— Não — respondeu de imediato. — Eu *quero* muito denunciar e fazer com que todos conheçam quem ela é de verdade. Não me importo se é minha mãe ou não, não faz diferença. O problema é exatamente a exposição...

— Maria Celeste desviou o olhar, as palavras trancadas em sua garganta. — Tenho medo disso. Sempre tive, você sabe. Você sabe melhor do que ninguém. Isso pode me afetar muito e... desde o que aconteceu naquela live, com aquele usuário me chamando de lésbica por *like*, eu sinto um pouco de receio. Eu *amo* escrever e amava compartilhar isso... mas eu não sinto que se eu simplesmente voltar como Sky vai ficar tudo bem. Eu já não estava me sentindo, não queria mais mentir sobre o que não sou e...

Céu hesitou, firmou os dedos sobre o tecido do sofá e deixou um suspiro frustrado escapar. Até a gatinha, adormecida em seu colo, pareceu notar, balançando as orelhinhas na direção da garota.

— Eu tenho medo de me revelar como Céu e as pessoas simplesmente me odiarem porque não sou como Sky, não sou doce ou sorridente, não sou fofa e...

— *Amor.* — O meu chamado a pegou desprevenida. Ela ergueu o rosto depressa, piscando confusa em minha direção. Sem dar a chance para que ela fizesse perguntas, ou implicasse, eu me levantei, me sentando ao seu lado no sofá. Passei o braço em seu ombro e a abracei com cuidado. Talvez precisasse disso: porque se escorou em mim em um estranho desespero. — Eles seriam loucos se não gostassem de ti, sabia? Mas não vou dizer que não vai ter gente falando besteira e te odiando sem motivo, isso tem em tudo que é lugar, mas o que mais vai importar pras pessoas que realmente gostam de ti é que tu vai tá lá, sendo quem tu é, sem precisar interpretar alguém que não é. E, mano, se tu se sentir mal em algum momento, eu vou estar lá, do teu lado, porque tu não tá mais sozinha e nunca mais vai estar.

O sorriso tímido que surgiu em seu rosto me deu conforto e alívio. Quase me esqueci do jogo, do que o dia de hoje significava. Porque, das coisas que eu mais amava em Céu, o jeito de sorrir era um dos meus favoritos.

— Hoje decido — murmurou e segurou minha mão —, *amor*.

Ai meu pobre coração apaixonado.

— Melhor do que Gabriela, não é?

— Gosto de como soa — respondeu Céu e ficamos em silêncio por um instante. Percebi que ela tinha algo a mais a dizer e deixei que tomasse coragem. — O seu jogo é...

— Hoje às 16h.

Ela estalou a língua, inconformada.

— Não vou poder estar lá.

Era um pouco frustrante saber que *minha* garota não estaria lá comigo em um momento decisivo contra o arqui-inimigo do meu time. Queria vê-la na plateia. Quem sabe a vitória não fosse o que eu precisava para pedi-la em namoro? Algo grandioso, digno do que sentia por ela. Mas eu também sabia da importância da decisão dela — sobre denunciar e processar a mãe. Não podia cobrar nada, não agora. Nunca, na verdade. As coisas entre nós aconteceriam como precisavam acontecer. Sem pressa. Sem cobrança. Apenas o que compartilhávamos: o desejo de falar sobre o amor.

— Tudo bem — comentei e deslizei os dedos em seu rosto. — Vai dar tudo certo e no fim do dia tudo estará resolvido.

Céu assentiu, mas não senti confiança no que dizia.

— Ei, eu te amo... fica tranquila.

— Eu sei — murmurou ela e se encolheu contra mim.

— A gente se vê no fim do dia?

Seus olhos encontraram os meus, uma troca singela de olhar, antes que se pronunciasse.

— Uhum.

Mas no fundo, mesmo sem dizer, queria encontrá-la muito antes.

Multidões nunca me deixaram nervosa.

Mas *eu* estava tão nervosa, que Vic precisou me jogar água e berrar para que esfriasse a cabeça. Já estávamos na quadra, o relógio marcava 15h51 e nove minutos nos separavam da partida decisiva. O dia começou agitado: depois que levei Céu para a casa das tias, recebi uma mensagem em que ela dizia estar a caminho da delegacia e que havia conversado com um jornalista que a esperava quando colocou os pés no apartamento. Tudo preparado por Aminah, a esposa de Ofélia. Fiquei um pouco preocupada com a possível repercussão que viria em breve, principalmente por não estar com a garota. Mas ela me tranquilizou — o que era de se surpreender —, dizendo que estávamos cuidando dos problemas que tínhamos para, então, pensarmos em nós duas de forma conjunta. Eu concordei. Embora estivesse um pouco frustrada com a ausência, porque queria muito mostrar ao mundo a garota que eu amava, quem sabe gritando o seu nome em meio à multidão. Mas confiei que teríamos tempo.

Todo o tempo do mundo.

— Tu tá com cara de quem vai ter um infarto daqui a pouco — comentou Vic ao meu lado, junto de Mariah, que me observava com uma sobrancelha arqueada, quase debochada. — Relaxa, mulher. Pelo amor de Deus.

Eu olhei para o outro lado da quadra — o time de Caxias do Sul fazia seu aquecimento enquanto alguns olhares confiantes eram dirigidos para nós. Queria ter uma expressão semelhante. Sequer parecia a capitã confiante dos treinos, de todos os jogos passados.

— Foquem aqui. — A voz de Henrique chamou nossa atenção. As meninas se surpreenderam quando ele apareceu na quadra mais cedo, estavam preparadas para ouvir sermões e críticas, e não entenderam quando, como se um clone bonzinho houvesse substituído o treinador irritado, ele falou como uma pessoa normal (sem berros e xingamentos). Cheguei a receber olhares de *o que aconteceu?*, mas dei uma risadinha boba, dando a entender que explicaria depois. — O Caxias tá na mesma situação que a gente, entendeu? Não tão melhor ou pior, então pensem nisso quando esse jogo começar. Porque o time tá tão nervoso quanto a gente, mas tão sabendo esconder. Foquem nisso, beleza? Vamos fazer o 1-3-1. Mariah, joga como se todas elas lá fossem a Gabriela. — Eu juro que quase perguntei o que Henrique quis dizer com isso, mas deixei que continuasse em meio as risadinhas. — Juju e Anna, foquem na Vic e na Gabi, elas precisam das duas. E, *vocês...* — Ele encarou Victória e eu. — Façam as melhores enterradas nesse meu último jogo como treinador.

Perguntas surpresas se alastraram entre as meninas, mas o anúncio do começo da partida não deixou espaço para respostas. *Bora*, gritei para todas e corri para a posição designada. A pivô do Caxias me esperava. Dessa vez, não deixei minha preocupação se sobressair. O que mostrei foi o que eu tinha de melhor: o sorrisinho de canto, de quem, mesmo em situações complicadas, sabe encontrar a saída.

Então, o juiz arremessou a bola para o alto.

E o jogo começou.

CAPÍTULO 40

CAROTAS QUE NÃO FALAM SÓ DE AMOR (ELAS QUEREM E PODEM FALAR DE MUITO MAIS)

Maria Celeste

A caneca de chá tremia em minha mão.

Eu tremia.

No rosto, lágrimas que me abandonaram quando me perguntaram: *pode contar exatamente o que aconteceu contigo e a Dra. Martinelli?* Reviver o passado — não tão distante — com aquela mulher me fez mal de um jeito que eu não esperava. Você nunca espera, afinal, denunciar e expor a própria mãe para as autoridades. Muito menos imagina viver o que vivi com Antônia, tudo que engoli e tudo que deixei que ela tirasse de mim. Quando as primeiras palavras deixaram minha boca, um desespero imensurável me acometeu, me fez soluçar e chorar naquela salinha minúscula, quase sufocante. Mas, pela força que criei nesses anos todos, pelo amor e incentivo que recebi e nunca esperei presenciar, me mantive de pé, sem desmoronar. Falei tudo o que meu coração prendeu por tantos anos — cada negligência, cada abuso, cada humilhação. Falei o que a pequena Maria Celeste queria ter dito, mas nunca tivera ninguém para ouvir. A conversa durou quase quatro horas. Tia Aminah, como advogada, não só preparou a procuração — que usou o falso atestado médico que Antônia enviara aos meus professores — como encaminhou a denúncia para um amigo jornalista, que nos acompanhou no processo. Ele foi pouco confiante, no entanto. Algumas denúncias levavam anos, e as chances da minha mãe receber a notificação eram remotas.

Tudo o que eu podia fazer, agora, era esperar.

...e talvez a caneca trêmula em minhas mãos fosse a falta de certeza somada ao trauma de reviver o meu passado.

Senti a mão da tia Ofélia em meu ombro antes que ela se sentasse de frente para mim. Estávamos de volta ao apartamento e, no relógio rústico de parede, os ponteiros marcavam 15h20. Em uma poltrona, no outro canto da sala de estar, Aminah bufava inconformada, às vezes murmurando o que poderia fazer para que o caso ganhasse mais visibilidade.

— Quer mais chá, meu amor?

— Não, obrigada — murmurei e bebi o último gole, já morno.

— Como pode gente rica sempre se dar bem... — resmungou Aminah, um suspiro alto saindo de seus lábios. Encarei-a por um instante, a mesma pergunta se repetindo em meus pensamentos. — Meu amigo não é muito influente, ele pode postar sobre o caso, mas não acredito que vá dar repercussão... o engajamento nas redes anda muito ruim pelo que ele me contou.

— Mas fizemos o que podíamos — comentou tia Ofélia. Apesar da expressão pacífica, sabia que estava tão frustrada quanto a esposa. — O importante agora é cuidar da tua cabecinha, Cecel. Como tu estás? Podemos...

— Queria começar a fazer terapia — respondi, zonza. Não era apenas um desejo, mas uma necessidade minha. Anos precisando disso e Antônia me dizendo que não tinha nada de errado, que eu era o meu próprio problema. — Acho que... vai me ajudar.

Tia Ofélia se levantou e se sentou ao meu lado.

— Claro que vai, Cecel. Tu és livre para fazer o que quiser, não tenha medo de expressar nada do que sente. Tu estás segura e há pessoas que estão do teu lado. Até mesmo aquela moça alta. — Ela deu ênfase nas palavras finais. Senti as bochechas esquentarem, era uma sensação boa, no entanto. Neste momento, Gabriela devia estar se preparando para o jogo. Queria estar lá. Eu podia estar lá. — Sua tia está curiosa.

— Estamos — comentou Aminah também.

Passei a língua pelo lábio, a antecipação se sobressaindo à preocupação. Falar de Gabriela sempre me trazia um sentimento confortável, tranquilizante. Para o momento que estava era o melhor remédio.

— Nós estamos... *ficando*?

Um gritinho de surpresa — como se Ofélia tivesse a minha idade ou menos — preencheu o ambiente. Aminah saltou da poltrona, aproximando-se depressa para ouvir melhor.

— Não acredito! Como assim tu não contaste para tuas tias? Pensei que fôssemos amigas, Cecel! — Minha tia encenou estar ofendida, uma risadinha lhe escapou. — Minha sobrinha lésbica finalmente beijou uma garota, amor!

Beijei e fiz outras coisas, mas era um detalhe para outro momento.

— Mas e aí? Só são ficantes? — Aminah quis saber.

Só ficantes parecia tão vazio, tão frágil. Mas eu não tinha, de fato, uma certeza do que tínhamos. Gabriela disse me amar, me chamou de "amor da minha vida", mas... quais eram as chances de que algo a mais se desenvolvesse? Ela era uma lésbica muito (muito mesmo) emocionada, afinal.

— Não sei dizer ainda, mas... gosto muito dela. — Não disse que a amava para não causar outro surto coletivo. — Ela está em um jogo importante agora. Queria estar lá, mas não sei se devo... é o momento dela, não o meu.

— Por que não pode ser um momento das duas?

Aquilo não havia passado pela minha cabeça.

— Concordo — continuou tia Aminah. — Pelo que percebi da moça, ela parece apoiar muito o que você faz.

— Muito — concordei e baixei o olhar por instantes, pensando nela. — Ela sempre tentou me incentivar, muito antes de descobrir que *eu* era a Sky. Às vezes, parece que a Gabriela saiu direto de uma *fanfic* minha... Está até tentando me incentivar a voltar às lives como Céu... sem mentiras, sem máscaras. Muitos ainda perguntam por Sky, se está tudo bem. Meu medo é a repercussão, meus perfis eram enormes. Só em uma rede eu tinha 300 mil seguidores e...

Algo estalou em minha mente de repente.

300 mil seguidores em uma.

Quase 900 mil em outra.

O sumiço repentino e a ansiedade de todos por respostas do porquê Sky simplesmente desapareceu.

Eu tinha o que precisava para que a minha denúncia contra Antônia ganhasse a mídia, mas, para isso, teria que revelar o meu outro lado, expor o que sempre escondi de todos. De repente, um nó se fez em meu estômago. O ar quase não chegou aos meus pulmões... e, inquieta com a repentina carga de adrenalina, precisei me levantar e caminhar pela sala espaçosa. As duas mulheres me observaram assustadas e preocupadas, chegaram a perguntar o que estava acontecendo, mas não consegui processar uma resposta. Meus pensamentos apenas se focavam na chance.

Na oportunidade.

Nas consequências.

Expor a famosa cirurgiã plástica.

Expor Maria Celeste Martinelli.

Revelar quem SkyLin era de verdade.

De repente, lágrimas irromperam dos meus olhos e eu coloquei a mão sobre a boca para conter o soluço de desespero que me escapou — e o que me fazia ter certeza de que, sim, começar uma terapia me ajudaria muito.

Tia Ofélia se levantou e foi ao meu encontro, envolvendo-me com um abraço carinhoso.

— Cecel, tu estás me deixando assustada! O que houve?

— Eu posso... posso... usar minhas redes, as redes da Sky, para expor minha mãe e fazer isso viralizar... mas... — As palavras quase me engasgavam. — Se eu fizer isso... eles, todos, todo mundo... todo mundo vai saber quem eu sou e...

— Calma. — Ela segurou o meu rosto e encarou, os olhos nos meus. — Sim, tu podes... eu tinha pensado nisso, mas não queria te forçar a algo que pode te fazer mal. A decisão é somente tua, entendeu? Mas assim, independente da tua decisão, tu não estás sozinha. Até mesmo a moça alta está contigo, e eu tenho certeza de que se tu decidires usar as redes, ela vai ser a primeira a te apoiar e te defender. Nós seremos as segundas e, aposto, muitos outros que tu sequer imaginas vão estar contigo. Muitas pessoas podem nos odiar, meu amor, mas outras também vão nos amar... e, às vezes, vemos tanto o lado negativo, que não notamos todas as partes boas que podemos tirar de uma situação.

As lágrimas inundavam minhas bochechas durante as palavras da minha tia. Sim, tudo dependia de mim, era uma decisão minha. Não era um passo, era um salto gigante que teria consequências ainda maiores...

Ainda assim...

Eu não estava mais sozinha como Sky.

Eu era a Céu e tinha pessoas que me amavam ao meu lado. Elas me apoiariam, me consolariam e diriam o que eu precisava ouvir: que tudo ficaria bem no fim. *Tudo vai ficar bem, Céu*. As coisas precisam finalmente ficar bem. Elas vão. Porque eu não só acreditava em Gabriela, mas em mim também.

— Quero que me levem para o jogo depois que eu fizer a postagem — me pronunciei. Limpando o rosto e encontrando as forças que se escondiam por trás do meu antigo medo, tomei a minha decisão.

Não ficaria online para ver as respostas, não criaria expectativas ou pensaria no quanto as últimas palavras de Sky — antes de dar espaço a Céu — repercutiriam. Seria melhor; e, para me ajudar a esquecer a ansiedade, buscaria refúgio na primeira pessoa que olhou para mim como eu sempre quis que me olhassem.

Gabriela.

Eram quase 16h30 quando chegamos ao ginásio.

O trânsito estava um caos e o tempo de deslocamento foi maior. Eu não entendia muito de basquete, mas sabia que o jogo durava quarenta minutos — com quatro tempos de dez minutos —, o que significava que estavam no último período da partida.

A quadra estava abarrotada e foi difícil encontrar espaço entre as pessoas aglomeradas em todos os cantos. Precisei me separar das minhas tias para me locomover melhor, a torcida gritando o nome das jogadoras, dos times, palavras de incentivo e xingamentos. Era um completo caos. Não avisei Gabriela que iria vê-la, tive medo de não chegar a tempo e decepcioná-la; e, também, desde que fiz a postagem, me distanciei do celular. A postagem sobre Sky, Céu e o meu sumiço foi grande, mais do que eu imaginava escrever.

> Vocês devem estar se perguntando o que aconteceu com Sky desde o sumiço na live... bom, eu não sou ela, sou Céu, e vim contar a verdade que muitos queriam, mas não esperavam ser tão problemática.
>
> Pode conter gatilhos.
>
> Espero que possam me ouvir.

Não deixei nenhum detalhe de fora — e anexei todas as provas que tinha contra Antônia. Como aquele atestado falso. Não censurei nada, queria que o nome dela ganhasse visibilidade e chegasse aonde precisava chegar.

Quando terminei, tremendo, pedi que minhas tias guardassem o celular e me levassem até Gabriela.

Agora, precisava chegar até ela.

Passar por algumas pessoas foi um teste de resistência e paciência — os olhares irritados e os comentários inconvenientes não me assustaram. Devolvi o mesmo, ousando perguntar e dizer o que nunca saiu de minha cabeça. Às vezes, o meu lado tóxico se sobressaía, infelizmente. Quando alcancei um ponto alto na arquibancada, tive uma visão privilegiada do jogo e do placar.

Higienópolis 61 x Caxias 82.

Era o último tempo de jogo.

Senti um aperto em meu coração e procurei por Gabriela na quadra. Ela estava recuperando o fôlego, levemente curvada, enquanto a jogadora do time adversário se preparava para cobrar a falta. Quis gritar o nome dela, quis demonstrar a minha torcida como todos os que estavam ao redor. Quis, acima de tudo, que ela me ouvisse. Mas não encontrei coragem de soltar a minha voz. Eram pessoas demais, barulho demais... era difícil respirar.

Com o arremesso da jogadora do Caxias, defendido por uma garota alta que se apossou da bola e avançou na quadra, a partida continuou. Eu não entendia como as regras funcionavam, o que era permitido ou não, mas tentei prestar atenção em todos os movimentos, principalmente nos de Gabriela. Ela não estava apenas se esforçando. Queria vencer. Seus passos eram calculados, precisos; e, em um drible notável — que elevou os ânimos da torcida — ela saltou em direção à cesta e marcou contra suas adversárias. Dei um pequeno saltinho, ansiosa, unindo as mãos frente ao corpo. *Você consegue,* meus lábios quase murmuravam.

Ela conseguiria, repeti quando, em posse de bola novamente, Gabriela arremessou de uma distância realmente grande. O ginásio se silenciou por um segundo, uma fração de milésimo... até a bola cair perfeitamente na cesta. Foi involuntário: eu ergui os braços em torcida, acompanhando a euforia das pessoas. Não me preocupei com nada, com o que pensariam ou com a impressão que causaria. Só expressei o que meu coração queria — a felicidade de ver um jogo tão importante para a garota que eu amava.

Eu só não esperava que, como se alguém soprasse em seu ouvido, essa mesma garota erguesse os olhos exatamente para onde eu estava na multidão. A primeira vez que acompanhei um jogo de Gabriela — quando percebi que estava me apaixonando — não acreditei que, no meio de tanta gente, ela pudesse me encontrar. Agora, no entanto, tinha certeza de que seus olhos estavam em mim. *Precisavam estar em mim.* A expressão dela se transformou, de uma preocupação inquieta para uma confiança repentina. Bastava ver o sorriso de canto que pusera no rosto quando retornou ao jogo. Para me aproximar mais da quadra, deixei a posição que estava e me esgueirei pelas pessoas. Fui até educada: pedi licença e agradeci quando me deixaram passar.

O jogo seguiu acirrado, pelo menos até a bola cair nas mãos do Higienópolis e, simplesmente, não sair mais.

Precisei parar de avançar para acompanhar o que estava acontecendo.

A equipe da casa parecia ter sido substituída. *Não,* percebi ao olhar com mais atenção. Gabriela era o motivo. Ela avançava na quadra, lançava e recebia bolas, como se estivesse dançando. Seu time a acompanhou, imaginei que estivessem motivadas pela mudança na capitã, e fizeram o que podiam para que Gabriela marcasse.

Meu Deus, estremeci ao observar o placar: 89 a 90 para o Caxias. Um ponto de diferença. Um minuto e cinco segundos de jogo. Um *uh!* prolongado escapou da plateia quando Gabriela lançou e errou, perdendo a chance de passar as adversárias na pontuação. A bola caiu nas mãos do Caxias, que atravessou a quadra para tentar garantir uma diferença menos apertada. Um palavrão pulou da minha boca quando marcaram. 91 pontos. 42 segundos.

A bola foi lançada pela última vez e quase tive certeza de que meu coração seria lançado do meu peito junto se a situação não mudasse.

No meio da quadra, quando estava prestes a lançar e tentar pontuar três pontos de uma só vez, Gabriela errou e a bola quase foi roubada pelas adversárias. Aquela garota recalcada pegou antes e, para a surpresa de todos — inclusive da própria equipe — arremessou a bola a partir da linha de três pontos (que descobri ter esse nome a partir dos comentários ao redor).

E ela conseguiu acertar a cesta.

Higienópolis 92. Caxias 91.

A mudança de placar aconteceu no exato momento em que o tempo de jogo se encerrou e levou o time da casa à vitória.

Se eu não estivesse acostumada com os berros de Antônia desde pequena, teria estourado meus tímpanos com a cacofonia que reverberou ao meu redor.

Pessoas pularam, gritaram, quase se engasgaram, comemorando a classificação no campeonato estadual. Na quadra, as meninas vitoriosas se abraçaram, eufóricas. As adversárias se esforçaram para esconder a frustração, mas ninguém se importava com elas. Eu não, pelo menos. Meu interesse era em Gabriela. Quis alcançá-la e parabenizá-la pelo jogo. Mas... *pessoas demais.*

Talvez ainda não fosse o momento para revelar à multidão o que...

— MARIA CELESTE!

Meu fluxo de pensamentos foi interrompido.

— MARIA CELESTEEEEE!

Meu Deus, o que estava acontecendo?, foi o que consegui pensar quando um silêncio absoluto caiu sobre a quadra.

— CÉU!!!

Não podia ser verdade...

Mas no centro da quadra, Gabriela gritava o meu nome.

De braços abertos. De olhos atentos.

As pessoas observavam os arredores como se estivessem procurando a dona do nome que tocava as quatro paredes do ginásio. Quase perdi a firmeza das pernas, perguntando-me se estava na realidade de fato. Mas era real, tão real quanto as verdades que ela, aquela garota irritantemente bonita, sempre dissera.

Sobre me amar.

Sobre me apoiar.

Sobre eu ser o amor da vida dela.

Eu era o amor da vida de alguém... e ela, o meu.

Passei pela multidão. Venci barreiras e o meu próprio medo. Venci tudo o que um dia me privou de viver.

E, então, cheguei à quadra, cheguei a ela.

Não percebi as lágrimas que me escapavam quando nossos olhos se encontraram, quando ela me encontrou. Na verdade, sequer me importei com o choro contido. Era diferente de todos os outros que expressei. Nele, nenhum sentimento de solidão ou frustração. Sequer a raiva que deixei florescer por tanto tempo. Era leve, gostoso como escrever cenas que falavam sobre amor. *Felicidade*, percebi. As lágrimas significavam a sensação de pertencimento. De ser amada. Gabriela não pediu licença ao invadir a minha vida, odiei o quão invasiva era no começo; agora, porém, agradecia em segredo suas investidas.

A garota correu até mim na quadra. O silêncio na multidão era assustador, inexplicável, como se todos estivessem assistindo à cena final de uma história de amor. Talvez fosse mesmo. Talvez o que estávamos vivendo fosse como um filme ou um livro de romance... uma narrativa cujo protagonismo nunca acreditei ter a chance de ter. A diferença, no entanto, era que esse próximo passo não seria o fim, mas o começo. Esperei que Gabriela me alcançasse (quem sabe me abraçasse?), mas fui surpreendida pelo parar repentino.

Estávamos uma à frente da outra.

— Não tenho muito o que dizer além de tudo que já disse, Maria Celeste. Tudo sempre foi verdade. Eu te amo e, meu Deus do céu, não posso te pedir em casamento agora. Mas... *namora* comigo? *Fica* comigo? *Mora* comigo? Porque não aguento ficar mais um dia sem ti.

Cobrir minha boca com as mãos não foi o suficiente para conter o que atravessou meu corpo. Acostumada a escrever tantas situações, a imaginar finais impossíveis em minhas histórias, não acreditei que aqueles *mesmos finais impossíveis* das *fanfics* pudessem também se tornar realidade.

A minha realidade.

A nossa realidade — minha e dela.

Eu corri para abraçá-la e Gabriela se levantou depressa para me receber em seus braços. Ela me segurou, erguendo-me e girando na quadra. O "sim" em gestos fez o silêncio de outrora desaparecer, esmagado pela plateia, que reagiu à cena em completo apoio — principalmente quando nos beijamos.

A primeira vez que li uma *fanfic*, me apaixonei pela possibilidade de criar uma realidade paralela e utópica, feita de desejos nunca concretizados. Encontrei-me nessas histórias e fiz delas o meu mais precioso refúgio, brincando com a possibilidade — impossível — de viver uma *fanfic*.

Quem nunca desejou que sua vida fosse como uma?

A possibilidade impossível, no entanto, começou a se tornar estranhamente possível... e, agora, nos braços de Gabriela, com pessoas que sequer conhecia gritando nossos nomes, via que viver uma *fanfic* talvez não fosse tão inalcançável quanto imaginei. Porque estava vivendo a minha — cheia de clichês, de paixões possíveis, de encontros e desencontros — e nada mais podia me afetar.

Porque nas minhas histórias...

O final era sempre feliz.

Como o nosso...

O nosso começo feliz.

— Meu. Meu mano do CÉU. — Quando eu disse para Gabriela ser discreta, ela assentiu e disse que faria de tudo para não me causar um possível infarto. Mas não cumpriu com a palavra quando pegou o celular e acessou as redes sociais de SkyLin. — Caralho! É isso que é ser famosa? Puta que me pariu vinte vezes!

— Gabriela! — protestei e me inclinei na cama para tentar pegar o celular, mas ela tirou do meu alcance, girando o corpo e rolando a tela como se estivesse assistindo a uma partida ao vivo. — Me dá isso logo!

— *Amor.* — Ela franziu o cenho, mas não conseguia se manter séria por muito tempo. Estávamos em seu apartamento, um dia após o jogo. Não quis acessar minhas redes no dia anterior e deixei que a noite terminasse com o gostinho da vitória. Conheci o pai, o irmão (incrivelmente doce) e algumas amigas de Gabriela, o que incluía a tal da Mariah, que conseguiu marcar o ponto decisivo da partida, e Victória, que me alertou sobre o quanto a capitã tendia a ser *emocionada* em relacionamentos. Eu não tinha dúvidas — tudo que aconteceu após o jogo foi uma prova da perfeita lésbica emocionada que Gabriela era (e ela se orgulhava muito em ser). — Toda vez que tu me chama de Gabriela, uma estrela explode, sabe.

Revirei os olhos.

— Quero saber da postagem!

— Bem, tu realmente quer ver? — Ela baixou o celular e me encarou. Pela expressão em seu rosto, as notícias não eram boas.

— Me dá logo isso!

Gabriela virou o celular para mim e meus olhos levaram um tempo para processar a imagem na tela. Era o meu *tweet*... e os números não faziam sentido. Noventa mil curtidas. Milhões de visualizações e tantos comentários que eu tive medo de ler. Se eram bons ou ruins, não sabia se estava preparada. A garota puxou o aparelho e colocou a mão na minha, que tremia.

— Não é só isso, amor. Tu tá nos assuntos mais comentados, o teu nome e o da tua mãe, as pessoas simplesmente não param de falar — murmurou e mordeu o canto do lábio, uma risadinha nervosa. — Ontem eu dei uma espiada...

— Você olhou sem mim?!

— Eu não queria te mostrar hoje sem saber se as pessoas estavam reagindo bem ao *exposed*! Mas, amor, quantos seguidores tu tem no X?

— Uns 300 mil... por quê?

— Bem... — Gabriela mexeu na tela do celular e acessou o meu perfil na rede. Não consegui enxergar direito, o nervosismo estava me prejudicando. — *Tinha*, né. Tu tá chegando nos 500 mil.

— Mentira! — Arrancar o celular da mão de Gabriela foi inevitável. *Era verdade*, constatei ao ver com meus próprios olhos que, naquele ponto, começaram a embaçar. Abri o aplicativo do Instagram e uma enxurrada de notificações se acenderam na tela. Lá, os seguidores também aumentaram. Números absurdos.

O celular vibrou em minha mão de repente.

Era uma ligação da minha tia. Atendi no viva-voz depressa, a respiração aos tropeços.

— Liga o noticiário agora, Cecel! O Jornal do Almoço! — Antes que eu pedisse à Gabriela, a garota disparou em direção à sala para ligar a televisão. Eu a segui, tonta e desnorteada. Era informação demais. Do corredor, ouvi a voz da jornalista.

As portas da clínica de estética Martinelli amanheceram fechadas depois que uma denúncia contra a cirurgiã plástica Antônia Francisca Martinelli viralizou nas redes e causou revolta na população gaúcha. A polícia já está cuidando do caso e a doutora se recusou a dar entrevista. Outras denúncias surgiram. Pessoas que foram atendidas pela médica relataram humilhações e ameaças dentro do consultório. O que se sabe é que a filha da cirurgiã expôs inúmeras provas contra a mãe, alegando cárcere privado e até mesmo agressão física. Até o momento, a doutora Martinelli não foi encontrada, mas estaremos de olho nesse caso que chocou o nosso estado.

— Meu Deus... — foi o que consegui sussurrar.

Do outro lado da linha, tia Ofélia se pronunciou ansiosa.

— Deu certo, meu amor! Tu conseguistes! Aminah acredita que em breve tu poderás recuperar os teus pertences, o processo já está correndo na justiça. — Aquilo trouxe uma tranquilidade interna que eu ansiava desde que fugi da casa de Antônia. Queria que ela pagasse por tudo... e descobrir que outras pessoas foram prejudicadas por ela aumentava ainda mais o meu desejo de vê-la perder tudo.

Pensava em mostrar o quanto ela sempre esteve errada sobre mim, sobre minha capacidade de sobreviver. Antônia costumava dizer, com muita ênfase, que eu nunca aguentaria a realidade fora de casa. Se soubesse a verdade... se visse o quanto eu avancei com meus próprios passos...

Nunca acreditaria.

— Obrigada, tia... — murmurei na ligação.

— Vai ficar tudo bem, Cecel, tu és incrível... e a tua vida daqui para frente será como tu sempre quis.

Eu sei...

E olhei de canto para a garota focada no noticiário, como uma senhorinha idosa e viciada em notícias. Tia Ofélia se despediu e disse que me ligaria se tivesse mais informações.

— Então? — Gabriela me encarou.

— Está tudo bem... — Baixei o celular e coloquei a mão frente ao peito. Meu coração parecia ganhar vida, saltitando em meu peito. Gabriela veio me abraçar, um beijo estalado no topo da minha cabeça. — Obri... gada — sussurrei.

— Obrigada? — Ela não desfez a proximidade entre nós.

— Por me encontrar.

Gabriela estalou a língua e me apertou em seus braços. Às vezes, queria ficar abraçada nela para sempre.

— Nah. Acho que seria algo mais como... *encontramos uma a outra*.

Um sorrisinho surgiu em meus lábios.

— Gosto assim.

— Gosto de ti — respondeu.

Gosto de nós duas, pensei.

Gosto de tudo em nós.

Mas, acima de tudo, gosto de como Gabriela me fez perceber que... *não é só de amor que eu quero falar.*

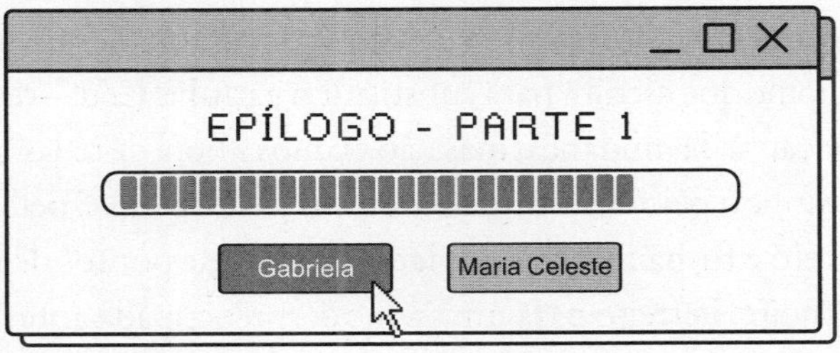

Em todos os meus relacionamentos, nunca apresentei alguém para o meu pai e irmão. Nunca senti vontade. Com Maria Celeste, *a minha Céu*, era diferente. Queria falar da minha namorada para todos. Mas revelar o começo da nossa história foi um completo caos. Conhecer alguém na internet? Se apaixonar sem nunca ver a pessoa de perto? Mentira, diziam. Não me importei. Estava mais preocupada em tê-la comigo do que fazer as pessoas acreditarem naquele *impossível-possível* que tínhamos construído. Desde a exposição da mãe da Céu nas redes sociais, as coisas estavam tomando rumo. Já fazia quase duas semanas da denúncia e os números dela continuavam subindo.

Céu havia trocado o nome em seus perfis oficiais. Cecéu, em homenagem à forma que era chamada pela tia desde pequena. Faltava somente um passo: retornar às lives e se apresentar para todos que esperavam por ela.

Mas um passo de cada vez.

Maria Celeste *ainda* estava se recuperando de tudo.

Depois de almoçarmos, fomos até o *nosso* novo apartamento. Os móveis ainda estavam no antigo (Céu conseguiu recuperar grande parte de suas coisas da casa da mãe), encaixotados e esperando pela mudança. Assinamos os papéis do aluguel no começo da semana e tentei não me assustar com o valor absurdo. A garota me tranquilizou e brincou, dizendo que não tinha problemas em sustentar *sua* mulher (foi bom ao ouvir o "minha mulher" sair de sua boca). O que ela ganhava com seu clube de assinantes em um mês significava cinco meses do meu trabalho. Nada contra. Eu tinha orgulho de tudo que Céu conquistou.

No imóvel, a vista para a cidade era estonteante. As janelas eram enormes, e a sala, espaçosa. Três quartos e uma sacada comprida para dar liberdade às duas gatas (e, quem sabe, a uma terceira que queríamos adotar). Morrighan e Margot — nome que escolhi para substituir o gatinha-Céu — estavam com a tia dela por causa da mudança, mas não víamos a hora de tê-las com a gente.

Céu caminhou pelo ambiente e parou em frente a um espelho. A peça ia do chão ao teto e tinha recortes nas laterais, em que pontos de luz podiam ser ligados à noite. Perfeito para uma selfie despreocupada antes de sair para o trabalho. Eu me aproximei da garota e a abracei pelas costas.

Amava como o seu corpo se encaixava tão bem no meu.

— Imagina tirar uma foto no espelho e postar, hein. Nós duas. Seria uma ideia boa pra voltar às redes.

Céu não pareceu motivada. Encarava o próprio reflexo com o olhar distante, pensativo. Queria poder ler seus pensamentos às vezes. Saber o que se passava naquela cabecinha linda (e complicada).

— Quando retornam os jogos do campeonato?

O assunto me intrigou, mas não questionei o porquê. Ela estava quieta desde que saímos da casa do meu pai.

— Na quarta que vem.

— Hmm... — Céu apertou os lábios e ergueu a mão até o meu braço. — Você não deveria estar treinando?

— Por quê?

Ela desviou o rosto pelo reflexo do espelho.

— Não quero que deixe algo importante para você de lado por minha causa.

Às vezes, tinha vontade de usar o "idiota" contra ela. Virei Maria Celeste em minha direção, seus olhos encontrando os meus, e coloquei as mãos em suas bochechas. A pele da garota estava quente, quase corada.

— O que era importante pra mim, Céu, já passou. Eu não tava mais ligando pro campeonato. Queria só vencer o Caxias e mostrar que meu time era capaz. O restante não importa. Se a gente vai vencer ou não, é o de menos. Se surgir alguma oportunidade, vou abraçar, mas não é uma competição estadual que vai mudar minha vida como jogadora. Quero muito mais que isso. — Depositei um beijo em seus lábios. A garota torceu a boca, envergonhada. — Tu é o que tô priorizando. Vou continuar jogando e vou terminar minha faculdade... o resto, a gente vai vendo pelo caminho.

— Odeio como você consegue ser sensata e inconsequente ao mesmo tempo.

Pisquei e tirei as mãos de seu rosto.

— É meu charme, não acha?

— Infelizmente. — Céu revirou os olhos e encarou o espelho pela segunda vez, novamente de costas para mim. — Então, está preparada?

— Preparada?

— A foto, Gabriela.

— Ah! — Soltei um gritinho de surpresa, quase como se estivesse em um capítulo cheio de *fanservice* da *fanfic*. — Tu tá dizendo que quer tirar foto agora, agora mesmo, pra postar?

Maria Celeste assentiu.

— É o nosso novo lar... e talvez seja um bom começo. Quero encerrar a história de Sky, de Yun-yu e Aya e contar a minha... a nossa — sussurrou no fim e se escorou em mim. Eu a envolvi com os braços, apoiando a cabeça em seu ombro. — Está ciente de que, quando eu postar, todos vão seguir você? É uma exposição grande.

Balancei os ombros e dei um beijinho de leve em seu pescoço. Senti a garota se arrepiar, sempre sensível a qualquer toque.

— Não me importo; na verdade, acho até interessante ficar conhecida como a namorada da *e-girl* famosa.

Céu riu baixinho.

Eu amava como a simples risada dela me causava descargas involuntárias de felicidade.

— Não se importa?

— Nunca — sussurrei quando ela ergueu o celular para o espelho. — Não me importo em ser conhecida como a namorada da Maria Celeste, da Céu ou até da Sky... Porque não é sobre mim, Céuzinha, sempre foi sobre ti e sobre todo o amor que tu sempre quis ter liberdade de falar.

Tive a certeza de que se meus braços não a segurassem, ela se desmancharia em direção ao chão. Ficou vermelha (lindamente vermelha) e apertou a boca.

— Idiota.

— *Sua* idiota — confessei e recebi um sorriso tímido, mas emburrado. Uma característica que tanto amava nela.

Porque, no fim, Maria Celeste sempre teve razão na forma que me chamava.

Sim, eu era idiota. E não me importaria em ser se significasse estar apaixonada por ela: pela garota que com uma *fanfic* lésbica e personagens duvidosas me ensinou a entender o que era falar sobre amor.

Eu nunca imaginaria que me tornaria a *esposa troféu*.

Mas eu era — o troféu de um metro e oitenta e quatro centímetros de Céu, uma das *streamers* LGBTs mais influentes da internet depois do *exposed* da mãe dela.

Por semanas, o caso se tornou um dos tópicos mais comentados e levantou muitas discussões sobre relacionamento abusivo com figuras maternas e paternas. Quase não acreditamos quando, em um dia repentino, Céu foi convidada a participar de um programa famoso da TV aberta para compartilhar sua história e as expectativas de seu retorno às lives. Um mês se passou e Maria Celeste chegava a um milhão de seguidores em seu perfil principal. Era quase difícil associar tudo — eu namorava (e me considerava casada com) uma famosa —, principalmente quando as primeiras propostas de *publi* chegaram com valores tentadores.

Mas nem tudo era *bonito* como mostrado na internet.

Céu teve inúmeras crises de ansiedade — tanto da exposição quanto de canais tendenciosos que compartilhavam notícias falsas por engajamento. Fiquei ao lado dela, segurando sempre sua mão. Ofélia e Aminah nos ajudaram também. Elas conseguiram o contato de uma assessoria para cuidar das redes sociais da garota e para ajudá-la, com o apoio da terapia constante, a se adaptar à nova realidade para, enfim, voltar às lives.

Porque, desde o *exposed* de Sky, Céu não conseguia aparecer online como costumava em seu canal.

Ela se dizia travada, insegura e com medo.

Nas redes, as pessoas perguntavam quando Cecéu retornaria, que queriam vê-la e acompanhá-la de perto, o que, às vezes, também contribuía para que a ansiedade dela aumentasse.

Então, no começo da semana passada, a assessoria dela fez um post oficial em que anunciavam o desejo de Maria Celeste em voltar, mas que, antes de tudo, ela precisaria se estabilizar com sua saúde mental. A recepção foi assustadora, em poucas horas. Inúmeros comentários, compartilhamentos e respostas. Felizmente, a grande maioria era positiva e muitos deixavam palavras de afeto e desejavam melhoras. Poucos era os que disparavam algumas mensagens de ódio. Eu li alguns e fiquei muito irritada, do tipo que gostaria de responder à altura, mas me contive — seguindo o conselho da assessoria — e fiquei apenas acompanhando de perto. Filtraria as mensagens e passaria para ela apenas a parte boa.

Depois dessa reunião, tive tempo só de engolir o almoço e correr para minha orientação de TCC, a única coisa que me separava da liberdade e do diploma. As demandas eram excessivas, mas não me importava em sair cedo e voltar tarde se isso ajudasse a mim e a Céu ao mesmo tempo. Então, por volta das 19h, cheguei em casa.

Céu estava sentada no sofá espaçoso — uma escolha caríssima e específica para evitar que os gatos enfiassem as unhas no estofado perfeito —, com o notebook no colo. Três gatos se amontoavam ao redor dela: Morrighan, a encrenqueira; Margot, a cinzinha que antes eu chamava de Céu; e Marceline, o terror-amarelo que adotamos na primeira semana em que fomos morar juntas. Ela era inquieta, incansável e totalmente instável, mas era o complemento perfeito para as outras duas. Morrighan era rabugenta; Margot, quietinha. Marceline era a energia entre as duas.

Maria Celeste desviou o olhar para mim quando entrei, um sorriso sutil nos lábios rosados. As olheiras e a expressão cansada vinham das inúmeras noites de insônia. Consequências da ansiedade. Tinha muita coisa acontecendo na vida dela. Mas o que mais afetava era a expectativa do público para o retorno das lives *e* o livro novo que estava escrevendo. Um original... a história que sempre desejou contar. Algo que, não importava quantas vezes eu insistisse, ela não me mostrava.

Além de tudo isso, ela estava estudando para o vestibular no fim do ano. Queria ser aprovada em Letras na federal. Não era uma questão de vida ou morte, mas ela adorava ser dramática... embora as idas à terapia, que aconteciam duas vezes por semana, estivessem ajudando muito.

— Ei, *meu amor*, tudo bem? — Eu me sentei ao lado dela e a beijei de leve. Não importava quanto tempo passasse, Céu sempre ficaria com as bochechas coradas quando eu a chamava de meu amor. — Escrevendo?

— É — respondeu e mordeu o canto do lábio. — Mas está horrível.

— Duvido. — Eu me inclinei para ver melhor.

Céu fechou o notebook e franziu o cenho.

— Não é para você ler, Gabriela.

— *Amor* — enfatizei. — Não existe nenhuma Gabriela entre nós. — Ela só revirou os olhos. — Como foi a terapia hoje?

Maria Celeste colocou o computador de lado e pegou Marceline no colo. Ela estava evitando o meu olhar.

— Céu?

— Horrível. Eu nunca vou conseguir — murmurou, voz cada vez mais baixa. Eu não gostava de vê-la tão encolhida, desmotivada. Logo ela, que amava aparecer em frente às câmeras. Se Antônia não estivesse bem fodida, lidando com processos e com o bloqueio de suas contas, eu mesmo iria atrás dela. — Tentei me sentar em frente ao computador, mas não consegui e...

— Ei, meu amor. — Segurei o rosto de Céu com cuidado e depositei um beijo em sua testa. — Está tudo bem, é normal se sentir assim. Eu só quero que tu saiba que eu vou fazer sempre o possível pra te ajudar e...

Um estalo em meus pensamentos.

Céu estava receosa de abrir live porque acreditava que as pessoas não gostariam dela como gostavam de Sky. Elas eram diferentes. Uma era doce; a outra, azedinha (um azedo gostoso, na verdade). Só que nada disso importava. As pessoas queriam vê-la, independentemente de quem ela interpretaria. Queriam ver a garota que escreveu uma *fanfic* de sucesso, que jogava em frente às câmeras sem medo dos julgamentos em relação ao corpo e que, com muita coragem, enfrentou a mãe abusiva.

Mas eu tinha uma ideia — meio louca, mas ainda assim uma ideia — de como transformar esse receio em incentivo.

— E se fizermos uma live de casal?

Ela piscou várias vezes, como se estivesse processando minhas palavras.

— Lembra da primeira foto que tu postou da gente? — perguntei. Tinha sido logo quando chegamos nesse apartamento. Ela queria me apresentar para seu público, o que me deixou quase famosinha. Fui de 8 mil seguidores para assustadores 87 mil. A foto teve mais de 500 mil curtidas. Eu ainda recebia, um mês depois, a notificação de pessoas que curtiam a postagem. — Sempre pedem mais de nós duas. Desde aquele dia, tu não postou mais nada. Imagina se anunciar que fará uma live de casal?

— Você... faria isso comigo?

A voz de Céu estremeceu durante a pergunta.

Queria que ela soubesse que eu faria *qualquer coisa* por ela.

— Tu confia em mim, meu amor?

Vê-la sorrir me bastou para entender que, *sim*, ela confiava.

EPÍLOGO - PARTE DOIS

Minha barriga doía de tanto nervosismo.

Era como se eu *nunca* tivesse feito uma live antes. O que era ridículo e irritante. Logo eu... acostumada a gravar vídeos e postar fotos em meu servidor privado, adorando ler as mensagens e as reações. Só que precisava entender que *aquela pessoa do passado não era Céu*, era uma máscara, uma ilusão que criei para mim mesma. Era muito diferente agora. Os seguidores haviam triplicado com as inscrições pagas em meu servidor. Se antes eu tinha dois mil inscritos pagos, agora eram mais de vinte mil.

Vinte mil pessoas que não se importavam em gastar dinheiro apenas para ter acesso a meu grupo particular.

Queriam me ver.

Queriam me ouvir.

Mas eles gostariam da Céu no lugar da Sky?

A Céu... sem as roupas cor-de-rosa, sem as risadas forçadas e os sorrisos fáceis? As dúvidas me atormentavam, mas toda vez que elas me abatiam, Gabriela estava lá, os dedos entrelaçados aos meus enquanto um *Céuzinha* era soprado por seus lábios. A ideia dela me despertou inúmeras perguntas. Se funcionaria. Se gostariam. Se eu *conseguiria*. Mas os incentivos dela, das minhas tias e da minha terapeuta me ajudaram a suavizar todas as inseguranças. Então, numa terça à noite, enquanto estava deitada na cama com três gatas enroscadas entre as cobertas e uma *gata-humana-manhosa* abraçada a mim, escrevi uma mensagem aos meus seguidores.

SkyLin<3 é agora Cecéu e logo estará de volta! <3
@Ceceuszinha
Quero que prestem atenção aqui...
SÁBADO, às 21h.
No meu canal.
Aguardem. <3

Postei, e, em segundos, as primeiras notificações de curtidas surgiram. Meu coração pulou, um latejar repentino em minha cabeça. Estava acontecendo, meu Deus... E a realidade me caiu nesse momento, como eu ainda estivesse tentando acreditar nas minhas próprias palavras. Larguei o celular depressa e coloquei as duas mãos contra o rosto, sentindo a respiração pesada. Gabriela percebeu: ela se ergueu e me encarou com olhos preocupados. Nunca diria, mas eu *amava* como o olhar dela se demorava em mim, sempre atento, tão apaixonado.

— Amor?

— Olha suas notificações! — exclamei e puxei a coberta para me cobrir. Ela piscou confusa e pegou o celular. Segundos de atenção e, então, ergueu as sobrancelhas em cru espanto.

— Meu mano do céu, porra!

Não esperava que Gabriela viesse para cima de mim e me atacasse com inúmeros e incansáveis beijos. Tentei me segurar, fingir que estava emburrada, mas fui vencida e me permiti rir, leve e *amada*. Então, depois de quase perder o fôlego, ela parou acima de mim, sorrindo.

— Vai dar tudo certo, Céuzinha, e sabe o que é melhor? Vamos estar juntas. Se tu se sentir nervosa ou qualquer coisa do tipo, só segurar a minha mão.

Gabriela era *ridícula* demais.

— Volta pro livro.

Ela piscou em confusão.

— Porque você é perfeita demais para ser real...

O rosto dela se iluminou — emocionado, animado, como um cachorrinho manhoso e pidão. Era tão fácil fazê-la feliz, tão fácil *ficar feliz* perto dela.

No fundo, eu só queria agradecer.

Agradecer que ela era real.

Eu troquei de roupa pelo menos *dez* vezes.

Estava nervosa, ansiosa, quase a ponto de desistir e jogar tudo para o alto. Sempre tive essa mania de perfeccionismo e me frustrava sozinha por não conseguir alcançar os meus parâmetros. Fui assim por muito tempo... e, hoje, quando olhava para o lado, *ela* sorria, encantadora, amável, e dizia que eu estava linda. Acostumada às críticas intermináveis de Antônia, alguns pequenos elogios de Gabriela eram o suficiente para, dentro de uma crise, amenizar a ansiedade em meu peito. Lamento pelas pessoas que não têm alguém assim... alguém que, não importa o quanto você caia, sempre vai estar lá para te levantar, para te abraçar, para te apoiar.

Diante do espelho, então, respirei fundo e encarei a imagem que me encarava de volta.

Maria Celeste Martinelli. Lésbica. *Streamer*. Escritora. Não havia mais segmentos meus... não existia mais Sky ou qualquer fragmento escondido pelo medo. Era apenas eu, liberta. Para aquela noite, vesti o que sempre fui apaixonada: uma saia rodada bordô e uma camisa branca com pérolas nos botões e punhos, meia-calça e sapatinho de boneca marrom. Eram roupas que Antônia costumava dizer que ficavam péssimas em meu corpo, mas que nunca tive medo de usar. Eu era gorda, tinha coxas grossas e uma barriga arredondada, e eu *amava* ser como eu era. Tinha pena dela que, não importava quantas plásticas e botox, seria sempre horrível, dentro e fora.

Toquei em meus cabelos castanhos, dessa vez sem a peruca rosada de Sky, e ajeitei os cachos das pontas com cuidado.

Estava pronta.

Um barulho na porta do closet me assustou e olhei para trás. Gabriela me espiava sem conseguir esconder aquele sorriso idiota.

Meu sorriso idiota favorito.

— Tu é muito linda, sabia? — comentou quando me aproximei dela. Então, me envolveu em um abraço apertado. Eu adorava seu cheiro cítrico, seu toque suave. — Tá tudo pronto, Céuzinha. É só... conectar.

Passei a língua pelos lábios.

— Me acha estúpida por estar tão nervosa?

— Nunquinha. — Ela deu um beijo carinhoso em minha testa. — Tu vai ser incrível.

Assenti com um meio sorriso e Gabriela me beijou de novo, de novo e de novo. Era incansável e, às vezes, um pouco grudenta. Mas eu nunca ousaria reclamar. Quanto mais me beijasse, melhor.

Fomos para o quarto em que montamos nosso escritório. Ainda precisava de vários ajustes e móveis novos, o que eu encomendaria sob medida para criar o *quarto gaymer dos sonhos,* mas Gabriela organizou tudo para que ficasse com um cenário perfeito para transmissão. Ela colocou meu novo computador em sua antiga mesa, ao lado do dela, posicionando uma câmera em mim e enquadrando para que aparecesse o fundo improvisado com folhagens falsas e luzes RGB cor-de-rosa.

Na tela do computador, a imagem que não via há tempos: o programa utilizado para transmissão. Eu me sentei na cadeira *gamer* que ganhei de uma parceria e encarei a tela por incontáveis segundos.

Talvez eu estivesse esquecendo *como* respirar.

— Ei, Céuzinha... — Gabriela se sentou na outra cadeira e estendeu a mão em minha direção. — Eu te amo. Muito. Vai dar tudo certo.

Meus dedos se entrelaçaram nos dela.

Tudo se tornou leve... aparentemente fácil.

— Eu também te amo... — respondi e respirei fundo, a coragem reestabelecida. — Preciso te contar algo antes.

Gabriela franziu o cenho.

— O livro que escrevi para a editora... está pronto.

— Sério?! — O rosto dela se iluminou. Se ela soubesse o quanto seu sorriso era uma inspiração para mim...

Minha Gabriela.

A garota que me tirou da gaiola e me mostrou que eu era capaz de voar.

A garota que gritou o meu nome em meio a uma multidão...

— Quando vou poder saber a história? — perguntou. Nossas mãos continuavam unidas.

Eu a soltei e olhei para a tela do computador por um segundo.

— Agora.

Então deslizei a seta do mouse até o botão de *iniciar transmissão*, mas não apertei.

Ela piscou, atordoada pela antecipação e pela confusão.

— Ele se chamará *Não é só de amor que eu sei falar* e a protagonista se chamará Gabriela... em homenagem à minha maior inspiração.

Cliquei em *iniciar transmissão.*

3...

Gabriela saltou da cadeira.

2...

E se aproximou de mim para me envolver em um abraço que não era só de amor ou felicidade, mas de emoção, de tantas coisas boas... tantas coisas que, finalmente, experimentaríamos.

1...

Ela me beijou.

E entramos ao vivo.

— Eu te amo, eu te amo, eu te amo, meu Deus! — Ela espalhou beijos em meu rosto enquanto os números de espectadores começavam a subir. Logo, uma explosão de reações, mensagens, corações e tudo surgiram no chat. Gabriela ainda não tinha percebido que estávamos ao vivo. — Sério, casa comigo. Eu juro que eu vou te fazer feliz pro resto da tua vida.

— Vai ser a mãe dos meus filhos?

— Eu vou ser o que tu quiser, pelo amor de Deus, Maria Celeste, do que tu quiser! — Ela respondeu quase aos berros e eu ri antes de apontar para a tela do computador. Os números não paravam de subir.

5 mil pessoas nos assistindo.

10 mil.

20 mil...

Eu mal conseguia acompanhar as mensagens.

Gabriela soltou um "porra, a gente tá ao vivo?", mas eu não respondi, algo estava renovado dentro de mim. Graças a ela, a todos que, depois de tantos erros e acertos, continuavam confiando em mim.

Sorri para câmera.

A história de SkyLin e suas perucas cor-de-rosa tinha chegado ao fim... Agora, finalmente, era a vez de contar a minha história.

Não... Olhei para Gabriela, abraçada a mim, e sorri.

A nossa história.

Este livro foi publicado em outubro de 2025, pela editora Nacional,
impresso pela gráfica Leograf em papel pólen natutal 70g/m^2.